Amanda Gruenschild

Eichen müssen her!
Lias Traum

Real Fantasy Roman

Untschi-Verlag

Für unseren Planeten Erde …

Klimaneutral
Druckprodukt
ClimatePartner.com/12518-1907-1001

Amanda Gruenschild

Eichen müssen her!
Lias Traum

Real Fantasy Roman

Coverbearbeitung by ATG

Partnerdruckerei von Untschi-Verlag:

WirmachenDruck.de
Sie sparen, wir drucken!

1. Auflage April 2023

ISBN: 978-3-9823606-9-0

printed in Germany by

Untschi-Verlag

Inhalt

Danksagung

Ich danke der Erde, dass sie mich nährt und trägt.
Danke an die Pflanzen, die Tiere, das Wasser, die Luft, das Feuer, die Erde sowie den leeren Raum für ihr Sein.
Danke für den Frieden auf der Welt und deren wunderschöne intakte Natur.
Ich danke, dass meine Kinder, mein Gefährte und ich glücklich sowie gesund an Körper, Geist und Seele sind.
Ich danke für unsere Fantasie und dass wir damit gutes erschaffen können.
Danke, dass wir alle stets das Richtige tun.
Ich danke dafür, dass das Universum gütig ist.
Ich danke von Herzen dafür, dass die Liebe die aller stärkste Kraft ist und daher immer triumphiert.

Vielen Dank an meinen Gefährten, der mir den Rücken freihielt, damit ich schreiben konnte.
Danke auch für all seine wichtigen Ratschläge.
Danke an ATG für das Erstellen des Covers.
Vielen Dank an alle, die mir beim Entstehen des Buches geholfen haben und mir dabei beratend zur Seite standen.
Herzlichen Dank an Petra für ihre Arbeit als Lektorin.
Sämtliche Personennamen sowie manches Ereignis sind vollkommen frei erfunden.

Möge die Liebe uns stets leiten und mögen wir uns die Welt so liebevoll und schön kreieren, wie sie sein soll.

Amanda Gruenschild

Die Geburt des neuen Volkes

Plötzlich wurde die Tür zu Tanjas Wohnküche von außen stürmisch aufgerissen.
Selma platzte mitten in die beschauliche Kaffeerunde.
Vor Freude bebend, stand sie an der Küchentür und rief euphorisch:
»Kommt alle schnell mit! Die Küken der Vogel-Menschen schlüpfen gerade.
Das müsst ihr unbedingt mit eigenen Augen gesehen haben.«
Ungeduldig wartete sie darauf, dass sich ihr sofort alle Bewohner vom Waldhaus anschließen würden.
Die durchtrainierte Elbenfrau trat ruhelos von einem Fuß auf den anderen.
Sie wollte schleunigst zurück zu Magdalenas und Louis' Nest.
Die beiden Vogel-Menschen waren in ihrem Heim mit ihren Eiern nämlich ganz allein zurückgeblieben.
Eines der jungen und äußerst entzückenden Menschen-Küken war bereits geschlüpft gewesen, als Selma sich persönlich aufgemacht hatte, um die Menschen vom Waldhaus dazuzuholen.
Sie alle lebten nun schon seit geraumer Zeit gemeinsam auf dem wundervollen Planeten Platana.
Orlana, die »Herrin des Lichts« hatte diesen extra als paradiesischen, sicheren Zufluchtsort für Wesen aus verschiedenen Welten sowie Zeiten erschaffen.
Sie hatte sich dabei an der alten, vor Äonen von Jahren untergegangenen Platana, auf welcher damals das kleine Volk und die Baum-Menschen gelebt hatten, orientiert.

Gleichzeitig hatte sie auch ihrer Fantasie freien Lauf gelassen und völlig Neuartiges hinzugefügt.
Das Schönste, das sie auf anderen Himmelskörpern gesehen hatte, ließ sie ebenfalls in den Erschaffungsprozess dieses Ortes mit einfließen.
So fügte sie auch einige Besonderheiten hinzu, welche sich auf dem hoch entwickelten Planeten Aquarius bereits über lange Zeit außerordentlich bewährt hatten.
Dazu gehörte insbesondere der ovale Kristall, welcher in der Lage war, die Bewohner dieser Welt rundum, lediglich durch sein strahlendes Licht, zu ernähren.
Daher war es hier für kein Geschöpf mehr nötig, zum Überleben ein anderes Wesen verstoffwechseln zu müssen.
Sei es nun eine Pflanze oder ein Tier.
Das machte das Leben an diesem Ort von Grund auf friedlicher als anderswo.
In der Natur gab es auf jenem Himmelskörper riesige, alte Bäume.
Orlana hatte dabei die Gewächse der Erde nahezu kopiert.
Nur waren die Bäume auf der Platana um ein Vielfaches größer als ihre Vorbilder auf der Erde.
Ihre mächtigen Kronen reichten fast bis in den Himmel.
Die Flora und Fauna der Platana waren atemberaubend vielfältig und schön.
Es war alles vorhanden, was man sich vorstellen konnte, und zusätzlich noch das, was man sich in den kühnsten Träumen nicht hätte ausmalen können.
Die erhabenen Gebirge mit ihren teilweise schneebedeckten Gipfeln waren Ehrfurcht gebietend.
Die Gewässer suchten ihresgleichen.

Auf der Platana gab es liebliche Bäche, mächtige Flüsse, zahlreiche Seen sowie ein endloses Meer, voll von phantastischen Lebewesen aller Arten.
Orlana hatte sich mit diesem Planeten praktisch selbst übertroffen.
Er war ein echter Garten Eden geworden.
Das Waldhaus auf der Platana war dem, welches es schon vorher so lange auf der Erde gegeben hatte, völlig nachempfunden worden.
Einige der neuen Bewohner der Platana hatten damals auf der Erde nämlich an jenem Ort gelebt.
Das ursprüngliche Waldhaus war auf der Erde früher die Hauptzentrale der »Krieger des Lichts« gewesen.
Zu den Kriegern des Lichts gehörten mutige Menschen und heldenhafte Vertreter anderer Völker aus den verschiedensten Welten, welche sich gemeinsam aufopferungsvoll für den Erhalt des Planeten Erde einsetzten.
Ihre Haupt-Widersacher waren dort der »Herr der Finsternis« sowie dessen Verbündeten.
Da es keineswegs sicher war, ob die Erde nicht doch in absehbarer Zeit endgültig zerstört würde, hatte Orlana die Platana sozusagen als Rückzugsort sowie sichere Heimat der Krieger des Lichts erschaffen.
Von hier aus konnten sie die Rettung der Erde hervorragend weiter anleiten.
Auf Bitten Orlanas hatten sich die Krieger des Lichts gerade vor ein paar Wochen zu Ehren einiger legendärer Bewohner des alten Planeten Platana den Zweitnamen »Die Kinder von Platana« zugelegt.

Aber nicht alle Mitglieder der Krieger des Lichts waren auf die Platana umgezogen.
Viele waren auch auf der Erde geblieben.
Allerdings besuchten diese ihre Freunde sowie Verwandten auf der Platana via astraler Reise regelmäßig.
Genau solch ein Treffen hatte gerade stattgefunden, als Selma vorhin mit ihrer wundervollen Neuigkeit hineingeplatzt war.
Die Elbenfrau, die nun aber wirklich unbedingt zum Nest der Vogel-Menschen zurückwollte, drängte inzwischen eiligst darauf, endlich loszugehen.
Selma bereute es nun schon ein wenig, dass sie die Bewohner vom Waldhaus persönlich abholen gegangen war.
Sie hatte sich so darauf gefreut, deren Gesichter zu sehen, wenn sie sie mit dieser Nachricht überraschen würde, und jetzt verlor sie dadurch so viel Zeit.
Hoffentlich kamen Magdalena und Louis auch ohne sie zurecht.
Alle anderen Einwohner der Platana, die dort auf den verschiedensten Kontinenten lebten, wie zum Beispiel die Vertreter des kleinen Volkes, das Volk der Einhörner, die übrigen Elben oder die Osiriaten, hatte Selma bereits telepathisch, also über den Geist, informiert.
Die Menschenfrau Tanja, deren Söhne Atlantus und Akira mit ihren Gefährtinnen Brenda und Lia sowie Tanjas Gefährte Alex, die Vertreter vom kleinen Volk, Querin, Quiskan und Lucinda sowie Finnbar, Lias Zwillingsbruder, welche allesamt gerade bei Tanja und Alex zu Besuch waren, hatten zuvor gemütlich Kaffee,

Tee und Kuchen genossen und sich über alte Zeiten auf der Erde unterhalten. Jetzt beeilten sie sich eiligst, Selma zu folgen.
Natürlich wollten sie alle unbedingt die Neuankömmlinge begrüßen und bei der Geburt des Volkes der Vogel-Menschen dabei sein.
Tanja vergaß sogar für einen Augenblick, wie neugierig sie soeben noch auf die Neuigkeiten von der Erde gewesen war, die ihr ihre Besucher von dort gerade erzählen wollten.
Quiskan hatte kurz vor Selmas Erscheinen damit angefangen, über Annikas und Vismatetés gerade erst gewachsenen Setzling zu berichten.
Die zwei waren Vertreter der sogenannten Baum-Menschen auf der Erde. Vismateté war sogar Tanjas Baum-Gefährte.
Außerdem waren wohl auch die beiden Eicheln, die einstmals ein Geschenk der weisen Orlana gewesen waren, in einem kleinen Wald in der Nähe des alten Waldhauses auf der Erde aufgegangen.
Niemand hatte beim Einpflanzen genau gewusst, was daraus einst wachsen würde.
Deshalb war Tanja sehr gespannt darauf zu hören, was daraus entstanden war.
Die Nachricht über das Schlüpfen der neuen Mitbewohner hatte dies jedoch für den Moment völlig aus Tanjas Erinnerung verbannt.
Schon machte sich die kleine Schar gemeinsam in das Gebiet der Vogel-Menschen auf.
Dort waren rings um den riesigen Horst schon einige andere Wesen der Platana versammelt und blickten wie gebannt auf das gigantische Nest.

In dessen Mitte hatten noch bis vorhin zwölf große, golden schimmernde Eier gelegen.
Auch diese waren eine Gabe »der Herrin des Lichts« gewesen.
Erst vor einigen Tagen hatten jene zunächst ganz sanft und dann immer stärker angefangen, golden zu leuchten.
Vor etwa einer Stunde war aus einem der Eier ein Wesen ausgeschlüpft.
Dieses veränderte sich rasant.
Zuerst hatte es wie ein überdimensionales Küken eines unbekannten Vogels ausgesehen.
Dann war plötzlich eine Art menschliches Kleinkind mit Flügeln im Nest gewesen und gerade jetzt hockte dort ein etwa dreizehnjähriger Junge mit riesigen weißen Flügeln und schaute sich erstaunt mit bemerkenswert tiefblickenden Augen in der Menge um.
Aufgeregt hüpfte einer der Osiriaten am Rand des Nests auf und ab.
Dabei wippten sein Zopf und ein glänzendes Amulett auf seiner Brust wie wild herum.
»Der ist ja so, so wunderschön.
Was für ein ergreifender Moment. Wie er wohl heißt?
Soll ich ihn mal fragen?
Er erinnert mich irgendwie an Onkel Guidoa.
Das war der Gefährte meiner alten, weisen Tante Giseao gewesen.«
Karlao, der kleine Osiriat, welcher gerade gesprochen hatte, sah erwartungsvoll zwischen den beiden erwachsenen Vogel-Menschen, Magdalena und Louis, hin und her, so als ob diese sofort wüssten, welchen Namen der Kleine wohl haben würde.
Dabei winkte er dem neuen Mitbürger freundlich in der

ihm eigenen, kindlich - unschuldigen Art zu.
Der Kleine winkte schüchtern zurück.
Es war nun höchste Zeit, dass auch Magdalena und Louis den neuen Vertreter ihres Volkes begrüßten.
Wie die »Herrin des Lichts« ihnen gesagt hatte, handelte es sich bei den jungen Vogel-Menschen keineswegs um ihre Kinder, sondern um praktisch gleich berechtigte Mitglieder ihres Volkes.
Erst durch das Ausbrüten dieser Eier würde ein richtiges Volk der Vogel-Menschen entstehen können, denn Magdalena und Louis waren ja Geschwister.
Allerdings bräuchten die Jugendlichen am Anfang noch etwas Fürsorge und auch noch die einen oder anderen Unterweisungen in Geschichte, Lesen, Schreiben und einigem mehr.
Magdalena stellte sich und Louis kurz vor und bat daraufhin den Jungen, den sie bereits zuvor mit einer herzlichen und innigen Umarmung begrüßt hatte, zu der Gruppe, die wartend am Rand des Nests stand.
Einer nach dem anderen drückte ihn fest an sich oder schüttelte dem Jungen freundlich die Hand.
Karlao flog ihm regelrecht an den Hals und plapperte dabei munter über Guidoa, seinen ehemaligen Verwandten, der offenbar dem Jungen wirklich sehr ähnlich gesehen haben sollte.
Tief drinnen bezweifelte Tanja dies, denn es gab kaum einen größeren Unterschied als zwischen einem Osiriaten, der um einiges kleiner als ein Mensch war, und dem stattlichen Vogel-Jungen mit seinen mächtigen weißen Schwingen.
Sie rief sich jedoch sogleich innerlich zur Ordnung, denn Karlao hatte sie alle schon zu oft mit seinen Weisheiten

überrascht, die sich allesamt, wider Erwarten, am Ende doch als richtig herausgestellt hatten.
Vielleicht hatte er bei der Ähnlichkeit noch etwas anderes als die äußere Erscheinung gemeint.
»Vielleicht heißt du ja genauso wie mein Großonkel oder möchtest so heißen? Weißt du denn, wie dein Name ist?«, fragte Karlao den etwas verunsichert dreinschauenden Vogel-Jungen weiter auf seine ganz besondere, direkte Weise.
Louis und Magdalena schienen mit der Situation ein wenig überfordert zu sein und blickten Hilfe suchend zu Tanja.
Anscheinend machten sich die beiden auch noch ein wenig Sorgen um die anderen elf Eier, die lediglich, wie schon seit Tagen, weiterhin golden leuchteten, an denen sich aber ansonsten noch rein gar nichts tat.
Ob wohl etwas Schlimmes mit den Eiern passiert war, sodass nur aus einem Ei ein Vogel-Mensch schlüpfen konnte?
Magdalena begab sich eilig zu dem Gelege, um es weiterhin etwas zu wärmen.
Tanja nahm all dies wahr. Sie hatte noch kurz vorher über den Namen Guidoa nachgedacht.
Dieser würde wohl kaum für einen Vogel-Jungen infrage kommen.
Bei den Osiriaten gab es kein bestimmtes Geschlecht.
Sie konnten immer jeden Moment neu entscheiden, ob sie lieber ein Mann oder eine Frau sein wollten.
Daher hatten sie auch solche Namen, wie etwa Karlao, Giseao oder Guidoa, welche praktisch zu beiden Geschlechtern passten.
»Also ich mag den Namen Guidoa sehr«, äußerte sich

nun, für alle überraschend, der Vogel-Junge.
»Ich habe, so glaube ich, ansonsten noch keinen eigenen Namen mitgebracht.«
Jetzt entschloss sich Tanja einzugreifen.
»Dann lass uns doch den Namen „Guido“ für dich auswählen, der ist ein wenig besser für einen Jungen geeignet. Bist du einverstanden?«
Die Mienen aller Beteiligten hellten sich auf und damit war der Name sozusagen bestätigt.
»Herzlichen Glückwunsch zu deinem tollen Namen.
Du bist ja ein richtiger Frühstarter.
Die anderen sind noch gar nicht so weit mit dem Schlüpfen.
Wenn du magst, dann führe ich dich ein wenig herum und zeige dir alles?«
Karlao hatte sich bei dem Jungen untergehakt und wollte munter mit ihm in Richtung des Waldes losziehen.
»Halt, halt!« Louis hatte sich lächelnd vor die zwei gestellt.
»Kommt, wir haben eine kleine Willkommensfeier geplant.
Allerdings würde ich mit dem vollen Programm gerne noch warten, bis alle anderen auch geschlüpft sind.
Aber essen sollten wir ruhig schon, sonst wird noch alles kalt.«
Obwohl die Bewohner dieses Planeten keine materielle Nahrung mehr benötigten, waren sie dennoch in der Lage, diese zu sich zu nehmen.
Mitunter also stellten sie sich zu besonderen Anlässen aus Gaben der Natur, die diese ihnen freiwillig gegeben hatte, leckere Speisen her.

Diese bestanden dann zum Beispiel aus Obst, Nüssen oder Saaten.
Karlao war sofort begeistert: »Hier lang, Guido. Ich zeige dir, wo genau die Essenstafel steht.
Ich war hier schon ganz, ganz oft.
Schließlich gehören die Vogel-Menschen zu meinen allerbesten Freunden.
Schau mal, was ich hier Wunderschönes habe.
Möchtest du es vielleicht geschenkt bekommen?«
Karlao zog auf wundersame Weise ein Armband hervor, das gerade noch Sekunden zuvor an Louis' Arm gewesen war.
Galant band er es Guido um.
Etwas enttäuscht stellte er fest, dass dieser noch gar nichts besaß, was er stattdessen hätte nehmen können, ließ es aber sofort gut sein und wies Guido gönnerhaft einen Platz an der Tafel zu.
Da man von der Essenstafel aus das Gelege nicht sehen konnte und die Eier auch weiterhin warmgehalten werden sollten, wechselten sich Magdalena und Louis während des Essens am Nest ab.
Tanja saß an der Tafel neben Quiskan.
Jetzt erinnerte sie sich wieder daran, dass dieser ihr vorhin in der Wohnküche gerade bedeutungsvolle Neuigkeiten rund um das irdische Waldhaus hatte erzählen wollen, als Selma sie mit der Nachricht über das Schlüpfen der Vogel-Menschen dabei unterbrochen hatte.
»Was ist denn nun aus Orlanas Eicheln gewachsen und was ist mit dem Setzling von Annika und Vismateté?«, fragte sie jetzt den älteren Freund.
Dieser antwortete sogleich: »Als Erstes wuchs aus einer

der zwei Eicheln eine zunächst winzige Eiche.
Erstaunlicherweise entwickelte sich diese danach wahnsinnig schnell.
Bereits nach einer Woche hatten wir an der Stelle einen riesengroßen sowie uralten Eichenbaum vor uns.
Plötzlich begann dieser auch noch, uns mit einer recht selbstbewussten Stimme anzusprechen.
Der Baum sprach: „Mein Name ist ‚Die wilde Hilde'.
Ich bin ein Wanderbaum. Wie ich auf meinen ersten Streifzügen bereits bemerkt habe, bin ich wohl die Einzige meiner Art auf diesem Planeten.
Na ja, macht nichts.
Was ich euch sagen wollte, ist, dass ich, wie alle Vertreter meiner Spezies, nicht hier an diesem Ort ununterbrochen stehen bleiben werde.
Ich habe mitunter etwas Wichtiges zu erledigen.
Daher werde ich nicht in der Lage sein, den kleinen Baum-Menschen Setzling, der demnächst hier erscheinen wird, ordentlich zu betreuen.
Ich bitte euch deshalb, für den Kleinen eine bessere Lösung an einem anderen Standort zu finden.
Er wird natürlich in einer Eiche wohnen.
Sein Name ist ‚Weißdornfreund'.
Wenn ich mich in der Gegend so umblicke, wird er hier ja jede Menge Freunde haben."
Es folgte ein schallendes Gelächter.
Dann plötzlich verschwand die alte Eichendame vor unseren Augen.
Kurz bevor sie sich ganz in Luft aufgelöst hatte, rief sie uns noch zu: „Seine Geburt wird morgen sein."
Dann war sie einfach weg.
Sie ist bis jetzt noch nicht wiedergekehrt.

Der Kleine allerdings ist schon da.
Wir konnten ihn da draußen tatsächlich nicht ganz allein lassen.
Zufällig war am selben Tag auch Annikas sowie Vismatetés kleiner Setzling gewachsen.
Ebenfalls im Baum einer Eiche, was eventuell um einiges besser ist, als wenn sie, wie ihre Mutter, in einer Birke leben würde.
Birken halten ja bekanntlich die stetige Erwärmung der Erde und den Wassermangel, der damit einhergeht, nicht so gut aus.«
»Du sagtest, wenn „sie" in einer Birke leben würde. Ist es denn ein Mädchen?«, warf Tanja neugierig dazwischen.
»Ja, es ist ein Mädchen. Sie haben sie Fiona genannt.
Ein bezauberndes, kleines Ding.«
Quiskans Züge hatten einen zärtlichen Gesichtsausdruck angenommen.
»Wir sind alle komplett von ihr begeistert.
Annika und Vismateté haben den kleinen Weißdornfreund nun auch zu sich genommen. Sie ziehen sie beide gemeinsam auf.
Die zwei sind bereits ein Herz und eine Seele geworden.
Es würde mich gar nicht wundern, wenn daraus später einmal mehr würde.
Allerdings hat Weißdornfreund nur Unfug in seinem Kopf.
Das färbt natürlich auch auf Fiona ab.
Die beiden erwachsenen Baum-Menschen werden von den Kleinen ganz schön auf Trab gehalten.«
Quiskan lachte.

»Ich bin froh, dass ich nur so eine Art Opa-Rolle spiele. Das ist entschieden stressfreier.«
Wiederum lächelte er selig.
»Es bringt ein wenig Leben ins Waldhaus, weißt du.«
»Dich scheint es ja richtig erwischt zu haben.
Du bist ja bis über beide Ohren in die zwei Kleinen verliebt«, rief Tanja aus. Kurz darauf sprach sie weiter:
»Ja, Kinder sind etwas Schönes.
Ich würde die beiden Setzlinge gerne auch einmal sehen.
Allerdings … Ich war schon bald ein Jahr nicht auf der Erde. Ich fürchte mich vor dem Schmerz über die Entwicklungen dort.
Es ist immer noch Krieg zwischen Russland und der Ukraine.
Das muss man sich mal vorstellen.
Vielleicht überwinde ich mich trotzdem und komme die stolzen Eltern mal besuchen.
Das Kleinkindalter geht ja so schnell vorbei.«
Tanja machte ein leicht trauriges Gesicht.
»Was hast du denn?«, fragte Quiskan sie besorgt.
»Ich finde, es wäre langsam an der Zeit, dass ich auch Oma würde«, antwortete sie.
»Atlantus und Akira sind längst im richtigen Alter.
Auf der anderen Seite sind sie „Krieger des Lichts“.
Dieser Lebenswandel könnte viel zu gefährlich für das Gründen einer Familie sein.
Ich bin hin- und hergerissen, was ich mir in dieser Richtung wünschen soll.«
»Weißt du was, nimm die Dinge einfach, wie sie kommen und freue dich dann daran, was gerade ist.
Es ist das Beste, sich gar nichts zu wünschen.
Du weißt ja, nur Erwartungen können enttäuscht

werden.
Wer wunschlos mit offenen Händen dasteht, der kann nur beschenkt werden.
Außerdem kann das Schicksal solchen Menschen nicht widerstehen.
Da es sozusagen machen kann, was es will, überschüttet es die Glücklichen oftmals mit allerlei schönen Dingen.
Schau, wir haben hier jetzt die Vogel-Menschen als neue Mitbewohner und auf der Erde gibt's die zwei Setzlinge.
Ich fände es eine gute Idee, wenn du mal wieder ins Waldhaus auf der Erde kämst.
So kannst auch du an den Kleinen Freude haben.
Es ist doch so, dass du jetzt hier auf der Platana dein festes Zuhause hast.
Hier wird die Natur so schön bleiben wie immer.
Mit dem Wissen im Hintergrund, könntest du es doch ruhig wagen, mal wieder einen Blick auf die Erde zu werfen.
Habe ich recht oder habe ich recht?«
Liebevoll legte Quiskan seinen Arm um Tanja.
»Nun lass uns mal weiterfeiern, meine Liebe.
Kommt Zeit, kommt Rat.«

Zwölf besondere Freunde

Das Schlüpfen der verbliebenen Eier hatte sich drei Tage, nachdem Guido das Licht der Welt erblickt hatte, endlich vollendet.
Die anderen elf Kinder kamen praktisch fast zur gleichen Zeit am dritten Tag nach Guidos Geburt aus ihren Eiern heraus.
Guido war offenbar wirklich ein »Frühchen« gewesen. Auch die übrigen Küken machten in ihrer Entwicklung genau bei einem Alter von dreizehn Jahren halt.
Insgesamt gab es nun sechs neue Vogel-Mädchen und sechs Vogel-Jungen.
Die zwölf Kinder wurden rasch eine unzertrennliche und verschworene Gemeinschaft.
Da Guido bereits über »mehr Erfahrungen« verfügte, hatte er sich zu so etwas wie der Anführer der kleinen Schar entwickelt.
Gemeinsam flogen sie überall auf dem Planeten herum und fragten den Bewohnern »Löcher in den Bauch«.
Bei der nächsten Versammlung der
»Kinder von Platana« sprach Soholit, der Anführer der Druiden aus, was alle sich wünschten:
»Die Kinder brauchen dringend eine Schule.
Sie sind unglaublich wissbegierig und auch aufnahmefähig.
Wir müssen ihren Wissensdurst etwas bündeln und ordnen, damit daraus ein solides Fundament werden kann.
Wer hätte denn Lust, ihr Lehrer zu werden?«
Es trat eine ungewöhnliche Stille im Raum ein.

Tanja hatte die Augen niedergeschlagen, um jetzt bloß nicht irgendwie aufzufallen.
Lehrerin - das wollte sie keineswegs werden.
Als sie ihre Augen vorsichtig öffnete, stellte sie erschrocken fest, dass beinahe alle Anwesenden sie abwartend und erwartungsvoll ansahen.
Nur Karlao nicht.
Dieser hatte sich gerade auf einen Stuhl gestellt, wahrscheinlich um zu verkünden, dass er sehr gerne der Lehrer der Vogel-Kinder sein würde und auch bestens dafür geeignet sei ...
Schnell beeilte sich Soholit, ihm zuvorzukommen.
»Tanja, meine Liebe, ich hatte schon von Magdalena und Louis gehört, dass sie sich dich sehr gut als Lehrerin der Vogel-Kinder vorstellen könnten.
Ich bin genau der gleichen Auffassung.
Wir drei und bestimmt auch Karlao werden dich sehr gerne dabei unterstützen.«
Karlao, der noch auf dem Stuhl stand, nickte nun bestätigend mehrmals mit dem Kopf. Dabei hatte er seinen Mund vor Aufregung noch immer weit geöffnet.
Zu mindestens das hatte er mit Tanja jetzt gemeinsam.
Diese jedoch überlegte angestrengt, wie sie auf möglichst höfliche Weise Soholits Angebot so schnell wie möglich ablehnen könnte.

Guidos Essay

Tanja ließ Guidos Ausführungen nachdenklich sinken. In ihren Händen hielt sie viele, eng beschriebene Blätter.
Sie war vollkommen überrascht.
Erinnerungen an ihre ersten Begegnungen mit Louis wurden in ihr wach.
War dort nicht eine extreme Ähnlichkeit im Charakter festzustellen?
Aber nein, das hier war doch anders!
Tanja begann nochmals sorgfältig die Hausaufgabe ihres Schülers zu lesen.
Es blieb dabei, das Schriftstück war wirklich außergewöhnlich.
Sie beschloss, mit Louis darüber zu sprechen, und begab sich unverzüglich via astraler Reise zu ihm.
Die Unterlagen trug sie gut verschlossen in einer Tasche bei sich.
»Hallo Tanja, das ist aber eine Überraschung, dich zu sehen.
Komm, setz dich doch. Magst du etwas zu trinken?«, fragte Louis, der sehr erfreut über Tanjas Kommen war.
»Ja gerne.« Tanja nahm dankend ein Glas Wasser entgegen.
Eine Weile saßen sich die zwei alten Freunde schweigend gegenüber.
Dann ergriff Tanja das Wort: »Es geht um Guidos letzte schriftliche Hausaufgabe …
Ich hatte die Jugendlichen gebeten, in einer Art Aufsatz darzulegen, wie man verschiedenen, unterentwickelten Planeten bei deren Entwicklung am besten behilflich sein

könnte.
Im Prinzip hatten wir gerade den Planeten Erde durchgenommen.
Ich wollte aber die Frage absichtlich etwas allgemeiner halten.
An und für sich hatte ich dabei daran gedacht, nochmals zu verdeutlichen, wie man gute Energie in deren Richtung senden oder Gebete ins Universum abschicken könnte.
Ich hatte den Teenagern eine Woche Zeit dafür gelassen, ihre Gedanken dazu schriftlich zu fixieren.
Anvisiert hatte ich für die Hausaufgabe maximal ein bis zwei beschriebene Seiten.
Guido hat praktisch ein halbes Buch verfasst und ist die Aufgabe völlig anders angegangen, als ich es erwartet hatte.
Da ich das Ganze ziemlich auffallend finde, dachte ich, dass ich dir sein Essay einmal vorlese.
Bist du einverstanden?«
Louis saß kurz still da und ließ die Neuigkeiten sinken.
Dann sprach er:
»Guido, sagst du?
Ich hatte von Anfang an das Gefühl, dass es mit ihm etwas Spezielles auf sich hat.
Lass mal hören. Ich bin sehr gespannt.«
Tanja nahm die Aufzeichnungen zur Hand und begann vorzulesen:

»Vorschläge zur Unterstützung eines unterentwickelten Planeten, herausgearbeitet am Beispiel des Himmelskörpers Erde«,

las Tanja als Erstes die Überschrift des Aufsatzes vor und fuhr dann weiter fort.

»Wie wir bereits gelernt haben, ist es uns als Vogel-Menschen, da wir ja ausgesprochene Lichtwesen sind, nicht gestattet, uns auf Planeten zu begeben, die unter der Herrschaft des „Herrn der Finsternis“ stehen.
Es bestände wohl die Gefahr, dass wir dort das Gleichgewicht, allein durch unsere Anwesenheit, in Richtung des Lichts verschieben könnten.
Das würde dann einen Verstoß gegen die ehernen Gesetze des Universums bedeuten, die besagen, dass nur die Lebewesen des jeweiligen Planeten allein entscheiden dürfen, ob sie lieber ein Planet des Aufbaus, also einer, welcher unter der Herrschaft „der Herrin des Lichts“ steht, sein möchten oder einer, der zerstört wird.
Die Einwohner hätten darüber hinaus noch die dritte Möglichkeit, nämlich das Licht und die Dunkelheit ins Gleichgewicht zu bringen, sich nur noch von der Liebe leiten zu lassen, um dadurch zu den höher entwickelten Planeten gehören zu dürfen.
In der Folge würde dann „die Eine – die Dienerin der Liebe“ zu deren Schirmherrin.
Das Ergebnis wäre, dass jener Planet ab diesem Zeitpunkt nicht mehr dem schnellen Kreislauf der Zerstörung und des Aufbaus unterworfen ist.
Unsere Möglichkeiten, unterentwickelte Planeten zu

unterstützen, bestehen derzeit lediglich darin, von Weitem gute Energie, der wir noch eine Art goldenes Licht zuordnen dürfen, zu senden oder aber für den Himmelskörper zu beten.«
An dieser Stelle war ein Tintenfleck auf dem Papier und Tanja meinte regelrecht Guidos provozierendes Gähnen zu hören.
Offensichtlich waren ihm diese Möglichkeiten viel zu wenig, beziehungsweise zu fade. Sie las weiter.
»Im Prinzip wäre ich damit jetzt schon am Ende meiner Hausaufgabe angelangt.
Da ich aber gerade genügend Zeit und Lust habe, ist es mir vielleicht, natürlich nur rein hypothetisch, gestattet, einige Alternativen aufzuzeigen.

Ich würde zunächst einmal eine Möglichkeit erfinden, durch welche wir Vogel-Menschen nicht mehr so lichterfüllt wären, dass wir, ohne etwas zu tun, das Gleichgewicht des besagten Planeten in Richtung Licht verschieben könnten.
Somit würden wir dann dort durch unsere Anwesenheit kein Gesetz mehr verletzten, denn wer auf der Platana lebt und kein Lichtwesen ist, darf sich durchaus in die Belange anderer Planeten, zum Beispiel auch der Erde einmischen, wie man ja bei allen anderen Bewohnern hier, außer bei uns und den Einhörnern sieht.
Warum möchte ich mich eigentlich einmischen?
Ich finde, dass das Gesetz, welches besagt, dass die Bewohner eines Planeten selbst entscheiden dürfen, ob sie zerstört werden wollen oder nicht, irgendwie scheinheilig ist.
Ich glaube nämlich, dass viele der Erdlinge gar nicht

richtig verstanden haben, dass sie wirklich gerade ihren eigenen Planeten beziehungsweise ihren einzigen Lebensraum endgültig zerstören.
Auch meine ich, dass ihnen die Wahlmöglichkeiten noch nicht völlig bewusst sind.
Wieso sonst würden sie sich so dumm verhalten, wie sie es augenblicklich noch tun?
Was sind, meiner Ansicht nach, die direkten Probleme, die zur Zerstörung des oben genannten Planeten führen könnten?
Erstens besteht die Gefahr, dass sich die Menschen gegenseitig und ihre Umwelt durch kriegerische Konflikte vollkommen zerstören.
Sie besitzen dafür genügend geeignete Waffen.
Sie wären mit sogenannten Atom- oder Neutronenbomben binnen weniger Momente in der Lage, den ganzen Erdball zu vernichten.
Des Weiteren könnten sie etwas langfristiger mit sogenannten konventionellen Waffen dazu beitragen, dass die Umwelt noch mehr zerstört, die Luft weiter verpestet und viele Menschen, Tiere und Pflanzen getötet werden.
Das würde dann auch irgendwann zum Kippen des Gleichgewichts führen und es könnten sich Lebensbedingungen bilden, die ein menschliches Leben auf der Erde nicht mehr möglich machen.
Noch ein wenig langfristiger ist das zweite Problem, nämlich der Klimawandel, der eng mit der allgemeinen Umweltverschmutzung zusammenhängt.
Durch kurzsichtigen oder nennen wir es fahrlässigen Raubbau und Umgang mit ihrem Heimatplaneten verändert der Mensch momentan die Bedingungen auf

seinem Planeten derart, dass es in kurzer Zeit kein Zurück mehr geben wird.
Sprich, die Temperaturen und andere Parameter nehmen dann Werte an, die die Erde zu einem ungastlichen Ort werden lassen.
Die Menschen hätten auf diesem Planeten daher schon bald keine Möglichkeit mehr zu leben.
Ich habe nicht den Eindruck, dass wir daran noch rechtzeitig mit unseren Gebeten oder „positiven Energiegeschenken" wirklich etwas ändern könnten.
Deshalb habe ich mir, wie zuvor erwähnt, „nur rein hypothetisch" einige andere Gedanken gemacht.
Immer vorausgesetzt ich könnte es schaffen, tatsächlich die Macht zu haben, all das auch umzusetzen.
Ich nehme an, dass eine solche Handlungsweise um einiges erfolgreicher wäre als Beten, was ich natürlich zusätzlich noch weiterhin (die Kraft des Geistes darf auch nicht unterschätzt werden ...) empfehlen würde.
Selbstverständlich lehne auch ich jegliche Gewalt oder das Zufügen von Leid vollkommen ab.
Trotzdem gehen meine Ideen weiter als Gebete.
Folgendes habe ich mir daher überlegt:
Da die Kriege meiner Meinung nach im Moment die größte Bedrohung darstellen, würde ich als Erstes dort ansetzen. Dazu würde ich alle Menschen, die hier unbekannte Drahtzieher und Nutznießer sind oder offensichtlich politisch das Sagen haben sowie auch deren Stellvertreter, auf eine milde Weise entführen.
Das würde immer Beteiligte von beiden sich kriegerisch gegenüberstehenden Parteien betreffen.
Ich würde mich ihnen unsichtbar nähern, sie dann auch unsichtbar machen, gleichzeitig einschlafen lassen und

danach via astraler Reise an einen Ort bringen, den ich zuvor schon eigens dafür vorbereitet hätte.
Den Angehörigen, Freunden oder anderen Bekannten der „entnommenen Menschen“, würde ich eine Nachricht hinterlassen, dass sie sich keine Sorgen zu machen bräuchten und dass die jeweiligen Mitbürger genau nach einem halben Tag wieder vollkommen unversehrt zurück sein würden.
Sie wären lediglich auf einer Art wichtigem und geheimem „Fortbildungsseminar“.
Danach würde ich das Gleiche mit Menschen tun, die für die Umweltverschmutzung in großem Maßstab verantwortlich sind, daran verdienen oder aber deren Abschaffung absichtlich im Wege stehen.
Wenn wir dann an dem besagten Ort ankämen, würden die Personen noch friedlich schlafen, sodass ich genügend Zeit hätte, folgende Maßnahmen durchzuführen:
Es gäbe an dem Ort, der sich für niemanden auffindbar irgendwo auf einem wunderschönen Fleckchen im Universum befinden würde, riesige Gebäudekomplexe mit vielen Zimmern.
In diese Zimmer würde ich zunächst jeweils einen Vertreter jeder Kriegspartei gemeinsam unterbringen.
Also einen aus Partei A und einen aus der Partei B, die mit A im Krieg ist.
Selbstverständlich würde den Menschen vorübergehend die Fähigkeit genommen werden, sich zu bekämpfen.
Ihre Fäuste würden zum Beispiel wie Watte sein, wenn sie damit ihr Gegenüber angreifen wollten, sodass sie sich nicht verletzten könnten.
Schimpfwörter würden ebenfalls aus ihrem Wortschatz

verschwunden sein.
Diese zwei Insassen eines Zimmers würden vollkommen aufeinander angewiesen sein, denn sie müssten sich stets gegenseitig jede Handlung genehmigen.
Wenn sie etwas essen möchten, müsste der eine entweder aussprechen oder aufschreiben, dass der andere die Erlaubnis zum Essen hat.
Das würde für alles gelten, sogar für das Benutzen der Toilette oder auch für das Schlafen, Trinken, Sport treiben und alles andere.
Jedes Zimmer würde über einen Balkon verfügen, von dem aus man einerseits auf das Meer und daneben auf einen jungfräulichen, unberührten Wald schauen könnte.
Jeder Bewohner des Zimmers würde ein Fernglas besitzen, um beispielsweise von dort aus Tiere beobachten zu können.
Das Betreten des Balkons oder das Benutzen des Fernglases müssten sie sich aber gegenseitig wiederum erlauben.
Herunterspringen vom Balkon oder aus einem Fenster wäre unmöglich.
Morgens würden sie mit einer wundervollen Musik, die von nährenden Geräuschen wie Vogelgezwitscher und Meeresrauschen untermalt ist, geweckt.
Mit einer solchen Musik würden sie auch abends wieder einschlafen.
Zu essen bekämen sie köstliche, vegetarischer Kost.
Es gäbe keinerlei Medien zur Zerstreuung.
Lediglich an den Wänden befänden sich verschiedene Bilder von besonders schönen Naturplätzen.

Tagsüber würden die zwei Mitbewohner gemeinsam zum Arbeiten gehen.
Ihr Arbeitsplatz wäre der Wald.
Sie würden dort manchmal auch erwachsene Bäume pflegen.
Aber hauptsächlich pflanzten sie neue.
Immer schön unregelmäßig und in den Sorten abwechselnd.
Diese Bäume würden sie auch in ihrem Wachstum begleiten, indem sie sie hegen, pflegen und beschützen würden.
Für ihre Angehörigen würden die Menschen zwar nur einen halben Tag lang weg sein.
An dem neuen Ort würde die Zeit jedoch vollkommen anders vergehen, sodass sie dort fast ein ganzes Menschenleben verbringen würden.
Körperlich altern würden sie dabei nicht.
Dafür, dass sie gesund bleiben, wäre ebenfalls gesorgt.
Ich bin mir sicher, dass mit der Zeit aus den ehemaligen Kriegsfeinden gute Freunde werden würden.
Außerdem würde sich ihr ganzes Wesen verändern.
Am Ende käme dann noch hinzu, dass sie in ihren Geist Bilder gespielt bekämen, in denen gezeigt würde, wie schrecklich Kriege sind und welches unermessliche Leid sie für Pflanzen, Tiere, Menschen und die ganze Erde bedeuten.
Als positive Aussicht sähen sie danach noch Eindrücke von einer Lebensweise, wie sie auf den hoch entwickelten Planeten üblich ist.
Die Vogel-Menschen, die mir bei der Aktion helfen würden, und ich, könnten ebenfalls folgende Maßnahme ergreifen, die offenbar von manchen indigenen Völkern

der Erde, so wie ich es irgendwo in alten Schriften gelesen habe, früher praktiziert wurde:
Man nimmt jemanden, der in seinen Handlungen gefehlt hat, in die Mitte eines Kreises.
Alle, die außen herumstehen, wiederholen immer wieder laut hörbar Geschichten darüber, was derjenige in der Mitte gut kann oder Gutes getan hat.
Das kann man von morgens bis abends tun und einen ganzen Monat fortsetzen.
Außerdem berühren zum Abschluss der Maßnahme die Helfer im Kreis liebevoll den, der gerade geheilt wird, und lassen all die Güte des Universums in diesen hineinfließen.
Die Methode soll zu ausgezeichneten Ergebnissen bei der Besserung von Straftätern geführt haben.
Dies scheint mir nur logisch, wenn man das Gesetz der Schöpferreihe: „Aus einem Gedanken wird ein Wort, dann eine Handlung und daraus später dann Materie, sprich der Gedanke wird zur Wirklichkeit", bedenkt.
Mit den Umweltsündern würde ich so umgehen, dass sie ein junges Tier als Haustier zugesellt bekommen, um das sie sich kümmern dürfen und welches ihr einziger Mitbewohner und Freund in ihrem Zimmer sein darf.
Ansonsten bekämen sie die gleiche Behandlung wie die kriegerischen Gegner.
Vielleicht hätten diese Menschen in dem Wald noch die Aufgabe, bestimmte Tierarten zu beschützen.
Eine andere Möglichkeit wäre auch noch, sie eine Zeit lang selbst zu einem solchen Tier oder auch einer Pflanze werden zu lassen, damit sie wirklich hautnah erfahren könnten, dass auch Tiere und Pflanzen Leid empfinden können.

Wenn ich die Macht hätte, Dinge auf der Erde zu bewirken, würde ich auch die Schulbildung ändern.
Hier wären wichtige, neue Schulfächer solche, die darauf abzielen, dass die Kinder lernen, was Mitgefühl und wahre Liebe bedeutet.
Weiterhin käme dazu, dass sie von frühester Kindheit an beigebracht bekämen, dass man sich umeinander kümmern muss, mit allen gerecht teilt, Pflanzen, Tiere und andere Menschen beziehungsweise Völker achtet, Frauen und Männer überall die gleichen Rechte haben, dass man Land nicht besitzen kann, sondern dass die Erde allen Wesen, die auf ihr leben, gemeinsam gehört.
Daraus müsste folgen, dass auch die Früchte der Erde gerecht verteilt würden.
Es könnte dann nicht mehr sein, dass auf einem Platz der Erde Menschen verhungern, während sie woanders viel zu dick sind, zu viel besitzen und dann darunter leiden.
Es gäbe keinen so großen Unterschied mehr zwischen ärmeren und reicheren Ländern.
Da sich Kriege völlig erübrigen würden, wenn man die wahre Liebe und die Tatsache beachtet, dass die Welt allen gemeinsam gehört, würden unglaublich viele Mittel frei sein, um die Erde zu dem Paradies zu machen, das sie ursprünglich einmal werden sollte.
Alle hätten von allem genug.
Die Arbeitszeiten könnten viel kürzer sein und es gäbe keine Arbeitsplätze mehr, an denen arme Menschen krank würden, weil diese ihnen unmögliche Bedingungen böten.
Im Grunde würden sich die Menschen, wenn sie unsere spezielle Schule durchlaufen hätten und geheilt wären,

vor jeder Tätigkeit, die sie planen, die entscheidenden zwei Fragen stellen: Ist das, was ich jetzt tun möchte, wirklich zum Wohle aller? Bin ich im Moment in den Diensten der Liebe unterwegs?
Ich habe hier noch nicht alles aufgeführt, was man darüber hinaus unternehmen könnte, denn ich denke, dass ich auch jetzt schon wahrscheinlich den Rahmen der Hausaufgabe vollkommen gesprengt habe.
Ich weiß auch, dass meine Ausführungen sehr viele „Wenn's“ und „Würde's“ beinhalten.
Trotzdem befriedigen mich solche Gedanken sehr viel mehr, als wenn ich nur beten und gute Energie senden oder aber mir Sorgen machen würde.
Das Beten und Senden praktiziere ich ja trotzdem, denn schaden kann das auf keinen Fall.
Ich befürchte aber, dass es nicht genügend helfen wird.
Könnten wir nicht wenigstens gemeinsam über meine Vorschläge nachdenken?
Ich möchte und ich will mich einfach nicht damit abfinden, dass auf einem so schönen Himmelskörper wie der Erde, in Kürze ein großer Teil des Lebens völlig zerstört werden wird und dadurch die Menschheit von dieser komplett verschwindet.

Gezeichnet: Euer Guido.«

Tanja war mit dem Vorlesen fertig und blickte nun, gespannt wartend, auf Louis.
»Ui, das erinnert mich ganz daran, wie du als Teenager auf dem Planeten Aquarius die anderen davon überzeugen wolltest, die Erde zu retten und dann alle zu einer neuen Inkarnation dort gebracht hast«, sprach Louis.
»Was, ich? Ich hatte eher an deine ersten Reden gedacht, als wir uns auf der Erde kennengelernt hatten. Diese waren allerdings ein klein wenig radikaler«, antwortete Tanja überrascht.
Die zwei Freunde blickten sich eine Weile an, dann brachen sie in Gelächter aus. Sie hatten erkannt, dass Guido offenbar eine Art Mischung ihrer beider war.
»Wie könnte ich deiner Meinung nach jetzt mit diesem Aufsatz umgehen?
Ich meine, er hat immerhin eine Menge guter Ansätze, ist vollkommen gewaltfrei und auch so mild wie möglich gehalten.
Anscheinend meint er es ernst und ruft mit dem Essay nach unserer Hilfe?«, fragte Tanja.
»Vielleicht verschiebst du den Zeitpunkt, an dem du die Aufsätze zurückgibst, noch etwas und wir besprechen das Ganze zuerst in der nächsten Versammlung bei euch im Waldhaus?
Die ist doch schon übermorgen, oder?«, fragte Louis.
»Das ist eine hervorragende Idee«, sprach Tanja und machte sich auf, nach Hause zu gehen.

Gudrun

Eines Tages stand sie vor dem Tor des irdischen Waldhauses.
Eine gut durchtrainierte Frau mittleren Alters mit demütigen Augen, namens Gudrun, klopfte immer wieder laut an die Tür.
Im Waldhaus war nicht mehr so viel los, seit Tanja zusammen mit ihrem Gefährten Alex und mehreren anderen auf den Planeten Platana ausgewandert war und dort ein neues Waldhaus errichtet hatte.
Es gab sogar Zeiten, zu denen waren nur noch die Baum-Menschen: Vismateté, Annika, deren junger Setzling Fiona sowie das Pflege-Baum-Kind Weißdornfreund am Platz.
Da diese ausschließlich draußen lebten, stand dann das Haus innen ganz leer.
Tanja war seinerzeit die Erste gewesen, die mit ihrer Familie an diesem so gut geschützten Ort inmitten eines Eichenwaldes, an dem Gudrun gerade um Einlass bat, gewohnt hatte.
Bald jedoch waren Vertreter vieler verschiedener Spezies, wie die Elben, das kleine Volk sowie die Druiden dazugekommen.
Viele Jahre lebten sie an diesem idyllischen Platz auf der Erde und setzten sich als die »Krieger des Lichts« für deren Erhalt mit Haut und Haaren ein.
Tanja war jedoch keine gewöhnliche Erdenfrau.
Sie war ursprünglich durch die Verknüpfung unglücklicher Umstände aus ihrem alten Leben auf dem hoch entwickelten Planeten Aquarius, auf dem sie als

dreizehnjähriges Mädchen mit dem Namen Cerafine gelebt hatte, in einer neuen Inkarnation auf der Erde gelandet.
Hier erhielt Cerafine den neuen Namen Tanja.
Lange kämpfte sie mit Inbrunst für die Wälder, das Aufhalten des Klimawandels oder auch den Umweltschutz.
Irgendwann, als genau ums Waldhaus herum einhundert völlig gesunde, alte Eichenbäume rein zu wirtschaftlichen Zwecken gefällt worden waren und Tanja einfach nichts dagegen hatte machen können, entschied sie innerlich, dass sie auf solch einem Planeten nicht mehr weiterleben wollte.
Das Schicksal erfüllte ihr bald diesen Wunsch und so hatte sie, gefolgt von anderen, diesen Ort schon längst in Richtung der Platana verlassen, als Gudrun genau dort nach einer Visionssuche fragen wollte.
Tanja hatte früher im Waldhaus Schwitzhütten und Visionssuchen angeboten.
Diese Rituale hatte sie von ihrem weisen Lehrer Quick Deer, der ein Mann des Lakota-Volkes war, gelernt.
Dieser war noch immer auf der Erde und weilte zufällig an jenem Tag im Waldhaus.
Er betrachtete Gudrun gerade mit wachsamen Augen.
Es war, als sähe er in die Mitte einer jeden Zelle ihres Körpers.
»Das ist auf alle Fälle eine echte Baumfreundin«, hörte er in seinem Geist leise den Baum-Mann, Vismateté sagen.
Quick Deer nickte bestätigend und bat die wartende Frau freundlich in die geräumige Wohnküche hinein.
Nachdem sie beide Platz genommen hatten, saßen sie

sich eine Weile schweigend gegenüber.
Gudrun hatte Glück, Quick Deer hier angetroffen zu haben.
Die meiste Zeit des Jahres war er mit einigen ehemaligen Jahrgangsgeschwistern Tanjas, welche ein ähnliches Schicksal wie diese gehabt hatten, im Land unterwegs, um Vorträge über eine alternative, mit den Bedürfnissen der Natur einhergehende Lebensweise zu halten.
Auf jenen Reisen versuchten sie, die Menschen über den Zustand der Erde zu informieren und ihnen Werkzeuge an die Hand zu geben, nachhaltiger auf dieser zu leben.
Sie sprachen auch über die uralten Rituale, die Quick Deer von seinen Ahnen gelernt hatte.
Dazu gehörten unter anderem auch die Schwitzhütte oder die Visionssuche.
Diese Rituale waren ein mächtiges Werkzeug, um Menschen in ein inneres Gleichgewicht zu bringen.
So etwas ist nämlich eine wichtige Voraussetzung, wenn man seine Handlungen von der Liebe lenken lassen möchte.
Daher wurden die Vortragsreisenden niemals müde, jedem interessierten Menschen von den hilfreichen Ritualen zu erzählen.
Denn nur, wenn die echte Liebe die Menschen lenken würde, wäre es möglich, dem Planeten eine wirkliche Überlebenschance zu bieten.
Ansonsten würde früher oder später der Untergang der Erde drohen.
Darin waren sich alle der Gruppe sicher.
Von Tanjas Jahrgangsgeschwistern, die früher elf Personen gewesen waren, waren nur noch fünf auf der

Erde übrig.
Die »Herrin des Lichts« hatte den früheren Zauber aufgehoben, der besagte, dass die ehemaligen Bewohner aus Aquarius nur unter bestimmten Umständen am Ende ihres Lebens nach Aquarius heimkehren konnten.
Daher durften sich die elf Jahrgangsgeschwister nun entscheiden, ob sie auf der Erde bleiben oder nach Aquarius zurückkehren wollten. Auch der wundervolle neue Planet Platana war eine Option gewesen.
Die »Herrin des Lichts« hatte außerdem allen Bewohnern der Platana angeboten, sich stets aussuchen zu können, auf welchem Planeten sie leben mögen.
Pendeln war auch möglich.
Tanja hatte dauerhaft auf der Platana bleiben wollen, sechs der Jahrgangsgeschwister waren nach Aquarius zurückgekehrt und die anderen pendelten zwischen der Erde und der Platana hin und her.
So konnten diese Quick Deer stets auf den Vortragsreisen begleiten.
Atlantus und Akira, Tanjas Söhne sowie deren Partnerinnen, Brenda und Lia, lebten meistens in Portugal, besuchten Tanja jedoch öfter.
Dort lebten auch Finnbar, Lias Zwillingsbruder und dessen Gefährtin Basilika, die eine von Tanjas Jahrgangsgeschwistern war.
In Portugal gab es nämlich noch einen weiteren, viel größeren Stützpunkt der »Krieger des Lichts«.
Dieser wundervolle Ort wurde portugiesisches Bruchtal genannt.
Derzeit waren im alten Waldhaus Quick Deer, Basilika, Finnbar, drei Vertreter des kleinen Volkes sowie noch vier weitere Jahrgangsgeschwister zugegen.

Gudrun nippte still an ihrem Tee und wartete darauf, dass Quick Deer das Wort ergreifen würde.
»Eine Visionssuche möchtest du durchführen? Warum um alles in der Welt willst du denn diese Entbehrung auf dich nehmen?«, fragte Quick Deer schmunzelnd sein schüchternes Gegenüber.
Während einer Visionssuche ging man vier Tage und vier Nächte, mit nichts weiter als genügend Wasser zum Trinken, einem Schlafsack, einer Isomatte und einer Plane als Regenschutz in die Natur, um dort zu fasten.
Man gab viel, konnte daher auch viel zurückbekommen.
Aber ein Spaziergang oder eine Art Urlaub war so etwas keinesfalls.
Im Gegenteil, es konnte zeitweise eine ziemliche Tortur sein.
Gudrun sah überrascht auf.
So hatte sie das noch gar nicht gesehen.
»Ich befinde mich in einer Lebensphase des Umbruchs.
Ich suche einen neuen Ort zum Sein und Wirken.
Zum Wald fühle ich mich hingezogen.
Wie sich das aber in mein tägliches Leben integrieren könnte, ist mir im Moment noch schleierhaft.
Ich brauche daher ganz dringend Hilfe!
Durch eine Freundin wurde ich darauf aufmerksam gemacht, dass hier zumindest früher Visionssuchen stattgefunden haben.
Allerdings konnte ich keine aktuellen Termine mehr im Internet finden?«
Ihre Stimme hatte am Schluss ein klein wenig ängstlich geklungen.
»Du hast Glück, dass du uns gerade hier antriffst.
Meine Schülerin Tanja, die früher hier die Seminare

geleitet hatte, lebt nun an einem anderen Ort.
Aber ich könnte dich auch bei deiner Suche unterstützen.«
Gudrun atmete hörbar auf.
»Wann kann es denn losgehen?«, fragte sie ein klein wenig atemlos.
»Ich würde sagen, komm morgen erst mal richtig an und ich zeige dir einen Platz im Wald.
Übermorgen nach dem Mittagessen kannst du dann herausgehen.
Ich rufe dich in vier Tagen zur gleichen Zeit mit der Trommel zurück.
Dann werden wir deine Erlebnisse im Wald während der sogenannten Spiegelung besprechen und sehen, was dir der große Geist an Hinweisen für dein weiteres Leben gegeben hat.«
Gudrun war heilfroh.
Am übernächsten Tag schlug Quick Deer seine Trommel und sandte sie in den Wald hinaus.
Mit dem Klang der Trommel in den Ohren und ihrem Rucksack auf dem Rücken machte sich Gudrun in Richtung ihres Visionssuche-Platzes, den sie gestern schon vorbereitet hatte, auf.
Dort angekommen, schaute sie sich in dem lieblichen Eichenwald um und nahm erst einmal mit den dortigen Spirits Kontakt auf.
Gerne hätte sie etwas Salbei oder Beifuß geräuchert.
Quick Deer hatte ihr jedoch den Umgang, selbst mit der kleinsten Flamme, wegen der Waldbrandgefahr strengstens untersagt.
Gudrun fühlte sich an ihrem Platz sofort geborgen.
Sie lehnte sich an eine dicke Eiche und blickte einfach

nur so vor sich hin.
Sie lauschte den Geräuschen des Waldes.
Die junge Frau hörte das Säuseln des Windes, der die Blätter der Bäume sacht liebkoste, das Rascheln verschiedener Tiere im trockenen Laub sowie deren Laute.
Gudrun wurde immer ruhiger.
In der Dämmerung döste sie, friedlich an einen Baum gelehnt, ein.
Als sie erwachte, war es im Wald stockdunkel.
Von überallher hörte sie unbekannte Geräusche und lautes Rascheln.
Es war vollkommen finster. Sie konnte ihre Hand vor Augen nicht mehr sehen.
Panik überkam sie.
Ein eisiger Schauder überlief ihren Rücken.
Mit mehreren tiefen Atemzügen versuchte sie sich zu beruhigen und ihr wie verrückt klopfendes Herz zu verlangsamen.
Das gelang auch.
Gudrun nestelte hastig in ihrem Rucksack herum, der ganz dicht neben ihr stand.
Sie fand das Gesuchte recht schnell.
»Im Notfall darfst du in der Nacht auch mal kurz eine Taschenlampe anmachen.
Aber bedenke, dass du dann durch das Licht auch von weit her deutlich zu sehen bist …«
Diese Worte des weisen Lakota-Mannes klangen ihr gerade im Ohr.
Trotzdem schaltete sie die Lampe an, denn sie musste einfach wissen, wer oder was dort im Dickicht so laut herumwuselte.

Als die Taschenlampe jenes Gebüsch, von wo die merkwürdigen Laute gekommen waren, erhellte, funkelten ihr mehrere, scheinbar glühende Augenpaare entgegen.
Sie bewegten sich nicht. Es sah gespenstisch aus.
Offenbar dachten die Tiere, zu denen die Augen gehörten, sie seien in der Dunkelheit sicher.
Was waren das für Wesen?
Sie sahen auf den ersten Blick aus wie Katzen.
Aber das konnte nicht sein.
Gudrun erhob sich langsam und hielt nun die Taschenlampe etwas mehr von oben auf die Tiergruppe.
Dann fiel es ihr wie Schuppen von den Augen.
Das war bloß eine kleine Gruppe von Waschbären, die nach Nahrung suchten.
Gudrun schaltete auf der Stelle die störende Lampe aus und lehnte sich leise wieder an den Baum.
Lächelnd nickte sie wieder ein.
Am nächsten Morgen erwachte sie durch das überlaute Zwitschern einiger vorwitziger Vögel, die schon in der frühesten Morgendämmerung dafür sorgten, dass Gudrun kein Auge mehr schließen konnte.
Die junge Frau erhob sich langsam.
Ihr tat jeder Knochen weh.
Vorsichtig versuchte sie, sich ein wenig zu strecken.
Das war entschieden keine gute Schlafstellung gewesen.
Nächste Nacht würde sie sich besser auf ihrer Isomatte in ihren Schlafsack kuscheln.
Das hier würde sie nicht wiederholen.
Suchend sah sie sich um.
Sie war ein wenig irritiert.
Es gab einfach nichts zu tun.

Entsetzen überkam sie. Was sollte sie hier bloß die ganze Zeit machen?
Normalerweise war sie ein fleißiger, stets geschäftiger Mensch.
Ihr Bedürfnis, in Stille zu sitzen, hatte sie eigentlich schon gestern zur Genüge befriedigt.
Das würde hier sicherlich ziemlich langweilig werden.
Noch drei Tage! Mein Gott, was hatte sie sich nur dabei gedacht, sich auf so ein blödes Ritual einzulassen.
Noch dazu kostete das Ganze richtig Geld.
Gudrun war nahe dran, sich unauffällig zu ihrem Auto zu schleichen und still und heimlich abzureisen.
Da fielen ihr plötzlich wieder die Dinge ein, die ihr Quick Deer mit auf den Weg gegeben hatte.
»Du wirst Zweifel haben.
Alles in dir wird versuchen, dich zum Aufgeben zu bewegen.
Das innere, kleine Ego stirbt nicht gerne. Aber genau das wird ihm nach den vier Tagen im Wald drohen.
Daher wird es alles Mögliche tun, um dies zu verhindern. Du musst sehr stark sein, um nicht aufzugeben.
Erinnere dich daran, dass es deine einzige Aufgabe ist, im Wald zu lauschen.
Dabei sollst du alle Erlebnisse „sammeln“, die die Natur dir liefert. Das können Tierbegegnungen sein, Geräusche des Windes …
Eben einfach alles, was die Natur tut und was nicht vom Menschen gemacht ist.
Diese Dinge darfst du auch gerne aufschreiben.
Aber bitte nicht mehr als eine A4-Seite am Tag.
Du sollst ja kein Buch schreiben.

Damit würdest du nämlich durch das andauernde Nachdenken wieder nur dein eigenes Ego füttern und es am Leben halten.
Wir wollen doch, dass du in diesen vier Tagen tiefer gehst als je zuvor.
Jenseits des Egos ist die Antwort. Also viel Glück und sei stark!«
Gudrun lief langsam im Kreis um ihre Eiche herum.
Sie dachte nach.
»Na gut, ich gebe mir nochmals 24 Stunden hier, dann sehe ich weiter.
Abreisen könnte ich dann immer noch«, sprach sie leise zu sich selbst.
Sie nahm ihr kleines Notizbuch hervor, lehnte sich erneut an den Baum und trug die ganzen Tiererlebnisse, angefangen von den Geräuschen, der Begegnung mit den Waschbären sowie das Vogelgezwitscher ein.
Dann entschied sie sich auch noch für einen Stichpunkt, der ihre Zweifel festhalten sollte.
Sie legte das Büchlein weg.
So und nun an die Arbeit.
Lauschen, das war angesagt. Sie lächelte.
Am dritten Tag war Gudrun noch immer im Wald.
Abends hatte sie zum ersten Mal richtig Hunger.
Sie verbot es sich selbst, andauernd an ihre Lieblingsgerichte zu denken.
Dass dies nicht hilfreich wäre, hätte ihr Quick Deer gar nicht erst sagen müssen.
Trotzdem war sie ganz schön genervt.
Sie erinnerte sich gehört zu haben, dass die letzte Nacht »Die Nacht der langen Schatten« genannt wurde und bei vielen Visionssuchenden nochmals richtig hart

werden würde.
»Na prima, so ein Mist.
Wenn ich doch bloß zu Hause geblieben wäre«, sprach sie zu sich selbst, blieb aber, wo sie war.
Sie trank eine Menge Wasser, um ihr Hungergefühl zu betäuben und kuschelte sich anschließend in ihren Schlafsack.
Mit pochendem Herzen erwartete sie die letzte Nacht, mit allem, was da wohl noch so passieren konnte.
Am nächsten Morgen wurde Gudrun von einer zarten Melodie geweckt.
Sie fühlte sich frisch, stark, innerlich aufgeräumt und wie jeden Morgen gar nicht mehr hungrig.
Moment mal, war es schon der Morgen des vierten Tages?
»Die Nacht der langen Schatten« hatte nichts als einen erholsamen Schlaf gebracht?
Komisch. Sie erhob sich langsam.
Von wo kam nur diese liebliche Melodie?
Gudrun lauschte aufmerksam und wandte sich dann entschieden nach links.
Sie wurde regelrecht von einem sehr alten Eichenbaum angezogen.
Dieser lag zwar außerhalb des Bereiches, in dem sie eigentlich während ihrer Suche hätte bleiben sollen.
Aber diese Regel war ihr jetzt vollkommen egal.
Regeln sind dazu da, dass sie auch gelegentlich gebrochen werden müssen, dachte Gudrun im Stillen.
Sie hatte daher keinerlei Gewissensbisse, als sie den heiligen Kreis ihres Visionssuche-Platzes überschritt.
Wusste sie doch, dass dies absolut richtig war.
Die junge Frau wunderte sich nur, dass ihr diese

mächtige Eiche, von wo die liebliche Klangfolge zu kommen schien, nicht schon früher aufgefallen war.
Es konnte ja wohl kaum sein, dass diese jetzt erst hier aufgetaucht war, oder etwa doch?
Unwirsch schob Gudrun diesen scheinbar absurden Gedanken beiseite.
Je näher sie der Eiche kam, sie hatte den Eindruck, dass diese definitiv weiblich war, desto lauter wurde die wundersame Melodie.
Als sie an dem beeindruckenden, alten Baum angekommen war, durchdrang das zauberhafte Lied wie heilende Medizin jede Zelle ihres Körpers.
Langsam ließ sich die junge Frau am Stamme der alten Eiche nieder.
Dann kam, wie der Blitz, die Vision.
Sie enthielt eine heilige Botschaft.
Die Informationen wurden ihr lautlos direkt in ihr Bewusstsein übermittelt.

»Das Lied der Erde ist stärker als ihre Wunden.
Ihr Herzschlag ist mächtig und weise.
Mein Name ist „Die wilde Hilde".
Ich bin ab jetzt deine Verbündete.
Du findest mich überall im Wald, wenn du die Melodie leise vor dich hin summst, egal ob hörbar oder im Geist.
Dann werde ich dir als diese alte Eiche erscheinen, real oder in deinem Geist, je nachdem.
Du bist die Frau der Liebe, diejenige, die Fülle in der Leere erschafft und umgekehrt.
Du bist die, die durch Licht die Natur heilen kann.
Vertraue auf deine Fähigkeiten!
Es werden kleine Dinge sein, die du tun wirst.

Doch die kleinsten Dinge können einmal die sein, die als einzige das Große noch bewegen können.
Tu die Dinge mit Hingabe und schenkender Liebe.
Bedenke, selbst das, was stirbt, hat Wert und auch das kleinste Unsichtbare ist ein wertvoller Teil der Schöpfung.
Auch ein Lichtkind braucht Schatten, so bleibt es am Boden verbunden mit der Erde in der Menschenhülle.«

Gudrun blieb noch eine Weile an dem Baum sitzen.
Sie ließ diese Informationen tief in sich sinken.
Mit geschlossenen Augenlidern rollte sie ihre Augäpfel immer wieder hin und her, denn sie wusste auf einmal, dass dies dabei sehr hilfreich wäre.
Nach langer Zeit stand sie auf und trug die Worte dieser Vision dankbar in ihr Notizbuch ein.
In der linken Hand hielt sie eine Eichel, welche sich dort plötzlich, nachdem der Baum verstummt war, materialisiert hatte.
Sie beschloss, diese zu Hause zunächst in einen kleinen Blumentopf einzupflanzen.
Als sie nochmals in Richtung der mächtigen Eiche blickte, verschmolz »Die wilde Hilde« immer mehr mit der Umgebung, bis sie schließlich ganz verschwunden war.
Gudrun war nicht beunruhigt.
Sie wusste ja, wie sie sie wieder rufen konnte, wenn es nötig war.
Die Visionssuchende war so entspannt, wie nie zuvor in ihrem Leben.
Sie lehnte einfach reglos und erfüllt an einem Baum.
Gudrun suchte nichts, sie brauchte nichts.

Es war alles da und würde auch immer da sein.
Als sie nach einiger Zeit die Trommel ertönen hörte, packte sie langsam ihre wenigen Dinge zusammen.
Mit dem Rucksack bepackt, machte sie sich alsbald in Richtung der Trommel auf.
Quick Deer hatte sofort erkannt, dass etwas Bedeutsames mit Gudrun passiert sein musste.
Sie war von einem hellen Strahlen umgeben.
Im Waldhaus angekommen, reichte er ihr ein großes Glas mit frisch gepresstem Orangensaft, damit sie das Fasten brechen konnte.
Er wartete still.
Nachdem die junge Frau im Bad gewesen war, fand die Spiegelung statt.
Gudrun erzählte der Reihe nach von ihren Erlebnissen im Wald.
Irgendwie war sie gar nicht neugierig, was Quick Deer für eine Antwort aus dem Gehörten formulieren würde.
Sie war so voller Vertrauen, dass ihr alles recht war, was jemals kommen würde.
Nach eine Weile sprach Quick Deer:
»Hiermit lade ich dich herzlich ein, das Waldhaus und das Land darum zu hüten.
Alex wird froh sein, dass sich so eine würdige Nachfolgerin für seinen Garten gefunden hat.
Du kannst hier wohnen, wenn du es magst.«
Dann erzählte er der staunenden Frau die ganze ungewöhnliche Geschichte aller »Krieger des Lichts«.
Gudrun fühlte sich reich beschenkt durch dessen Vertrauen, den neuen Platz, an dem sie wirken sowie wohnen durfte, und die wundervolle Aufgabe, die nun ihrer harrte.

Sie jedenfalls gedachte, diese so gut wie möglich auszufüllen.
Als Erstes pflanzte sie die Eichel ein und brachte das kleine Töpfchen anschließend in das Gewächshaus des zauberhaften Gartens.

Die große Diskussion

Tanja las Guidos Aufsatz während der nächsten Versammlung der Krieger des Lichts nochmals vor.
Als sie geendet hatte, trat eine längere Stille ein.
Als Erster meldete sich Karlao zu Wort:
»Ich finde das Ganze eine prima Idee. Ich wüsste auch schon, wohin wir die einzelnen Zankäpfel und die Umweltsünder für ihre Umerziehung bringen könnten ...«
Er verstummte abrupt, als er Soholits weit hochgezogenen Augenbrauen wahrnahm.
Dieser äußerte sich nun ebenfalls:
»Das sind wirklich sehr interessante Ansätze, aber meiner Meinung nach ist es völlig inakzeptabel, so vorzugehen.
Wie seht ihr das?«
Einer nach dem anderen meldete sich zu Wort.
Stundenlang wurden Wortmeldungen zu Guidos Aufsatz vorgetragen.
Selbstverständlich wurden dessen Arbeit, die hervorragenden Einfälle und sein guter Wille gewürdigt.
Jedoch gebilligt wurde seine Idee von niemandem, ausgenommen von Karlao.
Dieser machte immer wieder einen Versuch, dafür zu sprechen.
Im Prinzip hatte außer dem Osiriaten jedoch keiner eine andere Meinung als Soholit.
Somit wurde jener von den anderen kurzerhand überstimmt.
Man beschloss, Guido zu einem gemeinsamen

Spaziergang einzuladen, ihm für seine »exzellente Arbeit« zu danken, ihm aber dann klarzumachen, dass es besser wäre, sich nicht auf diese Weise auf einem unterentwickelten Planeten einzumischen.
Bei dem Ausflug waren außer Guido auch noch Louis, Magdalena, Soholit sowie Tanja dabei.
Guido reagierte ein wenig niedergeschlagen und sprach dann: »Ich habe ja eigentlich keine andere Entscheidung von euch erwartet.
Aber trotzdem, ein bisschen Hoffnung hatte ich doch.
Euch ist ja schon klar, wenn es auf der Erde nicht bald einen geraden Schnitt gibt, dass diese dann als Lebensraum für die heutigen Populationen in Kürze nicht mehr zur Verfügung stehen wird, oder?
Mit geradem Schnitt meine ich natürlich, dass so eine Kehrtwende nur von der Liebe gelenkt und für die Erde, inklusive aller Spezies, sein darf.
Ein Aufstand von Fanatikern, die nur ***gegen*** Krieg und Umweltverschmutzung sind, also nicht ***für*** etwas Gutes eintreten, würde auf Dauer keinesfalls helfen.
Gegenkräfte nähren immer nur das, wogegen man ist.
Kräfte ***für*** etwas machen das, wofür man ist, größer ...
Wie unglaublich schade.
Na ja, einen Versuch war's ja wert.«
Mit hängenden Schultern verließ Guido die anderen und machte sich, scheinbar ziellos, auf einen eigenen Weg.
Seine Lehrerin und die anderen Erwachsenen ließ er mit einem etwas schlechten Gewissen zurück.
Besonders Tanja fühlte sich hundeelend.
So, als hätte sie gerade ihre eigenen Ideale verraten.
Trotzdem überließ sie Guido nun sich selbst.

Nicht mal zum Fliegen hatte dieser noch Lust.
Irgendwie wurde er den Gedanken nicht los, dass es doch vollkommen nutzlos war, ein Lichtwesen zu sein, wenn man nicht einmal etwas Gutes damit tun durfte.
Nach einiger Zeit langte er auf einer wunderschönen Blumenwiese an.
Von Weiten kam aufgeregt Karlao auf ihn zugerannt.
»Mensch, Guido, hallo. Wie geht's dir?
Du hast aber einen tollen Aufsatz geschrieben.
Der war wirklich ganz prima.
Ich würde alles sofort in die Tat umsetzen.
Ich wüsste auch schon wie und wo.
Magst du es mal hören?«

Lias Traum

»Komm, setz dich, Akira. Du bist ja heute ganz allein gekommen. Magst du eine Tasse Tee?«
Tanja hantierte geschäftig in ihrer kleinen Küche herum.
Akira rutschte unruhig auf seinem Stuhl umher.
Irgendetwas stimmte hier offenbar nicht.
Tanja hielt inne und betrachtete ihren Sohn aufmerksam.
Sie setzte sich zu ihm an den Tisch, stellte dort zwei Tassen Tee ab und wartete still.
Nach einiger Zeit begann Akira zunächst ganz langsam und dann immer schneller zu erzählen.
Es schien, als würde er sich endlich einen riesigen Ballast von der Seele reden.
»Lia ist krank. Ich glaube, sogar sehr.
Das ist alles nur meine Schuld.
Ich wollte unbedingt, dass es auf der Erde wieder besser wird.
Als uns Orlana, die „Herrin des Lichts“ damals freigestellt hatte, ob wir auf der Erde oder auf der Platana leben möchten, war Lia sofort an meiner Seite, als ich, wie auch Atlantus, Finnbar, Basilika und Brenda die Erde als Haupt-Lebensmittelpunkt wählten.
Wir haben mit den anderen im letzten Jahr schon so vieles versucht.
Es scheint jedoch, dass die Gegenkräfte viel zu stark für uns sind.
Es stimmt, da gibt es schon eine Menge kleiner positiver Dinge, die am Wachsen sind.
Aber im Großen und Ganzen verläuft bereits seit

Langem zum Beispiel jeder Klimagipfel ohne ein wirkliches Ergebnis.
Stattdessen werden so viele finanzielle Mittel für Krieg und militärische Aufrüstung aufgewendet, dass man sich schon fragt, ob extra nur dafür neues Geld gedruckt wird.
Nach einem Jahr Krieg in der Ukraine ist noch immer kein Friede in Sicht.
Humanitäre Angelegenheiten und eben auch die wichtigen Schritte, um den Klimawandel aufzuhalten, werden einfach nicht konsequent getan.
Alles geht so weiter wie bisher und eigentlich verschlimmert es sich auch noch.
Die Erde erwärmt sich dadurch stetig.
Naturkatastrophen gehören überall auf der Welt nun schon zum traurigen Alltag.
Durch die Wärme tauen die Permafrostböden langsam auf und durch ungesunde Lebensräume könnte es passieren, dass die uralten, im ehemaligen Permafrost wieder freigesetzten Krankheitserreger zu weiteren Pandemien führen könnten.
Die Gesellschaft hat sich militarisiert.
Es ist kaum noch möglich, auf der Straße zu demonstrieren, ohne gleich misstrauisch beäugt zu werden. Das Leben auf der Erde hat sich so sehr verändert, Mama.
Sei froh, dass du hier auf der Platana in einer Oase des Friedens mit dieser so lieblichen Natur leben darfst.
Ich hatte bemerkt, dass Lia in der letzten Zeit des Öfteren andeutete, ob wir nicht auch auf die Platana umsiedeln wollen.
Sie erschien mir geschwächt und besorgt zu sein.

Aber du weißt ja, was für ein Kämpfer ich bin.
Aufgeben kommt einfach nicht in meinem Wortschatz vor.
Und jetzt hat sie die Corona-Pandemie doch noch erwischt.
Ihr geht es wirklich schlecht.
Es war heute so schlimm, dass ich sie nicht einmal auf einer astralen Tandemreise hierher mitbringen konnte.
Ich schäme mich so!
Was, wenn Lia nicht wieder gesund wird?
Ich schwöre, sobald es ihr besser geht, werden wir uns auch hier auf der Platana einen Wohnplatz suchen.
Ich werde die Erde aufgeben. Leider habe ich wohl nun doch versagt.«
Bei diesen Worten liefen Akira die Tränen in Strömen über die Wangen.
Tanja wusste, wie schwer ihm dieser Entschluss sowie die letzte Aussage gefallen sein mussten.
»Sorge dich nicht um Lia.
Ich werde sofort Querin bitten, mit seinem heilenden Hammer zu ihr zu reisen und sich um sie zu kümmern.
Aber was du über die Erde berichtest, ist sehr schlimm.
Wenn sogar du schon aufgeben willst, dann ist es vielleicht wirklich zu spät.
Gestern haben wir auf einer Versammlung entschieden, einen gar nicht so schlechten Vorschlag Guidos zur Rettung der Erde abzulehnen.
Ich halte das immer noch für richtig.
Aber irgendwie fühle ich mich dabei mit dieser Entscheidung jetzt noch viel schlechter als zuvor.
Vor allem, wenn ich das, was ich soeben von dir gehört habe, bedenke.

Sei's wie's sei. Komm mal zu mir.«
Tanja nahm ihren verzweifelten Sohn fest in ihre Arme und ließ lange Zeit, ohne ein weiteres Wort zu sagen, tröstende Energie in ihn hineinfließen.
Dann sprach sie:
»Jedes Wesen sollte nur das tun, was ihm Freude bereitet.
Ich bin mir sicher, dass du bislang bei der Rettung der Erde dein Allerbestes gegeben hast.
Ich hätte dich aber auch lieb, wenn das nicht der Fall gewesen wäre.
Meine Liebe zu dir ist von gar nichts abhängig.
Sie gilt dir einfach nur, weil es dich gibt.
Ich würde nie von dir verlangen, dass du Großes vollbringst, ein spiritueller Anführer bist oder der Kaiser von China wirst. Ich stünde jedoch an deiner Seite, wenn du dies wünschtest.«
An dieser Stelle lächelte Tanja ein wenig.
»Das Einzige, das ich mir von dir erbitte, ist, dass du ein glückliches sowie erfülltes Leben führen wirst.
Und selbst wenn das nicht gelingen würde, bin ich immer, dich liebend, als unterstützender Wind in deinem Rücken, solange mir dies vom Göttlichen erlaubt wird.
Ihr könntet im Übrigen auch von hier aus noch einiges auf der Erde bewegen. Und selbst wenn das letztlich nichts nutzen und die Erde als Lebensraum für den Menschen und viele andere Spezies verloren gehen sollte, so gibt es noch immer das „Göttliche Happy End".
Ich habe darüber auch schon mehrfach mit Lia gesprochen.

Das ist eine ziemlich komplexe Angelegenheit. Lass es mich an einem Beispiel versuchen zu erklären:
Stell dir vor, du schläfst ganz gemütlich in einem Schaukelstuhl am Kamin ein und fängst an zu träumen. Dabei träumst du ein ganzes Leben auf der Erde. Am Ende dieses Lebens wachst du einfach wieder in dem Schaukelstuhl auf. Egal, wie schlimm die Ereignisse dieses Lebens in deinem Traum auch gewesen sein mögen, du hast die ganze Zeit in Sicherheit in deinem Schaukelstuhl gesessen. Das Leben, das wir in materiellen Körpern führen, ist nicht die wahre Realität. Es ist vergleichbar mit einem Traum. Ein Wassertropfen im Meer mag sich eine Weile als getrennter Wassertropfen empfinden. Er wird jedoch früher oder später wieder in die Ganzheit des großen Meeres zurückkehren.
Mit diesem Wissen kannst du dich weiterhin für die Rettung der Erde einsetzen. Die Verbissenheit verlierst du jedoch, da du weißt, dass am Ende immer alles gut ausgehen wird. Das ist die einzig wahrhafte Gerechtigkeit, auf die man sich zu einhundert Prozent verlassen kann.«
Nach einer Weile strafften sich Akiras Schultern.
Er löste sich sacht aus der Umarmung seiner Mutter.
»Quick Deer wollte mir noch etwas Wichtiges sagen.
Danach werde sofort zu Lia astral zurückreisen.
Klasse, dass Querin kommen wird.
Das ist eine einwandfreie Idee.
Ich möchte aber unbedingt bei Lias Heilung dabei sein und ihr danach die Botschaft übermitteln, dass wir hierher umziehen werden.«
Ein wenig brach seine Stimme bei diesen Worten noch

immer.
Akira machte sich sofort auf den Weg, um zunächst Quick Deer aufzusuchen.
Später reiste er gleichzeitig auch ein wenig in der Zeit zurück, damit seine Liebste im portugiesischen Bruchtal nicht so lange allein zu Hause bleiben musste.

Lia fiel, kurz nachdem Akira gegangen war, in einen unruhigen Fiebertraum.
Sie fühlte sich wirklich sehr, sehr krank.
Hätte sie doch nur Akira schon früher von ihrem Zustand berichtet.
Sie wollte jedoch nicht, dass ihr Gefährte ihretwegen seine Mission auf der Erde aufgeben würde.
Ihr war absolut klar, was diese für ihn bedeutete.
Nie und nimmer hätte sie gewollt, dass Akira so unglücklich werden würde.
Deshalb hatte sie auch weiter dabei mitgemacht, die Mission zur Rettung der Erde voranzutreiben.
Der Gedanke, dass dies vielleicht sinnlos war und eventuell über ihre Kräfte gehen würde, war ihr schon vor längerer Zeit gekommen.
Zwischen Wachsein und Fieberschlaf fantasierte sie auf ihrem Lager weiter vor sich hin.
Dabei passierten nochmals die Ereignisse der letzten Jahre Revue und die junge Frau schoss danach sogar weit in die Zukunft hinaus.
Lia träumte weiter und weiter.

Das Leben nach dem Scheidepunkt

Soholit, der Druide, hatte ihnen damals in Irland im Jahr 822 immer wieder gesagt, dass das Jahr 2018 auf der Erde ein ganz besonderes sei.
Deshalb hatten sie sich in jenem Jahr als die »Krieger des Lichts« teilweise unsichtbar stets auf die Seite der jungen Leute gestellt, die zu dieser Zeit eine riesige Protest-Welle auf der ganzen Welt entfacht hatten.
Längst hatte der Geist der Kinder und Jugendlichen auch die Erwachsenen jeden Alters erfasst.
Gemeinsam waren die Menschen auf den Straßen in riesigen Kundgebungen unterwegs, um für den Umweltschutz zu demonstrieren.
Der Klimawandel musste aufgehalten werden.
Da es so viele waren, die dies lautstark einforderten, reagierten endlich auch die Politiker.
Entsprechende Programme wurden beschlossen, neue Regeln traten in Kraft.
Die EU machte ihren Billionen schweren, sogenannten »Green Deal« bekannt, der in großem Maßstab für den Umweltschutz wirken sollte.
Es hatte doch bereits so gut ausgesehen für die Erde …
Doch dann ging es wieder rapide bergab.
Der »Herr der Finsternis« gab sich wohl nicht so schnell geschlagen.
Alles hatte damit angefangen, dass die Coronapandemie ausbrach.
Bald waren wegen der Lockdowns und Coronaregeln keine Demonstrationen mehr möglich.
Gelder wurden nun vorwiegend in Corona-Hilfsfonds

gesteckt und nicht mehr in den Umweltschutz.
Das ging über längere Zeit so.
Die große Protest-Welle zum Schutz der Erde war gebrochen worden.
Jeder hatte nur noch mit seinen eigenen Problemen zu tun.
Eine Menge Menschen waren deprimiert und extrem geschwächt durch die Isolation und die Entbehrungen der Pandemie.
Viele sahen inzwischen nicht mehr über den eigenen Tellerrand hinweg.
So beschäftigt waren sie damit, sich nur noch um die rudimentärsten Angelegenheiten des täglichen Lebens zu kümmern.
Die Umweltschutz-Bewegung war zwar noch in ihrem Ursprung vorhanden, wurde aber kaum noch von der breiten Masse erhört oder in den Nachrichten thematisiert.
Irgendwie war plötzlich der Boden dafür bereitet, dass ein Krieg ausbrechen konnte, mitten in Europa.
Zuerst gab es noch die Hoffnung, dass dieser von Russland begonnene Krieg gegen die Ukraine schnell enden würde.
Dann aber zog er sich immer länger hin.
Die Menschen gewöhnten sich an die schrecklichen Bilder des Krieges im Fernsehen, die praktisch rund um die Uhr gesendet wurden.
Sogar für die Kinder wurde das früher fast unbekannte Wort »Krieg« wieder zur alltäglichen Realität.
Unmengen an Geldern wurden durch Waffenproduktion verbrannt, die dann der Umwelt, der Infrastruktur und den Menschen einfach nur schadeten.

Irgendwann war der Punkt zur Umkehr überschritten. Die geschwächte Weltbevölkerung nahm es hin, dass das Aufrüsten und die Kriegsführung die vorherrschenden Dinge des Lebens geworden waren. Der Krieg war irgendwie weltweit ansteckend und würde wahrscheinlich nun im Laufe der Geschichte an den verschiedensten Stellen der Erde ebenfalls ausbrechen, befürchtete die junge Frau.
Während Lia im Bett lag, zog in ihren Fieberphantasien die Zeit rasant dahin.
Am Klimawandel war nach einhundert weiteren Erden-Jahren inzwischen nichts mehr zu ändern.
So vieles war anders geworden.
Heute schrieben sie bereits das Jahr 2124 auf der Erde. Es herrschten extrem lebensfeindliche Bedingungen sowie strengste Gesetze für die, die den Planeten noch bewohnten.
Wie hatte es nur so weit kommen können?
Die Menschheit schien komplett versagt zu haben.
Die meisten Krieger des Lichts hatten sich längst resigniert auf den märchenhaften Planeten Platana zurückgezogen.
Nur Lia, Basilika, Finnbar sowie Akira waren noch geblieben.
Heutzutage war es überall auf der Erde sehr heiß.
Eine Menge Inselstaaten waren bereits vom Globus im Meer, dessen Spiegel sich durch das Abschmelzen der Polkappen immer weiter erhöht hatte, für immer verschwunden.
Dadurch und auch durch die vielen Naturkatastrophen sowie die extreme Trockenheit, die viele Gebiete der Erde unbewohnbar gemacht hatte, war es zu einer

unvergleichlichen Umweltmigration gekommen.
Noch dazu hatte es die Menschheit erst um einiges zu spät geschafft, ihre Geburtenrate zu kontrollieren.
Es gab inzwischen viel zu viele Menschen an den wenigen noch bewohnbaren Orten auf dem einstmals so schönen Planeten.
Obwohl derzeit jede Frau nur noch maximal ein Kind haben durfte (Mehrlingsgeburten wurden durch biochemische Vorgänge von vornherein ausgeschlossen), würde es wohl noch mehrere Generationen brauchen, bis sich das richtig sichtbar auf die Anzahl der Menschen auswirken würde.
Das portugiesische Bruchtal oder das einst so wundervolle Waldhaus waren schon lange verschwunden.
Es war einfach nicht mehr erlaubt oder überhaupt zeitgemäß, dass wenige Menschen so viel Platz für sich allein gehabt hätten.
In der heutigen Zeit wohnten alle in riesigen Hochhäusern.
Pro Person waren exakt nur sechs Quadratmeter Wohnfläche erlaubt.
Daher gab es zumeist Wohngemeinschaften, damit man überhaupt noch eine Küche und ein Bad nutzen konnte.
Fließendes Wasser kam jeweils nur für eine Stunde am Morgen, Mittag und am Abend aus den Leitungen, natürlich streng limitiert.
Wasser war ein kostbares Gut geworden, um welches nicht selten sogar Kriege geführt wurden.
Gärten oder Wälder gab es keine mehr.
Die wenigen Bäume, die in der trockenen Hitze noch überlebt hatten, waren eingezäunt und streng geschützt.

Ansonsten glich der Globus einer dürren, trostlosen Steppenlandschaft ohne jegliche Tierwelt.
Neue Bäume wollten einfach nicht mehr wachsen.
Die Luftzusammensetzung war dafür zu schlecht.
Außerdem war es viel zu heiß.
Obwohl schon lange kein CO_2 mehr ausgestoßen wurde und überall Apparaturen standen, die dieses aus der Luft filterten, war der Kipppunkt des Klimawandels seinerzeit verpasst worden.
Das Klima und damit auch das ökologische Gleichgewicht waren bereits unwiderruflich geschädigt worden.
Als dieser Punkt einmal überschritten war, war es sehr viel schneller bergab gegangen, als je jemand angenommen hatte.
Ernährt wurden die Menschen durch einfache Pflanzen, die in großen Treibhäusern mit Kunstlicht und Nährlösungen gezogen wurden sowie durch Insekten, die ebenfalls aus großen, lebensfeindlichen Farmen stammten.
Daraus wurde ein Brei gewonnen, der mit verschiedenen Aromen oder Farben versetzt und in Formen gepresst, eine nur scheinbare Abwechslung bot.
Überhaupt war derzeit alles genauestens geregelt.
Dass diese Regeln auch eingehalten wurden, dafür sorgte die sogenannte grüne Polizei.
Das waren Männer und Frauen, die recht hübsche grüne Uniformen trugen.
Dies war aber auch das einzige Hübsche an ihnen.
Jeder hatte eine Art Roboterhund bei sich, der durch künstliche Intelligenz befehligt wurde.
Praktisch die gesamte grüne Polizei bekam ihre Befehle

ebenfalls von dort.
Angeblich sollten nur noch Computer diese riesigen Lebensräume von so vielen Menschen beherrschen und koordinieren können.
Dadurch wurden die Handlungen der grünen Polizei jedoch ohne Liebe und Mitgefühl bestimmt.
Künstliche Intelligenz konnte eine Menge.
Eine Maschine würde aber niemals ein Herz haben oder die Liebe verinnerlichen können.
Kreativität gehörte ebenfalls nicht zu ihren Stärken.
Lia war sich sicher, dass ein solches System ohne Liebe alsbald zum Untergang verurteilt wäre.
Wenn das doch auch Akira endlich einsehen würde.
Es war zu spät. Einfach schon lange zu spät!
Für Lia jedenfalls war das Leben in solch einem Hochhaus unerträglich geworden.
Sie würde es Akira heute sagen.
Es war Zeit geworden, die Erde endgültig aufzugeben.
Das sollte von nun an auch für die letzten der vier Krieger des Lichts auf der Erde gelten.

Unruhig und schweißgebadet warf sich die kranke, junge Frau in ihrem Bett von einer Seite auf die andere.
Sie konnte längst nicht mehr zwischen Realität und Fantasie in ihren Gedanken unterscheiden.
Ihre Träume schwankten zwischen Zukunft und Gegenwart hin und her.

Karlaos Überraschung

Guido schaute Karlao auf der Blumenwiese ziemlich deprimiert an. Ihm war gerade alles egal.
Der Osiriat jedoch sprühte mal wieder vor Tatendrang.
Doch selbst Karlaos unglaublicher Optimismus konnte Guido nicht aus seiner momentanen traurigen Lethargie herausreißen.
Karlao plapperte auf der wunderschönen Wiese noch eine Weile munter vor sich hin.
Dann erst fiel ihm auf, dass Guido ihn gar nicht zu hören schien.
Mit hängenden Flügeln stand dieser mit gesenktem Haupt vor ihm und brütete über seinen scheinbaren Problemen.
Was hatte das Leben denn für ihn schon für einen Sinn, so ganz ohne eine Aufgabe, die seinen wundervollen Fähigkeiten gerecht würde?
Karlao entschied sich, zu drastischeren Maßnahmen zu greifen, um Guidos Aufmerksamkeit zu erlangen.
Es sollte doch zu machen sein, dass der »Kleine«, wie er den Vogeljungen im Stillen immer nannte, wieder zu seiner früheren Tatkraft zurückfinden würde.
Zunächst scharte er eine ganze Menge kleiner Flatter-Elfchen um sich und bat sie, alle auf einmal zirpend, um Guidos Kopf herumzufliegen.
Gesagt, getan.
Schon war der Vogeljunge von einer Wolke lamentierender Elfchen umgeben.
Er hob nicht einmal den Arm, um diese zu vertreiben.
Karlao dachte kurz nach und rief die Flatter-Elfchen zu

sich zurück.
Verschmitzt lächelnd beriet er sich daraufhin mit einem besonders dicken Leuchtkäfer, einem seiner besten Freunde, wie er stets zu sagen pflegte.
»Wollen doch mal sehen, ob wir nicht weiterkommen, wenn wir an sein Helfersyndrom appellieren«, murmelte er lächelnd vor sich hin.
Er baute sich mit dem Leuchtkäfer in seiner linken Hand vor Guido auf und fing an, den Käfer so laut anzubrüllen, wie er konnte.
»Wenn du mir nicht augenblicklich den Honig zurückgibst, den du hier auf meiner Blumenwiese gestohlen hast, dann reiße ich dir deine Flügel einzeln aus.«
Mit der rechten Hand nahm Karlao zum Schein einen Flügel des Käfers in die Hand und zupfte sanft daran.
Augenblicklich war der Vogeljunge hellwach.
»Karlao! Was ist denn in dich gefahren?
So etwas hast du doch noch nie getan.
Lass sofort den armen Käfer frei.
Der Honig auf der Wiese ist doch für alle da!«
Zärtlich nahm Guido Karlao den Käfer weg und ließ ihn fliegen.
»Willkommen zurück, mein Lieber.
Bist du jetzt bereit, mir richtig zuzuhören?«
Karlao sah den Vogeljungen erwartungsvoll an.
Guido nickte zur Antwort.
Langsam dämmerte ihm, dass dies soeben offenbar nur ein Theaterstück gewesen war, um ihn wieder ins Leben zurückzuholen.

»Also nochmals. Ich habe heute auf der Versammlung deinen Aufsatz gehört.
Ich finde deine Ideen einfach nur wunderbar.
Leider wurde ich mit meiner Meinung überstimmt.
Du weißt ja, wie die anderen denken.
Ich würde dir helfen, deinen Plan in die Wirklichkeit umzusetzen, wenn du magst.«
»Wie soll das denn gehen? Erstens sind wir nur zu zweit und zweitens würde es doch sofort auffallen, wenn wir hier Menschen von der Erde hinbringen würden.
Auf die Platana einfach so Menschen herzubringen ist, wie du weißt, obendrein noch von höchster Stelle ohnehin verboten.
Also vergiss es einfach«, antwortete Guido.
Karlao hüpfte aufgeregt vor Guido auf und ab, wobei alles an ihm wippte und zappelte.
»Also wirklich, für wie blöd hältst du mich?
Erstens sind wir mit den anderen Osiriaten zusammen nicht nur zu zweit.
Ich bin außerdem ziemlich sicher, dass auch Quick Deer sehr schnell zu überzeugen wäre.
Der war heute auf der Versammlung erstaunlicherweise gar nicht dabei, sonst hätte er sich bestimmt schon für deine Idee eingesetzt.
Das Gleiche trifft auch auf Akira und Atlantus nebst besserer Hälfte zu.
Die waren heute nämlich auch nicht zugegen.
Zweitens bringen wir die Menschen natürlich nicht auf die Platana.
Ich habe dir doch schon gesagt, dass ich den idealen Ort dafür kenne.
Der ist im Übrigen ansonsten für alle anderen noch

völlig unbekannt.
Er befindet sich auch nicht auf der Erde.
Ich weiß doch, dass du da nicht hin darfst.
Der Platz, den ich meine, ist ein von der »Herrin des Lichts« erschaffener, geheimer Ort.
Du kannst dort daher als Lichtwesen ruhig mit hinkommen und wir sind dort sicher.
Also möchtest du ihn jetzt mal sehen, oder was?«
Karlao sah sein Gegenüber erwartungsvoll an.
Dieser schaute schon ein wenig hoffnungsvoller zurück und nickte still mit dem Kopf.
»Na gut, dann halte dich gut an mir fest.
Ich bringe uns via astraler Tandemreise dorthin«, sprach Karlao.
Einen Augenblick später waren die beiden verschwunden.

Die Perle

Guido umschlang Karlao ganz fest.
Keine Sekunde später waren sie bereits im Weltall unterwegs.
Guido fragte sich, was Karlao sich dieses Mal wieder Komisches ausgedacht hatte, als er in der Ferne einen wunderschönen Planeten wahrnahm.
Er schien kleiner zu sein als die Erde oder die Platana.
Er ähnelte aber irgendwie beiden.
Auf jeden Fall schien es dort Wasser zu geben, denn er war teilweise blau.
Wenig später gingen die beiden Freunde an dem unbekannten Ort nieder.
Sie landeten mitten in einem üppigen Dschungel.
Laute Tiergeräusche waren von überall zu hören.
Lianen hingen von mächtigen Bäumen herab.
Unweit hörten sie einen Wasserfall rauschen.
»Und, wie findest du ihn?«
Karlao ließ unwirsch seinen Arm in alle Richtungen kreisen, so als ob der Ort ihm gehören würde.
»Wo sind wir denn?«, fragte Guido.
»Du kennst doch eine meiner allerbesten Freundinnen, namens Orlana?
Ich meine die Orlana, die jetzt die „Herrin des Lichts" ist.
Bevor sie in der Lage war, die Platana aus einigen Sternstaubresten neu zu erschaffen, musste sie erst üben.
Das hier ist ihr zweiter Übungsplanet.
Nachdem ich den Ersten zufällig entdeckt hatte, gab ich

nicht eher auf, bis ich auch noch diesen hier gefunden hatte.
Der ist noch viel toller als der Erste.
Ein ideales Zwischending zwischen Erde und Platana.
Das Beste ist, dass ihn außer dir, mir und Orlana bis jetzt noch keiner kennt.
Ich hatte den Planeten übrigens „Die Perle“ getauft.
Wie findest du den Namen?«
Glücklich schaute Karlao in Richtung seines Freundes.
Langsam breitete sich auf Guidos Gesicht ein breites Lächeln aus.
Er strahlte jetzt regelrecht.
»Mensch, Karlao, das ist ja wunderbar.«
Er fasste den kleinen Osiriaten an beiden Händen und führte vor lauter Glück mit ihm einen Ringelreigen-Tanz auf.
Außer Atem ließ er sich wenig später ins üppige Gras fallen.
Er dachte eine Weile nach und schlug dann vor, den Planeten ein wenig zu erkunden.
Sie fanden große Lichtungen vor, die ideal für die Behausungen geeignet waren, die Guido für seine »Besserungskandidaten« geplant hatte.
»Ich bin total begeistert, lieber Karlao.
Der Name „Die Perle“ ist wirklich völlig passend für diesen wunderbaren Ort.
Ich werde hier mit meinen Geschwistern wirken und ihr anderen werdet uns die entsprechenden Kandidaten von der Erde hierherbringen.
Wir werden eine ganze Menge mit astralen Zeitreisen arbeiten müssen, damit unsere Abwesenheit auf der Platana nicht bemerkt wird.«

»Ach was.« Karlao hüpfte wieder aufgeregt auf und ab. »Sobald wir sehen, dass das hier alles funktioniert, werden wir den anderen das ganze Geheimnis erzählen. Ich bin mir sicher, sie werden dann neue Hoffnung schöpfen und hier mithelfen.
Schließlich wollten sie alle einmal die Erde retten.
Sie haben einfach nur zu früh aufgegeben«, antwortete Karlao.
»Ich hoffe, du hast recht.«
Nachdenklich strich sich Guido sein dunkelblondes Haar aus dem Gesicht.
»Dieses Mal wird es klappen. Du wirst schon sehen.« Karlao blickte optimistisch strahlend zu seinem Freund herauf.
»Aber was machen wir, wenn der „Herr der Finsternis" davon Wind bekommt? Das wird doch sicher früher oder später geschehen, oder?«, fragte Guido.
»Wir müssen einfach alles ganz genau vorbereiten und dann auf einen Schlag handeln.
Ich denke nicht, dass er hierherkommen kann.
Das ist doch ein Planet der „Herrin des Lichts".
Er kann doch nur auf der Erde wirken.«
»„Nur" ist ziemlich optimistisch ausgedrückt.
Wer weiß, was er, während wir hier umerziehen, dort Schlimmes vorbereiten könnte.
So schnell wird er nicht aufgeben«, antwortete Guido.
»Kommt Zeit, kommt Rat.
Nicht zu viele Zweifel zulassen.
Die lähmen uns nur. Lass uns anfangen.
Einen Schritt nach dem anderen, würde ich sagen«, antwortete Karlao und zog seinen Freund in Richtung des Ortes, an dem die zukünftigen Behausungen

entstehen sollten.
Dann zeigte das mächtige Lichtwesen namens Guido, was in ihm steckte.
Er erschuf an einem Tag die gesamte Infrastruktur, genauso, wie er sie sich vorgestellt hatte.
Am Ende war er ziemlich erschöpft, aber sehr, sehr glücklich.
»Wenn noch irgendwas fehlt, dann hast du das doch im Nullkommanix erledigt.
Also lass uns für heute umkehren.
Ich werde so in der Zeit reisen, als wären wir auf der Wiese dreißig Minuten zusammen gewesen.
Danach geht ein jeder nach Hause und trifft mit seinen verlässlichen Freunden die nötigen Vorbereitungen.
Wir werden hier noch Nahrung und Dinge des täglichen Bedarfs benötigen und wir müssen die „Evakuierung“ unserer Pappenheimer bis ins Kleinste planen.
Aber das hat Zeit bis morgen.
Lass uns erst mal heimkehren und uns ausruhen.
Das war ein toller Tag«, sprach Karlao.
Mit diesen Worten hakte sich der kleine Osiriat bei seinem Freund unter.
Schon waren sie via astraler Zeitreise in Richtung der Blumenwiese vom Beginn ihrer Reise unterwegs.
Dort verabschiedeten sich die zwei voneinander und verabredeten sich für übermorgen am gleichen Platz.

Das unglaubliche Projekt

Guido ging sofort nach seiner Rückkehr schlafen.
In seinem Nest überlegte er sich, wie er es am besten anstellen konnte, seine Geschwister dazu zu bewegen, ihnen bei ihrer geplanten Mission zu helfen.
Am nächsten Morgen ging jedoch alles sehr viel einfacher als zuvor befürchtet.
Es war Sonntag, schulfrei also.
An der Frühstückstafel wurde rege diskutiert.
Eigentlich gab es ja nur Nektar zu trinken, denn die Bewohner der Platana benötigten im Grunde keine feste Nahrung, weil sie durch das Licht des ovalen Kristalls vollauf mit allem versorgt wurden, was nötig war.
Selbst der Nektar wäre überflüssig gewesen.
Jedoch machte er die »Frühstückstafel« irgendwie gemütlicher.
Jedenfalls war am Tisch ein allgemeines Klagen über den vergangenen Schul-Aufsatz im Gange.
Die vorherrschende Meinung war, dass die Antwort, von der jeder Anwesende genau wusste, dass diese und keine andere von ihnen erwartet worden war, doch total langweilig, nutzlos sowie völlig unter ihrem Niveau gewesen war.
Trotzdem hatten sie diese und keine andere Antwort gewählt.
Wohlgefühlt hatte sich jedoch dabei keiner so recht.
Guido brauchte seinen Geschwistern nun nur noch seinen eigenen Aufsatz vorzulesen und sie von den weiteren Ereignissen zu unterrichten.
Sofort waren alle Feuer und Flamme.

Guido wurde gefeiert wie ein Held.
Das schwierigste war, innerhalb ihres kommenden Alltags, der vor allem die Schulzeiten enthielt, alles so zu organisieren, dass niemandem ihre ständige Abwesenheit auffallen würde.
Astrale Zeitreisen machten es möglich.
Außerdem teilte man sich in zwei Schichten auf, damit auch immer jemand auf der Platana blieb, um die anderen notfalls sofort zurückzurufen, wenn Not am Mann war.
Niemand hatte etwas dagegen, dass Guido praktisch zu beiden Schichten gehörte und diese anführen würde.
Immerhin war das Ganze doch sein »Baby«.
Bei Karlao war die Geschichte nicht ganz so einfach.
Mehrfach setzte er dazu an, den anderen Osiriaten von seinem Vorhaben zu berichten.
Doch jedes Mal verwarf er seinen Plan wieder.
Irgendwie erschienen ihm seine Kameraden gar nicht geeignet für eine solche, ernste Mission.
Sie waren so vollauf von den Dingen des Moments in der schönen Natur begeistert, dass er es einfach nicht übers Herz brachte, ihnen von den fürchterlichen Dingen zu erzählen, die der Erde sowie deren Natur drohen könnten, wenn sie nicht eingreifen würden.
Bei ihm selbst war das etwas anderes.
Er hatte schon viel Schlimmes auf der Erde gesehen.
Am meisten hatte er unter Tanjas schrecklichem Schicksal während derer Kindheit gelitten.
Inzwischen war er, so hoffte er jedenfalls, schon ein wenig abgehärtet, was die unerklärlichen Vorgänge auf der Erde betraf.
Irgendwie hatte es Karlao mittlerweile geschafft, in zwei

Welten zu Hause zu sein.
Er konnte sowohl der typische Osiriat sein, welcher ständig sämtlichen Besitz umverteilte und für den das Leben ein riesiger Spaß war.
Andererseits war er auch in der Lage, Dinge ernst sowie entschlossen anzugehen.
Da er aber momentan der Einzige war, der später auf der Erde dafür sorgen konnte, dass die wichtigsten Schlüsselfiguren der Erdgeschichte gekidnappt werden würden, brauchte er unbedingt noch Verstärkung.
Auf Guido und seine Geschwister konnte er da nicht hoffen.
Ihnen war es bekanntlich als Lichtwesen untersagt, solche Planeten zu betreten, die vom »Herrn der Finsternis« beherrscht wurden.
Er schlenderte, ohne ein genaues Ziel vor Augen zu haben, unwirsch auf der Platana herum.
Plötzlich fand er sich an Quick Deers Wohnplatz wieder.
Na, der würde ganz bestimmt nicht zu Hause sein.
Schließlich war er stets auf seinen Vortragsreisen unterwegs, dachte der kleine Osiriat missmutig.
Bei der Versammlung vorgestern war Quick Deer erstaunlicherweise auch nicht zugegen gewesen.
Was wohl der Grund dafür gewesen war?
Das war zuvor noch nie passiert.
Entgegen seiner eigenen, bereits vorgefassten Meinung, dass ohnehin niemand öffnen würde, klopfte er dennoch leise an Quick Deers Haustür.
»Komm rein, du kleiner Pessimist.
Dass ich das mal zu dir sagen würde, hätte ich auch nicht gedacht.«

Jetzt hörte man das wohlwollende Lachen Quick Deers, der sich gerade über Karlaos Gedanken lustig machte.
Quick Deer liebte es zu lachen und auch stets die Gedanken anderer mitzuverfolgen.
Mit klopfendem Herzen trat Karlao ein.
Das war normalerweise auch nicht seine Art.
Er war sonst immer so wundervoll unbeschwert.
Im Moment jedoch lastete scheinbar eine riesige Bürde auf seinen Schultern.
Daher war ihm auch nicht danach zumute, seine üblichen »Tauschgeschäfte« durchzuführen.
Quick Deer, der gerade aus diesem speziellen Grund ganz genau auf all seine Habseligkeiten achtgab, fiel dies ebenfalls sofort auf.
»Welche Laus ist dir denn über die Leber gelaufen?«, fragte er deshalb seinen Kameraden aus alten Tagen.
Karlao begann zunächst stockend zu erzählen.
Dann aber brach ein Damm und er sprudelte mit der Wahrheit nur so heraus.
Bang sah er Quick Deer an.
Wenn dieser sich nun auf die Seite aller anderen der Versammlung stellen würde, wäre alles verloren.
Er hatte viel gewagt.
Quick Deer ließ sich lange Zeit mit der Antwort.
Karlao zappelte bereits ungeduldig umher.
»Ich bin dabei, mein Freund!« Quick Deer streckte Karlao seine riesige Pranke entgegen.
Voller Erleichterung verschwand Karlaos kleines Händchen in dieser.
Nicht jedoch ohne dabei rein zufällig Quick Deers Armband zu »übernehmen«.
Quick Deer, der dies soeben bemerkte, sprach:

»Na also, es geht doch wieder.
Ich kümmere mich jetzt darum, dass Akira, Lia, Atlantus, Brenda, Finnbar sowie Basilika auch mitmachen werden.
Es wird sicher nicht schwer sein, sie zu überzeugen.
Ich glaube, dann sind wir fürs Erste genügend Personen.
Akira ist gerade bei Tanja zu Besuch.
Für danach waren wir ohnehin verabredet.
Ich werde ihn also noch vor seiner Heimreise zur Erde abpassen, um ihm eure Neuigkeiten zu überbringen.
Ich schätze mal, er wird eine Aufmunterung gut gebrauchen können ...
Wir werden später, je nach Verlauf unserer Mission, noch den einen oder die andere dazu bitten.
Was bin ich froh, dass endlich mal wieder etwas Handfestes getan wird.
Ich hatte schon fast jede Hoffnung für meinen Heimatplaneten aufgegeben.
Wir werden zunächst im Jahr 2022 bleiben.
Ich glaube, hier liegt der erste Schlüssel.
Du kannst jetzt einfach zu den anderen Osiriaten zurückgehen und dich ein wenig erholen.
Mir ist es lieber, wenn du wieder „der Alte“ wirst.
Wir können bei unserem schwierigen Vorhaben deine Unbeschwertheit als Ausgleich sehr gut gebrauchen.«
Damit machten sich Quick Deer und Karlao in unterschiedliche Richtungen auf den Weg.
Karlao drehte sich nochmals um und rief Quick Deer zu: »Wo warst du eigentlich vorgestern, als die Versammlung wegen Guidos Aufsatz stattfand?«
»Oh, ich konnte nicht weg, denn ich begleitete Gudruns Visionssuche.
Das war eine sehr bedeutungsvolle Angelegenheit.

Ich werde dir demnächst mehr davon erzählen.
Bis später.
Du wirst von mir hören, wenn ich so weit bin«,
antwortete der weise Mann.

Gibt es doch noch Hoffnung?

Lia warf sich noch immer gequält von ihren inneren Fieberträumen auf ihrem Lager hin und her.
So krank zu sein, war eine regelrechte Tortur.
Tief innen sorgte sie sich sehr, denn ihr Zustand ließ es eigentlich nicht zu, dass sie hätte auch noch krank werden dürfen.
Von weit weg hörte sie eine Tür ins Schloss knallen.
Sie erblickte kurz, wie Akira in ihre Kammer eintrat.
Er sah im Gesicht irgendwie viel aufgeräumter aus als noch am frühen Morgen.
Lia erinnerte sich vage, dass er heute seine Mutter auf der Platana besuchen gegangen war.
»Lia, es gibt vielleicht doch noch Hoffnung.
Höre dir an, was ich zu sagen habe.«
Er blickte voller Liebe auf seine kranke Gefährtin.
Lia versuchte daraufhin mit aller Kraft ihre Augen dauerhaft zu öffnen.
Ihre Lider waren jedoch so schwer wie Blei.
Sie gehorchten ihr einfach nicht.
Genauso fühlte sich ihr ganzer Körper an.
Kurz darauf verfiel Lia wieder in unruhige Fantasien im Fieber.
Sie warf sich verzweifelt hin und her.
Laut rief sie Akira Sätze und Geschichten zu, die für diesen völlig unverständlich waren.
Der Junge war ernstlich alarmiert.
Mit schier übermenschlicher Mühe schaffte es Lia ein wenig später dann doch, die Augen offenzuhalten.
»Liebste Lia, mach dir bitte keine Sorgen.

Ich verstehe gar nicht, was du damit meinst, du möchtest nicht mehr in diesem schrecklichen Hochhaus wohnen.
Sieh dich doch mal um, wir sind doch im portugiesischen Bruchtal. So wie immer.
Du hast bestimmt bloß schlecht geträumt.
So etwas kann passieren, wenn man hohes Fieber hat.
Gleich wirst du von Querin mit seinem Hammer geheilt und dann ziehen wir alle zusammen auf die Platana.
So wie du es dir bereits länger gewünscht hast.
Dort ist schon alles für unser neues Leben vorbereitet.
Dann wird alles wieder gut, du wirst schon sehen.«
Lia war sich nicht mehr sicher, ob sie träumte oder wach war.
Ihr war plötzlich so zumute, als würde sie tief, tief hinab in ein riesiges, dunkles Loch fallen.
Während des Sturzes in die innere Dunkelheit hörte sie ihres Gefährten Stimme nochmals von Weitem zu sich dringen:
»Es gibt gute Neuigkeiten, meine Liebste.
Zuerst wird, wie zuvor erwähnt, Querin dich mit seinem heilenden Hammer wieder ganz gesund machen.
Dann werden wir im Jahr 2023 von der Platana aus versuchen, die Zukunft zum Besseren zu wenden.
Wir haben auch schon einen exzellenten Plan.
Ich bin mir sicher, das wird für dich eine wundervolle Überraschung sein.«
Lia war es nicht länger möglich, weiter den Worten ihres Gefährten zu folgen.
Um einiges später, sie konnte beim besten Willen nicht sagen, wie viel Zeit inzwischen vergangen war und ob sie noch träumte, fand sie sich an einem ihr völlig

unbekannten, wunderschönen Ort wieder …
Sie fühlte sich stark und frisch.
Mehrere, erwartungsvolle Augenpaare waren auf sie gerichtet.

Die schnelle »Heiler-Truppe«

»Mensch Lia, schön, dass du wieder gesund und jetzt endlich auch hier bist.
Herzlich willkommen auf dem Planeten „Die Perle".«
Mit diesen Worten fiel Karlao seiner lieben Freundin stürmisch um den Hals.
Dabei stibitzte er so ganz nebenbei Lias neue Armbanduhr.
Lia stellte ihre Augen scharf.
Sie machte Akira, Atlantus, Brenda, Basilika, Finnbar, Quick Deer, Karlao und Guido in ihrer Nähe aus.
Weiter weg sah sie einige der Vogel-Menschen, die sich an irgendetwas zu schaffen machten.
Träumte sie noch oder war das die Wirklichkeit?
»Wo sind wir hier?«, fragend sah Lia in die Runde.
»Lia, du siehst hier die „schnelle Heiler-Truppe", die sich der Rettung der Erde verpflichtet fühlt.
Ich habe dir doch schon gesagt, dass es neue, perfekte Pläne zur Rettung der Erde gibt«, sprach Akira.
»Völlig ungefährlich und todsicher, übrigens.
Das war alles Guidos Idee.
Wir sind zeitlich im Erdenjahr 2023 und örtlich befinden wir uns momentan auf dem Planeten „Die Perle".
Diesen Planeten hat Karlao zufällig entdeckt.
Es ist ein alter Übungsplanet, den Orlana kreiert hatte, bevor sie die Platana wieder erschuf.
Außer uns weiß niemand davon.
Hör zu, ich erkläre dir genau, wie wir uns alles vorstellen …«
Lia erfuhr durch Akira staunend den schon um einiges

weiter fortgeschrittenen Plan zu einem erneuten Versuch, das Ruder auf dem Planeten Erde nochmals herumzureißen.
Als Akira geendet hatte, sah er sie erwartungsvoll an.
»Du bist doch ganz sicher auch dabei, oder?«, fragte Akira.
Unter normalen Umständen wäre Lia auch sofort einverstanden gewesen.
Aber jetzt. Sollte sie es Akira verraten?
Sie würde es wohl müssen.
Immerhin ging es ihn genauso an, wie sie.
Sie war sich ziemlich sicher, was er dann sagen würde.
Er würde bestimmt sofort von ihr verlangen, auf die Platana umzusiedeln und dort in Sicherheit und schöner Umgebung zu bleiben.
Sie wollte hier jedoch unbedingt mitwirken.
Das war ihr auf der Stelle klar gewesen.
Was also war zu tun?
Keiner der anderen verstand Lias Zögern.
Akira blickte sie verwirrt an.
»Bist du etwa doch noch nicht ganz gesund?«, fragte Karlao als Erster.
»Es dauert nämlich ganz schön lange, bis du unseren genialen Plan lobst und sagst, dass du selbstverständlich mitmachen wirst.«
Verschmitzt blickte er, demonstrativ und in scheinbarer Eile, auf »seine« neue Armbanduhr.
Lia fühlte sich sichtlich unwohl.
»Na ja, es ist so ...«
Sie rückte unruhig auf ihrem Stuhl umher.
»Ich finde euren Plan wirklich prachtvoll.«
»Na also, ich hatte auch nichts anderes erwartet«, kam

es von Karlao, der gerade Guido anerkennend auf die Schulter klopfte.
Akira ließ seine Gefährtin nicht aus den Augen.
Hier stimmte doch etwas nicht, und zwar ganz gewaltig.
Lia wurde rot und schlug die Augen nieder.
»Ich würde auch sofort dabei sein, wenn ich mir sicher wäre, dass es richtig ist.
Hätte ich das allein zu bestimmen, wäre es keine Frage.
Aber so.«
»Du meine Güte, raus jetzt mit der Sprache. Was ist los, meine Liebste?«
Akira war beim Sprechen aufgeregt aufgesprungen.
»ICH BIN SCHWANGER«, rief Lia laut und deutlich in die Runde.
Mucksmäuschenstill war es auf einmal.
Jede herabfallende Nadel wäre jetzt einem Bombeneinschlag gleichgekommen.
Lia heftete ihren Blick nur auf Akira.
Dem war zunächst nur totales Erstaunen anzusehen, welches alsbald großer Freude wich.
»Das ist ja wunderbar.«
Akira war aufgesprungen, nahm seine Gefährtin in die Arme und wirbelte mit ihr durch den Raum.
Plötzlich ließ er sie los, als ob er durch zu viel Ungestüm etwas beschädigen könnte.
»Selbstverständlich wird es besser sein, wenn wir uns sofort unseren neuen Wohnplatz auf der Platana einrichten und ich hier allein helfen werde.
Dort wirst du es sicher und schön haben.
Ich komme dich täglich besuchen, versprochen.
Es kommt nicht infrage, dass du dich hier einer Gefahr aussetzt«

»Genau das habe ich befürchtet.
Ihr habt doch gerade erst behauptet, die Aktion hier sei eine todsichere Sache und völlig ungefährlich.
Deshalb solle ich unbedingt mitmachen.
Wir wollen, wie ihr sagtet, doch nur bestimmte Menschen umerziehen und sie dann wieder auf die Erde entlassen.
Dann soll sich doch dort alles ganz von selbst lösen.
Ist es nicht das, was ihr mir soeben erklärt habt?
Wieso ist das denn jetzt auf einmal anders?«
Lia war den Tränen nahe.
Akira war vollkommen ratlos.
Angestrengt durchsuchte er in seinem Hirn alles, was er je über schwangere Frauen gehört hatte.
»Reg dich doch nicht auf, liebe Lia.
Wir können über alles reden.
Bestimmt sind es nur die Hormone, die dir zu schaffen machen.«
Akira war froh, dass ihm die Sache mit den Hormonen eingefallen war.
Lia, die ihren Gefährten sogleich durchschaute, lächelte schalkhaft.
»Nein, mein Schatz, das sind nicht die Hormone.
Entweder ist es hier ungefährlich, dann bleibe ich.
Oder aber es ist riskant.
Dann müssen wir jedoch auch über dein Hiersein reden, denn immerhin wirst du als Vater genauso gebraucht.«
Akira war wie vor den Kopf geschlagen.
So hatte er das noch gar nicht betrachtet.
Er war hin- und hergerissen.
Atlantus war vollkommen sprachlos.
Er fühlte sich auf einmal berufen, ebenfalls Vater zu

werden.
Es konnte ja wohl nicht sein, dass sein jüngerer Bruder damit schneller war als er.
Verstohlen blickte er zu Brenda, seiner Gefährtin.
Ob sie wohl mit ihm unzufrieden war, dass sie beide noch kein Kind erwarteten?
Zu seiner Erleichterung sah Brenda ganz normal und zufrieden aus.
Sie lächelte Lia gerade freundlich zu.
Quick Deer, der der Einfachheit halber mal wieder alle Gedanken der Anwesenden mitgelesen hatte, ergriff grinsend das Wort.
»Meinen herzlichen Glückwunsch, euch beiden.
Ich denke, Lia hat recht.
Ist es ungefährlich, könnt ihr beide bleiben.
Sobald es wirklich gefährlich werden könnte, besprechen wir rechtzeitig erneut, ob sich daran etwas ändern sollte. Ist das so in eurem Sinne?«
Lia und Akira nickten beide und hielten sich verliebt an den Händen.
»Ach, so Atlantus: Es ist alles in Ordnung, so wie es ist. Mach dir keine Gedanken«, setze Quick Deer noch in Richtung des Selkies nach.
Dieser wurde rot und presste die Lippen fest aufeinander.
Ihm war absolut klar, dass Brenda ihn bestimmt später danach fragen würde.
Dieses verdammte Gedankenlesen.
Privatsphäre ist hier offenbar ein Fremdwort, dachte er wütend bei sich.
»Der Einzige, der sich hier jetzt Gedanken machen sollte, wäre Finnbar, würde ich sagen«, setzte Quick

Deer noch nach.
Finnbar hatte keine Ahnung, was er wohl damit gemeint haben könnte.
Eine andere anwesende Person wusste dies aber sehr wohl …
Bald darauf machten sich die Mitglieder der neuen Truppe auf, ihre Privatgemächer zu besichtigen, die Guido für sie in einem extra gelegenen Gebäude erschaffen hatte.
Die Vogel-Menschen hatten es am schwersten, weil sie genau darauf achten mussten, stets pünktlich auf der Platana zum Unterricht zurück zu sein.
Die anderen hatten kaum jemandem gegenüber Rechenschaft abzulegen, wohin sie wann gingen.
Für heute zogen sich die Gefährten in ihre eigenen vier Wände auf der Perle zurück.
Morgen früh sollten die Gemächer für die »Umzuerziehenden« eingerichtet werden.
Außerdem wollte man deren Arbeitsplätze erschaffen sowie inspizieren.
Übermorgen sollte der Plan besprochen werden, wie man all die Menschen etwa zur gleichen Zeit auf diesen Planeten bekommen könnte.
Hier würden auf alle Fälle Zeitreisen und allerlei Geheimwissen vonnöten sein.
Wie gut, dass Karlao bereits in der Zeit unterwegs gewesen war, um auszuspionieren, welche Menschen tatsächlich an Kriegen sowie Umweltsünden hinter den Kulissen verdienten.
Bei den Politikern war es einfacher, denn diese standen ja im Rampenlicht.
Aber auch hier gab es im Geheimen versteckte

Drahtzieher, welche die Geschicke der Welt aus dem Verborgenen lenkten.
All dies hatte Karlao schon herausgefunden, sodass übermorgen »nur noch« ein detaillierter Plan erstellt werden sollte, wie genau und von wo man welche Menschen zur Perle bringen wollte.
Zudem war noch zu klären, wer von diesen mit wem auf ein Zimmer kommen sollte.
Jene Menschen sollten auf der Erde für einen halben Tag, also zwölf Stunden angeblich auf einem Seminar gewesen sein.
Die Zurückgebliebenen würden mit einem Zauber belegt werden, damit sie genügend anderes zu tun hätten, sodass keine Zeit blieb, sich über die Abwesenheit ihrer Angehörigen oder Chefs zu wundern.
Am Abend wären diese jedoch als völlig andere Menschen wieder an ihrem angestammten Platz zurück.
Auf der Perle würde diese Tageshälfte aber sehr weit in die Länge gezogen werden, fast so lang, wie ein gesamtes Menschenleben.
Es war ein famoser Plan.
Jetzt fehlten nur noch die genauen Einzelheiten.

Die erste lobenswerte Entführung

Am nächsten Morgen wurde entschieden, dass man mit einer ersten Entführung zunächst Erfahrung sammeln wollte.
Klar war, dass es unbedingt darauf ankam, neben den Politikern die wirklich wichtigen Menschen, also die wahren Drahtzieher, welche stets von allen unbemerkt im Hintergrund wirkten, zu erwischen.
Begonnen wurde zunächst mit zwei Politikern.
Erstens mit dem Regierungschef eines riesigen, sehr einflussreichen Landes der Erde und zweitens mit dessen unmittelbarem Gegenspieler eines anderen, ebenso mächtigen Reichs.
Diese beiden sollten, genau wie die, die noch folgen würden, auf der Perle ganz neue Namen bekommen.
Ein anderer Name war nämlich auch immer eine gute Hilfe für einen wirklichen Neuanfang.
Alles verlief genau nach Plan.
Zeitgleich erschienen Atlantus nebst Akira noch in der Nacht bei dem einen sowie Quick Deer und Basilika bei dem anderen Kandidaten.
Sie materialisierten sich jeweils im frühen Morgengrauen unsichtbar am Bett eines der mächtigsten Männer der Erde.
Danach sorgten sie dafür, dass diese nicht aufwachen würden, machten sie ebenfalls unsichtbar, um sich dann sofort zu dritt via astraler Reise auf die Perle aufzumachen.
Fast im selben Moment materialisierten sich die beiden Dreiergruppen in dem Zimmer, welches für die zwei

Pappenheimer vorgesehen war.
Inzwischen waren auch Lia, Karlao, Finnbar und Brenda zurück, die dafür verantwortlich gewesen waren, die entsprechenden Zauber in den Umfeldern der zwei entführten Politiker zu installieren, die allen Verbliebenen ganz klarmachte, dass sich die Abwesenden vom frühen Morgen bis zum Abend lediglich auf einem geheimen Seminar befanden.
Ferner wurde verhindert, dass auch nur die kleinsten Nachforschungen in Gang gesetzt werden konnten oder jemand einen Anlass verspüren würde, sich Sorgen zu machen.
Die beiden Entführten waren Männer und wurden schlafend auf ihre entsprechenden Lager gelegt.
Deren neuen Namen standen bereits an den jeweiligen Betten und Schränken, welche für sie vorgesehen waren.
Außerdem hatten sie jetzt genau die gleiche bequeme Schlafkleidung an, die sich nur durch einen Schriftzug auf der Vorderseite mit dem Namen des Trägers unterschied.
Der eine hieß nun »Tian«, während der andere den Namen »Noah« tragen sollte.
Das Zimmer war mit viel Herz und Liebe eingerichtet worden.
Neben den Betten, die an gegenüberliegenden Seiten standen, gab es, wie zuvor erwähnt, einen Schrank für jeden, einen Tisch mit zwei Stühlen, ein paar kleinere Sportgeräte nebst zwei Bodenmatten sowie an den Wänden wunderschöne Naturbilder und einen Kunstdruck von Claude Monets Seerosen.
Das war es auch schon.

Auf der Perle sollte das Leben möglichst einfach bleiben. Zum Zimmer gehörten noch ein zweckmäßiges Bad und ein Balkon mit Meerblick auf der einen Seite und einer Waldaussicht auf der anderen.
Es war ebenfalls so organisiert, dass sich die zwei Insassen nachts nicht durch Schnarchen oder ähnliche Geräusche stören würden.
Weiterhin war arrangiert worden, dass jetzt beide in ihrem Geist über die gleiche Sprache verfügten, die auch die Mitglieder der »Heiler-Truppe« sprachen.
Ihre alten Sprachen waren erst einmal im Gedächtnis zurückgestellt worden.
Ansonsten würden sie sich nach dem morgigen Erwachen aber an alles aus ihrem bisherigen Leben genau erinnern können.
Natürlich war auch dafür gesorgt, dass die zwei sich auf keine Weise verletzen oder anderweitig gegenseitig schaden konnten.
Das Herunterspringen vom Balkon war ebenfalls unmöglich, die Zimmertür zum Flur hin war fest verschlossen.
Bis aufs Äußerste gespannt blickten die Organisatoren auf eine Art Monitor, der ihnen erlaubte, alles im Zimmer beobachten zu können.
Noch lagen die Männer, welche schon beide fortgeschrittenen Alters waren, friedlich schlafend in ihren Betten.
Es war ein sehr heikler Moment.
Wie würden die zwei Rivalen reagieren, wenn sie ihre Situation realisiert hatten?
Immerhin waren sie Erzfeinde, die manche militärische Auseinandersetzung direkt oder stellvertretend

miteinander gehabt hatten und die sich auch wirtschaftlich überhaupt nichts schenkten.
Außerdem waren sie es gewohnt, ohne jeglichen Widerspruch allen befehlen zu können.
Die Gefährten hielten vor Aufregung die Luft an, als sich als Erster Tian anfing zu rekeln.
Er tastete eine Weile schlaftrunken nach seinem, hier jedoch nicht vorhandenen, Nachttisch.
Als er ihn nicht finden konnte, erhob er sich abrupt.
Nachdem er erkannt hatte, dass etwas nicht stimmte, suchte er zunächst an der Wand über seinem Kopf nach etwas Bestimmten.
Vielleicht hatte er an der Stelle zu Hause einen Notrufknopf oder etwas Ähnliches.
Danach griff er in seine Schlafanzugtasche.
Eventuell suchte er nach einem Pieper, um jemand von der Security zu rufen.
Nachdem das alles nicht zu finden gewesen war, blickte er sich genauer um.
Wie von der Tarantel gestochen, sprang er aus seinem Lager, als er im Bett gegenüber Noah erkannt hatte.
Er rieb sich die Augen und rannte zur Tür.
Diese war natürlich verschlossen.
Danach ging er leise zum Balkon.
Auch hier gab es keinen Ausweg.
Noah schlief noch immer.
Tian begab sich nun ins Bad, in welchem innen an der Tür ein großer Spiegel befestigt war.
Ungläubig betrachtete er sich in diesem.
Ihm fiel offenbar auch der unerklärliche Schriftzug auf seiner Brust auf.
Fast gleichzeitig bemerkte er den gleichen Namen auf

einer Reihe von Toilettengegenständen, welche auf einem Regal über den zwei Waschbecken, die es dort gab, fein säuberlich geordnet standen.
Leise las er »Tian«.
Das war ein gängiger Vorname in seinem Land, aber eben nicht der Seine.
Dann fiel ihm noch auf, dass auf jedem Badezimmer-Regal ein bedruckter Zettel lag.
Er nahm sich gleich beide.
Sie waren vollkommen gleich.
Als Überschrift las er in einer Sprache, die ihm einerseits vollkommen neu, aber andererseits auch vertraut war, die Überschrift: »Regeln«.
Sorgfältig ging er das vorliegende Schriftstück durch.
Er dachte noch eine Weile nach und schien dann einen Entschluss gefasst zu haben.
Fast unhörbar schlich er sich zum Bett seines Mitbewohners, stupste diesen kurz an und trat jetzt, mit einer Behändigkeit, die ihm hier keiner zugetraut hatte, blitzschnell einige Schritte zurück.
Noah erwachte.
Er jedoch öffnete sofort die Augen und setzte sich auf.
Sein erster Griff war in die Tasche seines Schlafanzugs.
Auch er schien dort außer einem Taschentuch nicht das zu finden, was er eigentlich ebenda vermutet hatte.
Er blickte sich suchend im Zimmer um.
Danach stand er langsam auf, holte einige Male tief Luft, begann dann laut in seine Hände zu klatschen und herzlich zu lachen.
»Ihr könnt jetzt rauskommen.
Euer Scherz ist euch ausgezeichnet gelungen.«
Wartend schaute er sich in alle Richtungen um.

Dabei versuchte er offenbar ein Gesicht von jemandem aufzusetzen, der alles im Griff hatte.
»Also gut. Ihr habt gewonnen. Ich bin sehr überrascht.
Ich war schon immer ein Fan eurer Sendung.
Toller Schauspieler übrigens, sieht genauso aus, wie unser Erzfeind aus dem Land ....«
Er zeigte kurz in Tians Richtung.
Fragend sahen sich die Gefährten der Heiler-Truppe an.
Sie konnten nicht recht verstehen, was hier gerade passierte.
Sie hatten einiges erwartet, aber nicht das!
Plötzlich begann Finnbar ebenfalls laut zu lachen.
Er hatte, als sie vor Jahren aus dem Irland im Jahr 822 nach Deutschland 2018 umgesiedelt waren, sehr viel ferngesehen (angeblich, um sich mit der »Neuen Zeit« vertraut zu machen ...)
»Mensch Leute, ich glaube, Noah denkt, das hier wäre eine Fernsehsendung ähnlich der "versteckten Kamera", die es im deutschen Fernsehen heutzutage gibt.
Vielleicht haben die so eine Sendung in seinem Land auch.
Tian ist so etwas Lustiges natürlich gar nicht erst eingefallen ...« Finnbar grinste breit.
»Bitte keine Vorurteile an diesem Ort hier«, kam es nun von Lia, welche sich aber ein Schmunzeln auch nicht verkneifen konnte.
Gespannt wandten die Freunde ihre Aufmerksamkeit wieder dem Geschehen im Monitor zu.
Irgendwann würde Noah erkennen müssen, dass es sich nicht um eine lustige Fernsehsendung handelte.
Soeben verbeugte sich Tian steif und überreichte Noah wortlos dessen Blatt Papier, auf dem die Regeln

standen.
Noah las das Blatt gleich mehrfach durch.
»Das kann doch nicht Ihr Ernst sein! Das ist doch auf alle Fälle ein Komplott.
Etwas anderes war von Ihrem Land ja wohl nicht zu erwarten.«
Tian wurde rot vor Wut, erwiderte jedoch nichts.
Es war völlig unter seiner Würde, mit jemandem aus dem verfeindeten Land überhaupt zu sprechen.
Jetzt begann auch Noah das Zimmer, das Bad sowie den Balkon zu erforschen.
Etwas versteckt hing auf dem Balkon nochmals ein Schriftstück an der Wand, welches einlaminiert war und sich nicht abnehmen ließ, auf dem die gleichen Regeln vermerkt waren.
Noah schüttelte ungläubig mit dem Kopf.
Mit Sicherheit würden diese Regeln nicht für ihn gelten.
Immerhin war er derjenige, der die Regeln stets bestimmte.
Er wollte zunächst einmal ins Bad.
Mehrmals nahm er Anlauf, seine Hände zu waschen oder sonst etwas im Bad zu unternehmen, was man dort üblicherweise so tut. Es war unmöglich.
Nun hörte er ein leises Kichern von Tian.
Wütend trat er ins Zimmer zurück.
Tian wies auf die Regel mit der Nummer 1. Dort stand zu lesen:
Regel Nummer 1: Ihr könnt nur etwas tun, was immer es auch sei, wenn euer Mitbewohner es schriftlich oder laut mündlich erlaubt.
»Verdammt. Ich werde bestimmt niemanden von euch fragen, ob ich zur Toilette gehen kann«, schrie Noah

laut in den Raum.
Dabei versuchte er wiederum, irgendwie aus seinem Gefängnis herauszukommen.
Er brüllte währenddessen weiterhin zornig, dass man gefälligst sofort die Tür öffnen solle.
Er probierte es mit Drohungen, mit unglaublich lukrativen Angeboten, mit Gewalt oder List.
Nichts half.
Langsam musste er ziemlich dringend aufs WC.
Unruhig lief er auf und ab.
Es war deutlich zu sehen, wie es ihm ging.
Tian öffnete seinen Mund und sprach lethargisch:
»Hiermit erlaube ich Noah, alles im Bad zu benutzen.«
Ungläubig betrat Noah notgedrungen das Bad nochmals und siehe da, nun war es ihm möglich, all das zu tun, was man eben morgens so im Bad tat.
Noch immer in seinen Schlafanzug gekleidet, betrat er das gemeinsame Zimmer.
»Hiermit erlaube ich auch Tian, das Bad mit allem zu nutzen, was dort vorhanden ist.«
Wortlos erhob sich der um einiges mehr beherrschte Tian und machte sich würdevoll schreitend in Richtung Badezimmer auf.
Kaum hatte er die Tür von innen verschlossen, war es auch ihm sehr eilig, die Toilette zu erreichen.
Inzwischen versuchte Noah, Tians Schrank zu öffnen.
Das war nicht möglich.
Nachdenklich versuchte er es mit dem eigenen.
Das ging problemlos.
Dort hingen einige Kleidungsstücke für den Tag.
Er wollte sie sich anziehen, solange Tian noch im Bad weilte.

Doch Fehlanzeige. Es ging nicht.
Offenbar war hier ebenfalls die Erlaubnis seines Mitbewohners erforderlich.
Noah ärgerte sich sehr darüber.
Als Tian das Zimmer betrat, sprach dieser sofort: »Hiermit erlaube ich Noah, sich anzuziehen.«
Jetzt ärgerte sich Noah noch mehr, dass er nicht zuerst gesprochen hatte.
Trotzdem tat er das Gleiche für seinen Mitbewohner.
Beide zogen sich schweigend um.
Ihre Kleider waren, bis auf die Namenszüge darauf, vollkommen gleich.
Plötzlich kam aus der Tür nach draußen ein Tablett hereingefahren, auf welchem Speisen und Getränke zum Frühstück standen.
Noah platzte sofort damit heraus, dass er Tian das Essen und Trinken genehmigen würde.
Viel erhabener tat in einem angemessenen Tempo nun Tian das Gleiche für Noah.
Niemand der beiden erhob sich aber, um das Frühstück von der Tür abzuholen.
Lange Zeit saßen sie so da.
Dann trat Noah mit den Worten: »Der Klügere gibt nach«, langsam zur Tür, um die Nahrung zum Tisch zu holen.
Natürlich waren die Getränke inzwischen ganz kalt geworden.
»Sehr wahrscheinlich besteht nicht die Möglichkeit, frischen Kaffee zu bekommen?«, fragend sah Noah zu Tian.
»Woher soll ich das wissen? Aber ich denke, wohl eher nicht.«

Noah begann sofort zu essen.
Nur für den Fall, dass das Ganze gleich wieder abgeräumt wird, dachte er sich wohl.
Tian überlegte sich anscheinend das Gleiche und griff ebenfalls tüchtig zu.
Schließlich war es wichtig, bei Kräften zu bleiben, wo immer sie auch waren.
Plötzlich erklang im Zimmer eine wunderschöne, meditative Musik.
Mit weit hoch gezogenen Augenbrauen aßen die zwei Männer schweigend weiter.
Als beide fertig waren, brachte Tian das Tablett zur Tür zurück.
Augenblicklich fuhr dieses wieder nach außen.
Blitzschnell versuchte Tian seine Hand durch den Schlitz zu stecken, um die Tür zu öffnen.
»Autsch«, schrie er laut.
Er hatte sich seine Finger geklemmt.
Nach circa dreißig Minuten erschallte im Raum:
»Meditationszeit.
Bitte erlaubt euch gegenseitig zu meditieren.
Es geht im Programm erst weiter, wenn die Meditation abgeschlossen ist.«
Die beiden Männer sahen sich fragend an.
Tian sprach zu Noah: »Ich denke, wir haben nur zwei Möglichkeiten.
Entweder mitmachen oder blockieren.
In dem Fall wird es wohl kein weiteres Essen mehr geben.
Was schlagen Sie vor, was wir machen sollen?«
Noah antwortete:
»Wir müssen beides ausprobieren. Ich würde mit dem

Blockieren beginnen.
Ich habe ohnehin nicht vor, hier zu meditieren.«
Anerkennend nickte Tian dazu.
Bockig saßen beide nun am Tisch und warteten.
Natürlich passierte gar nichts.
Nach circa einer Stunde sprach Noah:
»Ich erlaube Tian, sich aufs Bett zu legen.«
Dieser erhob sich, um genau dies zu tun.
Es war aber nicht möglich.
Die Männer probierten nochmals aus, ob das auch auf Noah zutreffen würde.
Tatsächlich.
Offenbar war es nötig, zuerst zu meditieren, bevor es irgendwie weiterging.
Panisch dachte Noah daran, ob das wohl auch mit dem WC so wäre.
Niemand, außer seiner Frau wusste davon, dass er leider eine gutartig vergrößerte Prostata hatte und daher ziemlich oft auf die Toilette musste.
Tian, dem es ähnlich ging, der durch seine Erziehung jedoch um einiges beherrschter war, hatte gerade den gleichen Gedanken.
Er erlaubte Noah, das WC zu benutzen.
Siehe da, das funktionierte Gott sei Dank noch.
Beide atmeten auf.
»Sind wohl keine völligen Unmenschen hier«, knurrte Noah mürrisch vor sich hin.
Am Abend hatten beide mächtigen Hunger, wollten aber dennoch nicht nachgeben.
Immerhin kam, als es bereits dunkel war, für jeden von ihnen eine Flasche stilles Wasser zur Tür hinein und das

mit dem Zubettgehen funktionierte nun auch wieder tadellos.

Tian und Noah

Am nächsten Morgen nach dem Bad und Anziehen, warteten die beiden Insassen auf ihr Frühstück. Stattdessen erschallte es jedoch wieder im Raum: »Meditationszeit. Bitte erlaubt euch gegenseitig zu meditieren. Es geht im Programm erst weiter, wenn die Meditation abgeschlossen ist.«
Mit einem leichten Nicken signalisierten sich die zwei Männer, heute der Meditation Folge zu leisten.
Nachdem sie sich das Meditieren erlaubt hatten, erklang es: »Bitte packt euch eine Übungsmatte auf den Boden, legt euch bequem darauf und schließt die Augen.«
Die Männer lagen bereits eine Weile auf dem Boden.
Die Stimme ertönte wiederum:
»Bitte schließt die Augen.«
Nach etwa einer Stunde und zig Aufforderungen, taten die beiden endlich, wie ihnen geheißen war.
Sofort war nun ein Meeresrauschen zu vernehmen, in dem man vereinzelt eine Möwe schreien hörte.
»Stellt euch vor, dass ihr in der warmen Sonne am Strand liegt, mit den Händen im Sand spielt und einfach nur die Seele baumeln lasst.
Die Wellen brausen eine nach der anderen sanft an Land.
Der Wind liebkost euren Körper zart.
Ihr werdet ruhiger und ruhiger.
Schon jetzt seid ihr völlig entspannt.
Friedlich, völlig in Sicherheit, liegt ihr da.
Das Leben ist euch wohlgesonnen.
Bilder aus der frühesten Kindheit ziehen vorbei.

Ihr seht euch selbst, wie ihr, erst circa zwei Jahre alt, unbekümmert am Strand im Sand spielt.«
Abrupt brach die Meditationsmusik ab.
Stattdessen wurden sie wieder dazu aufgefordert, die Augen zu schließen.
Nachdem Noah den knurrenden Magen Tians mehrfach gehört hatte, tat er der Stimme auch endlich diesen Gefallen.
Die Erinnerung an seine frühe Kindheit war alles andere als schön gewesen, daher hatte er seine Augen aus Protest geöffnet.
Dummerweise begann die Meditation nun wieder am Anfang.
Dieses Mal hielt Noah seine Augen wohlweislich geschlossen.
Nach einer Weile kam eine Stelle, an der die Stimme sie aufforderte, sich der Erde unter ihnen vertrauensvoll hinzugeben.
An diesem Punkt war es Tian zu viel, denn er war unter dem Motto: »Vertrauen ist gut, Kontrolle ist besser.« aufgewachsen.
Wieder ging danach alles von vorn los.
Beide Männer waren sichtlich genervt.
Da sie sehr hungrig waren, schafften sie es beim dritten Anlauf endlich, die dreißig-minütige Meditation ohne weitere Unterbrechung hinter sich zu bringen.
Etwa fünf Minuten nach deren Ende kam endlich das Frühstück zur Tür herein.
Nach der gegenseitigen Erlaubnis begannen sie sofort schweigend zu essen.
Die Meditation war ihr Schaden nicht gewesen.
Sie fühlten sich seltsam erfrischt, entspannt und

friedlich.
Nachdem das Frühstückstablett wieder verschwunden war, hörten sie die Stimme sagen:
»Jetzt beginnt die Arbeitszeit.
Bitte nehmt eure Arbeitsbekleidung und zieht sie an.«
Unmittelbar danach kam ein Tablett mit zwei Arbeitsoveralls, Arbeitsschuhen sowie Handschuhen durch die Tür gefahren.
»Möglicherweise sollten wir uns darauf einlassen.
Vielleicht können wir auf diese Weise fliehen?«, wandte sich Noah an Tian.
Jener glaubte dem anderen kein Wort, hielt er doch diesen verantwortlich für den ganzen Schlamassel, nickte aber dennoch bestätigend mit dem Kopf.
Grinsend zogen sie die Kleidung, die jeweils mit ihrem Namen beschriftet war, an.
Sie passte wie angegossen.
Dann warteten sie.
Von einem Moment auf den anderen, sie hätten keineswegs sagen können, wie das geschehen konnte, fanden sie sich in einem Urwald wieder.
Dort war es angenehm warm, die Sonne schien, ein warmes Lüftchen wehte.
Hier gab es Gartengeräte aller Art sowie eine Menge Baumsetzlinge, die in Wassereimern standen.
Plötzlich fielen vom Himmel zwei Blatt Papier, auf denen jeweils für jeden der beiden geschrieben stand, was nun zu tun war.
Es lief darauf hinaus, dass sie sich gegenseitig erlaubten zu arbeiten oder später auch zu essen und so weiter.
Ihre Arbeit bestand darin, in bestimmten Abständen Bäume zu pflanzen.

Danach sollten diese gut versorgt werden.
Wie genau das im Einzelnen vonstattenzugehen hatte, stand alles auf dem sogenannten Arbeitsblatt.
Da ihnen inzwischen klar war, dass sie durch diesen Programmpunkt erst hindurch mussten, ansonsten würde nichts weitergehen, taten sie tatsächlich genau das, was von ihnen erwartet wurde.
Die Arbeit war so eingeteilt, dass sie dafür einander benötigten.
Als sie die ersten zehn Bäumchen gepflanzt hatten, war es offenbar Mittagszeit.
Ihnen wurde ein sehr schmackhaftes vegetarisches Mittagessen, sogar mit Nachtisch, aus unbekannter Richtung serviert.
Das Tablett tauchte so unverhofft auf, wie es später auch wieder verschwand.
Nach einer kurzen Pause schien von ihnen erwartet zu werden, dass sie weitermachten.
Als sie weiteren zehn Bäumchen ein Leben im Erdboden ermöglicht hatten, teilte eine Stimme mit, dass nun die Arbeitszeit zu Ende sei.
Bis zum Abendessen sei Freizeit.
Keine Sekunde später standen sie schon wieder in ihrem Zimmer.
Nachdem sie sich gewaschen und umgekleidet hatten, erschien ein Tablett mit etwas zu essen sowie zwei Büchern.
In jedem von diesen wurden offenbar lobenswerte Menschen des jeweiligen Landes beschrieben.
Natürlich schnappte sich sogleich jeder der zwei Männer das Buch, welches vom eigenen Land handelte.
Da es nichts weiter zu tun gab, begannen sie auch darin

zu lesen.
Sie hatten nicht erwartet, dass in den Büchern als gute Taten lediglich kleine Dinge hervorgehoben wurden.
Es ging immerzu um selbstlose Handlungen, die nur anderen nützten.
Geld und Macht spielten überhaupt keine Rolle.
Viel ging es um die Natur.
In Noahs Buch war unter anderem die Rede von einem alten Mann, welcher, nachdem er durch tragische Umstände seine ganze Familie verloren hatte, anfing, im Geheimen in einem völlig unfruchtbaren, weiträumigen Tal Tausende und Abertausende Eicheln in die Erde zu bringen und anzugießen.
Damit war er jahraus und jahrein beschäftigt.
Nach etwa zwanzig Jahren begann dort ein neuer, jungfräulicher Wald zu wachsen.
Dieser lockte zunächst Tiere an, hatte dann einen guten Einfluss auf das Mikroklima, wonach sich später auch Menschen in diesem Tal ansiedelten.
Durch die jungen Bäume war dort eine wundervolle Energie, welche sich auf alle Bewohner ausweitete.
Der Urheber des Ganzen blieb absichtlich im Verborgenen.
Er freute sich einfach nur, dass er nach seinem Schicksalsschlag die Chance für einen so nützlichen Neuanfang gehabt hatte.
Diese Geschichte hatte Noah sehr nachdenklich gemacht.
Nachdem einige Tage vergangen waren und es immer wieder nur die gleichen Bücher zu lesen gegeben hatte, kamen die zwei Männer endlich auf die Idee, diese untereinander zu tauschen.

Ohne es sich im Außen anmerken zu lassen, staunten sie im Inneren nicht schlecht darüber, was für gute Menschen das verfeindete Land doch hatte.
So verging Tag für Tag im gleichen Muster.
Noah wunderte sich ein wenig darüber, dass Tian offenbar, vor allem während der Arbeitszeit, so oft und lange im Wald verschwand, um seinen körperlichen Bedürfnissen nachzukommen.
Eines Tages hatte er diesen um einen Spaten gebeten.
Als Tian ihm das Gewünschte reichte, fühlte er plötzlich mit dem Spatenstiel auch einen kleinen Zettel in seiner Hand.
Tians Miene sprach Bände, sodass Noah sich nichts anmerken ließ.
Verstohlen ließ er, möglichst unauffällig, das geheime Blatt in seiner Jackentasche verschwinden.

Die riesige Heilungskolonie

Von einem Moment auf den anderen gab es auf der Perle unglaublich viel zu tun.
Es waren bereits alle Zimmer mit insgesamt 7886 Menschen gefüllt, die alle geheilt werden mussten.
Hatten die Freunde am Anfang noch bei Noah und Tian wie gebannt zugeschaut, war nun überhaupt keine Zeit mehr für solchen Luxus vorhanden.
Guido war weit über sich hinausgewachsen, denn immerhin war er der Leiter der gesamten Aktion.
Er sah jedoch schon recht blass aus, denn immerhin durfte auf der Platana nicht bemerkt werden, was auf der Perle gerade vor sich ging.
Als Hilfe hatte er etwas erschaffen, das man auf der Erde vielleicht künstliche Intelligenz nennen würde.
Jedenfalls konnte diese Erfindung dafür sorgen, dass jeder zur rechten Zeit mit allem versorgt wurde, was sie oder er benötigte, der jeweilige Tagesablauf eingehalten sowie die Arbeitsplätze rechtzeitig vorbereitet wurden.
Tatsächlich funktionierte dieses System nach einigen Anfangsschwierigkeiten derzeit einwandfrei.
Persönlich überprüfen, was auf den Zimmern vor sich ging, konnten die Gefährten aber via Monitor nur noch stichprobenartig oder sporadisch.
Nach Noah und Tian hatten sie daher schon länger nicht mehr gesehen.
Das war auch nicht nötig, denn wenn dort etwas Gravierendes schiefgelaufen wäre, hätte Guidos System dies schon längst gemeldet.

Guido machte sich eher Sorgen um Tom und Karsten. Diese beiden waren Vertreter der sogenannten verborgenen Drahtzieher.
Sie verdienten horrende Mengen an Geld damit, sich bekämpfende und rivalisierende Länder beispielsweise sogar manchmal gleichzeitig mit Waffen zu versorgen. Jedenfalls stand jeder von ihnen hinter zwei völlig verfeindeten Parteien.
Als diese beiden in ihrem Zimmer erwachten, stellte sich heraus, dass sie sich bereits seit Kindertagen kannten, eng befreundet waren sowie in ständigem Kontakt gestanden hatten.
Die Gefährten waren sprachlos.
So etwas hätten sie sich selbst nicht in ihren geheimsten Träumen vorstellen konnten.
Tom und Karsten sprachen mit großer Verachtung von den sich bekämpfenden Konfliktparteien und lachten darüber, wie dumm diese doch seien, ihnen durch die Unmengen an Waffen, mit denen sie sich gegenseitig töteten, so viel Gewinn zu bescheren.
Menschenleben, persönliche Schicksale oder anderes, das im Krieg passiert, schienen für jene Umzuerziehenden offenbar völlig nebensächlich und wertlos zu sein.
Gewitzelt wurde auch darüber, dass niemand mitbekam, dass teilweise absichtlich neue Bakterien oder Viren in Umlauf gebracht wurden, um dann immens an den dafür benötigten Impfstoffen oder Medikamenten zu verdienen.
Mit Ekel hörten die Gefährten, wie Karsten schmunzelnd bemerkte, dass das Ganze ja auch für die jeweiligen Rentenkassen ein guter Deal sei.

Da an den sogenannten Krankheiten zumeist die Älteren verstarben, wurde eine Menge an Rentenkosten eingespart.
Natürlich wurden Tom und Karsten sofort in getrennten Zimmern untergebracht.
Erst als man sicher war, dass sie schon ein wenig innerlich weicher geworden waren, gaben sie jedem von ihnen ein kleines Haustier dazu.
Es war insgesamt sehr auffällig, dass die Politiker extrem verfeindeter Staaten dennoch recht höflich miteinander umgingen.
Es war fast so, als fühlten sie sich persönlich gar nicht so betroffen von dem Konflikt.
Sporadisch kam es auch hier vor, dass diese sich sogar sympathisch waren, weil sie schon vorher regelmäßige Kontakte gepflegt hatten.
Etwas anderes war es bei denen, die im Verborgenen wirkten.
Diese kannten sich praktisch immer gut und häufig waren sie sogar, wie bei Tom und Karsten, sehr eng miteinander befreundet.
Da ohnehin im Vorfeld einmal geplant gewesen war, diese Menschen einzeln unterzubringen, blieb man nun auch dabei.
Von solchen Zweier-Experimenten hatte man bereits sehr bald die Nase gestrichen voll.
Der Gerechtigkeit halber sollte an dieser Stelle aber auch erwähnt werden, dass es in allen Bereichen des menschlichen Lebens, sei es in der medizinischen Forschung, den Friedensbewegungen oder beispielsweise in der Wissenschaft immer auch gute Menschen gab.

Diese setzten sich, auch ohne die Heilarbeit auf der Perle genossen zu haben, bereits von ganz allein für das Wohl ihrer Mitmenschen ein.
Oftmals stellten sie dabei ihre eigenen Bedürfnisse vollkommen hinten an.
»Ich wünschte, deine Mutter könnte das hier alles sehen«, wandte sich Lia, die inzwischen über den neuen Wohnplatz auf der Platana verfügte und Tanja daher öfter sah, an Akira.
»Sie leidet ziemlich darunter, dass ihrer Meinung nach für die Erde inzwischen alle Hilfe zu spät kommt.
Ich wünschte, sie könnte die Fortschritte sehen, die hier auf der Perle gemacht werden.«
»Ja, das wünschte ich mir auch für sie«, antwortete Akira leise.

Die Flucht

Mit zitternden Händen nahm Noah am Abend das gefaltete Blatt im Badezimmer möglichst unauffällig aus seiner Jackentasche.
Er befürchtete sehr, beobachtet zu werden.
Zunächst beruhigte er sein klopfendes Herz, sah sich ein paar Mal verstohlen um, dann begann er zu lesen.
Schnell steckte er den Zettel zurück in seine Tasche.
Langsam kehrte er in den gemeinsamen Raum zurück.
Tian sah ihn aufmerksam an.
»Wie wäre es, wenn wir gleich morgen ein paar neue Sportübungen angehen?«, fragte dieser in Noahs Richtung.
»Das finde ich eine famose Idee. Ich bin dabei.«
Danach gingen sie zur normalen Routine des Abends über.
Am nächsten Tag machten sie sich zur Arbeit auf.
Noah fiel auf, dass Tian ein kleines Bündel, welches er sich aus einem Betttuch geknüpft hatte, bei sich trug.
Noah ignorierte dies, schnappte sich aber noch schnell zwei Flaschen Wasser, bevor sie den Raum verließen.
Im Wald angekommen, pflanzten sie zunächst, wie jeden Tag, einige neue Bäumchen.
»Ich glaube, ich habe etwas vom gestrigen Essen nicht gut vertragen.
Ich verschwinde mal kurz«, wandte sich Tian an Noah.
Dieser antwortete:
»Mir geht es auch nicht gut im Magen.
Ich glaube, ich komme gleich mit.«
Schweigend verließen die beiden Männer ihren

angestammten Arbeitsplatz.
Noah folgte Tian leise.
Sie kamen durch einen unberührten Urwald.
Nach wenigen Minuten langten sie jedoch an einer Art unsichtbarer Wand an.
Noah tastete diese ungläubig ab.
Von Weitem verschmolz diese komplett mit der Landschaft.
Man würde nie damit gerechnet haben, an der Stelle auf eine Art Grenze zu treffen.
Der unsichtbare Wall schien im ersten Moment völlig undurchdringlich.
Fragend sah er seinen Zimmergenossen an.
Dieser legte seine Finger auf die Lippen, um Noah zum Schweigen zu bewegen.
Auch er tastete die Wand vorsichtig ab.
Dabei, so sah es jedenfalls für Noah aus, versenkte er sich ganz tief nach innen.
Er schien bis aufs Äußerste konzentriert.
Leider tat sich daraufhin überhaupt nichts.
Unruhig blickte sich Noah um.
Hatte er nicht soeben das Geräusch eines knackenden Astes gehört?
Bestimmt würden sie gleich entdeckt werden.
Wenn er doch nur wüsste, wie er helfen könnte.
Irgendetwas in ihm signalisierte ihm jedoch, dass er unbedingt ganz ruhig bleiben müsste, damit er Tians Konzentration nicht stören würde.
In Anbetracht keiner besseren Lösung und auch weil er inzwischen gelernt hatte, wie wichtig eine innere Stimme sein kann, richtete er sich nach diesem intensiven Bauchgefühl.

Und tatsächlich - nach etwa weiteren fünf Minuten winkte Tian seinen Mitbewohner zu sich.
Die Wand hatte sich an einer Stelle verändert.
Plötzlich konnte man dahinter ein ganz anderes Waldstück erkennen.
Tian durchschritt als Erster die neu erschaffene Öffnung.
Noah folgte ihm auf dem Fuße.
Dann fingen beide aus Leibeskräften an zu rennen.
Immer weiter und immer weiter.
Erst nach ungefähr einer Stunde hielten sie, völlig außer Atem, an.
Sie blickten sich leicht irritiert um.
Die Vegetation sowie das Areal kamen ihnen keinesfalls bekannt vor.
»Wir müssen uns zu irgendeinem menschlichen Stützpunkt durchschlagen.
Dann werden wir weitersehen.
Ich schlage vor, dass, je nach dem zu welcher Seite der Stützpunkt gehören wird, wir uns gegenseitig helfen, dass wir beide freigelassen werden?«, fragend sah Noah in Tians Richtung.
»Bei meiner Ehre, ja«, antwortete dieser.
Wortlos reichte er seinem Kumpanen ein Sandwich.
Noah steuerte eine Flasche Wasser bei.
Beim Essen fragte er: »Wie bist du darauf gekommen, wie wir entfliehen können?«
Ich hatte schon vor längerer Zeit festgestellt, dass wir von einer Art unsichtbaren, undurchdringlichen Glocke umgeben sind.
Sie ist übrigens eisenhart.
An ein Durchkommen war nicht zu denken.
Bald darauf fielen mir die Worte meines ehemaligen

Kung-Fu Lehrers aus fernen Jugendtagen wieder ein:
»Eine der stärksten Kräfte ist der Geist.
Wenn du eine Sache nur fest genug herbeiwünschst, dann ist es möglich, diese zu materialisieren.
Daran habe ich seit Wochen gearbeitet.
Irgendwann ist es gelungen.
Den Rest der Geschichte kennst du.«
»Danke, dass du mich mitgenommen hast«, antwortete Noah schlicht.
Tian nickte einfach nur.
Er war kein Freund von vielen Worten.
Kurz darauf zeigte er mit dem Arm nach vorn und schon gings weiter.
Die Männer liefen bis zum Abend, ohne auch nur im Geringsten auf menschliche Spuren zu treffen.
»Ich verstehe das nicht.
Weißt du, ich habe in meiner Jugend die ganze Welt bereist.
Ich kenne mich auf wirklich allen Erdteilen aus.
Ich könnte jedoch absolut nicht sagen, auf welchem wir uns im Augenblick befinden könnten.
Das hier ist alles völlig neu für mich.
Viele der Pflanzen, die hier wachsen, habe ich noch niemals zuvor gesehen.
Außer den Eichenbäumen.
Davon gibt's tatsächlich eine Menge in diesem Gebiet.
Fass doch mal die Erde an.
Das ist eine ganz komische Zusammensetzung.
Ich bin echt ratlos«, äußerte Noah.
Tian nickte wortlos und ging weiter.
Schon bald kam die Dämmerung auf.
Die Männer mussten Schutz suchen.

»Es ist Meditationszeit«, sprach Tian nachdenklich.
»Allerspätestens jetzt werden sie feststellen, dass wir fehlen.
Ich hatte gehofft, vorher schon irgendwo Hilfe zu finden.
Schau mal, da vorn ist ein Hügel.
Ich sehe an dessen Fuß eine kleine Höhle.
Dort könnten wir eventuell Schutz für die Nacht finden.
Der Berg ist gut bewaldet.
Wenn wir morgen früh dort oben auf einen hohen Baum klettern, können wir uns eventuell einen guten Überblick über das Arial verschaffen, ohne aus der eigenen Deckung kommen zu müssen.«
Noah hob zustimmend den Daumen.
Bepackt mit dem, was ihnen geblieben war, schritt er forsch in Richtung des kleinen Berges.

Alarm

Bereits lange vor der Abendmeditation, nämlich zur Zeit der täglichen Rückkehr von der Arbeit, wurde das Fehlen von Tian und Noah bemerkt.
Das System löste ganz von selbst Alarm aus.
Die Freunde versammelten sich sofort alle in dem zentralen Raum, von wo aus man die Monitore überwachen konnte.
»Es ist mir unerklärlich, wie das geschehen konnte.
Hoffentlich passiert ihnen nichts da draußen.
Gott sein Dank gibt es hier keine gefährlichen Tiere oder sonstige Gefahren.
Wir werden sie sicher bald wiederfinden, da bin ich sicher.
Wie jedoch konnten diese Menschen die Schutzglocke ohne jegliche Hilfsmittel überwinden?
Das ist mir völlig schleierhaft«, äußerte Guido.
Er hatte sein Gesicht in die Hände genommen und sah recht gestresst aus.
Betreten blickten die anderen zu Boden.
Niemand hatte sich getraut, im Vorfeld etwas zu Guido zu sagen, denn alle wussten, welche guten Absichten hinter der Umerziehungsaktion auf der Perle steckten.
Allerdings hatte sich von den Menschen kaum einer mehr damit wohlgefühlt, dass die Entführten stets in ihren Zimmern gefangen waren.
Diese wussten nicht einmal, warum sie hier waren, was das Ziel war, was mit ihnen in der Zukunft geschehen und ob sie je wieder nach Hause kommen würden.
Dazu kam, dass sie sich teilweise Sorgen um ihre

daheim gebliebenen Angehörigen machten.
Sie hatten manchen Gefangenen in der Nacht weinen oder im Schlaf nach seinen Liebsten rufen hören.
Karlao war es, der nun laut aussprach, was die meisten nur dachten. Mit den Worten:
»Wundert mich, dass die jetzt erst und auch nur die beiden abgehauen sind.
Ich an deren Stelle wäre schon längst weg gewesen«, verpasste er dem Vogel-Jungen einen gewaltigen Schock.
Guido, der auf der einen Seite sein Bestes gegeben hatte, all das möglich zu machen sowie das gesamte System am Laufen zu halten, hatte offenbar gar keine Zeit gefunden, seine Arbeit zu überprüfen oder nachzujustieren. Entsetzt sah er auf.
»Oh mein Gott, du hast vollkommen recht.
Das ist mir in der ganzen Hektik gar nicht aufgefallen.
Das müssen wir ganz dringend ändern.
Lieber Karlao, könntest du morgen früh bitte nach deren astralem Fußabdruck suchen?
Ich werde danach einen Weg finden, mit ihnen und auch allen anderen in einen besseren Kontakt zu kommen.«
Die Freunde besprachen sich die ganze Nacht.
Viele Vorschläge kamen auf den Tisch.
Einige wurden verwendet, manche verworfen.
Als der Morgen graute, lag ein völlig überarbeitetes Konzept vor.
In diesem sollten die Insassen erfahren, dass alles in Ordnung wäre, ihnen niemals ein Haar gekrümmt werden würde, es ihren Lieben zu Hause gut ging und sie im Grunde noch am gleichen Abend desselben Tages, an dem sie hierher verschwunden waren, auch wieder eines Tages zurück wären.

Niemand aus deren persönlichem Umkreis würde sich ernstlich Sorgen machen, denn es war für eine gute Ausrede gesorgt.
Es wurde ehrlich mitgeteilt, was das wahre Ziel der ganzen Sache war und dass sie hier noch eine Menge zu lernen hätten.
Wo genau das »Hier« war, wurde wohlweislich verschwiegen.
Außerdem wurde geplant, dass bei denen, die schon gute Schritte in Richtung Besserung zeigten, auch weitere soziale Kontakte innerhalb der »Kolonie« möglich sein würden.
Man hätte es nicht für möglich gehalten.
Obwohl sich für die Entführten alles vollkommen undenkbar anhörte, so wussten doch die allermeisten der Insassen, dass sie soeben die Wahrheit gehört hatten.
Jetzt musste sich nur noch ein Trupp aufmachen, die zwei Entlaufenen wieder einzusammeln.
Karlao hatte bereits herausgefunden, dass sie in einer ganz bestimmten Höhle übernachteten.

Unterwegs

Lange bevor die Sonne aufging, war Tian bereits auf den Beinen.
Er hatte sich am Abend vorgenommen, am Nachthimmel in den Sternbildern zumindest nach einigen Orientierungspunkten zu suchen.
Auch ihm schien die Landschaft, in der sie sich befanden, völlig unbekannt.
Na ja, das Firmament würde schon Aufschluss über ihren Standort geben.
Da war er sich sicher.
Kaum war er leise vor die kleine Höhle getreten, erhob er sein Haupt gen Himmel.
Ihm fiel vor Staunen die Kinnlade herunter.
Das konnte doch einfach nicht sein.
Tian war recht bewandert in Astronomie.
Nichts war hier, wo es hingehörte.
Er fand aber auch kein einziges bekanntes Sternbild, nicht den Nordstern, die Venus, den Mond …
Er entschloss sich, sofort Noah zu wecken.
»Komm mal bitte raus.
Ich möchte, dass du den Sternenhimmel ansiehst.
Ich dachte mir, wir könnten uns so ein wenig orientieren, auf welchem Erdteil wir uns eventuell befinden.
Also, ich bin vollkommen ratlos.
Komm, sieh selbst.«
»Das ist eine hervorragende Idee.
Da hätte ich auch draufkommen sollen«, antwortete Noah.

Ein wenig schlaftrunken trat er vor die Höhle und blickte gen Himmel.
Wie vom Schlag getroffen, zuckte er zurück.
»Da brat mir doch einer einen Storch.
Das gibt's doch nicht!!
So ein Firmament habe ich ja noch nie gesehen.
Ob das da oben vielleicht auch nur eine angemalte Glocke ist, so wie dieser fast unsichtbare Wall, den wir gestern Morgen durchschritten haben?
Vielleicht ist das Ganze hier ein riesiges Filmstudio?
Ich habe da mal einen Film gesehen,
„Die Truman-Show". Da war es so ähnlich.«
»Daran habe ich auch schon gedacht«, antwortete Tian.
»Aber meinst du nicht, dass sie uns dann schon längst zurückgeholt hätten?
Die wüssten doch durch die überall verteilten Kameras sofort über uns Bescheid.
Gestern sind ja noch nicht mal Hubschrauber, vielleicht ausgestattet mit Wärmekameras, am Himmel gewesen, um uns zu suchen.
Offen gestanden, ich verstehe das alles nicht.«
»Was, du kennst die Truman-Show?«
Ungläubig blickte Noah zu seinem Kameraden.
»Glaubst du etwa, wir sind Barbaren?«
Grinsend ließ sich Tian nieder.
»Komm, setz dich bitte zu mir.
Ich muss dir noch etwas ganz anderes anvertrauen.
Das ist eigentlich ein Staatsgeheimnis …
Aber in Anbetracht der Tatsachen möchte dich einweihen.«
Erstaunt setzte sich Noah neben ihn.
Tian begann zu erzählen:

»Als ich hier ankam, war ich todkrank.
Ich hatte Krebs im Endstadium.
Man konnte den Tumor von außen schon fühlen.
Man hatte mir nur noch etwa sechs Monate zu leben gegeben.
Ich war auf starke Schmerzmedikamente angewiesen.
Meine letzte Aufgabe sollte sein, einen geregelten Übergang zu meinem Nachfolger zu ermöglichen.
Wir waren kurz davor, dies bekannt zu geben.
Als Grund sollte mein fortgeschrittenes Alter angegeben werden.
Wir hofften alle sehr, dass niemandem auffallen würde, dass ich nun so alt doch noch nicht bin.
Jedenfalls am ersten Tag hier war der Tumor noch da.
Als ich jedoch am zweiten Tag aufwachte, war er vollkommen verschwunden.
Hier gibt es keine Medikamente.
Aber ich hätte sie auch überhaupt nicht gebraucht, weil ich gar keine Schmerzen mehr verspüre.
Kann es sein, dass ich so etwas wie eine Spontanheilung hatte?
Oder meinst du, das hier ist vielleicht der Himmel und wir sind bereits tot?«
Tian errötete bei dem letzten Satz ein wenig.
Noah kratzte sich am Kinn.
»Offen gesagt, ich habe eine ähnliche Erfahrung gemacht.
Ich leide unter einer ziemlichen Prostata-Vergrößerung.
Ist recht unangenehm.
Die mir dringend angeratene Operation hatte ich immer wieder verschoben.«
An dieser Stelle nickte Tian wissend und mitfühlend.

»Jedenfalls hatte ich die Probleme am ersten Tag noch.
Ich war heilfroh, als du mir damals das Bad erlaubt hattest.« Er grinste.
»Am zweiten Tag waren die Beschwerden vollkommen verschwunden.
Ich bin nicht genau im Bilde darüber, wie viele Wochen wir jetzt schon hier sind.
Aber ich nehme an, es ist schon eine recht lange Zeit.«
»Es sind genau fünf Monate, drei Wochen und vier Tage«, unterbrach Tian kurz Noahs Ausführungen.
Dieser nickte anerkennend in dessen Richtung.
»Ich habe einen kleinen Kalender an der Unterseite meines Holzbettes eingeritzt«, antwortete Tian trocken.
»Jedenfalls«, so fuhr Noah fort, »wollte ich sagen, dass dieser Himmel über uns nicht unserer ist.
Ich habe nicht die geringste Ahnung, wo wir sein könnten.
Schau, es wird schon hell.
Lass uns, wie gestern besprochen, beginnen den Berg zu besteigen.
Vielleicht bekommen wir dann einen Aufschluss darüber, was hier los ist.«
Sofort setzten sie den Plan in die Tat um.
Nach etwa einer Stunde hatten sie den Gipfel erreicht.
Gerade war es vollkommen hell geworden.
Noah kletterte sofort auf einen hohen Baum.
»Das gibt's doch nicht!«
Nun gab es auch kein Halten mehr für Tian.
Wendig erstieg er den Nachbarbaum.
Beide blickten sprachlos in die Runde.
Rechts sahen sie das unglaublich riesige Gelände, aus dem sie gestern geflohen waren.

Weiträumige Gebäudekomplexe waren in einen großen Urwald eingebettet.
Der Wald zog sich links weiter fort.
Ein Ende war nicht in Sicht.
Etwa einen Kilometer genau hinter dem Berg, also auf der anderen Seite, sahen die Männer etwas, das sie sich nicht erklären konnten.
»Was soll das denn sein?
Ein Spielplatz von Gott?«, rief Noah verwundert aus.
»Lass es uns aus der Nähe ansehen«, erwiderte Tian, während er den Baum wieder herabkletterte.

Der Unfall

Sie stiegen den Berg bereits auf jener Seite herunter, auf der sie vorhin die merkwürdigen Anlagen erblickt hatten.
Beim Herabgehen bekamen sie daher einen immer detaillierteren Überblick.
Eigentlich war so etwas vollkommen unmöglich.
Vor ihnen erstreckten sich etwa zehn Areale, jedes etwa so groß wie ein Fußballplatz.
Auf einem jeden war eine komplett andere Landschaft zu sehen.
Auf dem ersten Areal war eine Steppe, auf dem anderen eine Art Tundra, auf dem dritten ein Sumpf, auf dem vierten eine Wüste voller Sand. Dort flirrte sogar die Luft, offenbar vor Hitze – aber das konnte ja wohl nicht sein!
Dann kam ein europäisches Waldstück.
Daneben war eine Art Miniatur-Gebirge mit verschiedenen kleinen Gipfeln, nicht unähnlich den Alpen.
Dass bei dieser Landschaftssammlung auch eine Schneelandschaft vorhanden war, setzte dem Ganzen noch die Krone auf.
Die Männer kamen unmittelbar vor der Tundra den Berg herunter.
Zwischen dem Berghang und den erstaunlichen Arealen gab es einen etwa zehn Meter breiten Streifen, der noch zu der normalen Zone gehörte, die die Männer schon länger kannten.
»Boah, hier ist es aber kalt«, rief Noah aus, der gerade

das Tundren-Areal betreten hatte.
»Dann komm, lass uns schnell zu der Steppe laufen, die wird wärmer sein«, erwiderte Tian, der jedoch ebenfalls sehr erstaunt über den Temperatursturz war.
Tatsächlich war es in dem Steppenstück heiß und trocken.
Wohlweislich traten die Kameraden nun aus den Arealen in Richtung des Berghanges heraus, um den nahenden Sumpf zu umgehen.
Tian betrat das anschließend gelegene, wirklich sehr heiße Wüstenstück gerade noch ganz am Rande, um dann in das europäische Waldstück zu gelangen, als es geschah.
Plötzlich begann er, im Sand zu versinken.
Im ersten Moment versuchte er noch, sich zu befreien.
Dann erkannte er mit Schrecken, dass sich an der Grenze des Wüstengebietes zum Wald offenbar eine Schicht Treibsand gebildet haben musste.
Das rettende Waldstück war etwa vier Meter entfernt.
Er konnte es jedoch nicht erreichen.
Noah stand noch im Gebiet, das zum Berghang gehörte, auf festem Untergrund.
Auch er erkannte sofort die Gefahr, in der sich Tian befand.
Tian war von ihm aus etwa zehn Meter entfernt.
Noah konnte ihn weder von hier noch von dem Waldstück aus mit seinen Händen erreichen.
Wenn er doch nur über ein Seil verfügen würde.
Das Betttuch, das ihnen als Rucksack gedient hatte, war leider viel zu kurz.
Inzwischen versank Tian, der wie zu einer Salzsäule erstarrt dastand, langsam weiter im Sand.

Bis zur Hüfte war er bereits nicht mehr zu sehen.
Panisch sah sich Noah um.
Unweit in dem europäischen Waldstück machte er an einem Baum einen dicken, langen, bereits angebrochenen Ast aus.
Schnell rannte er an den besagten Baum.
Er brach den Ast vollends ab.
Während des Zurückrennens befreite er diesen von kleinen, seitlichen Zweigen.
Unweit der Grenze des Waldstücks legte er sich flach auf den Bauch, robbte in Richtung der Wüste und schob das dicke Ende des Astes vorsichtig in Tians Richtung.
Dieser griff langsam nach dem rettenden Holz.
Er packte es mit beiden Händen, während er aber weiterhin stetig versank.
Nun begann Noah mit aller Kraft zu ziehen.
Dabei bewegte er sich, immer noch auf dem Bauch liegend, besonnen rückwärts.
Tian wurde zunächst nach vorn gezogen, dann aber kam er etwas aus dem Sand heraus.
Noah lief der Schweiß in Strömen.
Er zog an dem Ast mit aller Kraft.
Seine Hände waren schweißgebadet.
Plötzlich schlitterte ihm deshalb der Ast durch seine Finger.
Tian stöhnte auf. Sofort begann er wieder zu versinken.
Noah sprang behände nach vorn, schnappte sich das Astende wieder und begann von Neuem damit, seinen Kameraden herauszuziehen.
Tian war bereits bis auf die Beine wieder aus dem Sand gezogen worden, als plötzlich das Knacken begann.
»Der Ast bricht, zieh erst mal nicht weiter.

Lass uns überlegen, was wir tun können«, schrie Tian.
Noah hatte das bedenkliche Geräusch auch gehört.
Mit hämmernder Brust lag er auf dem Bauch, den Ast fest in den Händen haltend.
In dieser Position konnte er Tian nicht sehen.
»Was schlägst du vor?«, rief er ihm zu.
Dabei versuchte er möglichst zuversichtlich zu klingen.
»Dass wir aber auch keinerlei Hilfsmittel haben.
Der Ast wird demnächst ganz durchbrechen«, antwortete Tian.
»Ich jedenfalls kann von hier aus keinen weiteren sehen, den wir noch für diese Angelegenheit gebrauchen könnten.
Da wir keine Säge haben, scheidet ein zweiter Versuch in dieser Richtung leider aus.
Wäre es vielleicht möglich, den Ast in dieser Position zu verankern, damit ich nicht wieder anfange zu versinken?
Dann könntest du nämlich das Betttuch in Streifen reißen, diese verknoten und als Seil verwenden.
Damit könntest du mich dann ganz herausziehen«, fragte Tian seinen Kameraden.
»Das ist eine gute Idee.
Mir fällt nur gerade nicht ein, wie ich den Ast verankern könnte.
Loslassen muss ich ihn aber zumindest kurz, denn das Betttuch liegt zu weit weg von hier.
Wenn ich es habe, könnte ich mich dann eventuell auf den Ast draufstellen, solange ich das Seil herstelle«, rief Noah zur Antwort.
Das Schicksal beantwortete diese Frage jedoch von selbst.
Auf einmal gab es einen lauten Krach.

Der Ast war nun vollständig durchgebrochen.
Tian stöhnte auf.
Sofort zog ihn der Sand wieder gnadenlos in sich hinein.
Noah rannte wie der Blitz in Richtung des Berghanges, an dem sie zuvor ihr Bündel liegengelassen hatten.
Dann, als er an der Stelle des gebrochenen Astes angekommen war, bemühte er sich, ohne Schere oder Messer, einen Anfangsriss in das Bettlaken zu bekommen.
Mit den Händen war es aussichtslos.
Jetzt versuchte er es mit den eigenen Zähnen.
Das dauerte alles viel zu lange.
Tian war bereits über den Bauchnabel hinweg versunken.
Dieser rief ihm zu:
»Nimm mal das verbliebene, lange Sandwich und brich es durch.«
»Ich werde doch jetzt nicht mit dir hier eine Mahlzeit einnehmen«, antwortete Noah.
»Tu bitte, was ich dir sage.«
Tian stöhnte.
Durch das Rufen war er inzwischen bis zur Brust im Sand versunken.
Jede Bewegung beschleunigte nur noch den tödlichen Prozess.
Noah tat dennoch, wie ihm geheißen war.
Als er das Brot durchbrach, entdeckte er in dessen Mitte ein Brotmesser, wie sie es immer zu den Mahlzeiten bekommen hatten.
Dieses war zwar ganz stumpf, aber immerhin aus Metall.
Noah verstand und begann sofort, mit dem Messer das Laken zu bearbeiten.

Er machte Fortschritte.
Aber es ging noch immer alles viel zu langsam.
Endlich war der Einschnitt circa einen Zentimeter lang und er konnte den ersten Streifen des Betttuchs vollends abreißen.
Sofort machte er sich an den Zweiten.
»Sollte das hier schlecht für mich ausgehen, würdest du mir dann bitte einen Gefallen tun?
Wenn du jemals von hier aus heil wieder nach Hause kommen solltest, kontaktiere bitte meine Familie.
Lass meinen Sohn wissen, dass ich jetzt doch einverstanden bin, dass er das ausländische Mädchen heiratet.
Ich möchte, dass er glücklich ist.
Meiner Tochter sag, dass sie die freie Berufswahl hat und sie allein bestimmen kann, ob sie sich verheiraten möchte oder nicht.
Meiner Frau richte bitte aus, dass ich sie liebe, ihr für das gemeinsame Leben danke und dass ich einen schmerzfreien, schnellen Tod erlitten habe.
Wirst du das für mich tun?«
Noah blickte auf.
Obwohl er sah, dass Tian schon bis zum Hals im Sand stand, die Arme hatte dieser inzwischen über den Kopf erhoben, antwortete er:
»Natürlich würde ich das zuverlässig tun, wenn ich irgendwie könnte.
Aber das wird nicht notwendig sein, denn wir werden hier beide heil herauskommen.«
Er riss gerade den zweiten Streifen ab und knotete ihn mit einem Seemannsknoten an den ersten.
Noch war das neue Seil zu kurz.

Nur noch einen Streifen dachte er.
Innerlich begann er zu beten.
In Windeseile bewegte er das Messer auf dem Rand des Lakens mit aller Macht auf und ab.
Dass diese dummen Laken aber auch so fest umrandet sein mussten!
Er stöhnte.
Der Sand stand Tian bereits unter seinem, jetzt fest verschlossenen, Mund.
Ok, er konnte endlich den dritten Streifen abreißen.
Das Seil war jetzt lang genug.
Er machte an jedem Ende einen Knoten, damit es besser festzuhalten war.
Dann warf er es in Tians Richtung.
Mist, er hatte dessen Hände um mindestens einen halben Meter verfehlt.
Tians Nase ragte gerade so noch aus dem Sand.
Mit äußerster Konzentration warf er das Seil nochmals.
Endlich, Tian hatte es mit seiner rechten Hand ergreifen können.
Vorsichtig begann Noah daran zu ziehen.
Tian wurde, wie zuvor auch mit dem Ast, wieder als Erstes nach vorn gezogen.
Dadurch verschwand sein gesamtes Gesicht im Sand.
Noah lief es eiskalt den Rücken herunter.
Er musste schnellstens das Gesicht freibekommen, damit Tian wieder atmen konnte.
Vorsichtig, bloß nicht ruckartig, zog Noah stetig weiter.
Jetzt begann endlich die Aufwärtsbewegung.
Er konnte die geschlossenen Augen Tians schon wieder sehen.
Plötzlich machte das Seil einen Ruck.

Tian hatte es losgelassen.
Offenbar hatte er die Besinnung verloren.
Langsam ging sein Kamerad im Sand endgültig unter.
Noah sank auf die Knie.
Tränen der Verzweiflung rannen über sein Gesicht.
Ein lauter, verzweifelter, fast unmenschlicher Schrei rang sich aus seiner Kehle.

Zwei ungewöhnliche Verbündete

Sobald das erste Licht am Himmel zu sehen war, versammelte sich Guidos Truppe im Freien.
Sofort reisten sie zusammen astral zum Eingang der kleinen Höhle.
Atlantus ging als Erster hinein.
»Sie sind nicht mehr hier.
So ein Mist.
Karlao, schau doch bitte mal, wo sie hin sind.«
Karlao drehte sich wie wild im Kreis, um den astralen Fußabdruck der Geflüchteten erneut zu finden.
Ratlos hielt er an.
»Ähm, sie sind nicht mehr auf der Perle.
Gibt's denn so etwas!«
»Karlao, das ist absolut unmöglich.
Bitte schau noch mal nach.«
Guido war kreidebleich geworden.
Was hatte er da bloß für einen Schlamassel angezettelt?
Wilde Tiere, die einen Menschen hätten fressen oder ihm auch nur schaden können, gab es nicht.
Was also könnte passiert sein?
Karlao drehte sich nochmals im Kreis.
Er drehte sich nun doppelt so lange. Doch Fehlanzeige.
»Sie sind nicht mehr auf der Perle.
Das gibt's doch gar nicht.«
»Karlao, du kennst dich hier doch am besten aus.
Gibt's vielleicht irgendwelche Zonen, die zwar hier sind, aber trotzdem nicht zur Perle gehören?« fragte Guido, inzwischen in allerhöchster Sorge, seinen kleinen Freund.

Karlaos Gesicht hellte sich auf.
Er schlug sich gegen die Stirn.
»Ach ja, na klar.
Da gibt's so ein ehemaliges Übungsfeld von Orlana.
Das liegt direkt hinter dem Berg hier.
Dort hat sie verschiedene Klimazonen erprobt.
Sie hat dieses Trainingsland wohl absichtlich so erschaffen, dass es nicht direkt zur Perle gehört.
Das ist der einzige Platz, auf dem sie sein könnten.
Eigentlich sollte ihnen dort nichts passieren.
Es sei denn, sie versinken in den Sümpfen oder erfrieren im Schnee.«
»Fliegen!«, schrie Guido und erhob sich auf der Stelle in die Lüfte.
Alle taten es ihm gleich.
Kurz darauf hörten sie einen lauten, verzweifelten Schrei.
Guido erkannte mit seinen scharfen Augen sofort, was geschehen war.
Er schnellte einem Adler gleich nach unten und grub, während er gleichmäßig mit den Flügeln schlug, mit seinen Händen panisch im Sand.
Endlich erwischte er Tians Fingerspitzen und zog ihn behutsam heraus.
Als Noah dies mit seinen tränenüberströmten Augen wahrnahm, fiel er auf die Knie.
»Ein Engel. Bitte vergib mir all meine Sünden, lieber Gott«, rief er und grub seinen Kopf in die Erde.
So verharrte er schweigend.
Nun landeten auch die anderen.
Guido sandte sein heilendes goldenes Licht in Tians Körper, welcher soeben wieder zu atmen begann.

Als er seine Augen aufschlug, murmelte auch er etwas von einem Engel.
Guido trat ein paar Schritte zurück und sprach.
»Bitte schaut mich an, lieber Noah und Tian.
Ich bin kein Engel und ich muss mich, auch im Namen meiner Kameraden, bei euch von Herzen entschuldigen.«
Der Reihe nach erzählte er ihnen die ganze Geschichte.
Die beiden Staatsmänner hörten staunend zu.
Als er geendet hatte, fragte Tian:
»Wie hast du meine Erkrankung wegbekommen?
Wird das dauerhaft sein?«
Guido antwortete: »Ich verfüge mit dem Licht, das von mir ausgeht, zwar über heilende Kräfte.
Aber schwerwiegende Krankheiten heilen oder sogar manchmal Tote erwecken, das kann nur Querin mit seinem heilenden Hammer.
Dieser hat euch beide geheilt.
Und ja, die Heilung wird von Dauer sein.«
Tian war sich nicht sicher, ob er sich jetzt über seine spontane Heilung freuen durfte oder ob ihm seine Sinne eventuell einen Streich spielten.
Vielleicht träumte er auch nur.
Verstohlen kniff er sich in den Arm.
Noah, der gerade eine ähnliche Idee gehabt hatte, grinste.
Plötzlich hüpfte der kleine Karlao fröhlich aus der Reihe und plapperte, während er den zwei Männern enthusiastisch die Hände schüttelte, in seiner unschuldigen Art munter darauf los.
»Ich möchte mich auch bei euch entschuldigen.
Immerhin wäre ohne meine Unterstützung Guidos Idee

niemals in die Tat umgesetzt worden.
Mein Name ist Karlao und ich freue mich, dass wir jetzt allerbeste Freunde sind.«
Noah zählte eins und eins zusammen.
Es könnte sogar stimmen, dachte er bei sich.
Immerhin war der Sternenhimmel so völlig anders als auf der Erde gewesen.
»Ich möchte noch einen weiteren Beweis«, wandte er sich an die, die er im Stillen »Die Entführer« nannte.
»Ich möchte sehen, wie das mit dem astralen Reisen funktioniert.«
Akira trat vor. »Schau her.«
Zunächst verschwand Akira für kurze Zeit.
Als er an einer anderen Stelle aufgetaucht war, umarmte er Noah, woraufhin beide zusammen verschwanden.
Wenige Sekunden später tauchten sie gemeinsam wieder auf.
Sie hatten frische Kleidung, Essen sowie Getränke dabei und Noah sah frisch geduscht und umgezogen aus.
»Astrale Zeitreise.« Akira grinste.
»Wir waren nur kurz im Camp.«
»Stimmt das?« Tian wandte sich fragend an Noah.
Dieser nickte mit dem Kopf.
»Genauso war es, auch wenn ich keine Ahnung habe, wie das überhaupt möglich sein könnte.«
Wortlos vollführte Akira mit Tian das gleiche »Kunststück«.
Als er mit diesem zurückkehrte, war auch Tian restlos überzeugt von der Wahrheit.
»Was soll denn jetzt weiter werden?
Kommen wir wieder auf dieses Zimmer für weitere zwanzig Jahre?«, fragte Tian in die Runde.

»Wir wissen auch noch nicht, was wir jetzt weiter machen sollen.
Bei euch zu Hause werden, wie zuvor erwähnt, nur zwölf Stunden vergangen sein, wenn ihr zurückkehrt.
Allerdings wird es noch ein wenig Zeit hier benötigen, bis wir überzeugt sind, dass ihr auch völlig gebessert und vor allem stark genug sein werdet, um dorthin zurückzukehren.
Immerhin werdet ihr dann unsere Verbündeten sein, wenn es darum geht, dass die Erde gerettet wird sowie endlich zu den höher entwickelten Planeten gehören kann«, antwortet Guido.
Tian besprach sich kurz mit Noah.
Dieser wandte sich dann an Guido samt Kameraden:
»Wir sind einverstanden.
Wir hätten nur gerne ein wenig mehr Freiheiten und Kontakte.
Ansonsten möchten wir gerne eure Verbündeten sein.«
Mit diesen Worten schüttelte er einem jedem die Hand.
Tian tat es ihm gleich.

Abschied

Das Camp war mit den Jahren zur vollen Blüte gewachsen.
Nach und nach vertrauten die »Entführer« den »Entführten« sowie umgekehrt.
Am schwersten war es mit den geheimen Drahtziehern gewesen. Jedoch das goldene Licht der Vogel-Menschen, gepaart mit den liebevollen Kräften, die ein eigenes Haustier bewirken kann, war auch bei diesen Menschen Unglaubliches bewirkt worden.
Die Ersten, die sich frei im Camp bewegen konnten, waren Tian und Noah gewesen.
Sie halfen von diesem Zeitpunkt an nach Kräften bei der seelischen Heilung der anderen mit.
Dass es sich bei diesen Vorgängen um wahrhaftige innere Heilung handelte, hatten sie schon längst begriffen. Außerdem waren die zwei die besten Freunde geworden, die man sich nur vorstellen konnte.
Regelmäßig konnten die Camp-Bewohner kleine Filme über ihre Angehörigen ansehen.
Es war kaum vorstellbar, dass zu Hause noch immer der gleiche Tag wie bei ihrer Abreise war.
Eines Tages bat Guido alle knapp 8000 Bewohner nach draußen und sprach: »Der Tag der Heimreise naht. Bitte bereitet euch innerlich darauf vor, dass ihr nun wieder in die Welt zurückkehren werdet, aus der ihr einst gekommen seid.
Die, die ihr vor langer oder je nachdem, wie man es betrachtet, auch vor kurzer Zeit auf der Erde zurückgelassen habt, werden sich innerlich sowie

äußerlich noch auf dem gleichen Niveau befinden, wie zuvor. Mit eurem heutigen inneren Wissen wird es euch vielleicht unglaublich erscheinen, dass auf der Erde noch immer schreckliche Kriege in Gang sind, Intrigen geschmiedet werden und vieles in dieser Richtung mehr.
Aus den Erzählungen anderer kann ich sagen, dass ein Aufenthalt auf der Erde ein richtiger Schock sein kann.
Geht so vor, wie wir es besprochen haben.
Zuallererst müssen sämtliche Kriege beendet sowie vorhandene Gelder für vernünftige Zwecke eingesetzt werden.
Umweltsünden müssen gestoppt sowie alternative Programme in Gang gebracht werden.
Gutes für Mutter Erde wird gefördert, Schlechtes soll sanktioniert werden.
Vertraut auf die Liebe. Sie ist die stärkste Kraft.
Wir bleiben alle weiterhin untereinander vernetzt.
Viele von euch haben bereits gelernt, wie man sich über den Geist auch über große Entfernungen hinweg verständigen kann.
Für die anderen werden wir alternative Wege der Kommunikation erschaffen.
Ganz bewusst haben wir euch die genauen Koordinaten dieses Planeten oder derer, von denen wir teilweise stammen, nicht genannt.
Das ist eine reine Sicherheitsmaßnahme.
Auf jeden Fall sind diese so weit weg von der Erde, dass sie mit den heutigen technischen Mitteln derselben für Menschen ohne Hilfe ohnehin nicht erreichbar sind.
Wir sind jedoch trotzdem stets in eurer Nähe.
Einige von uns werden sogar direkt auf der Erde verbleiben.

Wir Vogel-Menschen können leider, da wir so starke Lichtwesen sind, nicht zur Erde kommen.
Ihr könnt aber sicher sein, dass wir alles, was möglich ist, aus der Ferne für euch unternehmen werden.
Wenn ihr möchtet, dürft ihr eure Haustiere auf euren Heimatplaneten mitnehmen.
Jene, welche hierbleiben sollen, werden jedoch von uns bestens versorgt werden.
Ich wünsche uns allen alles Glück der Welt.
Unser Ziel ist es, erstens die Erde so zu verwandeln, dass die Natur sich erholen kann.
Zweitens sollten wir es schaffen, die Menschen dazu zu bringen, dass sie sich einzig und allein von der Liebe leiten lassen.
Dann ist der Planet würdig, zu den hoch entwickelten Planeten zu zählen.
Unter den Fittichen „Der Einen – Der Dienerin der Liebe" wird die Erde dann dem Kreislauf der schnellen Zerstörung entronnen sein.
Auf unsere Mission!«, rief er zum Abschluss.
Alle auf dem Platz stimmten in diesen Ruf ein, welcher noch viele Male wiederholt wurde.
Danach meldeten sich noch andere zu Wort.
Es war so, dass sich die ehemaligen Entführten zwar sehr auf zu Hause freuten, aber auch einen beträchtlichen Respekt davor hatten, in diese harte Welt zurückgeworfen zu werden.
Die Menge an Menschen um sie herum und die Versicherungen ihrer früheren Entführer, stets an ihrer Seite zu sein, gaben ihnen aber den nötigen Mut dazu.

Die Beichte

Noah erwachte wie gewohnt am frühen Morgen.
In Erwartung der gleich folgenden Meditationsmusik blieb er noch eine Weile im Bett liegen.
Er lauschte. Es tat sich nichts.
Dann kamen mit einem Mal seine Erinnerungen zurück.
Gestern Abend hatte er sich nach dem späten Heimkehren sofort zur Ruhe begeben.
Schnell erhob er sich nun freudig aus seinem Bett.
Noch im Morgenmantel eilte er zum Esszimmer.
Dort war am Tisch bereits seine ganze Familie versammelt.
Er nahm einen nach dem anderen ganz herzlich in seine Arme, sah in dessen Augen und wünschte jedem einen guten Tag.
Seine Frau sowie die noch minderjährigen Kinder sahen sich ungläubig an.
»Geht es dir gut?«, fragte seine Frau ein wenig verwirrt.
So viel Aufmerksamkeit hatte die Familie schon ewig nicht von ihrem Ehemann beziehungsweise Vater bekommen.
»Ja, es geht mir sogar blendend.«
Zu seinem Sohn gewandt, fuhr er fort.
»Du darfst künftig ruhig an den Umwelt-Demos teilnehmen.
Bring deine neuen Freunde gern auch mit nach Hause, wenn du magst.«
Der Sprössling verschluckte sich an seinem Bissen, den er gerade im Mund hatte.
Er nickte seinem Vater völlig verblüfft, aber sehr erfreut

zu.
»Möchte jemand noch etwas Wichtiges mit mir besprechen? Ich habe noch genügend Zeit dafür, bevor ich zur Arbeit gehe.«
Nachdem sie sich in der Familie über das ein oder andere ausgetauscht hatten, setzte sich Noah noch eine Weile auf seinem Bett still hin, um sich zu besinnen und für den Tag zu wappnen.
Dann berief er sein Kabinett ein.
Er lud ebenfalls noch einige der geheimen Drahtzieher zu der kommenden Versammlung hinzu.
Diese Sitzung würde einfach werden, denn sein Stellvertreter, alle seine Minister sowie die Drahtzieher waren ebenfalls auf der Perle gewesen.
Gleiches galt für die Oppositionsführer seines mächtigen Staates.
Selbst die Chefinnen oder Chefs der Geheimdienste sowie wichtiger Banken waren bei der Umerziehung dabei gewesen.
Er konnte sich bei den geplanten Gesetzesänderungen und Beschlüssen also einer Mehrheit gewiss sein.
Er wusste, dass Gleiches nun in allen der knapp zweihundert Länder der Erde geschah.
Es waren nämlich immer mehrere Vertreter aller Länder, egal wie groß oder wie klein sie waren, auf der Perle gewesen.
Selbst Vertreter der Kirche hatten nicht gefehlt.
Jedenfalls solche, die nicht bereits von selbst fest in der Liebe verankert gewesen waren.
Noah freute sich ungemein über diese innere Gewissheit.
Sie beschlossen, sämtliche Kriege zu beenden, an denen

sie irgendwie beteiligt waren, brachten eine Menge guter Projekte auf den Weg sowie Gesetze.
Am meisten freute er sich über die neue Vereinbarung über multilaterale Beziehungen mit allen Ländern der Erde.
Als Erstes wollte er Tian, der ihm jetzt schon mächtig fehlte, anrufen.
Während der Pause der Sitzung wurde er ans Telefon gebeten.
Tian war ihm offenbar zuvorgekommen.
Er meldete sich jetzt natürlich mit seinem früheren Namen.
Freundlich wurde ein gemeinsames Treffen, bei dem jeweils die ganze Familie und einige Regierungsvertreter mitgebracht werden konnten, zunächst bei Tian beschlossen.
Noah freute sich schon jetzt wie ein Schneekönig darauf.
Am Abend überschlugen sich die Nachrichten.
Da auf der Perle natürlich auch ranghohe Medienvertreter dabei gewesen waren, wurde tatsächlich überall auf der Welt die absolute Wahrheit über die neuen Beschlüsse bekannt gegeben.
Es lief alles wie am Schnürchen.

Auf der Platana wandte sich Guido gerade an die übrigen Mitglieder der ehemaligen Verschwörer.
»Meint ihr nicht, es sei an der Zeit, auf der heutigen Versammlung der „Krieger des Lichts“ den anderen alles zu erzählen?
Es muss ihnen ansonsten doch komplett spanisch vorkommen, was im Moment auf der Erde passiert?«

Es wurde beschlossen, genau das zu tun.
Da so viele zu der Verschwörung, die noch dazu positiv verlaufen war, gehört hatten, hatte Guido auch keine so große Angst davor.
Soholit, Tanja, Louis, Magdalena, Lucinda und alle anderen waren vollkommen verblüfft. Querin, welcher schon früher eingeweiht worden war, hatte natürlich niemandem etwas verraten.
Es herrschte, nachdem Guido mit seinen Erzählungen geendet hatte, zunächst eine gigantische Stille im Raum.
Langsam begann nun Soholit als Erster zu klatschen.
Einer nach dem anderen fiel in den Applaus ein und dann lagen sie sich alle in den Armen.
Tanja rief unter Tränen:
»Das gibt's doch nicht!
Das ist ja wunderbar.
Ich danke dir, lieber Guido und allen anderen, dass ihr euch über unsere kleingeistigen Anweisungen hinweggesetzt habt.«
Sofort sahen sie sich einige Nachrichten an.
Sie waren begeistert.
Es wurde vereinbart, dass viele, unter ihnen auch erstmals wieder Tanja, morgen zur Erde reisen würden, um sich das Ganze direkt aus der Nähe anzusehen.

Das »Dunkle Autonom«

Am nächsten Tag besuchten die »Krieger des Lichts« Tian.
Wer sich noch nicht kannte, wurde herzlich miteinander bekannt gemacht.
Es herrschte eine unbeschwerte Stimmung.
Freude war das überwiegende Gefühl.
Danach reisten sie alle astral zu Noah.
Sie nahmen Tian einfach mit. Noah freute sich sehr darüber.
In einem Konferenzraum schalteten sie noch via Videoschalte die meisten, die auf der Perle gewesen waren, dazu.
So konnten sich alle kennenlernen.
Natürlich war diese Konferenz so gut abgeschirmt, dass sie niemand, der es nicht sollte, mitverfolgen konnte.
Nachdem sich die allgemeine Freude ein wenig gelegt hatte, wurde Tanja nachdenklich.
»Wisst ihr, woran mich diese Situation heute erinnert? Daran, als wir im Jahr 2018 gerade die Nachrichten anschauten, um zu sehen, ob wir jemanden von uns auf den Umweltdemonstrationen im Fernsehen erblicken würden. Alles war zuvor so gut gelaufen.
Wir waren vollkommen im Flow.
Kurz darauf hatte der „Herr der Finsternis" hart zurückgeschlagen.
Wisst ihr noch, als wir Hals über Kopf nach Portugal flüchten mussten, und was danach alles noch so passiert ist?
So viele lichtvolle Kräfte erzeugen immer auch finstere

Gegenkräfte, solange die Erde noch kein wirklicher hoch entwickelter Planet ist.
Wir müssen also wachsam sein.«
Von einem auf den anderen Moment wurde es ganz still.
Was Tanja gesagt hatte, leuchtete allen vollkommen ein.
Es wurde beschlossen, solche Gegenkräfte ganz genau im Auge zu behalten.
Man würde sich beim geringsten Verdacht an dieser Stelle wiedertreffen, um dann die entsprechenden Schritte zu beraten.
Gegenwärtig war jedoch noch alles vollkommen in Ordnung.
Es begann dann ganz langsam mit einem Wirbelsturm in Noahs Land, welcher sich auch auf die Nachbarländer ausbreitete und einen verheerenden Schaden anrichtete.
In Tians Land hörte es eines Tages einfach auf zu regnen.
Es war nicht möglich, dies irgendwie umzukehren.
Dann gab es auch noch eine weltweite Sonnenfinsternis, welche mehr als eine Stunde anhielt.
So etwas war eigentlich völlig unmöglich.
Dennoch war es geschehen.
Dies rief nun alle möglichen sowie unmöglichen Verschwörungstheoretiker auf die Bildfläche.
Es war höchste Zeit für ein erneutes Treffen.
Als sich alle am Bildschirm sahen, war die Stimmung um einiges bedrückter als bei der letzten Versammlung.
Soholit ergriff das Wort:
»Liebe Freunde, ich glaube, es ist so weit.
Die Kräfte der Finsternis begehren gegen die Erfolge des Lichts auf.
Wir müssen jetzt besonnen und tief in der Liebe

verwurzelt bleiben.
Dennoch schlage ich vor, dass wir versuchen herauszufinden, was genau die Ursache für diesen Umschwung ist.
Sicher steckt hinter allem der „Herr der Finsternis".
Schließlich ist das noch immer einer seiner Planeten.
Aber vielleicht gibt es noch etwas, das wir tun könnten, um dessen Macht hier zu beenden.
Ich schlage vor, dass wir Patrick befragen werden.
Immerhin trägt er die gleichen Gene in sich wie der „Herr der Finsternis".«
Vielleicht kann er dadurch etwas erspüren, das uns nicht möglich ist.
Soholit erklärte denjenigen, die noch nie etwas von Patrick gehört hatten, dass dieser ein Urahn des Zwillingsbruders des leiblichen Vaters der damaligen »Herren des Lichts und der Finsternis« war. *
Gesagt, getan.
Soholit wandte sich im Geist an Patrick, der momentan auf Aquarius weilte.
Dieser erklärte sich sofort bereit, ausnahmsweise noch einmal zur Erde zu kommen, um dort nach Spuren der Finsternis zu suchen.
Etwa eine Stunde später war er schon vor Ort.
Karlao hatte ihm bereits, der Einfachheit halber, mal wieder sämtliche Neuigkeiten einfach so in seinen Geist eingespeist.
Somit war er bei seiner Ankunft schon vollkommen im Bilde.

* Nachzulesen ist diese Geschichte im Band 2 der Trilogie: »Eichen müssen her! Die Kinder von Platana«.

Trotzdem staunte er nicht schlecht, als er auf der riesigen Leinwand so viele Gesichter der verschiedensten Menschen der Erde erblickte.
Schüchtern sprach er: »Ich hoffe sehr, dass ich behilflich sein kann.
Dazu muss ich aber in die Natur.
Hier kann ich nichts fühlen.
Ich bitte darum, dass mich vielleicht diejenigen begleiten, die damals mit mir auch im Outback in Australien unterwegs waren.
Tanja sowie Atlantus nebst Brenda, vielleicht auch Basilika, können auch sehr gerne noch mitkommen, wenn sie mögen.«
Sofort machte sich die kleine Schar auf den Weg nach draußen.
Die anderen warteten, wo immer sie in diesem Moment auch waren.
Ihnen war klar, dass egal wie lange diese Expedition auch in Wirklichkeit dauern würde, die Teilnehmer via Zeitreise in den nächsten Minuten zurück sein würden.
Da sie sich gerade in Tians weitläufigem Land befanden, suchte Patrick als Erstes dort.
Er drehte sich, so wie er es dereinst von Karlao gelernt hatte, mehrfach blitzschnell im Kreis herum.
Nach einer Weile hielt er an.
»In diesem Land ist nicht, was wir suchen.
Ich bekam allerdings einen Hinweis auf eine Höhle mit dem Namen: „Woronjahöhle“, auch „Kruberahöhle“ genannt. Sie liegt in dem Land Georgien.
Lasst uns dorthin reisen.
Haltet einander bitte fest.«
Schon war die Schar unterwegs.

Sie bemerkten unterwegs ein Ziehen und Zerren, das sie schon lange nicht mehr verspürt hatten.
Das war definitiv eine Störung der astralen Reise.
Nach einer Weile landeten sie ziemlich unsanft.
»Ich komme einfach nicht näher an die Höhle dran.
Wir sind sozusagen ausgesperrt.
Ich werde aber mal schauen, ob ich von diesem Punkt aus mehr herausfinden kann.
Patrick drehte sich, gefühlt, unendliche Male im Kreis, bis er endlich stehenblieb, um Bericht zu erstatten.
Er machte ein ungeheuer ernstes Gesicht.«
»Folgendes: Die gute Nachricht ist, der „Herr der Finsternis" hat sich bereits einen ganz neuen Planeten gesucht, den er gerade zerstören will.
Dort steckt er noch komplett in den Anfängen.
Die schlechte Nachricht ist, dass er die Erde schon als so zerstört ansieht, dass seine Aufmerksamkeit hier gar nicht mehr gebraucht wird.
Daher hat er eine Art Stellvertreter hiergelassen, der, versorgt mit all den Informationen, die man dafür braucht, die endgültige Zerstörung der Erde überwacht und zu Ende bringen soll.
Ich weiß nicht genau, was das für ein Ding ist.
Ich nehme es als etwas sehr dunkles Großes wahr, welches sehr intelligent ist.
Vergleichbar mit der besten künstlichen Intelligenz, die es auf der Erde heutzutage gibt, nur noch viel klüger.
Es arbeitet im Sinne des „Herrn der Finsternis" vollkommen autark.
Wenn ich ihm einen Namen geben sollte, würde ich es das „Dunkle Autonom" nennen.
Es ist sehr gefährlich und nahezu unverwundbar, denn

man kommt gar nicht erst dran.
Ich kann nicht erkennen, was uns hier aufhält.
Was immer es jedoch ist, es erscheint mir sehr, sehr mächtig zu sein.
Ich schlage vor, zunächst diese Informationen den anderen weiterzureichen.
Dann müsste ich auf die ein oder andere Weise eine Möglichkeit bekommen, mir das Ganze einmal von oben anzusehen.
Vielleicht kann ich dann mehr dazu sagen, wieso man von hier aus nicht mehr weiterkommt.«
Wie erwartet, materialisierte sich die kleine Schar nur wenige Sekunden, nach dem sie verschwunden war, wieder in dem Raum mit der großen Leinwand.
Nachdem die Anwesenden mit Staunen alles gehört hatten, meldete sich ein kleines Gesicht auf der Leinwand, welches zum Staatschef von Georgien gehörte.
Er schlug vor, dass Patrick in einem Flugzeug hoch über der Höhle kreisen könnte, um dort nach weiteren Spuren zu suchen.
Man könnte versuchen, von oben so nah wie möglich an die Höhle heranzukommen.
Nachdem Patrick eingewilligt hatte, organisierte der Staatschef alles.
Patrick sollte sogleich zum Flughafen kommen.
Zur Unterstützung begleiteten ihn alle, die vorhin auch dabei gewesen waren.
Die anderen warteten wie zuvor.
Das Flugzeug kreiste über der Höhle langsam nach unten.
Etwa vier Kilometer über dem Erdboden, begann das

Gefährt gefährlich zu wackeln.
Der Pilot meldete sich, um zu verkünden, dass er, sobald er tiefer ging, all seine Instrumente nicht mehr benutzen könne.
Also machte sich Patrick an dieser Stelle an die Arbeit.
Verstört behielt er, was er gesehen hatte, zunächst für sich.
Erst, als sie wieder in dem Videoraum angelangt waren, begann er zu sprechen.
»Liebe Freunde, es tut mir so unendlich leid, euch das Folgende mitzuteilen:
Das sogenannte „Dunkle Autonom" ist so gut geschützt, dass es für uns nahezu unerreichbar ist.
Ich nahm acht magische Felder wahr, die ringförmig darum angeordnet sind.
Sie scheinen unter anderem zu den Elementen der Erde zu gehören, sind aber verschiedensten Ursprungs.
Ich konnte lediglich höchste Gefahr verspüren.
Sicher ist nur eins: Wenn das „Dunkle Autonom" nicht aufgehalten wird, dann sind wir alle verloren.
Der „Herr der Finsternis" wird sich hier nicht mehr einmischen.
Alles steht und fällt mit diesem Stellvertreter.
Ich habe keine Ahnung, wie es gelingen könnte, jenen zu vernichten.
Wenn ihr nichts dagegen habt, so würde ich mich jedoch gerne an dieser Stelle verabschieden.
Diese Art Kämpfe sind nichts mehr für mich.
Ich verspreche aber, dass ich von Aquarius aus für euch täglich beten werde.«
Die Anwesenden waren erschüttert.
Nachdem noch einige Rückfragen an Patrick gestellt

worden waren, dankte Soholit diesem von Herzen für seine Hilfe und entließ ihn dann nach Hause.
»Liebe „Krieger des Lichts", ja, ich habe euch nun alle so genannt, denn ich weiß, dass diese Anrede zu jedem, der mich jetzt hört, inzwischen passt.
Wir haben keine Wahl.
Wir müssen alles versuchen, um das „Dunkle Autonom" zu zerstören.
Andernfalls werden wir ohnehin alle verloren sein.
Es handelt sich um eine sehr gefährliche Mission.
Ich kann es euch nicht verübeln, wenn viele von euch dieses Mal nicht daran teilnehmen wollen.
Ich denke hier insbesondere auch an Akira und Lia sowie Finnbar und Basilika.
Andere von euch werden nicht mitkommen können, denn sie werden in ihren Ländern gebraucht.«
Er sah von Noah zu Tian und dann auf die Leinwand mit den bleichen, bangen Gesichtern, die ihn gerade alle ansahen.
Akira, der so etwas schon befürchtet hatte, platzte heraus: »Wieso auch Basilika und Finnbar?«
Auch Finnbar standen die Fragezeichen ins Gesicht geschrieben.
Er verstand überhaupt nichts mehr.
»Weil Lia und Finnbar Zwillinge sind.«
Quick Deer hatte sich erhoben, um zu sprechen.
»Bei Zwillingen geschieht vieles zur gleichen Zeit.
Basilika ist nämlich auch schwanger.
Sie wollte es nur noch nicht wahrhaben.
Ich melde mich übrigens hiermit als Erster für die kommende Mission an.
Mein Leben hat immer der Mutter Erde gehört und so

wird es auch bleiben. Wer kommt noch mit?«
Er stellte sich demonstrativ auf eine Seite des großen Raums und wartete.
Kurz darauf traten Soholit mit seinem magischen Eichenstab, Lucinda, Querin, der seinen heilenden Hammer in der Hand hielt, Brenda, Atlantus, Selma, Angar sowie Karlao zu ihm.
Plötzlich ging Tanja, gefolgt von Alex, ebenfalls zögerlich auf die mutige Schar zu.
»Neeeein!«, entfuhr es Akira.
»Was glaubst du, warum wir dich damals gerettet haben, Mama?
Damit du im nächsten Moment doch wieder verunglückst?«, schrie er seiner Mutter zu.
Tanja sah liebevoll zu ihrem jüngsten Sohn.
Dann kehrte sie um.
»Also gut, ich gehe nicht.
Dann könnt ihr sicher sein, dass euer zukünftiges Kind eine Oma haben wird.
Dafür müsst ihr mir aber versprechen, dass ihr zwei auch auf der Platana bleiben werdet, ok?«
Zähneknirschend willigte Akira ein.
Dabei fragte er sich im Stillen, ob das wohl gerade das eigentliche Ziel seiner Mutter gewesen war.
Verstört drehte sich Tanja um, denn Alex war bei denen, die ausziehen wollten, stehen geblieben.
Er nickte ihr freundlich zu.
Tapfer nickte sie zurück.

Die acht magischen Ringe

Kurz darauf begaben sich die Mitglieder der »Krieger des Lichts« auf Quick Deers Bitte hin zum irdischen Waldhaus.
Er hatte seinen Ruf zu der Versammlung an alle gerichtet, die auch schon früher bei der Mission zur Rettung der Erde dabei gewesen waren.
Im Waldhaus war dadurch endlich einmal wieder etwas Leben eingekehrt, wenn auch der Anlass heute ein sehr trauriger war.
Quick Deer stellte gerade Gudrun, die das Haus sowie den Garten dort inzwischen hütete, den anderen vor.
Wirklich alle waren gekommen.
Entweder persönlich oder im Geiste.
Auch die Geister des Ortes schwebten schweigend in der großen Wohnküche herum.
Vor dem geöffneten Fenster standen die Baum-Menschen.
Auf ihren Ästen saßen verschiedene Vögel sowie andere Tiere, um die angekündigten, wichtigen Neuigkeiten direkt zu erfahren.
Quick Deer setzte die Anwesenden, die noch nicht informiert waren, zunächst über alles chronologisch ins Bild.
Er stellte auch die Mitglieder der Gruppe vor, die sich bereits freiwillig gemeldet hatten, die Welt von dem »Dunklen Autonom« und damit auch von der Herrschaft des „Herrn der Finsternis“ endgültig zu befreien.
Diese hatten sich an Quick Deers Seite versammelt.

»Wir werden jede Unterstützung gebrauchen können, die sich uns bieten wird.
Sollte von euch noch jemand zu uns stoßen wollen oder sonstige Vorschläge haben, so meldet euch bitte jetzt«, sprach Quick Deer in die Menge.
Als Erster sprach Vismateté: »Wiederum kann ich nicht mit euch gehen, denn meine Familie braucht mich vor Ort.
Ich werde jedoch stets im Geiste nach euch schauen sowie gute Energie in eure Richtung schicken.
Ich habe mich überall umgehört, ob nicht einer meiner Freunde euch direkt oder indirekt unterstützen könnte.
Diese möchte ich jetzt allerdings für sich selbst sprechen lassen.
Zunächst meldete sich ein stattliches Eichhörnchen zu Wort.
»Mein Name ist zwar nicht Theo«, es zwinkerte Finnbar schelmisch zu, »aber ich denke, dass ich euch hoffentlich trotzdem, genauso wie dereinst er, von Nutzen sein kann.
Jedenfalls bin ich einem tiefen Ruf in meinem Inneren gefolgt.
Ich bitte euch deshalb, mich mitzunehmen.«
Quick Deer blickte kurz die anderen an und nickte dem Tier daraufhin bejahend zu.
Als Nächster sprach der tapfere Specht, der damals bei der Mission rund um Tanjas Rettung vom Mond des »Herrn der Finsternis« dabei gewesen war.
»Ich möchte mich dieses Mal nicht anschließen.
Es fühlt sich für mich nicht richtig an.
Unser Anführer, der Eichelhäher aber, würde als Vertreter der Vögel, gerne mit euch ziehen.«

Auch der Eichelhäher wurde dankbar aufgenommen.
Danach überbrachte Louis, der Anführer der Vogel-Menschen von der Platana seinen Segen für die Expedition.
Man merkte ihm deutlich an, dass auch er liebend gerne mitgegangen wäre.
Louis richtete auch die herzlichsten Grüße von Eyva, dem liebreizenden Einhorn, an alle aus.
Nachdem noch einige Wortmeldungen erfolgt waren, die vor allem weitere gute Wünsche enthielten, meldete sich auch Gudrun, um zu sprechen:
»Ich möchte heute nicht mit euch gehen.
Allerdings könnte es sein, dass ich später, sollte ich einen inneren Ruf dazu verspüren, doch noch zu euch stoßen würde. Wäre das in Ordnung?«
Quick Deer nickte ihr, ohne zu überlegen zu.
»Gibt es noch etwas zu sagen?«
Wartend blickte sich Quick Deer in der großen Runde um.
»Ich hätte da noch etwas«, meldete sich Karlao zu Wort.
Als wir mit dem Flugzeug hoch über der Woronjahöhle gekreist sind, habe auch ich den astralen Fußabdruck der Gegend überprüft.
Ich kam praktisch zu den gleichen Ergebnissen, wie Patrick.
Daher habe ich mich nicht vorher zu Wort gemeldet.
Das „Dunkle Autonom“ ist ganz klar von acht magischen Feldern, welche sich schützend ringförmig um das dunkle Ungetüm legen, umgeben.
Die Felder scheinen alle unterschiedlich aufgebaut zu sein.

Eines ist wahrscheinlich gefährlicher als das andere.
Im äußeren Feld habe ich eine Ähnlichkeit mit dem Magnetfeld erkannt, wie es uns auch damals am Blautopf begegnet war.
Ihr wisst doch noch, als wir uns dem Ort nicht nähern konnten.
Erst, nachdem wir die Ying-Yang-Blumen bei uns getragen hatten, wurde dieser Zauber gebrochen.
Daher schlage ich vor, solche Blumen wieder mitzunehmen. Ich hoffe, es gibt sie noch?
Vielleicht ist auch Patricks altes, tragbares Gewächshaus noch da?«
»Ich schaue sofort mal nach.
Ich war ohnehin schon viel zu lange nicht im Garten«, signalisierte Alex.
Wenige Sekunden später kehrte er zurück.
»Es ist alles noch vorhanden.
Die Ying Yang Blumen haben sich sogar gut vermehrt.
Überhaupt ist der Garten in einem lobenswerten Zustand.«
Anerkennend nickte er in Gudruns Richtung, die daraufhin sofort vor Freude tief errötete.
»Das sind ja prima Nachrichten.
Die Geschenke von damals, ihr wisst schon, die von der Quelle, den Vögeln und so weiter, habe ich auch bereits eingesammelt und in meinem Rucksack verstaut.
Ich habe so ein Gefühl, dass wir sie vielleicht gebrauchen können.«
Kaum hatte Karlao seine Rede beendet, kam im Raum plötzlich ein starker Wind auf.
Inmitten der Kameraden stand auf einmal ein Wesen, welches praktisch nur aus mehreren Luftwirbeln

bestand.
Anders als der Geist der Quelle, war dieses Wesen aber deutlich zu sehen, denn in den Luftwirbeln kreisten unzählige Blätter des Waldes herum.
»Ich bin „Tate“ der Wind aus dem Norden.
Ich komme stellvertretend für meine Brüder und Schwestern aus dem Osten, Westen sowie Süden.
Als Vertreter des Elements Luft möchten wir euch ebenfalls ein Geschenk mit auf den Weg geben.«
Er reichte Quick Deer ein Fläschchen, in dem sich stetig einige, winzige Blattstücke hin und her bewegten.
Daraufhin fuhr das Windwesen einmal kurz durch den Ofen in der Küche. Dann verschwand er.
Durch den Wind war das Feuer im Ofen überdimensional aufgelodert.
Als es langsam kleiner wurde, krochen plötzlich zwei Salamander daraus hervor.
Wie durch Zauberhand gelangten diese mit Leichtigkeit durch die Sichtscheibe des Ofens in die Mitte der Wohnküche.
»Wir Feuersalamander bieten euch an, als Vertreter des Feuers mit euch zu gehen.
Ihr werdet uns brauchen, so viel ist sicher.
Mein Name ist „Wi“, so wie die Sonne, der große Flammenhüter, welcher der Ursprung allen Feuers auf der Erde ist.
Der Name meiner Gefährtin lautet „Skan“, was Bewegung bedeutet.
Gemeinsam stehen wir für das lodernde Feuer und die Hitze der Erde in ihrem Inneren.«
Quick Deer verbeugte sich demütig vor den Salamandern, dankte ihnen für ihre Hilfe und bat sie,

sich zu den anderen zu gesellen.
Zuallerletzt klopfte es von draußen heftig an der Tür.
Nach dem Öffnen polterte und rollte ein riesiger Stein in die große Wohnküche.
»Ich bin „Iniyan", das Steinkind«, dröhnte es aus dessen Richtung.
Langsam verwandelte sich vor aller Augen der Felsbrocken in einen Jüngling, der noch immer einem Stein sehr ähnlich war.
Er sprach: »Wir, die wir das Skelett der Erde sind, fühlen uns berufen, einen Vertreter unseres Volkes mit euch zu senden.
Ihr werdet uns brauchen, das ist gewiss.«
Langsam gesellte sich Iniyan zu den anderen.
Kurz darauf umarmte Akira seinen Bruder Atlantus heftig.
»Dieses Mal ist es umgekehrt.
Ich kann nicht mitkommen.
Ich werde, wenn das für dich ok ist, so wie du damals mich im Geist begleitet hast, ab sofort in deinem mit unterwegs sein?«
Mit Tränen in den Augen drückte Atlantus seinen jüngeren Bruder nochmals fest an sein Herz.
»Pass gut auf unsere Familie auf, hörst du!«
Akira nickte ihm bejahend zu.
Er brachte kein weiteres Wort mehr heraus.
Zum Schluss meldete sich noch Guido.
»Ihr wisst sicher, wie sehr ich mich danach sehne, mit euch zu gehen.
Aber es ist mir als Lichtwesen ja nicht erlaubt.
Leider! Darf ich dich, mein lieber Freund Karlao, im Geiste begleiten?«

»Ja klar. Schade nur, dass ich dann keine Sachen mehr mit dir tauschen kann.«

Mit frechem Blick sah sich der Osiriat in der Menge um. Er drehte sich dabei einmal demonstrativ im Kreis, sodass alle Anwesenden deutlich erkennen konnten, dass Karlao jetzt aber auch von jedem von ihnen etwas »Neues« an sich trug.

Außer natürlich von Guido sowie den anderen, welche nur über den Geist bei der Versammlung anwesend waren.

Das lockerte die angespannte Atmosphäre des Abschieds deutlich auf.

Quick Deer wartete noch eine Weile schweigend. Nachdem nichts mehr passierte oder hinzugefügt wurde, wandte er sich an die Anwesenden:

»Wir danken euch für alles.

Wir werden uns nun zurückziehen und dann umgehend aufbrechen.

Auf bald, meine Lieben.«

Geflügelte Wölfe

Wenig später schon waren die mutigen Kämpfer am Rande des Gebietes um die Woronjahöhle angelangt. Soholit schätzte, dass sie jetzt nur noch circa zweitausend Meter von dort entfernt waren.
Näher hatten sie nicht kommen können, da sie vom gleichen energetischen Feld aufgehalten wurden, welches ihnen schon von vorher bekannt war.
Überall standen Schilder in georgischer Sprache, auf denen zu lesen war, dass das Betreten des Gebietes wegen Einsturzgefahr verboten war.
Unter der Schrift war sogar ein Totenkopf abgebildet.
»Das ist ja ein sehr schöner Empfang«, ließ sich Brenda, Atlantus' Gefährtin, als Erste hören.
Die anderen nickten betreten.
Die Stimmung unter den Kameraden war nicht besonders gehoben.
Vor ihnen lag eine hügelige Landschaft, die mit Gras sowie gedungenen Büschen bedeckt war.
Bäume erblickten sie kaum noch.
Karlao drehte sich wie gewohnt im Kreis, um die Lage abzuchecken.
»Das Feld ist unglaublich stark.
Ich habe darin merkwürdige Wesen wahrgenommen.
Sie sind lebendig und gleichzeitig sind sie es aber auch nicht. Das ist mir ein absolutes Rätsel.
Auf jeden Fall scheinen sie überdurchschnittlich intelligent zu sein sowie mordsgefährlich.
Ich frage mich, wie wir mit denen zurechtkommen sollen.

Es sieht so aus, als ob in ihnen ein Teil des „Dunklen Autonoms“ steckt oder aber sie von diesem direkt aus sich selbst erschaffen wurden.
Was ich mich auch frage ist, was geschieht, wenn wir bis zum Höhleneingang vorgedrungen sind.
Ich weiß nicht, ob ihr euch vorab informiert habt.
Die Höhle ist überhaupt nicht vergleichbar mit den Höhlen, mit denen wir es früher zu tun hatten.
Sie geht fast senkrecht in die Erde.
Mit circa zwei Kilometern Tiefe soll sie die tiefste Höhle der Welt sein.
Jedenfalls wurde sie wohl bis in diese Tiefe bereits erforscht.
Vielleicht geht es dort sogar noch weiter hinunter.
Sie sieht von oben aus wie eine Art Höllenschlund.
Ob das wohl wirklich der Eingang zur Hölle ist?
Da war ich noch nie. Könnte interessant sein«, fuhr Karlao in seiner alten, unbeschwerten Art fort, munter zu erzählen.
»Kommt Zeit, kommt Rat«, antwortete Quick Deer.
»Wir gehen einfach einen Schritt nach dem anderen.
Zunächst müssen wir mal durch das erste Feld kommen.
Ich spüre dort ebenfalls mächtige Präsenzen, kann sie aber überhaupt nicht zuordnen.«
Soholit, der auf seinen Eichenstab gestützt neben Quick Deer stand, nickte bestätigend dazu.
»Vielleicht sollten wir eine kleine Vorhut mit Ying Yang-Blumen in das Gebiet senden, um Genaueres herauszufinden?«, fragte er in die Runde.
»Darüber habe ich auch schon nachgedacht«, antworte der Lakota-Mann.
»Das hat Vor- und Nachteile.

Gemeinsam wären wir sehr viel stärker.
Andererseits könnten sich wenige besser versteckt halten.
Wenn diese Wesen jedoch wirklich so intelligent sind, wie wir annehmen, macht das wohl keinen Unterschied, ob wir wenige oder viele sind.
Sie werden uns ohnehin entdecken.
Ich würde sagen, gemeinsam wären wir dann doch besser dran.«
Die Sache wurde zur Diskussion in den Raum gestellt.
Am Ende einigte man sich darauf, dass alle gemeinsam, jeweils mit einer Ying-Yang Blume, das erste Feld betreten sollten.
Alex, der bei dieser Expedition das Gewächshaus bei sich trug, teilte für jeden ein kleines Blumentöpfchen aus.
Die zwei Feuersalamander, Wi und Skan, saßen jeweils in einer von Atlantus' Jackentaschen.
Sie waren dort mit den Worten:
»Gegensätze ziehen sich an«, von selbst hineingeschlüpft und dort sehr willkommen gewesen.
Der Selkie, der ein Mann des Wassers war, war von den beiden Wesen des Feuers vollkommen fasziniert.
Das Eichhörnchen saß auf Quick Deers Schulter, der Eichelhäher auf der von Alex.
Dadurch waren diese Tiere durch den Träger der Blume ebenfalls vor dem undurchdringlichen Feld geschützt.
Alle anderen bekamen eine eigene Ying-Yang Pflanze.
Karlao trug sämtliche magischen Geschenke bei sich und hatte noch dazu Louis über den Geist dabei.
Bei Atlantus waren auf diese Art Akira und plötzlich

auch Finnbar präsent.
Jeder war auf seine Weise bewaffnet und gut geschützt.
Quick Deer ging voran.
Mühelos übertrat er nun die Grenze zum ersten Feld.
Alle anderen folgten ihm auf dem Fuße.
Sie waren in etwa tausend Meter landeinwärts gelaufen, als Soholit die Hand hob, um sie zum Stehenbleiben zu bewegen.
»Schaut euch diese Spuren hier an.
Von wem könnten die denn stammen?
Wenn diese nicht so riesig wären, würde ich auf einen Hund tippen.«
»Oh mein Gott. Das ist bestimmt von einem Höllenhund«, kam es einerseits etwas ängstlich, aber andererseits auch angenehm erregt aus Karlaos Mund.
Quick Deer, welcher hinzugetreten war, sprach:
»Ich glaube nicht, dass hier der Eingang zur Hölle ist.
Die Hölle ist ganz bestimmt kein Ort.
Sie steckt wahrscheinlich in jedes Menschen Kopf und kann dort aktiviert werden oder aber auch nicht.
Daher ist das hier bestimmt auch kein Abdruck eines Höllenhundes.
Lieber Karlao, wir befinden uns hier nicht auf einer touristischen Reise, auf der wir uns Sensationen betrachten.
Ich bitte dich dringend darum, zu bedenken, dass du durch deine Gedanken sowie Worte die Wirklichkeit erschaffst.
Also bitte nur noch Richtiges und Wichtiges sprechen, ok?
Du weißt doch noch von dem Gesetz der Schöpferreihe, nicht wahr?

Aus dem Gedanken folgt das Wort, dann die Tat,
danach die Materie.
So wird die Realität erschaffen.«
Karlao ließ betreten die Moralpredigt über sich ergehen.
»Ja, stimmt. Natürlich weiß ich das noch.
Aber ich dachte, wenn wir schon mal alle zusammen unterwegs sind, könnten wir auch ein wenig Spaß dabei haben.
Aber klar. Ich werde mich bessern.
Bestimmt wird es ganz einfach sein, das „Dunkle Autonom" zu besiegen. Keine Sorge.«
Quick Deer lächelte in sich hinein.
Er ließ es damit gut sein.
Die Fußspuren konnte auch er keineswegs zuordnen.
Er nahm an, dass sie bald mehr erfahren würden.
So war es dann auch.
Von Weitem hörten die Freunde ein trommelndes Geräusch, das Pfoten auf der Erde erzeugen, wenn deren Besitzer blitzschnell rennen.
Nur wenige Sekunden später sahen sie sich weiträumig von gigantisch großen, wolfsähnlichen Kreaturen komplett umzingelt.
Es waren genau acht Stück.
Ihre riesigen Mäuler waren aufgerissen, deren lange Zungen hingen hechelnd heraus.
Aus ihren Kehlen drang ein bedrohliches, tiefes Knurren, das einem das Blut in den Adern gefrieren ließ.
Niemand traute sich zu bewegen.
Fast unsichtbar krabbelten nun Wi und Skan, die Feuersalamander aus Atlantus' Jackentaschen.
Mit einer Behändigkeit, die ihnen niemand zugetraut hätte, legten sie blitzschnell einen schützenden

Feuerring um die Kameraden, in der Hoffnung, dass die »Wölfe« davon abgewehrt werden würden.
Diese jedoch waren von dem Feuer keineswegs beeindruckt.
Langsam überschritt der Erste der Wölfe scheinbar ungerührt den Feuerwall.
Bedrohlich riss er sein riesiges Maul weit auf.
Jetzt löste sich das Eichhörnchen von Quick Deers Schulter.
Noch während es mutig auf den Wolf zulief, wurde es größer und größer.
Als es beim Wolf angelangt war, hatte es bereits die vierfache Größe desselben erreicht, während es immer noch weiterwuchs.
Es öffnete sein riesiges Maul und brach mit einem Biss das Rückgrat des Gegners.
Es riss diesen praktisch in mehrere Teile, bis dieser sich nicht mehr regte.
Zwei weitere Wölfe versuchten, das riesige Eichhörnchen von hinten anzuspringen.
Ein Tritt genügte und die Wölfe flogen in hohem Bogen davon.
Dann wandte es sich den anderen Wölfen zu.
Das Eichhörnchen war inzwischen so groß wie der ganze Berg. Die Wölfe erkannten, dass sie in ernster Gefahr waren. Selbst wenn sie jetzt sofort weggelaufen wären, hätte sie das wendige Eichhörnchen sicher mühelos einen nach dem anderen erwischt.
Die Wölfe aber waren besonders.
Für alle völlig unerwartet, entfalteten sie riesige Flügel und machten sich in die Lüfte davon.
Das Eichhörnchen konnte nun nichts mehr tun.

Schwer atmend stand es da.
Tatenlos musste es zusehen, wie der Gegner in den Lüften verschwand.
Die anderen Mitglieder der Gruppe standen wie in Stein gemeißelt da.
Was würde wohl als Nächstes geschehen?
Diese Frage beantwortete sich sofort.
Die sieben verbliebenen Wölfe stürzten sich aus größter Höhe auf das Eichhörnchen.
Noch während sie herabstürzten, wuchsen auch sie.
Irgendwie hatten die Wölfe dazu gelernt, sodass auch sie jetzt ebenfalls über die Fähigkeit verfügten, sich zu vergrößern.
Als sie schon etwa halb so groß waren, wie das Eichhörnchen, konnten sie diesem wegen ihrer zahlenmäßigen Übermacht bereits ernstlich schaden.
Das mutige Tier drehte sich wie wild im Kreis.
Es kämpfte wie ein Berserker.
Die Wölfe jedoch wuchsen immer noch weiter.
Es war nur noch eine Frage der Zeit, wann sie das Eichhörnchen besiegen und sich dann den übrigen Mitgliedern der Expedition zuwenden würden.
Die Bilder des Kampfes waren schrecklich.
Soholit fällte in Windeseile eine Entscheidung.
So laut er konnte, schrie er:
»Rückzug.
Sofort alle raus aus dem Feld, zurück zum Lager!«
Inständig hoffte er, dass das Eichhörnchen ebenfalls über die Möglichkeit verfügen würde, sich astral fortzubewegen.
Tatsächlich.
Vor seinen Augen verblasste gerade das tollkühne Tier.

Die beiden Wölfe, welche sich soeben von zwei verschiedenen Seiten auf es stürzen wollten, prallten hart in der Luft aufeinander.
Es gab ein fürchterliches Geräusch.
Nachdem Soholit sich überzeugt hatte, dass alle verschwunden waren, machte auch er sich auf, zum Lager zurückzukehren.
Als der Druide im Lager außerhalb des ersten Feldes ankam, sah er, wie sich Querin gerade mit seinem heilenden Hammer über das schwer verwundete Eichhörnchen beugte.
Dieses hatte jetzt wieder seine normale Größe angenommen.
Soholit sah wie gebannt auf die Grenze zum Feld.
Er hoffte inniglich, dass die Wölfe dieses nicht verlassen würden.
Quick Deer tat es ihm gleich und sprach:
»Ich schlage vor, dass wir fürs Erste nach Waldhaus zurückkehren. Wir müssen uns beraten sowie eine neue Strategie entwickeln.
Ich bin nicht sicher, ob die Wölfe nicht auch durch unser Vorbild lernen werden, wie man das Feld verlässt.
Karlao hat einen Teil des getöteten Wolfs mitgebracht.
Lasst uns zu Hauses untersuchen, womit wir es zu tun hatten.
Ich glaube, hier sind wir im Moment nicht sicher.«
Wie aufs Stichwort sah man die sieben Wölfe mit gefletschten Zähnen auf die Grenze des Feldes zukommen.
»Auf nach Waldhaus«, schrie Soholit.
Ein jeder nahm seinen Teil der Ausrüstung an sich, um sich dann via astraler Reise in Richtung Waldhaus

aufzumachen.
Dies geschah keinen Moment zu früh.

Auf der Suche nach einer Lösung

Lia und Basilika waren schon immer gute Freundinnen gewesen.
Seit sie jedoch erfahren hatten, dass sie beide schwanger waren und in etwa zur gleichen Zeit gebären würden, waren sie noch enger zusammengerückt.
Ihre Wohnplätze auf der Platana lagen benachbart, sodass sich die Frauen nun noch viel leichter täglich besuchen konnten.
In Lia, die immer eine echte Kriegerin gewesen war, hatte sich etwas verändert.
Das musste wohl am Hormonhaushalt liegen, dachte sie still bei sich.
Sie war nämlich gar nicht erpicht darauf gewesen, bei der Befreiung der Erde vom »Dunklen Autonom« dabei zu sein.
Das wäre ihr vor der Schwangerschaft sicher nicht passiert.
Jetzt jedoch horchte sie ständig in sich hinein, sprach mit dem werdenden Kind und hatte auch sonst fast nur noch die Vorbereitung der Kinderstube im Kopf.
Basilika erging es so ähnlich.
Nur bei ihr war es das Aufgeben der Vortragsreisen gewesen, was außergewöhnlich war.
Sie hätte sich zuvor niemals vorstellen können, dass sie die anderen so einfach allein weiterreisen lassen würde.
Ihr fehlte aber gar nichts.
Sie war gerade vollauf damit zufrieden, zu Hause zu sein, mit Lia Pläne für die Kinder zu machen und sich auszuruhen.

»Weißt du«, sprach sie nun zu ihrer Freundin.
»Ich bin mir gar nicht sicher, ob Finnbar nicht vielleicht doch eines Tages zu denen stoßen wird, die versuchen, das „Dunkle Autonom“ auszuschalten.
Er hat ja nicht, so wie Akira, öffentlich auf eine Teilnahme verzichtet.«
Lia antwortete: »Ich glaube, Akira ist hin- und hergerissen.
Einerseits sieht er natürlich ein, dass er hier dringend gebraucht wird.
Auf der anderen Seite bin auch ich mir nicht sicher, sollte sein Bruder Atlantus je in ernstliche Gefahr geraten, ob er dann nicht auch helfen wollen würde.
Ich könnte es ihm absolut nicht verdenken.
Finnbar und er hängen ja permanent in Atlantus' Geist herum.
Gerade soll es offenbar einen heftigen Kampf mit gigantischen, geflügelten Wölfen gegeben haben.
Das Eichhörnchen hat dabei, so wie Theo damals bei unserem Kampf mit dem Drachen, offenbar eine bedeutende Rolle gespielt.
Trotzdem mussten sie sich fast unverrichteter Dinge zurückziehen.
Sie sind derzeit im irdischen Waldhaus, um neue Kräfte zu sammeln und gemeinsam nach einer Lösung zu suchen.
Gott sei Dank gab es keine Verluste.
Soviel ich von Akira gehört habe, möchte Finnbar zusammen mit ihm sie dort besuchen gehen.«
»Ja, das Gleiche habe ich auch gehört.
Sie beabsichtigen morgen früh aufzubrechen, hat mir Finnbar heute erzählt«, entgegnete Basilika ihrer

Freundin.
»Sie wollen so lange im irdischen Waldhaus bleiben, bis eine Möglichkeit gefunden wurde, wie man den schrecklichen Wolfskreaturen beikommen könnte. Offenbar lernen diese unwahrscheinlich schnell. Das bedeutet, man hat mit einer neuen Idee jeweils nur eine ganz kurze Chance, sie zu vernichten, denn im nächsten Moment haben die Wölfe schon eine passende Antwort darauf gefunden.«
Soholit stand, nachdenklich auf seinen Stab gestützt, mit den anderen im Hof von Waldhaus.
Er blickte gebannt auf das Oberteil des erlegten Wolfes.
Akira, der sich sehr mit Wissenschaft auskannte, hatte einen Gewebeteil des Tiers analysieren lassen.
Dabei kam er zu dem gleichen Resultat, das auch schon andere der Gruppe erspürt hatten.
Es handelte sich um eine biochemische Masse, die einerseits lebendig war, jedoch andererseits auch nicht.
Im Kopf des Wolfes fand er einige Bauteile, die selbst für jeden Laien ersichtlich eindeutig nicht lebendig waren.
Sie hätten eher in einen Computer gehört.
Auch damit hatte sich Akira, der sich extra dafür eine Zeitschleife erschaffen hatte, eine Weile beschäftigt.
Gut, dass er die Möglichkeit zum Zeitreisen hatte, denn es musste schnell gehen.
Keiner wusste, was das »Dunkle Autonom« noch an weiteren Maßnahmen ergreifen würde.
Dass dieses bereits über ihren Angriff informiert war, war keine Frage.
»Es handelt sich um die höchste Stufe von künstlicher Intelligenz, die ich jemals erblickt habe«, teilte Akira den

Kameraden gerade mit.
»Wenn in diesem Wolf schon so viel Intelligenz steckt, was wird wohl das „Dunkle Autonom“ selbst vollbringen können?
Schön wäre, man könnte so einfach die Zufuhr zur Energie unterbrechen, die diese Bauteile hier mit Strom versorgt.
Ein Stecker wäre toll.« Akira grinste verlegen.
»Aber leider hat das System sogar verschiedene Energiequellen.
Einerseits ist das natürlich die Solarenergie.
Wäre das alles, so könnte man bei Nacht versuchen, sie völlig auszupowern.
Aber die eingebaute Batterie hält mehrere Tage, selbst bei größter Belastung.
Sie sitzt hier.« Akira zeigte in den Brustbereich der toten Kreatur.
»Nun würde man denken, man könnte sich auf die Batterie konzentrieren, sie vernichten und den Wolf dann ausschalten.
Ungünstigerweise bin ich noch auf mindestens eine weitere Energiequelle gestoßen.
Es ist so, dass durch die Bewegungen der Muskeln gleichzeitig Energie erzeugt wird.
Um das zu unterbinden, müsste der Wolf ruhig gestellt werden.
Das aber verhindert die Entladung der Solar-Batterie.
Ich glaube also, auf diesem Wege kommen wir nicht weiter.
Falls die Wölfe keine Perpetuum Mobiles sind, dann müssen sie bei ihrer Erschaffung eine riesige Anfangsenergie bekommen haben, von der sie bis an ihr

„Lebensende“ zehren können.
Ich kann mir kaum vorstellen, dass sie Perpetuum Mobiles sind, denn immerhin sind wir auf der Erde und da gelten halt bestimmte physikalische Gesetze.
Allerdings hätte ich auch nicht gedacht, dass es so fortgeschrittene, künstlich erschaffene Kreaturen geben könnte.
Was ich mir überlegt habe, ist Folgendes:
Dieser Wolf wurde durch unser mutiges Eichhörnchen wahrscheinlich dadurch getötet, weil der Kopf vom Rumpf sowie der Rumpf von den Extremitäten abgetrennt wurde.
Er wurde praktisch in Stücke gerissen.
Das ist wahrscheinlich eine sichere Möglichkeit, sie zu töten.
Aber, erstens können die Wölfe jetzt ebenfalls, so wie das Eichhörnchen, ihre Größe verändern.
Also wie sollte man sie zukünftig zerreißen?
Und zweitens haben sie eventuell aus dem ersten Verlust noch Weiteres gelernt.
Sie könnten zum Beispiel nun so gepanzert sein, dass ein Zerreißen von vornherein gar nicht mehr möglich ist oder sie könnten nun mehrere Kommandozentralen in sich tragen, sodass auch kleine Stücke der Wölfe noch autark funktionieren könnten.« Akira verstummte abrupt.
»Das wäre allerdings sehr schlimm.«
Atlantus, welcher gerade ausgesprochen hatte, was alle dachten, ließ betroffen seinen Kopf hängen.
Nur Karlao drehte sich in diesem Moment wie wild im Kreis.
Es schien fast, als wolle er dieses Mal gar nicht mehr

damit aufhören.
Er drehte und drehte sich.
Niemand hätte erwartet, dass er danach noch so kerzengerade stehen blieb, wie er es aber dann dennoch tat.
»Also, ich habe eine Idee. Ich werde euch davon erst einmal nichts erzählen.
Wer weiß, ob das „Dunkle Autonom" nicht sogar mitbekommt, was wir hier tun.
Ich glaube, meine Idee ist spitze.
Allerdings benötigen wir dringend Hilfe, um sie umsetzen zu können.
Ich mache mich mal auf die Suche danach.
Eine Person könnte mich begleiten.« Karlao sah fragend in die Runde.
Spontan war Akira vorgetreten.
Dann aber fiel ihm ein, was er seiner Mutter versprochen hatte und trat, beschämt wieder zurück.
»Ich glaube, Akira wäre genau der Richtige, um mit mir zu gehen.
Wir brauchen nämlich vielleicht einen Experten, was die künstliche Intelligenz betrifft.
Ich denke nicht, dass diese Reise gefährlich werden könnte.
Wir holen uns lediglich Hilfe.
Wir gehen nicht zum „Dunklen Autonom"«.
»Nun gut, das kann man sicher gelten lassen.«
Akira war erleichtert wieder vorgetreten.
»Wenn das so ist, werde ich dich natürlich gern begleiten.«
Er umschlang Karlaos Hals und schon waren die beiden in unbekannter Richtung verschwunden.

Nur etwa einen Kilometer entfernt tauchten sie schon wieder auf.
Vor ihnen stand ein riesiger, alter Holunderbusch.
Karlao verneigte sich tief davor.
Wartend sah er zu Akira.
Dieser suchte in allen Winkeln seines Gehirns danach, was Karlao wohl gerade von ihm erwarten könnte.
Dabei fiel ihm ein, dass ihm seine Mutter einmal erzählt hatte, dass der Holunder früher sehr verehrt worden war.
Er galt damals als Eingang zu einem Teil der Anderswelt.
Einige sagten auch, er sei ein Tor zum Reich der alten Frau Holle.
Frau Holle war eine Märchenfigur, die für das Wetter, im Speziellen für den Schnee verantwortlich sein sollte.
Auf jeden Fall hätte man sich zu allermindest vor dem Busch verbeugt oder seinen Hut gezogen.
Genau das tat Akira nun auch.
Zwar konnte er sich keinesfalls erklären, was hier vor sich ging.
Er hütete sich jedoch davor, Karlao als Spinner abzutun, denn dieser hatte ihnen dafür schon viel zu oft weitergeholfen.
Karlao nickte ihm freundlich zu und fasste ihn bei der Hand.
So durchschritt er mit ihm gemeinsam den Busch.
Sie landeten in einer Art Tunnel.
Akira blickte verwirrt nach oben.
Er konnte noch Licht sehen.
Allerdings sah es so aus, als seien sie unter einem Brunnen gelandet.
Akira, der das Volksmärchen über die Frau Holle

kannte, zweifelte inzwischen doch ein wenig an seinem Geisteszustand.
Verlegen kniff er sich in den Arm.
Karlao kicherte.
»Komm, wir haben es eilig.
Keine Angst, wir müssen jetzt kein Brot aus dem Backofen holen, Apfelbäume schütteln oder Betten ausklopfen.
Das ist alles nur der Fantasie der Menschen zuzuschreiben.«
Scheinbar unendlich lange gingen sie in dem Tunnel weiter in Richtung Tiefe.
»Nein, hier kommen wir leider nicht via astraler Reise weiter.
Wir müssen uns schon nach den Gesetzen dieses Ortes richten«, beantwortete Karlao Akiras unausgesprochene Frage.
»Könntest du mir nicht wenigstens unterwegs schon mal erzählen, was du vorhast?
Dann wäre diese Zeit des Wanderns wenigstens weise genutzt.«
»Das kann ich bedauerlicherweise nicht«, antwortete Karlao.
»Ist zu gefährlich, dass das „Dunkle Autonom“ es mitbekommt und Gegenmaßnahmen ergreift.
Sobald wir außer dessen Reichweite sind, werde ich dich in alles einweihen, versprochen.
Frag mich einfach nochmals danach«, antwortete der kleine Osiriat.
Irgendwann gelangten sie an einer einfachen Holztür an.
Sie war lediglich aus ein paar alten Brettern zusammengenagelt.

Höflich klopfte Karlao dort an.
Wenig später wurde die Tür von einer uralten Frau mit grauen, kurzen lockigen Haaren und einer silbernen Nickelbrille geöffnet.
Auf dem Kopf trug sie ein blütenweißes Häubchen.
Erstaunt sah sie die zwei Besucher an.
»Tretet ein, ihr Lieben.
Dich habe ich doch schon einmal getroffen.«
Alarmiert hielt die alte Dame ihr wunderschönes, silbernes Armband fest.
Karlao bemühte sich, ein möglichst unschuldiges Gesicht aufzusetzen.
»Weißt du was, im Moment steht mir nicht der Kopf nach Normalität«, sprach er die alte Frau an.
»Wir befinden uns nämlich in einer außerordentlichen Lage.
Daher konzentriere ich mich jetzt nur darauf.
Zum Vergnügen können wir wieder kommen, wenn das alles erledigt ist, liebe Frau Holle.«
Akira fiel die Kinnlade herunter.
Irgendwie war ihm das alles zu viel.
Er hoffte inständig, dass jetzt nicht auch noch das Rumpelstilzchen oder eher noch das Rotkäppchen um die Ecke kamen.
Das Rotkäppchen, so dachte er bei sich, hatte ja wohl noch am ehesten mit Wölfen zu tun.
Frau Holle schien eine Weile in Karlaos Kopf nach Informationen zu suchen.
Als sie vollkommen im Bild war, antwortete sie.
»Ich verstehe, hier seid ihr sicher.
Wir können also getrost sprechen.
Leider kann ich nicht tun, worum du mich bitten

möchtest.
So tief herunter komme ich nicht.
Aber ich habe da einen guten alten Bekannten.
Der lebt allerdings auf dem Planeten Neptun.
Klar ist, dass ihr dort nicht hinkönnt.
Das würde euren sofortigen Kältetod bedeuten.
Andererseits kann mein Freund wahrscheinlich auch nicht hierherkommen, denn das wäre womöglich sein letzter Tag.
Lasst uns mal überlegen, ob mir nicht ein Kompromiss einfällt, wo ihr beide existieren könntet.«
Die alte Dame überlegte eine ganze Weile.
Langsam fing Akira an zu frieren.
Deshalb versuchte er, sich mit einigen Sportübungen wieder aufzuwärmen.
Auch Karlao zog seine Jacke enger an sich heran.
»Wie wäre es mit dem Planeten Mars?
Wenn ihr euch nur tagsüber dort aufhaltet und ich euch entsprechend ausrüste, sollte das doch funktionieren?«
Fragend sah Frau Holle in Karlaos Richtung.
Dessen Miene hatte sich entschieden aufgehellt.
»Das ist ja eine ganz prima Idee. Wir sind dabei.«
Ein klein wenig war Akira nun beleidigt, weil er gar nicht gefragt worden war und vor allem, weil er noch immer im Dunklen tappte.
Anscheinend hielt es niemand für nötig, ihn endlich einzuweihen.
Im nächsten Moment trug Akira extrem warme Kleidung.
Darüber war jetzt eine Art Kosmonauten-Anzug.
Über dem Kopf trug er eine durchsichtige Kugel.
Sofort fing er an zu schwitzen.

Schon hatte sich Karlao seinen Arm geschnappt.
Im nächsten Moment fand sich Akira in einer hügeligen, rötlichen und sehr kalten Wüste wieder.
Jetzt fror er und begriff überhaupt nichts mehr.
Von ganz weit sah er eine hellblaue Kugel auf sie zurollen.
Augenblicklich wurde es noch kälter.
Karlao hatte ihm soeben gnädigerweise seinen Geist geöffnet, sodass Akira der geistigen Unterhaltung zwischen Karlao und dem scheinbaren »Ball« folgen konnte.
»Du meine Güte, ist es hier aber heiß«, kam es aus Richtung des „Balls".
»Ich kann ja kaum meine richtige Form aufrechterhalten.«
Offenbar machte das Geschöpf gerade einen Versuch, sich zu verwandeln.
Langsam bildete sich aus dem hellblauen Ball die Gestalt eines sehr alten Mannes, der einen langen weißen Bart trug, heraus.
Er war in einen hellblauen, pelzbesetzten Mantel gewandet.
Auf dem Kopf nahm Akira eine sehr warme Mütze und an den Händen dicke Fäustlinge wahr.
An den Füßen trug er dunkelbraune, gefütterte Wildlederstiefel.
Der alte Mann war etwa doppelt so groß wie Akira.
Er stütze sich auf ein riesiges, silbernes Zepter.
»Seid gegrüßt, lieber Karlao und lieber Akira.«
»Du auch, liebes Väterchen Frost«, antwortete Karlao.
Selbst im Geiste schien seine Stimme vor Kälte zu zittern.

»Frau Holle hat mich schon über deine Frage informiert.
Meine Antwort lautet: ja!
Ich selbst kann leider nicht mitkommen.
Ich gebe dir aber dieses Gefäß mit.
Sobald es zerschlagen wird, zum Beispiel indem du es fest gegen einen Stein schleuderst, geschieht genau das, was du dir erhoffst.
Der Zustand wird in etwa eine Stunde anhalten.
Er erstreckt sich auch über das gesamte Gebiet, das du dir vorstellst.
Nur mit einer Sache bin ich überfragt.
Nämlich, wie ihr das selbst überleben könntet.
Dazu müsst ihr euch noch von woanders Rat holen.
Ich empfehle, meinen alten Freund, den Flammenhüter danach zu fragen.
Ich habe bereits für euch ein Treffen mit ihm auf dem Planten Merkur arrangiert.
Sobald ihr euch auf den Weg machen werdet, habe ich dafür gesorgt, dass sich kurz vor eurer Landung eure Kleidung den Gegebenheiten anpassen wird.
Ihr habt jedoch maximal eine halbe Stunde Zeit.
Länger wird der Schutz nicht währen können.
Ich muss nun leider sofort aufbrechen.
Diese Hitze hier halte ich einfach nicht mehr aus.
Ich werde mich auch für mich um eine Lösung bemühen müssen, damit ich in Zukunft auch an wärmeren Orten eine Zeit lang existieren kann.«
Der alte Mann zerfloss wieder in einen hellblauen Ball.
Im nächsten Moment war er ganz verschwunden.
Auch Akira verspürte ein Ziehen um den Nabel.
Offenbar waren auch er sowie Karlao schon wieder auf dem Weg.

Akira sah in der Ferne einen Planeten aufleuchten.
Kurz bevor sie in dessen Umlaufbahn eindrangen, verlor er seine Kleidung.
Im nächsten Moment war er in eine Art isolierte, eiskalte Rüstung gekleidet.
Über dem Kopf trug er einen rundum geschlossenen Helm.
Nur dort, wo seine Augen waren, war dieser durchsichtig.
Genauso wie zuvor, schien es innen genügend Sauerstoff zum Atmen zu geben.
Sie landeten auf einem riesigen Stück Eis, welches augenblicklich zu schmelzen anfing.
Akira wurde es schrecklich heiß.
Vor sich sah er einen jungen, stattlichen Mann, der in eine dunkelrote Rüstung gekleidet war.
Auf dem Rücken trug dieser viele orange Speere.
Alles an dem Mann strahlte in intensivem Gelb.
Akira konnte kaum hinsehen, denn die erhabene Erscheinung blendete ihn gewaltig.
»Ich, der Flammenhüter, freue mich sehr, euch kennenzulernen.
Ich möchte es allerdings sehr kurz machen, denn ich bin am Erfrieren.
Daher muss ich schleunigst zurück nach Hause, zur Sonne.
Ich gebe euch diese Schachtel mit.
Sie enthält Gewänder für alle Mitglieder eurer Expedition.
Wenn ihr dies tragt, so seid ihr für eine Stunde vor jeder Kälte von Kopf bis Fuß geschützt.
Ich wünsche euch sehr viel Erfolg.

Wisst ihr, ich scheine so unglaublich gern auf die Erde.
All die wundervollen Blumen, ihr wisst schon ...
Auch ich wäre untröstlich, wenn wir sie verlieren würden.
Ich schicke euch nun sofort zurück zur Erde.
Wie ich sehe, ist euer Eis schon geschmolzen.
Auf Wiedersehen.«
Plötzlich brannten Akiras Füße vor Hitze.
Im nächsten Moment schon sah er den Planeten Merkur nur noch aus der Ferne und im übernächsten landeten sie, noch immer in die merkwürdigen Rüstungen gekleidet, im Waldhaus.
Für die Verbliebenen waren nur einige Sekunden seit der Abreise Karlaos sowie Akiras vergangen.
Deshalb waren sie mehr als erstaunt über den komischen Aufzug der zwei.
Kaum hatte sich Akira den Helm vom Kopf gerissen, schrie er nach Querin.
»Bitte schnell, sieh dir unsere Füße an.«
Querin hielt den heilenden Hammer überrascht an Akiras Fußsohlen, welche über und über mit Brandblasen übersät waren.
Auch Karlao hatte sich verbrannt.
Da er aber kleiner und daher etwas leichter war, waren seinen Verbrennungen nicht ganz so schwer wie die von Akira.
Nachdem sich Akira von der gesamten, merkwürdigen Rüstung befreit hatte, wandte er sich an Karlao:
»UND JETZT WILL ICH WISSEN, WAS DAS ALLES ZU BEDEUTEN HAT.«
Er war sehr ungehalten darüber, dass ihn Karlao vollkommen im Dunkeln hatte tappen lassen.

»Akira, das kann ich dir hier nicht sagen.
Du weißt schon, warum.
Warum hast du mich bloß nicht auf dem Planeten Merkur gefragt?
Dort wäre es sicher gewesen.
Jetzt aber bitte ich dich dringendst, nichts von unseren Abenteuern zu erzählen.
Das könnte alles verderben.«
Akira raufte sich genervt die Haare.
»Ich habe eine Waffe besorgt, die es uns ermöglichen wird, sicher über die Wölfe zu siegen.
Na ja, ich hoffe jedenfalls, dass es sicher ist.
Ich kann das jetzt nicht erklären, weil sonst vielleicht das „Dunkle Autonom“ Gegenmaßnahmen ergreifen könnte.
Daher müsst ihr mir vertrauen«, sprach Karlao.
»Ich fühle auch, dass wir hierher bis zum bitteren Ende vielleicht nicht mehr zurückkehren können.
Deshalb müssen wir heute schon alles mitnehmen, was wir im Kampf gegen die anderen sieben magischen Felder sowie für den Endkampf mit dem „Dunklen Autonom“ brauchen werden.
Ich würde die Dinge gern besorgen.
Beim Namen nennen möchte ich sie nicht.
Wir dürfen nämlich nichts verraten.
Ich brauche nur später etwa fünf Mann, die nur diese Sachen tragen werden, ok?«
Soholit sah fragend zu Akira.
»Ja, tut, was er sagt.
Er scheint tatsächlich ganz genau zu wissen, was geboten ist.«

Hopp oder top

Schon wenig später hatte Karlao fünf mittelgroße, fest verschlossene Holzkisten in robusten Rucksäcken verstaut und den jeweiligen Trägern übergeben.
Zusätzlich trug noch ein jeder die restlichen Dinge der benötigten Ausrüstung sowie seine Waffen.
Der Moment des Abschieds war gekommen.
Finnbar reichte einem jeden die Hand.
Er bereute es zutiefst, dass er nicht Teil dieser Rettungsaktion sein durfte.
Wie gern wäre er heute gemeinsam mit dem Eichhörnchen in den Kampf gezogen.
Traurig nahm er wahr, dass dieses nun auf Quick Deers Schulter saß.
Noch viel schlimmer war es für Akira.
Jener verabschiedete sich gerade als Letztes von seinem Bruder Atlantus.
Fest drückte er diesen an sein Herz, welches ihm dabei schier vor Schmerz zu brechen schien.
Krampfhaft unterdrückte er die aufsteigenden Tränen.
In ihm fand ein immenser Kampf statt.
Es fiel ihm so schwer, sich zwischen seiner zukünftigen Familie sowie Atlantus, seinen Kameraden und der heiligen Rettung der Mutter Erde zu entscheiden.
Beinahe hatte er sich schon entschlossen, doch sein Wort zu brechen, als er Quick Deers Worte vernahm:
»Akira und Finnbar, ihr geht jetzt besser nach Hause.
Wir brauchen euch dort als eiserne Reserve.
Ihr werdet stets über den Geist auf dem neuesten Stand gehalten.

Da wir ja wohl nicht mehr zurückkommen können, bevor sich alles endgültig entschieden hat, benötigen wir euch als unsere Nachhut.
Sollten wir irgendetwas brauchen, so wäret ihr die Einzigen, die es uns bringen könnten.«
Der Zauber war gebrochen.
Akira sah ein, dass Quick Deer recht hatte.
Er konnte jetzt nicht einfach entgegen dem Versprechen, welches er seiner Mutter gegeben hatte, mitgehen.
Allerdings das mit der Nachhut nahm er dem weisen Mann nicht ganz ab.
Schließlich hätte durchaus jeder andere ihnen ebenfalls Dinge hinterher bringen können.
Dafür bräuchten sie nicht unbedingt ihn und Finnbar.
Er blickte Atlantus nochmals in die Augen und sandte ihm ein letztes, stilles Lebewohl.
Dann wandte er sich schnell ab, denn er wollte nicht, dass sein Bruder die Tränen sehen würde, die er nun beim besten Willen nicht mehr zurückhalten konnte.
Atlantus versuchte nach außen tapfer zu lächeln.
Bei ihm weinte nur sein Herz bittere Tränen, denn er wusste nicht, ob er je hierher wiederkehren und sie sich wiedersehen würden.
Dann waren die Kameraden auch schon weg.
Akira sowie Finnbar blieben allein im Hof von Waldhaus zurück.
Außer Gudrun, welche bereits ins Haus gegangen war, war jetzt niemand mehr vor Ort.
Wortlos begaben sich die jungen Männer nach Hause auf die Platana.
Die Kameraden landeten alsbald unter Karlaos Führung

noch recht weit entfernt vom ersten, magischen Feld.
»Es muss jetzt alles ganz rasch gehen, damit die Kreaturen keine Zeit haben so viel zu lernen, dass sie unser Vorhaben doch noch vereiteln könnten.
Daher bitte ich um euer Vertrauen sowie sofortige Ausführung all meiner Befehle.«
Ein jeder der Truppe nickte ihm grimmig zu.
Zuerst nehmen die Tiere bitte ihre Positionen ein.
Die Salamander bleiben in Atlantus' Jackentaschen, das Eichhörnchen auf Quick Deers Schulter sowie der Eichelhäher auf der von Alex.
Danach legt ihr bitte diese Ketten hier um.
Er deutete auf das Gewächshaus mit den Ying-Yang Blumen, aus denen Alex gerade für jeden eine Kette ausgab, an der ein kleiner Blumentopf mit einer Ying-Yang Blume befestigt war.
Über all das zieht ihr nun bitte jene Anzüge darüber.
Es ist absolut lebenswichtig, dass diese so verschlossen sind, dass die Tiere und jedes eurer Körperteile davon bedeckt sind.
Ihr werdet darin noch einwandfrei weiter atmen können.
Ihr könnt mich auch noch hören.
In Akiras Anzug stecke ich das Gewächshaus mit den übrigen Blumen und wickele diese darin fest ein.
»Wenn wir im ersten Feld ankommen werden, bekommt jeder ein Werkzeug von mir.
Haltet euch damit bereit.
Sobald wir die Wölfe sehen, werde ich etwas tun und dann weitere Befehle erteilen.
Ist so weit alles klar?«
Nachdem keine Fragen mehr gekommen waren, nahm

ein jeder sein Gepäck auf, man hielt sich an den Händen und schon gings los.
Als sie im ersten magischen Feld angelangt waren, tobte dort ein unglaublich schwerer Sturm.
Man konnte die Hand nicht mehr vor Augen sehen, denn von überall wirbelten Blätter, Sandkörner und was es sonst noch so gab, in der Luft umher.
Damit hatte Karlao nicht gerechnet.
Wie sollte er denn nun den richtigen Zeitpunkt abpassen?
Noch dazu hörte ihn jetzt niemand mehr.
Heiße Tränen rannen seine Wangen herunter.
Sie waren alle verloren.
Selbst das Wenige, das er gesagt hatte, war schon genug für die künstlichen Intelligenzen gewesen, die geeigneten Gegenmaßnahmen zu ergreifen.
»Sobald wir die Wölfe sehen, werde ich etwas tun …«, hatte er vorhin den Kameraden zugerufen.
Schon dies war zu unvorsichtig gewesen.
Das »Dunkle Autonom« hatte gründlich dafür gesorgt, dass er die Wölfe nicht mehr erblicken konnte, sodass er, egal, was er auch vorhatte zu tun, eben nicht mehr erledigen konnte.
Wie schlau diese künstliche Intelligenz doch war!
Langsam sank er nieder und schlug die Hände verzweifelt vors Gesicht.
Plötzlich spürte er eine Art Hand auf seiner Schulter.
Als er aufblickte, sah er ganz deutlich Tates Gesicht.
Wie kam denn nur dieses Geschöpf des Windes hierher?
Der Nordwind hatte ihnen zwar ein Geschenk mitgegeben, jedoch er selbst war definitiv nicht

mitgekommen.
Tate raunte ihm jetzt ins Ohr:
»Du wirst deinen Moment bekommen.
An uns, den Winden, soll das ganz bestimmt nicht scheitern.«
Im nächsten Moment war es absolut windstill.
Dies geschah keinen Augenblick zu spät.
Ganz in der Nähe blickte Karlao nun in die schauerlich leuchtenden Augen der schrecklichen Wolfskreaturen.
Diese waren wohl durch eine innere Navigation nicht vom Wind behindert worden.
Sie setzten gerade zum tödlichen Sprung an, als Karlao das kleine Gefäß, welches ihm das gute Väterchen Frost geschenkt hatte, mit aller Macht gegen einen Felsen warf.
Seine Hand jedoch hatte vor Schreck so sehr gezittert, dass er offenbar nicht stark genug geworfen hatte.
Das Fläschchen war nicht zersprungen.
Fast blind vor Angst tastete Karlao nach dem so lebenswichtigen Gefäß auf dem Boden herum.
Währenddessen war bereits zwischen den Wölfen und den Kameraden ein Kampf auf Leben und Tod entbrannt.
Das Eichhörnchen, welches in Quick Deers Anzug gefangen war, konnte dieses Mal nicht helfen.
Endlich hatte Karlao das Fläschchen gefunden.
Er schleuderte es nochmals mit dem Mut der Verzweiflung gegen den nahen gelegenen Felsen.
Endlich zerbrach es.
Sofort fror die ganze Szene ein, denn die Temperatur war auf einen Schlag auf den absoluten Nullpunkt von minus 273 Grad Celsius gesunken.

Die Wölfe erstarrten und fielen um.
Die Kameraden waren jedoch in ihren Anzügen vor der Kälte geschützt.
»Nutzt eure Hämmer und zerschlagt die Wölfe in die absolut allerkleinsten Stücke.
Nichts als Mehl darf übrigbleiben.
Wir haben genau eine Stunde Zeit dafür«, schrie Karlao seinen Freunden zu.
Begreifend was geschehen war, begannen diese mit der schaurigen Arbeit.
Die Körper der Wölfe waren inzwischen durch die enorme Kälte fast so spröde wie Glas.
Wieder und wieder schlugen sie nun auf diese ein.
Sie waren alle so damit beschäftigt, dass niemand bemerkt hatte, wie Atlantus langsam zu Boden sank.
Beim Kampf hatte ein Wolf ihn zuvor in sein Bein gebissen und dabei den Temperatur-Schutzanzug an einer Stelle beschädigt.
Kaum war es so sehr kalt geworden, drang die Kälte durch dieses Loch langsam in seinen Anzug hinein.
Zunächst verspürte er einen nadelspitzen Schmerz, welcher sich dann immer weiter nach oben ausbreitete.
Ihm fiel das Atmen schwer.
Sein Herz wurde immer langsamer.
Schließlich wurde ihm schwarz vor Augen.
Der tapfere Selkie war gefallen.
Akira und Finnbar, die über Atlantus' Geist alles hautnah miterlebten, schrien erst vor Freude und Stolz, als sie endlich Karlaos genialen Plan erfasst hatten.
Dann jedoch waren sie die Einzigen, die das Unglück des Selkies realisierten.
Alle anderen hatten alle Hände voll damit zu tun, vor

Ablauf einer Stunde dafür zu sorgen, dass es keinen Teil der Wölfe mehr geben würde, welches ihnen noch gefährlich werden könnte.
»Ich werde sofort hingehen und ihm helfen«, schrie Akira verzweifelt.
Finnbar packte diesen an seinen Schultern und brüllte seinerseits: »Nein, ich werde gehen.
Ich bin an kein Versprechen gebunden, so wie du.«
»Das wird nicht funktionieren.
Du hast doch keinen Schutzanzug und wärest auf der Stelle tot.
Was sollte das wem nützen?«
Akiras Worte gingen in dessen lautem Schluchzen unter.
Finnbar nahm sein Freund weinend in die Arme. Beide fühlten sich so unglaublich hilflos.
Sie begaben sich wieder zurück in Atlantus' Geist, um ihm wenigstens auf diese Art die letzte Ehre zu erweisen.
Noch war er am Leben.
Wie gebannt sahen die zwei jungen Männer, wie ihre übrigen Kameraden schon über die Hälfte der Wölfe zerstört hatten.
Für die andere Hälfte der Bestien waren aber nur noch etwa zwanzig Minuten Zeit.
Es war deutlich zu sehen, wie sehr mitgenommen die Kämpfer, trotz der wunderbaren Schutzanzüge, von dieser lebensfeindlichen Temperatur bereits waren.
Ihre Arme erlahmten mehr und mehr.
Plötzlich sahen sie, wie Atlantus an seinen äußeren Körpergrenzen zu leuchten begann.
Ihnen fiel auch auf, dass sein Herz wieder schneller

schlug.
Auch sein Atem ging nun gleichmäßiger.
Besonders hell leuchtete es in den Bereichen der Jackentaschen des Selkies.
Hier war das Licht fast orange.
Sie konnten sich das überhaupt nicht erklären.
Sah es immer so aus, wenn ein Selkie starb?
Dann plötzlich kam Atlantus tatsächlich wieder zu sich.
Ungläubig blickten sich Akira und Finnbar an.
Sie wussten noch nicht, ob sie wieder Hoffnung schöpfen konnten.
Atlantus tastete lächelnd nach den zwei Salamandern, die sich in seinen Jackentaschen befanden.
Die Feuerwesen hatten es geschafft, das Loch in Atlantus' Schutzanzug durch ihre eigene, innere Hitze zu kompensieren.
»Auf geht's«, schrien sie dem Selkie zu.
Dieser erhob sich mit seinem Hammer.
Mit aller Kraft schlug er auf einen noch verbliebenen, völlig intakten Wolfskörper ein.
Nach kurzer Zeit schon waren nichts weiter als nur noch allerkleinste Körnchen von diesem übrig.
Akira und Finnbar lagen sich lachend in den Armen.
Sie tanzten glücklich im Zimmer umher.
Dann schauten sie weiter zu.
Atlantus half nun nach Leibeskräften bei den noch verbliebenen Kreaturen mit.
Plötzlich aber war der Zauber gebrochen.
Die Stunde war offenbar um.
Die Temperatur stieg langsam wieder an.
Es waren alle Wölfe zerstört.
Einer jedoch hatte noch einen intakten Kopf.

Dieser Kopf begann auf der Stelle ein autarkes Leben.
Er fing auf einmal an zu wachsen.
Es war ein grausamer Anblick, den dieser riesige, blutige, aber noch unglaublich gefährliche Kopf nun bot.
Ein Mensch hatte gegen dieses Untier keine Chance.
Sollte denn alles umsonst gewesen sein?
Sie versammelten sich hinter dem Druiden, welcher vergeblich versuchte, mit seinem magischen Eichenstab einen Zauber gegen den schaurigen Kopf zu wirken.
Es funktionierte einfach nicht.
Diese Wesen schienen völlig immun gegenüber jeglicher Magie zu sein.
Akira und Finnbar waren schon wieder in großer Angst.
»Hört das denn nie auf?«, schrie Finnbar in äußerster Qual, war sich aber bewusst, dass es für die, die direkt vor Ort waren, noch tausendmal schlimmer sein musste.
Von allen unbemerkt hatte sich schon vor geraumer Zeit das Eichhörnchen aus Quick Deers Anzug befreit.
Als die Temperatur genügend gestiegen war, hatte es dort nichts mehr halten können.
Heimlich hatte es sich hinter einem Felsen versteckt, um zu wachsen.
Nachdem es bereits um ein Vielfaches größer war als der schreckliche Wolfskopf, trat es zu dessen Überraschung hervor, öffnete den Mund, verschlang den Kopf und zermalmte ihn mit seinen Zähnen zu einem feinen Brei.
Dann verschluckte es ihn einfach.
Endlich. Es war vorüber.
Glücklich, aber vollkommen geschafft, sanken die

Kameraden auf dem ersten magischen Feld sowie die beiden zu Hause erleichtert zu Boden.

Unglaubliche Feinde

Vor Freude weinend, lagen die Kameraden noch immer am Boden.
Nach einer Weile meldete sich Quick Deer zu Wort.
»Ich registriere, dass das erste Feld vollkommen verschwunden ist.
Vor uns liegt nun das Zweite.
Was ich hingegen nicht verstehe, ist, dass wir dennoch nicht mehr hier wegkönnen.
Es funktioniert weder zu Fuß noch astral.
Die Ying Yang Blumen scheinen hierbei auch nicht weiterzuhelfen.
Ich konnte in dem zweiten Feld im Übrigen keine tierartigen Wesen wahrnehmen.
Allerdings sind dort höchstwahrscheinlich gefährliche Pflanzen«, schloss er seine Rede.
Soholit sowie Karlao hatten auch schon etwas Ähnliches beobachtet.
»Wir müssen zuerst neue Kräfte sammeln.
Wenn wir nicht wegkönnen, müssen wir das eben hier tun.
Ich kann nur hoffen, dass die Wesen im zweiten Feld nicht automatisch über die Lernerfahrungen verfügen, wie die besiegten Wölfe.
Denn dann könnte es uns drohen, dass sie uns bereits hier überfallen.
Eins noch«, Soholit wandte sich an das Eichhörnchen, »bitte wachse nur, wenn es gar nicht anders geht, damit diese Wesen das nicht gleich nachmachen können, ok?«
Das Eichhörnchen nickte kurz verstehend mit dem

Kopf.
»Lasst uns jetzt ausruhen. Wer übernimmt die erste Wache?«
So verbrachten die Krieger eine erholsame Nacht.
Am nächsten Morgen hatten Querin, Alex sowie Lucinda bereits ein leckeres Frühstück bereitet, als die anderen erwachten.
So gestärkt, verständigte man sich über das weitere Vorgehen.
Alle blickten am Ende gespannt auf Karlao, in der Hoffnung, dass dieser, so wie ein Zauberer ein Kaninchen aus dem Hut zog, ihnen eine Lösung präsentieren würde.
Jener wurde durch diese allgemeine Aufmerksamkeit ganz verlegen.
»Vergesst nicht, dass auch ich hier nicht wegkomme.
Daher kann ich von nirgendwo mehr Hilfe holen.
Das Einzige, was ich noch beisteuern kann, ist, dass die gefährlichen Wesen aus dem zweiten magischen Feld fleischfressende Pflanzen sind.
Dafür bin ich jedoch kein Experte.
Wie ist es denn bei dir, Alex? Du kennst dich doch mit Pflanzen so gut aus?«
Sofort schwenkten alle Blicke auf Alex, welcher natürlich sofort ebenfalls verlegen wurde.
Eine ganze Zeit blickte dieser schweigend zu Boden.
Dann, als alle schon dachten, er würde niemals antworten, begann er zu sprechen:
»Ich kenne mich nur mit ganz normalen fleischfressenden Pflanzen aus.
Diese können einem Menschen nicht schaden und sie können auch nicht lernen, dem Menschen später noch

mehr zu schaden.
Was ich aber sagen könnte, was normale fleischfressende Pflanzen schwächen würde, wenn sie es nicht bekämen, sind die folgenden fünf Dinge:
Erstens brauchen sie viel Sonne, zweitens vertragen sie nur kalkarmes Wasser, drittens benötigen sie eine ausreichende Winterruhe, viertens brauchen sie genügend Wasser und fünftens die richtige Erde, nämlich eine, die locker und nährstoffarm ist.
Ach so, Wind oder Zugluft mögen sie auch nicht.
Dann kann ich noch mitteilen, dass es mehrere Möglichkeiten gibt, wie solche Pflanzen ihre Opfer fangen:
erstens in Klebefallen, zweitens in Fallgruben, drittens in Reusenfallen, viertens in Klappfallen und fünftens noch in Saugfallen.
Die letzteren funktionieren nur durch Unterdruck, was heißt, dass es solche Fallen daher lediglich unter der Erde oder im Wasser gibt.
Außerdem haben sie auch bestimmte Schädlinge.
Dazu gehören insbesondere die Trauerfliegen, Schildläuse, Mehltau oder Thripse.
Das letztere sind kleine, weiß bräunliche Insekten.
Besonders ist noch, dass die Wurzeln der Pflanzen nur schwach ausgebildet sind, weil sie ja viel Nahrung über ihre Fallen aufnehmen.
Sie können aber auch begrenzt Nahrung über die Wurzel bekommen.
Ansonsten habe ich keine Ahnung, wie jene besonderen Pflanzen, die uns erwarten, sein werden.
Immerhin waren die Wölfe ja auch nicht so großartig mit unseren normalen Wölfen vergleichbar.«

Nachdem Alex geendet hatte, fingen alle an zu klatschen.
»Wahnsinn, du bist ja eine wandelnde Pflanzen-Enzyklopädie«, meinte Brenda freundlich lächelnd.
Alex presste seine Lippen fest aufeinander und sagte gar nichts mehr.
»Ich nehme mal an, dass keiner Schädlinge oder Ähnliches bei sich hat, das den Pflanzen schaden könnte?«, fragte Angar hoffnungslos in den Raum.
Da niemand antwortete, war die Sache klar.
Nach einer ganzen Weile meldete sich das Eichhörnchen zu Wort.
»Ich könnte auf Kundschaft gehen, wenn ihr mögt.«
»Wieso ausgerechnet du? Was, wenn du einfach gefressen wirst?«, fragte ihn Quick Deer besorgt.
»Weil ich nicht nur wachsen kann, sondern auch schrumpfen.
Ich kann mich so klein machen, dass mich keine der Pflanzen mehr wahrnehmen kann.
Falls sie mir das später nachmachen möchten, also das Schrumpfen auch erlernen würden, wäre das für uns nicht so schlimm.
Ganz im Gegenteil, mit kleineren Pflanzen könnten wir wahrscheinlich entschieden leichter umgehen, oder?«
Da niemand eine bessere Idee hatte und man auch nicht ohne Vorbereitung einfach so in das zweite magische Feld einmarschieren wollte, ließ man das Eichhörnchen ziehen.
Nach einigen Stunden kam es zurück, um den Kameraden Bericht zu erstatten.
»Es gibt leider wesentlich mehr fleischfressende Pflanzen, als es Wölfe gegeben hatte.

Sie sind praktisch überall.
Die Pflanzen sind so groß, dass sie mühelos auch einem Menschen gefährlich werden können.
Die mit den Klappfallen sind noch dazu in der Lage, sich fortzubewegen.
Alle anderen stehen zwar fest an einem Platz, sind aber extrem wendig.
Ich konnte nicht feststellen, dass sie in dem magischen Feld etwas zu fressen hätten.
Es scheint auch keine anderen Wesen zu geben als die Pflanzen.
Ich nehme an, dass diese wieder ein Zwischending zwischen Maschinen und Leben sind.
Daher werden sie wohl nicht unbedingt etwas zu essen benötigen, aber dennoch in der Lage sein, Nahrung, wenn nötig, auch zu verdauen.
Es gibt in dem Feld auch einige Gewässer.
Dort sind ebenfalls fleischfressende Pflanzen angesiedelt.
Ich schätze, dass diese dann die sogenannten Saugfallen benutzen können.
Also bitte unbedingt vorsichtig sein.
Das zweite magische Feld erschien mir räumlich etwas kleiner zu sein als das erste.«
Eine Weile herrschte Stille, nachdem das Eichhörnchen geendet hatte.
Dessen Bericht hörte sich ziemlich aussichtslos an, wenn man bedachte, dass die fleischfressenden Pflanzen sicherlich genauso lernfähig sein würden, wie die Wölfe von zuvor.
Den Trick mit der absoluten Kälte konnte man ja leider nicht mehr wiederholen.
Das Fläschchen des guten Väterchens Frost war längst

zerbrochen und somit verbraucht.
Eine allgemeine Ratlosigkeit und deprimierte Stimmung machte sich breit.
Daraufhin stellte sich Karlao in die Mitte aller und begann gemächlich seinen Rucksack auszupacken.
»Ich mache mal Inventur, was wir alles für Geschenke bekommen haben sowie was uns sonst noch so an Ressourcen zur Verfügung steht.
Vielleicht ist da etwas dabei, was wir aktuell gebrauchen könnten.
Was haben wir denn alles Schönes?«
Vor sich hinmurmelnd, legte er bestimmte Gegenstände nebeneinander in eine Reihe.
»Da wären also der Federbüschel, den uns die Vögel geschenkt haben.
Der kann jede Traurigkeit vertreiben sowie neuen Mut verleihen, wenn man sich mit diesem über die Augen streicht.
Vielleicht sollte ich den sogar gleich mal hier herumreichen?«
Karlao lächelte freundlich in die Runde.
»Dann ist da noch der Zweig, den uns die Quelle von Waldhaus gegeben hatte.
Wenn man ein Stück von diesem kaut, bekommt man neue Kräfte.
Die zwei Dinge sowie die Ying Yang-Blumen sind noch von unserem letzten Abenteuer, als wir Tanja retten waren.
Neu haben wir vor ein paar Tagen noch das Behältnis von Tate, dem Nordwind bekommen.
Nicht zu vergessen ist natürlich auch der wundervolle heilende Hammer Querins oder der magische

Eichenstab Soholits.
Dann wären da noch die Erfahrungen des weisen Mannes Quick Deer, die unglaublichen Fähigkeiten der beiden Elben, Selma und Angar, mit dem Bogen umzugehen oder meine gute Intuition, inklusive den Inhalten meiner Holzkisten.
Atlantus ist ein Selkie. Er kann super mit Wasser umgehen.
Brenda ist eine vorzügliche Fliegerin.
Lucinda übertrifft im Sport und als Lehrerin kaum einer.
Alex ist der beste Gärtner sowie Pflanzenkundler.
Die Salamander Wi und Skan haben ein Händchen fürs Feuer.
Das Eichhörnchen kann schrumpfen, wachsen, ist sehr mutig und kämpft wie der Teufel.
Iniyan, das Steinkind, ist ebenfalls dabei.
Ich bin mir sicher, dass er über die besonderen Kräfte der Steine und Felsen verfügt.
Der Eichelhäher ist das Oberhaupt der Vögel.
Er kann ...«
An dieser Stelle stockte Karlao ein wenig.
Hilfesuchend sah er zu dem Eichelhäher, welcher mal wieder auf Alex' Schulter ruhte.
»Ich trage die Kraft der Eichen in mir, ähnlich dem Eichhörnchen, dessen Name ja ebenfalls mit „Eich" beginnt.
Unsere Kräfte sind so verschieden nicht.
Lasst euch überraschen, würde ich sagen, von dem, was ich hier beisteuern kann«, antwortete der Eichelhäher erhaben.
»Ach komm, sag es uns doch schon jetzt«, wandte sich Karlao scherzend an den Eichelhäher.

»Hier kann dich nämlich keiner hören, der es nicht sollte.
Ich habe ganz vergessen, euch zu erzählen, dass in diesem Feld hier das „Dunkle Autonom“ uns nicht mehr überwachen kann.
Ich nehme an, dass zusammengefallene magische Felder nicht mehr unter seiner Kontrolle sind.
Warum wir hier jedoch nicht wegkönnen, ist mir dennoch ein Rätsel.
Ach so, Guido, der mich im Geist begleitet, lässt euch herzlich grüßen.
Er verweist darauf, dass wir auch noch ständig von der guten Energie und den Gebeten der zu Hause Gebliebenen begleitet werden.
Außerdem würden sie zu Hause stets ebenfalls mit überlegen, was als Nächstes zu tun sein könnte.
Also muss ich nun noch den tröstenden Federbüschel herumgeben oder habt ihr euch auch schon ohne diesen wieder beruhigt?«
»Wenn wir dich nicht hätten, lieber Karlao.
Deine Lebensfreude und Optimismus sind wirklich ohne Gleichen.«
Quick Deer nahm den kleinen Osiriaten freundlich in die Arme.
»Dann lasst uns mal alle Ideen zusammentragen, wie wir das zweite Feld ausschalten könnten.
Fakt ist, wir müssen stets schnell sein, denn jeder Einfall wirkt wegen der enormen Lernfähigkeit des Gegners nur kurz.«
Quick Deer trat zurück und wartete auf Vorschläge.
»Wir müssten versuchen, die Pflanzen vor unserem Angriff möglichst umfassend zu schwächen«, warf Alex

ein.
»Dazu sollten wir ihnen nehmen, was sie brauchen und zufügen, was ihnen schaden könnte.
Was hätten wir denn da?
Als Erstes natürlich das Licht.
Gut wäre, wenn es so dunkel wäre, dass wir gerade noch etwas sehen können, die Pflanzen aber keine Energie mehr bekommen.
Das ist allerdings kaum möglich, schätze ich.«
»Warum denn nicht.
Da könnte ich eventuell helfen«, meldet sich nun Wi, der Salamander, zu Wort.
»Ich bin ein Kind der Sonne und habe zu unserem Flammenhüter daher einen hervorragenden Draht.
Ich könnte ihn durchaus darum bitten, genau das für uns zu tun.
Die Pflanzen werden diesen Mangel durch Lernen nicht überwinden können, schätze ich.«
»Das ist ja ein vorzügliches Angebot«, antwortete Alex.
»Ja, bitte tu das.
Das mit der Winterruhe, die sie brauchen, hilft uns wahrscheinlich nicht weiter«, sinnierte Alex vor sich hin.
»Aber wir könnten ihnen vielleicht das Wasser entziehen, das sie so dringend benötigen.
Kannst du da etwas machen, Atlantus?«, fragend sah Alex zu diesem.
»Nun ja, ich könnte versuchen, das Wasser hier herzurufen.
Allerdings bräuchten wir dafür eine ordentliche Vertiefung, in die es hineinfließen kann.
Ansonsten werden wir überschwemmt und ihr würdet

vielleicht ertrinken.
Wie sollten wir jedoch eine so große Vertiefung in dieser kurzen Zeit erschaffen?«
»Oh, da kann ich helfen.
Ihr wisst doch, dass wir Eichhörnchen stets unsere Wintervorräte in der Erde verscharren.
Ich bin dazu gemacht, Löcher zu graben.
Wenn ich mich richtig schön riesig werden lasse, dann ist ein großes Bett für einen neuen See daher schnell fertig.
Ich gehe gleich los und lege es da drüben an.«
Mit diesen Worten wuchs das Eichhörnchen zu einer gewaltigen Größe.
Es begann, so weit wie möglich von seinen Kameraden weg, jedoch noch innerhalb des ehemaligen, ersten Feldes, sofort damit, das Gewünschte zu errichten.
»Das geht ja wie am Schnürchen«, freute sich Alex.
»Gut, Wasser sowie Licht haben wir eliminiert.
Was könnten wir denn noch tun?
Schädlinge können wir leider keine aussetzen, weil es sie einfach hier nicht gibt.
Wahrscheinlich würden die Pflanzen auch schnell lernen, wie sie sich gegen diese wehren könnten.
Was uns jedoch noch bleibt, wäre ihnen die Erde zu verderben.
Sie mögen keinen Kalk und nur wenig Nährstoffe.
Also müssten wir den Boden düngen und kalken.«
»Dünger hätte ich da drüben«, rief das Eichhörnchen ihnen aus dem tiefen Loch zu, welches es schon gegraben hatte.
Es hatte offenbar Kot abgesetzt.
Weil es gerade so groß war, war dies eine beträchtliche

Menge geworden.
»Gut, jetzt fehlt nur noch Kalk.
Hast du eventuell rein zufällig welchen dabei, weil du intuitiv geahnt hast, dass wir den einmal brauchen werden?«, wandte sich Alex scherzhaft an Karlao.
Dieser schüttelte lachend den Kopf.
»Akira sagt mir gerade über den Geist, dass man Kalk aus Kalkgestein gewinnen kann.
Vielleicht könnte Iniyan, das Steinkind, mal nachschauen, ob es hier solchen Kalkstein gibt.
Falls ja, dann könnten wir den zermahlen und in die Pflanzenerde bringen«, rief Atlantus in die Menge.
Iniyan ging kurz in sich.
»Ihr habt Glück. Dort hinten in dem kleinen Felsen befindet sich wirklich Kalkgestein.
Ich habe meinen Bruder gebeten, uns zu helfen.
Er war einverstanden und wird für unsere Sache gern sein Leben hingeben.
Er wird sich euch gleich zeigen.«
Unmittelbar darauf rollte ein riesiger Felsbrocken herunter.
Sogleich gingen einige der Kameraden mit ihren Hämmern an die Arbeit, den Felsen so zu zerkleinern, dass er zu dem Kalkpulver werden würde, das sie brauchten.
Zuvor jedoch dankten sie dem Stein herzlich für sein Opfer.
»Als Letztes könnten wir die Pflanzen noch der Zugluft aussetzen.
Die mögen sie auch nicht«, setzte Alex noch nach.
»Allerdings bin ich nicht sicher, ob wir schon jetzt das Fläschchen Tates verwenden sollten, oder meinst du,

man kann das mehrfach benutzen?
Dann müsste aber der Wind in die Flasche zurückkommen.
Das wäre natürlich klasse«, wandte sich Alex fragend an Karlao.
»Ich habe keine Ahnung.
Ich jedenfalls kann den Wind nicht lenken«, antwortete dieser.
»Vielleicht könnte ich das tun, rief Skan, das Salamander-Weibchen, dazwischen.
Ich stehe für die Bewegung und kann sie beherrschen.
Auf diese Weise könnte ich wahrscheinlich den Wind bitten, in die Flasche zurückzugehen.
Ich schlage jedoch vor, uns Tates Fläschchen als letzte Option zu bewahren.
Vielleicht genügen ja schon die anderen Dinge, um die Pflanzen hinreichend zu schwächen.«

Der Kampf

Nachdem alle Vorbereitungen getroffen waren, einigte man sich darauf, besser erst in der kommenden Nacht den Pflanzen das Wasser abzuleiten, den Dünger zu verstreuen sowie den Kalk auf der Erde zu verteilen.
Man hielt die Pflanzen in der Nacht für inaktiver als am Tag, weswegen die Nacht sehr wahrscheinlich dafür sicherer war.
Der Eichelhäher, zu dessen besonderen Eigenschaften es unter anderem ebenfalls gehörte, überdimensional große Lasten transportieren zu können, hatte sich bereit erklärt, in dieser Nacht heimlich den Kalk im zweiten magischen Feld zu verteilen, was ihm auch unbehelligt gelang.
Er ließ während des Fliegens den Kalk einfach aus dem riesigen Sack, den er dabeihatte, herausrieseln.
Danach verteilte er noch auf ähnliche Weise den »Eichhörnchen-Dünger«.
Atlantus hatte es tatsächlich geschafft, jegliches Wasser des zweiten magischen Feldes abzuleiten.
Dadurch war im ersten Feld ein wunderschöner, riesengroßer See entstanden.
Atlantus genoss es sehr, sich dort im Körper einer Robbe im Wasser zu vergnügen.
Am nächsten Morgen sollte die Sonne dank des Flammenhüters, welcher Wi erhört hatte, dann im zweiten magischen Feld nicht mehr wie gewohnt aufgehen.
Danach wollte man noch weitere 24 Stunden warten, damit die Pflanzen bereits sehr geschwächt wären, wenn

sie letztendlich angreifen würden.
Man nahm nicht an, dass ihnen ihre Lernfähigkeit bei diesen Mängeln bereits helfen könnte.
Künstliche Intelligenz konnte immer nur aus dem Bekannten schöpfen.
Sie war unschlagbar, dieses zu erinnern und immer wieder neu miteinander zu verknüpfen.
Allerdings etwas Neues erschaffen, also wirklich kreativ zu sein, das konnte sie nicht.
Daher waren sich die Freunde sicher, dass vor allem der Licht- und Wassermangel vorerst nicht ausgeglichen werden könnte.
Am übernächsten Morgen war es dann so weit.
Die Kameraden nahmen alles mit, was sie an Ausrüstung dabeihatten, denn es war zu erwarten, dass sie auch zum ersten Feld nicht würden zurückkehren können.
Als sie das zweite magische Feld betraten, war es dort sehr dämmrig.
Sofort war allen ganz mulmig zumute, denn im ersten Feld hatte die Sonne gerade noch so wunderschön geschienen.
Von Weitem, aber noch in guter Deckung, konnten sie die ersten fleischfressenden Pflanzen erkennen.
Nachdem es diese eine Weile beobachtet hatte, zischte das Eichhörnchen den anderen leise zu: »Sie sind definitiv langsamer als neulich.
Ich bin sehr erleichtert deswegen.
Ich hatte schon befürchtet, da sie ja auch zum Teil Maschinen sind, dass sie vielleicht noch auf andere Energiequellen zurückgreifen könnten.
Offenbar waren das, so wie bei den Wölfen, jedoch ebenfalls nur die Sonne sowie Bewegung.

Beides haben sie nicht mehr in ausreichender Form.
Und seht mal, die Pflanzen, die einstmals in jenem ausgetrockneten Tümpel dort standen, regen sich gar nicht mehr.
Gut, dass wir es nicht auch noch mit deren Saugfallen zu tun haben werden.
Denkt daran, dass die mit den Klappfallen laufen können.
Ihr erkennt sie an dem violettfarbenen Hut oben auf dem Stängel.«
Die anderen nickten leise dazu.
Leider hatten sie keinen genauen Plan erdacht, wie nun weiter vorzugehen sei.
Daher blickten nun alle zu Quick Deer, in der Hoffnung, dass von dort irgendeine Anregung kommen würde.
Der weise Mann war sich jedoch auch noch nicht ganz schlüssig.
Sollten sie sich einfach in den Kampf werfen oder zunächst noch eine weitere List ergreifen?
Was für ein genialer Schachzug das im Konkreten sein sollte, war ihm aber schleierhaft.
Ihm wollte nichts Rechtes einfallen.
Daher zuckte er mit den Schultern und blickte zu Soholit sowie Karlao.
Diese sahen indes auch nicht so aus, als ob sie einen zündenden Einfall hätten.
So konnte es nicht weitergehen.
Deshalb trat Alex vor.
Leise flüsterte er: »Nehmt die Heckenscheren, die wir gestern ausgeteilt haben, versucht euch ungesehen von hinten an eine Pflanze anzuschleichen und durchtrennt dann so schnell wie möglich deren Stängel.

Dann sollte sie eigentlich vernichtet sein.
Passt aber bloß auf die tödlichen Fallen auf.
Wenn ihr da einmal reingeraten seid, kommt ihr ohne fremde Hilfe dort nie wieder heraus.
Auf drei laufen wir in verschiedene Richtungen los.
Geht bitte immer mindestens zu zweit.
Eins, zwei, drei …«
Binnen kürzester Zeit lag der größte Teil der fleischfressenden Pflanzen, die sich in unmittelbarer Umgebung befunden hatten, vernichtet am Boden.
Aus dem Augenwinkel hatte Alex hingegen wahrgenommen, dass sich zuvor mehrere Pflanzen mit violettfarbenen Hüten eilends in eine unbekannte Richtung davongemacht hatten.
Das war sehr schlecht.
Nun waren die übrigen Pflanzen gewarnt.
So leicht wie eben würden sie es daher beim nächsten Angriff nicht mehr haben.
Alex teilte seine Beobachtung sowie Befürchtung sogleich den anderen mit.
»Trotzdem müssen wir sofort weiterziehen.
Je länger wir warten, desto mehr werden sie lernen.
Lasst uns dieses Mal zusammenbleiben.«
Sie erblickten etwa fünfzig Meter weiter eine riesengroße Gruppe von fleischfressenden Pflanzen.
Außen um diese herum hatten sich die »Violetten« postiert.
Offenbar hielten sie diese, weil sie sich fortbewegen konnten, für wehrhafter.
Mit Entsetzen erkannte Alex, dass sich die Stiele aller Pflanzen verändert hatten.
Sie hatten nun eine dunkelbraune Farbe und waren viel

dicker als zuvor.
»Mit den Heckenscheren werden wir hier nicht mehr weiterkommen.
Nehmt besser einen Hammer oder eure normalen Waffen.
Es ist immer noch gut, die Stängel zu durchtrennen.
Es wird jedoch dieses Mal sehr viel schwerer werden, dies zu bewerkstelligen, denn sie haben dazugelernt.
Lasst uns von vorn und hinten gleichzeitig angreifen.
Attackeeeeee«, schrie Alex aus Leibeskräften und rannte als Erster mit einem erhobenen Hammer auf den äußeren Wehr-Ring der fleischfressenden Pflanzen zu.
Hart schlug er auf die erste violettfarbene Pflanze ein.
Diese ging unter den wuchtigen Schlägen für immer zu Boden.
Sofort waren zwei weitere nachgerückt, welche schon wieder etwas klüger geworden waren.
Sie hüpften nun beständig auf und ab, sodass Alex sie mit seinem Hammer nicht mehr erwischen konnte.
Er überlegte krampfhaft, was zu tun wäre.
Alex zog geistesgegenwärtig eine Pistole und schoss in den unteren Teil des Stängels einer Pflanze.
Sie war augenblicklich zu Tode getroffen.
»Auf Pistolen wechseln«, rief er aus Leibeskräften den anderen zu.
Kurz darauf ertönten mehrere Schüsse.
Etwa sechs Pflanzen fielen diesem Angriff zum Opfer.
Dann schrie plötzlich Angar vor Schmerz auf.
Seine Pistolenkugel war vom Stängel einer Pflanze abgeprallt und hatte ihn selbst am Bein getroffen.
Alle Pflanzen verfügten jetzt auf einmal über einen dicken Stiel aus Metall.

»Rückzug«, brüllte Alex.
Schnell versammelten sich die Freunde unweit der Stelle, an der sie in das zweite magische Feld eingetreten waren.
Querin heilte schnell den vor Schmerzen stöhnenden Angar.
»Was machen wir jetzt? Das Einzige, das mir noch einfällt, wären schwere Werkzeuge, die auch Metall zerschneiden können.
Die haben wir aber nicht.«
Alex war sichtlich besorgt.
»Das ist wirklich schlimm.
Andererseits kann ich euch sagen, dass nur wenige Meter hinter diesem Pflanzenkreis, von dem wir uns gerade zurückgezogen haben, das zweite magische Feld endet«, sprach der Eichelhäher.
»Es kommt lediglich noch ein Areal, in dem früher die Wasserpflanzen gelebt haben.
Ich kenne das Gebiet, denn ich bin es gestern zweimal überflogen.
Bitte fasst neuen Mut.
Wir müssen nur noch diese Pflanzen besiegen, dann fällt auch das zweite Feld.«
Die Rede des Eichelhähers gab den Kameraden tatsächlich neuen Mut.
»Wie viele Pflanzen sind es denn noch ungefähr?«, fragte Atlantus in die Runde.
»Ich schätze, um die fünfzig«, antwortete Alex auf dem Fuße.
»Wir könnten versuchen, die Wurzeln auszugraben.
Wir haben auch Spaten dabei.
Bevor sie lernen, das zu umgehen, haben wir vielleicht

schon wieder einige von ihnen ausgeschaltet.«
»Das ist eine gute Idee, lieber Alex.
Seid vorsichtig und bedenkt, alles Neue, wie wachsen et cetera werden sie sofort nachahmen.
Verratet ihnen also bitte nicht zu viele Möglichkeiten«, antwortete Quick Deer.
Mutig pirschten sich die Freunde wieder an die fleischfressenden Pflanzen heran, umzingelten sie und stürzten sich dann mit den Spaten auf deren Wurzeln.
Leider hatten die Violetten, die außen herumstanden, gar keine solchen, denen sie hätten schaden können.
Dadurch aber, dass die Violetten andauernd auf und ab sprangen, konnten die Freunde unter ihnen hindurch zum inneren Kreis gelangen.
Bis die Pflanzen dazugelernt hatten und die Erde über ihren Wurzeln stahlhart wurde, waren bereits weitere zwanzig Pflanzen ausgeschaltet.
Wie durch ein Wunder war niemand in die stetig schnappenden Klappfallen der Violetten geraten.
Alex gab das vereinbarte Zeichen zum Rückzug.
Als die Pflanzen bemerkten, dass die Kameraden wieder flüchten wollten, hörten die Violetten auf zu springen und sperrten die, die zu langsam gewesen waren, zwischen sich und den stationären fleischfressenden Pflanzen ein.
Dann begannen sie, diese zu jagen.
Brenda, Atlantus sowie Selma hatte es erwischt.
Selma geriet als Erste in eine Klebefalle und schrie jämmerlich auf.
Sie hatte keine Chance, sich zu befreien.
Weder Brenda noch Atlantus, die nebeneinanderstanden, konnten zu ihr gelangen.

»Fliegen!«, schrie Brenda Atlantus zu.
Im selben Moment erhob sich das Paar gemeinsam in die Lüfte.
Sie machten noch kurz über der Pflanze halt, in deren Falle Selma verzweifelt um Hilfe schrie.
Sie fasten sie je an einem Arm und zogen sie mit einem festen Ruck heraus.
Dann flogen sie zu den Anderen.
Selma war bereits schwerstens verletzt.
Sie war ohnmächtig.
Der Verdauungssaft der Pflanze hatte schon angefangen, einen großen Teil ihrer Haut zu zersetzen.
Querin kam mit seinem heilenden Hammer keine Minute zu spät.
Körperlich geheilt, schlug Selma ihre Augen wieder auf.
Allerdings schien auch ihre Seele von diesem Horror verletzt worden zu sein.
So etwas konnte der magische Hammer leider nicht heilen.
Selma zitterte am ganzen Leib wie Espenlaub.
»Ich will nach Hause. Ich will auf der Stelle nach Hause«, wiederholte sie immer wieder, wie ein Mantra.
Verstört sahen sich die Kameraden an.
Im Augenblick jedoch war keine Zeit, sich weiterhin mit der verängstigten Elbenfrau zu beschäftigen.
Die Zeit drängte.
Die Pflanzen, die mobil waren, hatten nun ebenfalls gelernt zu fliegen.
Zwar gingen diese noch nicht zum Angriff über.
Aber sie schwebten nun bedrohlich über den noch verbliebenen stationären Pflanzen herum.
Insgesamt waren es wohl noch etwa dreißig Kreaturen,

mit denen es die mutige Schar zu tun hatte.
»Wir müssen schleunigst nochmals angreifen.
Bitte setzt diese Gasmasken auf.
Ich hatte mir zu Hause schon irgendwie gedacht, dass wir so etwas und auch die Gartengiftspritzen hier samt Inhalt brauchen werden«, schrie Karlao in die Menge.
Alex verstand sofort.
Sein Gesicht hellte sich auf.
Er setzte die Maske auf und half dann den anderen, sich entsprechend vorzubereiten.
Dann erklärte er kurz, wie sie das Herbizid mithilfe der Spritzen zerstäuben konnten.
Auch für die Tiere war Schutz vorhanden.
Diese sollten sich aber weiterhin im Hintergrund halten.
»Wir müssen so schnell wie möglich ganz viele Pflanzen vergiften, bevor sie eine geeignete Gegenmaßnahme ersinnen können«, erklärte Alex weiterhin leise.
Selma, die völlig außer sich war vor Angst, bekam nur eine Gasmaske aufgesetzt.
Ansonsten blieb sie bei den Tieren zurück.
Dann rannten die Freunde so schnell sie konnten in Richtung der Pflanzen.
Die Violetten kamen ihnen schon entgegengeflogen.
Sofort wurde ein Großteil von ihnen durch das giftige Gas ausgeschaltet.
Kurz darauf waren die Freunde am inneren Ring der stationären Pflanzen angelangt.
Tapfer versprühten sie das Gift überallhin.
Bevor auch nur eine von ihnen reagieren konnte, waren sie alle dahingeschieden.
Freudig sahen sich die Kameraden an.
Es sah so aus, als hätten sie tatsächlich alle Pflanzen

vernichtet.
»Ich hätte nie gedacht, dass ich einmal ein Herbizid verwenden und dann auch noch über die Wirkung froh sein würde«, sprach Alex erleichtert zu den anderen.
Als sie sich jedoch umwandten, gefror ihnen das Blut in den Adern.
Vier der Violetten waren zuvor entkommen und hatten sich auf die Zurückgeblieben gestürzt.
Die Salamander waren zu ihrem Schutz schnell in einer Ritze des Gesteins verschwunden, das Eichhörnchen schloss sich ihnen verkleinert an. Der Eichelhäher war hoch in die Lüfte geflohen.
Selma jedoch war spurlos verschwunden.
Da eine der Pflanzen ihre Klappfalle geschlossen hatte, war es keine Frage, was mit der armen Elbenfrau geschehen war.
Zu allem Unglück verfügten die vier Pflanzen nun ebenfalls über einen Schutz gegen das Herbizid.
Dieser war sogar noch besser als der der Kameraden, denn er erstreckte sich über deren ganzen Körper.
Bedrohlich flogen drei von ihnen nun über den verbliebenen Freunden.
Immer wieder schnappten ihre Klappfallen bedrohlich zu.
Die vierte Pflanze war noch immer am gleichen Ort, offenbar, um zu verdauen.
Wie besessen rannte Angar zu derselben.
Sein Schwert wurde geführt vom Mut der Verzweiflung.
Die Pflanze hatte nun begonnen zu fliegen.
Angar tat es ihr gleich.
Mit aller Macht versuchte er, sie zu verletzen.
Jedoch vergeblich.

Sein Schwert prallte von dem harten Material, aus dem die Pflanze nun bestand, einfach so ab.
Irgendwann öffnete auch diese wieder ihre Klappfalle und begann, nach Angar zu jagen.
Sollte das etwa bedeuten, dass Selma bereits vollständig verdaut war?
Konnte es sein, dass er seine Gefährtin, mit der er bereits seit Jahrtausenden vereint gewesen war, für immer verloren hatte?
Angar war vollkommen verzweifelt.
Die eigenen Tränen versperrten ihm inzwischen die Sicht.
Schon hatte die Klappfalle nach seinem Bein geschnappt.
Hilflos baumelte er nun mit dem Kopf nach unten aus der Falle heraus.
Die Pflanze versuchte angestrengt, auch noch dem Rest Angars habhaft zu werden.
Offenbar hatte sie Geschmack an dem Elbenfleisch gefunden.
Pfeilschnell stürzte sich nun der Eichelhäher nach unten.
Er packte mit seinem starken Schnabel Angars Oberkörper und zog.
Angar schrie vor Schmerzen wie am Spieß.
Alarmiert von dem schrecklichen Geräusch, kamen nun auch andere Freunde zu Hilfe.
Atlantus und Brenda flogen mutig neben der Klappfalle, welche ihnen im Moment nicht gefährlich werden konnte, da sie ansonsten Angars Bein hätte loslassen müssen.
Immer wieder hieben sie auf die gleiche Stelle am Stängel der Pflanze, an der die Klappfalle befestigt war.
Endlich gab das eisenharte Material nach.

Die Klappe fiel zu Boden.
Die geschwächte Pflanze wurde anschließend von den Freunden ganz erlegt.
Mit vereinter Kraft öffneten sie die Falle.
Der Anblick von Angars Bein war fürchterlich.
Was für ein Glück, dass es Querins heilenden Hammer gab.
Im Nu war des Elben Bein wieder geheilt.
Den Schmerz um Selma konnte ihm leider niemand nehmen.
Obwohl sie die Falle immer wieder genauestens durchsucht hatten, konnten sie keine Spur der Elbenfrau mehr finden.
Selma war gefallen.
In Angar rief das allerdings zunächst keine Verzweiflung, sondern einen immensen Zorn, gepaart mit einem halsbrecherischen Mut, hervor.
Drei violettfarbene Pflanzen gab es noch.
Diese wurden nun ohne Erbarmen gejagt.
Angar war der Erste, der zuschlug.
Er verfolgte die Geschöpfe des »Dunklen Autonoms« ohne Gnade.
Seine Kraft und Mut allein waren aber nicht in der Lage, der Gruppe zum endgültigen Sieg zu verhelfen.
Die intelligenten Pflanzen entwischten ihnen immer wieder und mit jedem Male wurden sie klüger und gefährlicher.
Jetzt war es an der Zeit, einen ihrer letzten Trümpfe ins Spiel zu bringen.
Karlao verständigte sich kurz mit Skan.
Diese nickte ihm aus ihrer Gesteins-Ritze konzentriert zu.

Der Osiriat öffnete mit zitternden Händen Tates Fläschchen und ließ den Wind heraus.
Unglaublich kalt, mit peitschender Kraft brauste er den Pflanzen entgegen.
Jene waren für einen Moment vollkommen geschockt.
Diesen Augenblick nutzen der Eichelhäher und das Eichhörnchen aus.
Versteckt hinter einem Felsen hatten sie sich heimlich verwandelt und kehrten jetzt als gigantisch große Tiere zurück.
Das Eichhörnchen, das über viel bessere Möglichkeiten verfügte, etwas zu verschlingen, weil es Zähne hatte, konnte leider nicht fliegen.
Doch die beiden Tiere arbeiteten Hand in Hand.
So, als hätten sie ihr Lebtag nichts anderes getan.
In Windeseile jagte der Eichelhäher die Pflanze in die Reichweite des Eichhörnchens und schon war diese in dessen Maul verschwunden.
All das ging so blitzschnell vonstatten, dass selbst die unermesslich hohe Intelligenz der Pflanzen nicht ausreichte, sich noch an die Situation anzupassen.
Da nutzte es auch nichts, dass die letzte der verbliebenen Violetten jetzt ebenfalls noch anfing zu wachsen.
Wenige Sekunden später war der Spuk vorbei.
Das zweite Feld brach zusammen.
Offenbar hatte das auch der Flammenhüter im Himmel bemerkt, denn er sendete sofort seine Strahlen auf die mitgenommenen Freunde besonders hell und warm aus.
Skan hatte es mit äußerster Konzentration tatsächlich geschafft, den Wind wieder in das Fläschchen Tates zurückzubitten.

So war das wertvolle Geschenk des Nordwinds nicht verloren gegangen.
Völlig erschöpft sanken die Freunde zu Boden.
Nur Angar konnte nicht aufhören, wie wild auf einige Überreste der Pflanzen auch weiterhin einzuschlagen.
Er brüllte dabei den Schrei des Verzweifelten.
Erst Stunden später, als seine Kräfte schwanden, sank auch er völlig erschöpft zu Boden.
Das Gesicht voller Tränen fiel er sofort in eine erlösende Ohnmacht.
Alle atmeten auf, denn es war schier unerträglich gewesen, diese Pein mitanzuhören.
Niemand jedoch hatte sich eingemischt, denn vielleicht war das der erste Teil zur inneren Heilung Angars gewesen.
Er hatte dabei jedenfalls eine riesige Menge an Adrenalin verbraucht.
Hoffentlich war damit erreicht worden, dass das Grauen des Verlustes seiner Gefährtin verringert werden konnte.
Es war kaum zu glauben, dass seit dem ersten Angriff am frühen Morgen erst so wenige Stunden vergangen waren.
Kaum zu fassen war auch, dass sich zumindest für einen von ihnen die eigene Welt so sehr auf immer verändert hatte.
Es war früher Nachmittag, als Alex sich aufmachte, eine einfache Mahlzeit zu bereiten.
Das Leben musste weitergehen und es forderte auch seine Rechte ein.
Ein jeder war glücklich über das Mahl, welches Alex ihnen reichte.

Alle bedankten sich gegenseitig beieinander für den gelungenen Kampf.
Ganz besonders viel Applaus erhielt Karlao für seine wahnsinnig intuitiven Ideen, was die Ausrüstung betraf.
Dadurch hatte er allen das Leben gerettet.
Aber auch Alex bekam seinen Anteil des Lobes.
Angar schlief noch immer tief und fest.
Man würde warten, bis er von selbst bereit war zu erwachen.

Doppelte Hochzeit

Am nächsten Morgen kam Karlao mit einer guten Nachricht zu seinen Kameraden.
»Erstaunlicherweise können wir jetzt ins ehemalige erste magische Feld zurück.
Das ist doch schon mal was.
Zwar funktioniert es noch immer nicht, nach Hause zu kommen, aber der See ist wirklich wunderbar.
Ich war gerade darin schwimmen.
Ich glaube, wir brauchen alle eine Pause.
Daher schlage ich vor, nach Selmas Trauerfeier vorübergehend in der Nähe des Sees unser Lager aufzuschlagen.
Erst wenn wir wieder ganz fit sind, werden wir uns dem dritten magischen Feld widmen.
Ich habe dort eine ähnliche Energie gespürt, wie wir sie selbst haben.
Das wird sicher nicht leicht, etwas zu bekämpfen, das wie unsereins aussieht.«

Sowohl auf der Platana als auch im zweiten magischen Feld wurde kurz darauf für Selma eine berührende Trauerfeier abgehalten.
Auf der Platana konnte man es gar nicht fassen, dass sie alle so einen schweren Verlust erlitten hatten.
Selma hatte so viele Freunde gehabt.
Die Lücke, die sie hinterließ, würde nicht so schnell gefüllt werden können.

Akira und Finnbar, die Atlantus stets über den Geist begleitet hatten, waren nur vom Zuschauen fast

genauso mitgenommen, wie die Mitglieder der Expedition selbst.
Daher waren auch sie froh, dass es erst einmal einige Tage eine Pause für alle geben würde.
Selmas Tod hatte sie tief getroffen.
Irgendwie waren sie es gewöhnt, dass die Dinge, nicht zuletzt durch Querins heilenden Hammer, am Ende doch immer wieder zum Guten gewendet würden.
Sie hatten alle damals auf der Platana von Orlana das Geschenk erhalten, nicht weiter altern zu müssen.
Die weise Frau hatte aber betont, dass der Tod, zum Beispiel während eines Kampfes, dennoch möglich war.
So kamen die beiden jungen Männer plötzlich darauf, sich innerlich auch erstmals mit ihrer eigenen Sterblichkeit und anderen wichtigen Dingen des Lebens auseinanderzusetzen.
Während eines Spaziergangs druckste Akira ein wenig herum.
Er wollte gern etwas mit Finnbar besprechen, wusste aber nicht, wie er am besten anfangen sollte.
Wiederholt begann er zu reden, schweifte dann aber doch wieder nur in Nebensächlichkeiten ab.
Finnbar, dem das aufgefallen war, fragte seinen Freund direkt:
»Was willst du denn nun tatsächlich sagen?
Raus damit. Du machst mir ja Angst.
Du bist doch nicht etwa krank oder sonst etwas Unangenehmes?«
»Nein, das ist es nicht.
Es ist nur, jetzt, wo ich doch bald Vater werde, da dachte ich mir …«
Wieder schwieg er über längere Zeit.

Dann schien er jedoch eine Entscheidung getroffen zu haben.
»Weißt du, ich wollte Lia fragen, ob sie mich heiraten will. Was sagst du dazu?«
»Ähm, ja. Das ist wohl richtig.
Das gehört sich doch so, oder nicht?«
Im nächsten Moment wurde ihm klar, was er da gerade gesagt hatte, und schwieg abrupt.
Akira grinste vor sich hin.
Nach einer Weile fing Finnbar wieder davon an.
»Also, na ja, vielleicht sollte ich Basilika ebenfalls fragen, ob sie meine Frau werden will?
Wäre nur recht, oder?
Wir könnten das doch dann alles in ein und derselben Zeremonie begehen.
Was hältst du von einer Doppelhochzeit?«
Akira war sofort Feuer und Flamme.
Dann wurde er nachdenklich.
»Willst du Basilika nur heiraten, weil es sich so gehört?
Ich habe darüber nachgedacht, dass ich Lia zur Frau wollen würde, selbst wenn es sich nicht so gehören sollte oder alle anderen dagegen wären.
Sie ist mein Ein und Alles.«
Finnbar dachte eine Weile nach.
»Stimmt, so habe ich das noch gar nicht gesehen.
Mir geht es mit Basilika ganz genauso.
Sie ist für mich einfach die Richtige.
Jetzt müssen wir sie nur noch im passenden Moment fragen und sie müssen auch noch „Ja“ sagen.«
Plötzlich nahm sein Gesicht eine leicht grünliche Färbung an.
»Was, wenn sie „Nein“, sagen?«

Akira blieb gedankenversunken stehen.
»Das wäre fatal, würde ich sagen.
Was sollen wir denn nun machen?
Mit Atlantus kann ich darüber im Moment nicht reden.
Ich glaube, der hat zurzeit bestimmt genügend andere Probleme.
Irgendwie fühlt sich das gerade schlimmer an, als gegen ein Ungeheuer kämpfen zu müssen.
Ich habe echt Angst davor, sie zu fragen«, erwiderte Akira.
»Wir können es ja noch ein Weilchen verschieben, meinst du nicht?«, hoffnungsvoll sah Finnbar zu seinem Freund.
»Das klingt verlockend.
Ich denke aber, für Mädchen ist das mit dem Hochzeitskleid und so ziemlich wichtig.
Mit einem dicken Bauch würden sie sich eventuell nicht so wohlfühlen.«
»Da hast du auch wieder recht.
Also lass es uns übermorgen tun.«
Mit tiefer Entschlossenheit schaute Finnbar zu Akira.
»Wie machen wir das mit den Ringen und der ganzen Prozedur?
Ich habe in Filmen gesehen, dass der Mann sich vor seiner Auserwählten mit einer Rose niederkniet und so«, fragte Akira noch nach und sah alles andere als sicher aus.
»Pass auf, die Ringe kaufen wir einfach, nachdem die beiden „Ja“, gesagt haben, zu viert ein.
Alles andere wird sich auch ergeben.
Ich werde die Idee mit der Rose aufgreifen«, sprach Finnbar und grinste verlegen.

Damit war Akira zufrieden.
Tief grübelnd gingen die beiden jungen Männer weiterhin schweigend nebeneinanderher.
Ein jeder war in Gedanken dabei, sich eine Rede auszudenken, wie er am besten seiner Liebsten die entscheidende Frage stellen könnte.

Auf der Erde war der Schub der Finsternis Gott sei Dank wieder ein wenig abgeebbt.
Es war offensichtlich ein Fehler gewesen, gleich circa 8000 lichterfüllte, positive Menschen auf einmal auf den Planeten zu entlassen.
Diese Verschiebung in Richtung des Guten musste ja mit einer deutlichen Antwort des Dunklen enden.
Nachdem diese Antwort entsprechend heftig ausgefallen und dadurch das Gleichgewicht wieder hergestellt war, hielten sich die negativen Ereignisse inzwischen in einem erträglichen Rahmen.
Große Probleme hatte man allerdings mit den Gruppen der Verschwörungstheoretiker, welche nach der globalen Sonnenfinsternis wie Pilze aus dem Boden geschossen waren.
Louis hatte daraufhin eine fabelhafte Idee.
Er teilte sie auf der nächsten großen Versammlung der, noch auf der Erde und Platana verbliebenen »Krieger des Lichts«, auch allen anderen mit.
Tanja, deren Lehrer sämtlich auf der Expedition »Befreiung vom „Dunklen Autonom“« unterwegs waren, war in der Reihe sozusagen nachgerutscht.
Sie hatte nun die Führung dieser Versammlungen übernommen.
Akira und Finnbar waren ihre beiden Stellvertreter

geworden.
Überhaupt hatte Tanja inzwischen erneut innerlich Feuer gefangen, bei der Rettung des Planeten Erde mitzuhelfen.
Als Louis seine Idee, die Gruppen der Verschwörungstheoretiker einfach mal einen halben Tag von der Erde abzuziehen und ebenfalls auf die Perle zu bringen, mitteilte, wurde diese mit stürmischem Beifall aufgenommen.
Immerhin war auf der Perle noch immer die gesamte Infrastruktur vorhanden, um die Umerziehung auch noch vieler anderer durchzuführen.
Allerdings war man jetzt klüger geworden.
Man nahm immer nur etwa vierhundert Menschen auf einen Schlag auf die Perle und entließ diese erst als geheilt, bevor weitere vierhundert nachfolgen durften.
Louis sowie seine Geschwister waren sehr froh, endlich wieder aktiv etwas leisten zu dürfen.
Mit voller Hingabe widmeten sie sich ihren Schützlingen.
Dieses Mal waren auch Louis sowie seine Schwester Magdalena mit von der Partie.
Die Heilung der neuen Insassen ging derzeit sehr viel schneller voran, weil sich auch Eyva, das lichtvolle Einhorn, zum Helfen zur Verfügung gestellt hatte.
Gemeinsam mit Louis bildeten die beiden eine immens starke Lichteinheit, sodass ihnen niemand auf Dauer widerstehen konnte.
Nach und nach hatten sie schon alle Verschwörungstheoretiker geheilt.
Man war schon längst zu weiteren Gegnern der Liebe übergegangen, als Tian plötzlich einen genialen Einfall hatte.

Auch durch die schrecklichen barbarischen Kriege im Laufe der Zeit waren unzählige Menschen der Erde schwer traumatisiert worden.
Diese Traumata führten dazu, dass jene Erdenbürger nie wieder richtig vertrauen konnten und überhaupt nicht an die unendliche Kraft der Liebe glaubten.
Solche Traumata konnten, je nach Schwere, sogar über sieben menschliche Generationen in die Zukunft weiterwirken.
Das konnte man keinesfalls so hinnehmen.
Daher schlug Tian vor, sich nach und nach auch die Traumatisierten auf die Perle zu holen.
Deren Heilung war noch um einiges aufwendiger als die Arbeit mit den anderen.
Sie waren teilweise völlig mit den Nerven fertig, schliefen schlecht, trauten niemandem und einige gaben sich schier unausstehlich.
Wegen der kleinsten Kleinigkeit waren sie manchmal schon vollkommen auf der Palme.
Wutausbrüche waren bei ihnen absolut keine Seltenheit.
Manche beklagten sich auch den ganzen Tag, wollten aber keinerlei Hilfe annehmen.
Das war natürlich alles kein Wunder bei dem, was sie mitunter sogar in frühem Kindesalter schon durchgemacht hatten.
Nach und nach erkannten die Freunde, dass Traumata oftmals die Ursache vieler Übel der Welt waren.
Traumatisierte wurden häufig nach etwas süchtig oder auch gewalttätig und versuchten so, überschüssige Wut abzubauen oder vor der für sie unerträglichen Realität zu fliehen.
Solche Menschen erzeugten dann mitunter selbst eine

regelrechte Spirale von neuen Traumatisierungen durch emotionale oder physische Gewalt an anderen, die tatsächlich unbedingt unterbrochen werden musste.
Denn das war eine dringende Voraussetzung, wenn man wollte, dass die Erde endgültig geheilt werden würde.
All diejenigen, welche zuvor schon auf der Perle genesen waren, hatten ebenfalls in der Kindheit oder auch später schlimme Dinge erlebt, die sie zu dem geformt hatten, was sie heute waren.
Traumata waren also eine gigantische Geißel der Menschheit.
Jedenfalls musste man mit denen, die so stark traumatisiert waren, unglaublich vorsichtig umgehen.
Zuallererst wurden über eine lange Zeit die Dinge in ihnen gestärkt, die ihnen guttaten.
Man suchte sozusagen ihre Ressourcen oder anders gesagt ihre inneren Helfer.
Vielen half der Umgang mit Tieren, der Aufenthalt in der Natur oder Ähnliches.
Manche waren zu Künstlern geworden.
Sie malten, tanzten, sangen, spielten Instrumente oder wurden zu Autorinnen und Autoren.
Nachdem sie alle etwas gefunden hatten, auf das sie stützend zurückgreifen konnten, begann der nächste Schritt der Heilung.
Hierbei bediente man sich verschiedener Wege.
Sehr sanft war der Weg durch einfache Vorstellung einer besseren Vergangenheit.
Darüber wurden dann immer wieder Geschichten erzählt, die genau dies wiedergaben.
Dadurch manifestierte sich auch nach und nach in jeder Zelle des Menschen die neue, bessere Vergangenheit.

Man machte sich hierbei das eherne und allseits bekannte Gesetz der Schöpfer-Reihe zunutze.
Es besagte bekanntlich, dass das, welches gedacht, gesprochen sowie getan wurde, sich auch zur Realität manifestieren würde.
Da sich bei Traumatisierten oftmals während der schlimmen Ereignisse unglaublich viel unverbrauchtes Adrenalin angestaut hatte, musste auch damit umgegangen werden.
Ausgeschüttetes Adrenalin ermöglicht jedem Geschöpf kurzzeitig, auf große körperliche Kräfte zurückzugreifen.
Das geschieht deshalb, damit dieses entweder erfolgreich fliehen oder kämpfen kann.
Dies ist an sich eine hervorragende Einrichtung des Körpers.
Wenn aber das Adrenalin nicht gebraucht wurde beziehungsweise keine Flucht oder Kampf erfolgen konnte, weil die Situation es einfach nicht zuließ, dann wurde das umsonst angestaute Adrenalin mit der Zeit zu einem Gift im Körper.
Es schädigte die Nerven und schwächte das gesamte System.
Tiere schützten sich davor, indem sie sich nach solchen traumatischen Ereignissen ziemlich kräftig schüttelten.
Auf diese Weise bauten sie überschüssiges Adrenalin wieder ab.
Gab es keine Möglichkeit dazu, dann starben diese Tiere früher oder später.
Zu beiden Heilmethoden existierten in der Literatur bereits einige Schriften, zum Beispiel von Peter A. Levine oder Luise Reddemann.
Aber auch viele andere Therapeuten, Heiler oder

Schriftsteller/innen hatten sich mit dem Thema bereits erfolgreich auseinandergesetzt.
Ein weiteres wichtiges Instrument beim Genesungsprozess war, neben dem sanften Abklopfen des Körpers, auch das Pendeln.
Als würde man eine mächtige Mauer einreißen wollen, indem man sie zuvor immer wieder hin- und herbewegte, konnte man durch das emotionale Pendeln den inneren harten Wall ebenfalls ins Wanken bringen.
So konnte man zum Beispiel zwischen einem wunderschönen und einem nicht so erfreulichen Gefühl in seiner inneren Aufmerksamkeit hin und her switchen.
Dies brachte ein enormes Weiten und oft auch Heilung mit sich.
Eine weitere Möglichkeit des Pendelns war die Folgende:
Sollte sich jemand in einem gerade noch beherrschbaren Gefühl der Panik befinden, half es, einfach einen Gegenstand, das konnte etwa ein Stein oder auch etwas ganz anderes sein, zu beschreiben.
Danach ging man erneut zu dem panischen Gefühl zurück.
Hatte man den Gegenstand in etwa drei bis viel Mal beschrieben, war zumeist das panische Gefühl vollkommen verschwunden.
Die Ursache dafür erschien nun auch gar nicht mehr so wichtig.
Das kam dadurch, dass die Aufmerksamkeit auf etwas anderes als die Panik gelenkt worden war.
So war das »Benzin« beziehungsweise die Antriebskraft dem ursprünglichen Gefühl entzogen worden.
Die »Maschine« konnte nicht mehr weiterlaufen.

Auf all dies griffen die Helfer um Guido zurück.
Die Probanden wurden daher oftmals aufgerufen, sich ausgiebig zu schütteln, ihre eigenen Grenzen wahrzunehmen und vieles mehr, das ihnen bei ihrer Heilung helfen konnte.
Unterstützt wurde das noch durch Blütenessenzen-Therapie oder Heilung im Licht.
Diese Lichtarbeit übernahmen dann zu guter Letzt jeweils ein Paar aus einem Einhorn und einem Vogel-Menschen.
Da diese Lichtarbeit so umfangreich geworden war, konnten nämlich Louis und Eyva alleine den Anforderungen gar nicht mehr gerecht werden.
Wenn die Lichtarbeit jedoch beendet war, waren die Betroffenen immer endgültig genesen.
Viele von ihnen wollten dann ebenfalls als Heiler wirken.
Hierbei griffen sie jeweils auf ihre Ressourcen zurück.
Auf diese Weise wurden die echten Heiler, die positiven Gemälde, die optimistischen Bücher oder Musikstücke auf der Erde jetzt immer zahlreicher.
Die Geheilten wurden stets nur in kleinen Schüben wieder auf die Erde entlassen, sodass keine so starken Reaktionen der Finsternis mehr provoziert werden konnten.
Mit dieser herausfordernden, aber auch extrem befriedigenden Arbeit waren die zurückgebliebenen, neuen sowie alten »Krieger des Lichts« vollauf beschäftigt.
Sie hatten erst einen Bruchteil der Arbeit, die noch vor ihnen lag, bewältigt.
Jedoch mit jeder Heilung wurde es auf der Erde ein klein wenig leichter.

»Hallo, guten Morgen, meine Liebste. Wie geht es dir heute?«
Liebevoll küsste Akira Lia auf ihre Stirn.
Diese musste sich erst einmal innerlich sortieren, bevor sie die Frage beantworten konnte.
Sie horchte in sich hinein, ja, es ging ihr gut.
Schlecht war ihr auch nicht.
Sie hatte von Tanja gehört, dass dies mitunter während der Schwangerschaft passieren könnte.
Aber Gott sei Dank spürte sie davon nichts.
»Es geht mir hervorragend, mein Liebster«, antwortete Lia daraufhin ein wenig verschlafen.
»Ich habe heute einen schönen Ausflug für uns zwei organisiert.
Hast du Lust auf einen Spaziergang am Meer?«
Lia war hocherfreut.
Sie erhob sich, um kurz ins Bad zu verschwinden.
Dann nahm sie, nun schon ein wenig überrascht, an dem festlich gedeckten Tisch Platz.
»Habe ich etwas verpasst?
Ist heute vielleicht ein besonderer Tag?«
Schnell überlegte sie, ob sie nicht einen Geburtstag oder vielleicht den Tag, an dem sie sich kennengelernt hatten, vergessen hätte.
»Nein, nein. Ich hatte nur Lust, mit dir mal eine besonders schöne Zeit zu verbringen«, beeilte sich Akira mit seiner Antwort.
Nachdem sie gegessen hatten und fertig waren, machten sie sich astral auf den Weg.
Akira hatte einen recht großen Rucksack dabei.
Wenig später kamen sie in einer wunderschönen

Meeres-Bucht an.
Von überall her hörten sie das sanfte Klatschen der Wellen sowie leises Vogelgezwitscher.
Auf einem Baumstumpf nahmen sie Platz.
Irgendwie hatte Lia plötzlich das Gefühl, dass Akira schon vorher hier gewesen war, um einiges vorzubereiten.
Er ging auf alles so zielsicher zu.
Gar nicht, als ob er erst noch eine Sitzgelegenheit hätte suchen müssen.
So saßen sie eine Weile schweigend nebeneinander.
Täuschte sie sich oder war Akira aufgeregt?
Aber warum sollte er das sein?
Hier war doch alles in Ordnung.
»Wie geht es denn Atlantus und Brenda?«, fragte sie, einer inneren Eingebung folgend.
»Denen geht es den Umständen entsprechend ausgezeichnet.
Die machen gerade eine Pause in der Nähe des Sees im ersten Feld, um sich etwas zu erholen«, antwortete Akira.
Jetzt holte er ein paar Mal tief Luft, straffte seine Schultern, nahm eine lange rote Rose aus seinem Rucksack und ließ sich vor Lias Baumstumpf auf die Knie nieder.
Lia, die auch schon öfter mal einen Liebesfilm gesehen hatte, traute ihren Augen nicht.
Konnte es etwa sein? Ihr Herz begann, wie wild zu klopfen.
Schon begann Akira, ein wenig stotternd zu sprechen:
»Liebste Lia, du bist die beste Partnerin, die ich mir vorstellen kann.

Wir sind nun schon so lange ein Paar, dass ich mir absolut sicher bin, dass wir ganz genau zusammenpassen.
Möchtest du meine Ehefrau werden?«
Am Ende hatte Akira so schnell gesprochen, dass es ins Auge beziehungsweise ins Ohr fiel, dass er den Text wohl schon so manches Mal geübt haben musste.
Lia wusste nicht, ob sie vor Freude lachen oder weinen sollte. Ihr Herz hüpfte schier vor Freude in ihr.
Sie nahm die Rose glücklich an sich und streckte Akira eine Hand entgegen, damit er sich endlich wieder erheben sollte.
Es war ihr regelrecht unheimlich, ihn so vor sich knien zu sehen.
Dann küsste sie ihn sanft und antwortete ganz schlicht: »Ja, ich will.«
Akira fiel ein Stein vom Herzen.
Langsam begann er sich zu entspannen.
Große Freude war auf seinem Gesicht zu sehen.
Kurz darauf sprudelte es aus ihm nur so heraus.
Er erzählte von Finnbar und Basilika.
Dass, wenn auch sie „Ja“ sagen würde, dann eine Doppelhochzeit angedacht wäre.
Natürlich nur, wenn die beiden Frauen auch dafür seien.
Der Termin sollte bereits in vierzehn Tagen sein.
Gott sei Dank, dachte Lia im Stillen und fasste sich an ihren Bauch …
Auch bei Finnbar war die Sache erfolgreich gelaufen.
Der Termin für die Doppelhochzeit stand nun fest.
Tanja war natürlich vollkommen aus dem Häuschen.
Der einzige Wermutstropfen war, dass die Teilnehmer

der Expedition zur Befreiung vom »Dunklen Autonom« leider nicht dabei sein konnten.

Das Labyrinth

Die Sache mit der Doppelhochzeit, die bereits in so kurzer Zeit schon stattfinden sollte, hatte sich wie ein Lauffeuer überall herumgesprochen.
Sie sollte auf einem ganz neuen, extra dafür gestalteten Teil der Perle stattfinden.
An diesem Ort nämlich waren möglichst viele Personen in der Lage, an dem Fest teilzunehmen.
Es konnten sowohl Bewohner von Aquarius dabei sein als auch neue sowie alte Mitglieder der Krieger des Lichts der Erde.
Außerdem waren ebenfalls die Lichtwesen, also die Vogel-Menschen und Einhörner in der Lage, dorthin zu reisen.
Das galt natürlich auch für alle anderen Bewohner der Platana, die es wollten.
Auf die absolute Geheimhaltung durch die neuen Menschenmitglieder konnte man sich zu einhundert Prozent verlassen.
Sehr schade war allerdings, dass die Kämpfer, welche in den magischen Feldern unterwegs waren, fern bleiben mussten.
Diese waren inzwischen erholt genug, um sich dem dritten magischen Feld zuwenden zu können.
Für morgen früh hatte man dies geplant.
Am Abend wurde wiederum der Eichelhäher auf Erkundung geschickt.
Auch er konnte sich ganz winzig machen.
Allerdings vermochte er, im Gegensatz zum Eichhörnchen, das nur von Baum zu Baum springen

konnte, frei herumzufliegen.
Wegen des besseren Überblicks von oben hatte man sich daher für das Oberhaupt der Vögel entschieden.
Dieser kam nach einer Stunde zurück.
Voller Erstaunen sahen die Freunde zu, wie dieser seine Größe von der einer Fruchtfliege schnell in seine normale Form veränderte.
Alle erwarteten, dass das dritte magische Feld wieder etwas kleiner als das vorangegangene sein würde.
Immerhin war man dem Berg, in dessen Mitte sich der Schlund der Woronjahöhle befand, schon um einiges näher gekommen.
Man vermutete, dass genau in diesem Schlund das »Dunkle Autonom« persönlich untergebracht sein würde.
Da noch einige Ringe vorher zu überwinden waren, war logischerweise gar nicht mehr so viel Platz für die noch übrigen Felder.
Aber falsch gedacht.
»Unglaublich, dieses dritte Feld«, begann der Eichelhäher zu erzählen.
»Es ist erstaunlicherweise riesengroß.
Eigentlich sieht es aus wie ein wunderschöner, gigantischer Wald.
Gut, dass ich fliegen kann, denn das Ganze ist wie ein riesiges Labyrinth aufgebaut.
Ohne die Karte, die ich in meinem Kopf angefertigt habe, würden wir uns dort niemals zurechtfinden.
Ich spiele euch gleich das Abbild in euren Geist, damit ihr wisst, wovon ich rede.«
Staunend sahen nun auch die anderen das dritte magische Feld.

»Wenn ich nicht genau wüsste, wo wir sind, könnte man das direkt für einen Wald zum Beispiel auf der Platana halten«, sprach Karlao aus, was ein jeder dachte.
»Wartet nur, bis ihr die zweite Aufnahme seht ...«
Wortlos zeigte der Vogel den anderen nun ein zweites Foto über den Geist.
Allgemeines Gemurmel machte sich breit.
»Das gibt's ja nicht. Sind das da unten etwa Elben?«, fragte Quick Deer.
Bevor der Eichelhäher antworten konnte, rief Iniyan, das Steinkind dazwischen:
»Ich sehe ganz deutlich mehrere Stein-Menschen. Wie kann das sein?«
»Ich habe keine Ahnung«, antwortete der Eichelhäher.
»Kannst du in etwa abschätzen, wie groß der Wald war? Und wie viele Wesen konntest du ausmachen?«, fragte Soholit.
»Ich würde sagen, es sind einige Quadratkilometer. Ich bin den Wald mehrmals überflogen.
Wenn die Wesen sich nicht irgendwo unter der Erde versteckt gehalten haben, dann waren es genau acht Elben und acht Stein-Menschen«, antwortete der mutige Vogel.
Nach einer Weile meldete sich auch Atlantus zu Wort:
»Ich wiederhole mal, was Akira mir gerade über den Geist gesagt hat.
Er meinte, dass wir in den magischen Feldern alles erwarten könnten, was es auch in Wirklichkeit gibt.
Möglich sind auch unendliche Variationen dieser Dinge untereinander.
Lediglich etwas völlig Neues werden wir nicht sehen.
Er ist sich sicher, dass am Ende das „Dunkle Autonom“

nur durch die Kreativität eines lebenden Wesens, welches etwas komplett Neues ersinnt oder es mit etwas überrumpelt, das für sein System viel zu groß ist, besiegt werden kann.
Das sind die Schwächen der künstlichen Intelligenz.
Übrigens gibt's jetzt für die künstliche Intelligenz eine Abkürzung. Sie lautet: KI.
Auch Gefühle kann die KI nicht verstehen.
Vielleicht kann uns das einmal hilfreich sein.
Er kann sich gut vorstellen, wie schwer es für uns sein wird, Elben oder Stein-Menschen vernichten zu müssen.
Wir sollen uns aber immer vor Augen halten, dass dies eigentlich so etwas wie Roboter sind.
Er wünscht uns allen ganz viel Glück.«
Den Rest des Abends verbrachten die Krieger damit, verschiedene Strategien zu entwickeln, ihre Waffen zu sondieren und ihre Ausrüstung zu bestimmen.
Alles, was sie nicht brauchen würden, wollten sie im Hauptlager des ersten Feldes zurücklassen.
»Wieso waren die Stein-Menschen in dem dritten Feld eigentlich so hell?«, fragte Karlao ein wenig später in Iniyans Richtung.
»Das habe ich mich auch schon gefragt.
Sie scheinen aus einem anderen Material gemacht zu sein als ich.
Sieht aus, wie ein bestimmtes Quarzgemisch.
Warum fragst du?«
»Ich überlege, wie man sie vernichten könnte.
Zermahlen, wie bei den Wölfen, meinst du, das wird gehen?«
»Kann ich mir nicht vorstellen.
Wir Stein-Menschen können uns auch aus allerkleinsten

Stein-Partikeln immer wieder zusammensetzen.«
»Danke schön, das wollte ich nur wissen.«
Geschäftig rannte Karlao davon und kramte in den Holzkisten, in denen er seine besondere Ausrüstung mitgebracht hatte, herum.
Kurz darauf teilte er Schutzanzüge aus.
Sie waren sehr hart, aber nicht aus Metall, sondern aus irgendeinem unbekannten Kunststoff.
Innen waren sie mit Silber ausgekleidet.
Der Anzug schloss auch den Kopf mit ein.
Die Öffnung, die dazu gedacht war, Atemluft zu transportieren, war mit einem eigenartigen Filter versehen.
Sogar die Tiere bekamen dieses Mal eigenen Anzüge.
Allerdings sahen die des Eichelhähers und des Eichhörnchens ziemlich zerknautscht aus.
Er selbst trug auf dem Rücken zusätzlich einen Rucksack.
Atlantus hätte schwören können, dass er gesehen hatte, wie Karlao dort Unmengen an kleinen Kunststoffflaschen verstaut hatte.
Fragen wollte er jedoch nicht danach, denn Karlao wusste zumeist, was er tat.
Dann gingen alle schlafen.
Früh am Morgen waren sie bereits auf den Beinen.
Jeder stand in voller Montur bereit.
Soholit, der sich im Wald mit seinen Kräften am sichersten fühlte, übernahm die Führung.
Er winkte zum Zeichen, dass sie eintreten sollten.
Sie kamen in einem Canyon heraus.
Hinter ihnen verschloss sich der Eingang auf der Stelle.
Sie wussten, dass sie ab jetzt nur wieder zurückkonnten,

wenn dieses Feld zusammenbrechen würde.
Und das würde nur der Fall sein, wenn sie siegten.
Das Schicksal ließ ihnen jedoch keine Zeit, sich darüber großartig Gedanken zu machen.
Plötzlich stürzten sich von drei verschiedenen Seiten die Stein-Menschen auf sie.
Die Freunde waren völlig überrumpelt.
Lucinda und Querin, die viel kleiner waren als die anderen, waren sofort überwältigt und lagen, eingeklemmt von zwei Stein-Menschen, die unmittelbar dabei waren, sie allein durch ihr Gewicht zu ersticken, bereits hilflos am Boden.
Keine Sekunde später stürzte sich Iniyan auf die beiden.
Er schaffte es, mit bloßen Händen die zwei Vertreter des kleinen Volkes zu befreien.
Doch auch für alle anderen sah es überhaupt nicht gut aus.
Jeder kämpfte nach Leibeskräften.
Die Stein-Menschen jedoch waren einfach zu stark.
Die Freunde hörten Karlao ständig schreien, dass sie die Stein-Menschen in eine Ecke drängen sollten.
Daran jedoch war überhaupt nicht zu denken.
Der Feind war einfach zu überlegen.
Schon hatten die zwei von vorhin mit einem riesigen Hammer Iniyan in mehrere Teile zerschlagen.
Wie tot, lag er bezwungen am Boden.
Nur Soholit war nirgends zu sehen.
Plötzlich hörten die Kameraden ihn schreien:
»Reist sofort astral in das erste Areal dieses Waldes.
Nehmt die Stein-Stücke von Iniyan mit.«
Atlantus, Brenda und Angar schnappten sich die Gesteinsbrocken und schon waren alle verschwunden.

Die Stein-Menschen wussten nicht, was geschehen war.
Doch nun hatten auch sie keine Zeit, darüber nachzusinnen.
Denn kaum hatten sich die Kameraden in Luft aufgelöst, brach der gesamte Canyon in sich zusammen und begrub die Stein-Menschen unter sich.
Heftig atmend sahen sich die Freunde an.
Auch Soholit war inzwischen wieder unter ihnen.
Er hatte vorhin die Kräfte der Elemente benutzt, um den Felsen über dem Feind zusammenbrechen zu lassen.
Nun ließ er sich neben Iniyan nieder und murmelte einige magische Worte.
Schon setzten sich die Gesteinsbrocken in der richtigen Reihenfolge wieder aneinander.
Sofort kehrte das Leben in ihren steinernen Verbündeten zurück.
»Vielen Dank für deine Hilfe, lieber Soholit«, bedankte sich dieser auf der Stelle.
»Es hätte ohne deine Hilfe um einiges länger gedauert, bis ich wieder zu euch zurückgekehrt wäre.
Die anderen Stein-Menschen werden durch den Felsen auch nur aufgehalten.
Sie können daran nicht sterben.
Für uns jedoch war dein Handeln lebenswichtig, ansonsten hätten sie uns im Nu vernichtet.
Das war ein ziemlich einschüchternder Beginn, würde ich sagen. Bloß gut, dass wir dieses Labyrinth vorher auf der imaginären Karte in Areale eingeteilt hatten und uns dadurch so gut zurechtgefunden haben.«
Die anderen nickten völlig erschöpft.
»Ich brauche dringend einen Moment Ruhe.
Die Magie hat mich vollkommen ausgelaugt.

Ich hoffe sehr, dass uns jetzt nicht sofort die Elben angreifen werden«, sprach Soholit.
Das Leben gewährte den Freunden jedoch die nötige Pause.
Es blieb ruhig.
Als Soholit signalisierte, dass er nun weiterkönnte, machten sie sich unter seiner Führung auf den Weg. Dankbar waren sie wiederum für die Karte des Labyrinths in ihren Köpfen. Ohne diese wäre an ein gezieltes Vorwärtskommen nicht zu denken gewesen. Soholit hatte seinen magischen Eichenstab inzwischen sicherheitshalber so instruiert, dass dieser aufleuchten würde, sollten andere Wesen in der Nähe sein.
Er wollte kein zweites Mal in einen solchen Hinterhalt geraten wie vorhin.
Langsam ging er, den Stab hochhaltend, voraus.
Die anderen folgten ihm geräuschlos.
Etwa nach zweihundert Metern begann der Stab zu leuchten.
Die Schar hielt an. Karlao teilte über den Geist Folgendes mit: »Es ist dringend notwendig, wenn wir nochmals den Stein-Menschen begegnen sollten, dass diese zumindest für einen Augenblick auf einer Stelle sind.
Sie müssen unbedingt zusammengetrieben werden, damit mein Plan gelingen kann.«
Atlantus, Angar sowie Brenda, die inzwischen eingeweiht waren und ebenfalls je ein Viertel der Kunststoffflaschen bei sich trugen, nickten verständig mit dem Kopf.
Soholit wies den Eichelhäher an, in kleinster Form zu erkunden, welche und wie viele andere Wesen sich in

der Nähe befanden.
Kurz darauf kam er mit der Nachricht zurück, dass es die acht Elben seien, die sich unweit versammelt hatten.
Offenbar hatte die Information innerhalb des Feldes gut funktioniert, denn sie waren nun durch dicke Rüstungen vor einem eventuellen Steinschlag geschützt.
»Vielleicht sollten wir dieses Mal ebenfalls einen Überraschungsschlag wagen.
Ich schlage allerdings vor, dass Iniyan, die Tiere sowie Quick Deer als Nachhut zurückbleiben und erst später nachrücken«, schlug Soholit vor.
»Bitte beobachtet von hier aus ganz genau, was im Kampf passiert.
Dann fügt im rechten Moment genau das hinzu, was uns noch fehlen könnte.«
So wurde es gemacht.
Mit Gebrüll stürzten sich die Freunde auf die Elben, die ja eigentlich gar keine echten waren.
Querin mit seinem Hammer, der auch eine fürchterliche Waffe sein konnte, wenn es vonnöten war, traf als Erster auf die Feinde.
Der Hammer hatte binnen kürzester Zeit die Köpfe zweier Elben zerschlagen.
Offenbar war dort die Kommandozentrale gewesen, sodass diese beiden Wesen für immer ausgeschaltet waren.
Natürlich verteilten sich nun, wie zuvor bei den Wölfen, bei den verbliebenen sechs, die Zentralen auf alle Körperteile.
Dadurch wurde es nun viel schwerer, sie zu zerstören.
Lucinda kämpfte mit einem langen Stock.
Sie beherrschte diesen Stockkampf, der es ihr

ermöglichte, auch größere Gegner überall zu treffen, nahezu perfekt.
Wie der Wind wirbelte sie mit dieser Waffe blitzschnell hin und her.
Schon hatte sie praktisch alle Körperteile ihres Gegners zerstört.
Dieses Elben-Wesen war ebenfalls ausgeschaltet.
Nun gab es noch fünf.
Auch Alex kämpfte mit einem Hammer gegen gleich zwei Gegner. Er war allerdings um einiges schwerfälliger als Lucinda.
So kam es, dass er es auf einmal mit sozusagen vier halben Elben-Wesen zu tun hatte, da deren Stücke inzwischen ja autark funktionierten.
Das war gruselig anzusehen.
Der Anblick lähmte Alex noch mehr, sodass es nun ein Leichtes für diese Gegner war, Alex zu überwältigen.
Schon hatte er ein Messer an der Kehle.
Atlantus, der dies aus dem Augenwinkel beobachtet hatte, kam dem Gefährten seiner Mutter zu Hilfe.
Im letzten Moment schaffte er es durch einen gezielten Hieb, die Hand des Elben wegzuschlagen.
Dieser Moment genügte für Alex, um aufzuspringen.
Er war zurück im Spiel.
Zu Hause atmete Akira, der in Atlantus' Geist alles verfolgte, hörbar auf.
Irgendwie kamen die Gefährten nicht mehr vorwärts, denn sie hatten es durch die Stücke inzwischen zahlenmäßig mit noch mehr Feinden zu tun.
Was sie auch taten, der Feind wurde immer zahlreicher, weil die einzelnen Stücke jeweils zu neuen Rivalen wurden.

Sie brauchten dringend eine andere Idee als diesen unsinnigen Kampf.
Dies hatte auch Quick Deer erkannt.
Deshalb hatte er heimlich durch Manipulation der Erde unweit des Kampfes ein riesiges Loch erschaffen.
Die Erde, welche dort vorher war, schwebte hoch über der Grube.
Über den Geist schrie er den Kämpfenden zu: »Treibt sie in das Loch! Schnell!«
Alex benutzte seinen Hammer, um einige Stücke in die gewiesene Richtung zu treiben.
Da diese hinten keine Augen hatten, bemerkten sie nicht, worauf sie sich zubewegten.
Auch die anderen Kameraden versuchten, genau dies zu tun.
Allerdings war das einfacher gesagt als getan.
Es war klar, wenn die Ersten in die Grube gefallen wären, würden die anderen sofort dazu lernen.
Daher musste es möglichst zeitgleich geschehen.
Querin war am weitesten weg.
Er kämpfte gegen zwei noch vollkommen intakte Elben.
Es war kaum zu erwarten, dass er diese zur Grube bekommen würde.
Die anderen jedoch hatten gute Chancen.
Lucinda trieb mit ihrem Stock ebenfalls mehrere Stücke bis nah an den Rand.
Genauso taten es die restlichen Kämpfer.
Nur Brenda und Querin waren zu weit entfernt.
Auch Brenda hatte es noch mit einem intakten Elben zu tun.
Auf Los trieben die Übrigen ihre Stücke allesamt in die Grube.

Im selben Moment ließ Quick Deer die riesige Menge an Erde darauf fallen.
Das gab den Stücken den Rest.
Sie waren auf immer vernichtet.
Die drei verbliebenen Elben erkannten, was geschehen war.
Sie entschieden sich sofort für einen vorläufigen Rückzug.
Einer stieß Brenda grob um und die anderen drei überwältigten Querin.
Sie schleppten ihn daraufhin mitsamt dem heilenden Hammer in eine unbekannte Richtung davon.
Querin war gefangen und mit ihm die Möglichkeit der Kämpfer, ihre Wunden zu heilen.
Atemlos, wie gebannt auf die Stelle starrend, auf der eben noch Querin gekämpft hatte, standen die Kämpfer da.
Lucinda zitterte vor Angst und Schrecken.
Sie brachte außer Tränen nichts hervor.
Brenda, die gottlob einen ersten Hilfekasten dabeihatte sowie auch wusste, wie man damit umgehen musste, verband und desinfizierte schnell die übelsten Wunden.
Es waren Gott sei Dank keine lebensgefährlichen dabei.
Dann gab sie Lucinda eine Flasche Wasser mit Rescue Tropfen.
Gehorsam trank diese immer wieder einen Schluck davon.
»Wir müssen ihnen so schnell wie möglich hinterher.
Ich schlage vor, wir teilen uns in zwei Gruppen auf.
Die eine verfolgt die Elben, die andere bleibt hier und verteidigt im Notfall die, die zu schwer verwundet sind.«

Brenda und Alex sollten bei den Gefährdeten bleiben. Atlantus, Soholit, Quick Deer, Iniyan, Angar sowie die Tiere wollten Querin befreien.
Des Eichelhähers Aufgabe war es, alles aus der Luft zu beobachten und dadurch die Verbindung zwischen den beiden Gruppen zu halten.
Soholit entschied sich für eine astrale Reise, die der Stab führen sollte.
Dieser würde wissen, wo genau die Elben zu finden seien. Alle hielten sich einander fest, die Tiere sicher in ihren Taschen verstaut.
Im nächsten Moment landeten sie an einer Lichtung.
Dort gab es weiter hinten offenbar eine Höhle.
Wie es schien, waren die Elben mit ihrem Opfer in dieser verschwunden.
Kurz darauf kamen zwei von ihnen heraus.
Sie hielten den Hammer in den Händen und betrachteten ihn von allen Seiten.
Was sollten sie tun?
Wenn sie jetzt angreifen würden, würde der dritte Elben-Mann vielleicht Querin einfach töten.
Sie waren sich sicher, dass dieser bestimmt gefesselt war und sich nicht wehren konnte.
Vorsichtig versuchte Soholit zum wiederholten Male, Querin über den Geist zu erreichen.
Fehlanzeige. Dieser schien auf alle Fälle nicht bei Bewusstsein zu sein.
»Ich werde mich ganz klein machen und nachschauen, was in der Höhle vor sich geht«, sprach das Eichhörnchen.
Sobald Soholit bejahend genickt hatte, war es auch schon unterwegs.

Tatsächlich wurde es von den Elben nicht bemerkt.
Wenige Minuten später hörten sie das Eichhörnchen flüstern: »Er atmet, ist aber übel zugerichtet.
Sie wollen von ihm wissen, ob es etwas Besonderes mit dem Hammer auf sich hat, weil dieser eine so mächtige Waffe gewesen war.
Offenbar hat Querin geschwiegen.
Ich glaube, sie werden ihn am Leben lassen, solange sie glauben, etwas aus ihm herausbekommen zu können.
Wenn ich hier drin darauf achte, dass Querin nichts geschieht, notfalls wachse ich, könntet ihr von draußen die zwei Elben angreifen.
Ich würde sagen, tut dies mit aller Kraft.
Wenn der dritte Elben-Mann den anderen zu Hilfe kommt, fliehe ich mit Querin aus der Höhle, bringe ihn zu den anderen und komme auf der Stelle zurück.
Sobald ich wieder da bin, werden der Eichelhäher und ich gleichzeitig wachsen.«
Der Plan wurde beschlossen.
Mit lautem Geschrei stürzte die Schar sich auf die zwei Elben, welche den Hammer fallen gelassen hatten, um sich zu verteidigen.
Durch den Lärm alarmiert, rannte der dritte Elben-Krieger tatsächlich seinen Kumpanen zu Hilfe und ließ Querin in der Höhle unbeaufsichtigt zurück.
Sofort wuchs das Eichhörnchen so weit an, dass es Querin transportieren konnte.
Durch einen Hinterausgang verschwand es mit diesem unbemerkt.
Seitlich sah es noch den Hammer auf dem Boden liegen.
Wie gerne hätte es diesen an sich genommen.
Doch ihm war klar, dass es damit die Eigenschaft des

Wachsens zu früh den Elben als Lernfeld zur Verfügung gestellt hätte.
Somit begnügte es sich damit, Querin wie besprochen in Sicherheit zu bringen.
Unterwegs berichtete es alles den anderen.
Kaum war Querin zu den Verwundeten gebracht worden, machten sich der Eichelhäher und sein tierischer Freund auf den Rückweg.
Blitzschnell verwandelten sie sich.
Das Eichhörnchen war sehr froh, dass Karlao die Schutzanzüge der Tiere so konzipiert hatte, dass diese mitwachsen oder schrumpfen konnten, denn das Material konnte gestaucht oder auseinandergezogen werden.
Sowohl der Eichelhäher als auch sein Freund, das Eichhörnchen, zerstörten und verschluckten daraufhin je einen der drei Elben.
Die Kämpfer hatten dieses Mal gut darauf geachtet, dass sie die Elben nicht in Stücke schlugen, weil sie dann nur noch mehr Feinde in Schach hätten halten müssen.
Der eine verbliebene Elbe jedoch, fing nun an zu wachsen.
Seine enorme Intelligenz hatte es ihm ermöglicht noch viel, viel größer zu werden, als die Tiere es je gekonnt hätten.
Der Elbe wuchs immer noch weiter.
Sie erkannten, dass sie nun einem Feind gegenüberstanden, den sie nicht besiegen konnten.
Lähmende Verzweiflung machte sich breit.
Gleich darauf hörten sie laut Soholits Ehrfurcht gebietende Stimme im Ohr:
»Flieht auf der Stelle zu den anderen.«

Niemand wäre in der Lage gewesen, dieser Stimme den Gehorsam zu verweigern.
Außerdem nahm jeder der Freunde an, dass Soholit ebenfalls den Rückzug antreten würde, um sich erneut zu beraten.
Doch weit gefehlt.
Allein stellte sich der weise Druide, zunächst nur mit seinem hell leuchtenden Stab bewaffnet, dem Elben zum Kampf.
Dieser konnte dieses »kleine Männchen« gar nicht ernst nehmen.
Der Elben-Riese nahm Soholit in die Hand, um ihn dort alsbald mit Leichtigkeit zu zerquetschen.
Doch kaum hatte er den Druiden vor der Brust und fing an zu drücken, gab es eine bombastische Explosion.
Die ganze Erde bebte.
Ein heller Lichtball war entstanden, der eine gigantische Hitze ausstrahlte.
Auch die anderen Kameraden hörten und fühlten dies nur allzu deutlich.
Nach einer Weile war es plötzlich wieder ganz ruhig.
Der Eichelhäher schlug vor, in kleinster Form als Späher in die Nähe der Höhle zu fliegen, um die Lage auszukundschaften.
Wenige Minuten später kam er zurück.
»Es ist niemand und nichts mehr da.
Ich verstehe das nicht.«
Sofort machten sich die, die imstande waren auf, die Sache genauer unter die Lupe zu nehmen.
Auch Lucinda war unter ihnen.
Nachdem ihr Gefährte zurück war und sie realisiert hatte, dass er am Leben bleiben würde, war sie wieder

ganz die Alte.
Tatsächlich, es war niemand mehr da.
Es gab keine Spur von gar nichts.
Weder von dem Elben-Riesen noch von Soholit.
Auch die Höhle war vollkommen leer.
Nun begannen sie, die nähere Umgebung abzusuchen.
Gar nicht so weit entfernt fand Lucinda den heilenden Hammer Querins sowie Soholits magischen Stab.
Die zwei mystischen Gegenstände lagen ganz friedlich sowie unversehrt nebeneinander.
Lucinda rief sofort nach den anderen.
Alex nahm sogleich den wichtigen Hammer an sich.
Lucinda hob den großen Eichenstab Soholits ehrerbietig auf.
Kaum hatte sie diesen in der Hand, schrumpfte jener zu einer Größe, die bequem zu der kleinen Lucinda passte.
Und auf einmal wusste sie alles.
Weinend fiel sie auf die Knie.
»Soholit ist tot, er ist tot.
Er hat sich für uns geopfert.
Wir müssen sofort zurück zu den anderen.«
Wie versteinert gehorchten die Verbliebenen.
Noch niemand glaubte wirklich an die Worte, die sie soeben vernommen hatten.
Es musste einfach eine andere Erklärung geben.
Soholit konnte einfach nichts passiert sein.
Lucinda sprach: »Das dritte Feld ist noch nicht gefallen.
Wir haben es noch immer mit den Stein-Menschen zu tun.
Wenn wir Pech haben, dann sind diese auch schon zu Riesen gewachsen.
Ich hörte, dass Karlao einen Plan hat.

Wir müssen schnell handeln
Aber zuerst heilen wir alle Verwundeten mit dem Hammer.«
Da fast jeder noch daran glaubte, dass sie Soholit alsbald befreien würden, ordneten sie sich einfach Lucinda unter und waren dadurch auch in der Lage zu funktionieren.
Karlao erzählte nun allen, was genau er vorhatte.
Sie verteilten die Kunststoffflaschen jetzt unter den Anwesenden.
Es kam darauf an, die Stein-Menschen alle zusammen auf einem Fleck zu erwischen.
Das war das A und O.
Außerdem mussten die Schutzanzüge unversehrt sein.
Nach einer kurzen Überprüfung konnte das Letztere bestätigt werden.
Lucinda suchte alsdann mit dem magischen Stab nach dem Aufenthaltsort der Stein-Menschen.
Offenbar gehorchte ihr der Stab nun genauso, wie vorher Soholit.
Die Stein-Menschen hatten sich tatsächlich bereits aus der Steinlawine im Canyon befreit.
Noch waren sie dabei, sich wieder zusammenzusetzen.
Zum großen Glück taten sie das gemeinsam an einem Platz.
Außerdem waren sie noch in ihrer normalen Größe.
Die Freunde beschlossen, sich unverzüglich zu den Stein-Menschen aufzumachen und dann sofort Karlaos Plan auszuführen.
Sie hofften inständig, dass dieser in seiner Annahme recht behielt.
Kaum waren sie im Canyon angekommen, hatten sie die

vollkommen überrumpelten Quarzstein-Menschen schon umzingelt.
Sie öffneten die Flaschen und kippten die dampfende und zischende Flüssigkeit aus den Kunststoffbehältern auf diese.
Auf der Stelle begannen jene sich vollkommen aufzulösen.
Es blieb nichts als Qualm sowie eine weitere Flüssigkeit, die rein gar nichts mehr mit dem Quarz-Gestein von zuvor zu tun hatte.
Lediglich ein Bein, das offenbar noch nicht wieder an seinen Besitzer angepasst worden war, fing plötzlich an, autark zu wachsen.
Doch bevor dieses richtig gefährlich werden konnte, hatten sich die, die dem Bein am nächsten waren, auf es geworfen, während die anderen den restlichen Inhalt der Flaschen darauf kippten.
Augenblicklich fiel das dritte magische Feld.
»Rückzug zum ersten Feld«, brüllte Lucinda, während sie den magischen Eichenstab grimmig in die Höhe stieß.
Alle folgten ihr auf dem Fuße.

Zurück im ersten Feld

Obwohl siegreich, kehrten die Kameraden doch wie geschlagen ins erste Feld zu ihrem Lager zurück. Instinktiv versammelten sie sich um Lucinda und warteten.
Es dauerte eine Weile, bis diese langsam zu sprechen begann.
Sie erzählte ihren Kameraden davon, was sie durch den magischen Eichenstab an Informationen erhalten hatte. Offenbar hatte Soholit kurz vor seinem eigenen Tod noch dafür gesorgt, dass der Hammer und der präparierte Stab in Sicherheit kamen.
Danach hatte er es fertiggebracht, einige seiner eigenen Atome zu spalten und so aus sich selbst eine Bombe herzustellen, die stark genug war, den Riesen restlos zu vernichten.
Er wusste genau, was er tat.
Augenscheinlich hatte er schon länger mit solch einer Möglichkeit gerechnet und das Ereignis innerlich genauestens vorbereitet.
Sein Leben habe immer der Mutter Erde gegolten.
Er sei dankbar für das lange Leben, welches ihm geschenkt worden war, und stolz darauf, es so zu beenden.
Sein Opfer solle die Kameraden anspornen, die gemeinsame Aufgabe erfolgreich weiterzuführen bis zum Sieg.
Dass der »Herr der Finsternis« nicht mehr auf der Erde zugegen sei und sie es nur noch mit dem »Dunklen Autonom« zu tun hätten, wäre eine einmalige

Gelegenheit, wie sie sich ihnen nie wieder bieten würde. Es wäre endlich an der Zeit, dass die Erde wieder zu dem Paradies würde, wofür sie eigentlich einmal erschaffen worden war.
Er wünsche allen viel Glück und wolle zum Abschied noch sagen, wie sehr er alle von uns liebte.
Er sei unglaublich stolz darauf, unser Freund gewesen zu sein.
Bei diesen Worten rannen Lucinda die Tränen in Strömen die Wangen herunter.
Ihre Stimme brach, sodass sie gezwungen war, für einen Moment zu schweigen.
»Außerdem wünschte er, dass ich fortan den magischen Eichenstab tragen sowie seine Nachfolgerin werden soll«, setzte die junge Frau noch nach.
Die Zeit schien jetzt plötzlich stillzustehen.
Wenn sich überhaupt noch jemand bewegte, dann nur extrem langsam.
Selbst die Herzen sowie der Atem der Freunde hatten sich irgendwie dem bedächtigeren Rhythmus der Erde angepasst, von welcher sie den Eindruck hatten, dass auch sie mit ihnen gemeinsam um den mutigen weisen Mann trauerte.
Allmählich sackte die Information, dass Soholit tatsächlich nicht mehr unter ihnen weilte, tief in aller Bewusstsein.
Der Soholit, der sie fast alle einmal unterrichtet hatte.
Der Soholit, der eigentlich schon immer da gewesen war.
Über die Jahrhunderte war er unterwegs gewesen, um sein Leben dem Dienst an der Erde zu widmen.
Nun war er gefallen für diese.

Es war kaum zu fassen.
Doch es war klar, dieser Tod war unumkehrbar.
Unwiederbringlich war er gegangen.
Es herrschte eine weite Stille für eine geraume Zeit.
Einzig das leise Schluchzen, welches von Karlao kam, durchbrach irgendwann diese Ruhe.
Dann war es, als wäre ein Knoten geplatzt, denn plötzlich lagen sich alle Kameraden weinend in den Armen.
Zu Hause hatten Akira und Finnbar schon längst jeden informiert, sodass auch die Menschen von überall her jetzt im Geiste bei den Kameraden vor Ort weilten und deren Trauer teilten.
So wie sie einstmals eine Menschentraube um Akira gebildet hatten, als sein Hund gestorben war, hatten sich soeben auch die Mitglieder der Expedition hautnah um den weinenden Karlao versammelt.
So spendeten sie sich gegenseitig Trost.
Erst nach einer langen Zeit löste sich die Menschentraube wieder auf.
Jeder nahm irgendwo Platz, um noch eine Weile mit sich allein ins Reine zu kommen.
Wenig später griff Karlao in seinen Rucksack.
Er nahm den Federbüschel, den sie einst von den Vögeln bekommen hatten und strich sich mit diesem über seine Augen.
Hörbar atmete er auf.
Wortlos reichte er das wertvolle Geschenk weiter.
Nachdem jeder es genutzt hatte und dadurch die Trauer gemildert worden war, stand Lucinda auf, um sich erneut an ihre Gemeinschaft zu wenden.
»Freunde, ich bedanke mich, dass ich zu euch gehören

darf.
Ich bin so froh, dass wir einander Trost spenden konnten und sende einen großen Dank an die Vögel für deren wertvolles Geschenk.
Heute hat es uns einen großen Dienst erwiesen.
Wir fühlen uns getröstet.
Im Andenken an unseren geliebten Lehrer müssen wir nun zeitnah mit unserer Mission weitermachen.
Heute noch soll die Trauerfeier für Soholit stattfinden.
Ich bitte dich, lieber Karlao, schon jetzt hinzuspüren, was uns im vierten Feld erwarten könnte.«
Sofort erhob sich der kleine Osiriat und drehte sich wie gewohnt an der Grenze zum vierten Feld immer wieder schnell im Kreis.
Dann blieb er stehen und verkündete verdutzt:
»Ich sehe nichts als Wasser.
Atlantus, komm doch bitte mal her und schau in meinen Geist.
Was sagst du dazu?
Kannst du das Wasser eventuell einfach aus dem Feld ausleiten?«
Atlantus konzentrierte sich.
»Das ist ja ein komisches Bild in deinem Kopf.
Sieht aus, wie ein riesiges Aquarium, einfach nur mit Wasser gefüllt.
Ich versuche mal, ob es sich überhaupt ableiten lässt.
Falls ja, dann benötigen wir womöglich wieder eine Vertiefung für einen neuen See.«
Atlantus stellte sich dicht an das neue Feld und hob seine Hände.
Leise murmelte er vor sich hin, danach schwieg er.
»Also, das ist ja ein Ding.

Das Wasser kann nicht manipuliert werden.
Es scheint hermetisch abgeschlossen zu sein.
Innen fühlt sich das Feld riesig an.
Wenn ich aber messe, um wie viel Wasser es sich handelt, dann komme ich maximal auf vier Kubikmeter.
Das ist viel zu wenig für einen See und würde in einen Quader von 2 x 2 x 1 Meter passen.
Ich verstehe das nicht.
Es gibt in dem Feld tatsächlich nichts außer Wasser.
Vielleicht könnte der Eichelhäher noch versuchen, ob er darüber fliegen kann.
Eventuell sieht man ja von oben mehr?
Ich bin froh, dass man aus den noch nicht gefallenen Feldern wieder herauskommt, wenn man nur darüber fliegt, denn die Erkundungsflüge des Eichelhähers sind wirklich eine sehr große Hilfe.
Offenbar versperren die Felder einem nur den Weg nach draußen, wenn man die Erde dort berührt hat.«
Schon machte sich der Vogel in seiner normalen Körpergröße auf den Weg.
Keine Minute später war er bereits wieder zurück.
»Es ist absolut unmöglich, über dieses Feld zu fliegen.
Das Aquarium ist bis oben hin zu.
Wo immer auch jenes oben sein mag.
Jedenfalls kann man nicht darüber kommen.
Dort gibt es nämlich nur eine Art unendlich hohe Wasserwand, die für mich undurchdringlich erscheint.«
Ratlos blickten alle zu Atlantus, welcher an dieser Stelle uneingeschränkt als der Experte galt.
»Klar ist, wenn wir weiterkommen wollen, dann muss das Wasser weg.
Die Aufgabe bei diesem Feld besteht wahrscheinlich

darin, von innen eine Öffnung zu finden, um das Wasser abzulassen.
Wesen konnte ich dort keine erspüren.
Ich nehme an, dass ich bei dieser Aufgabe allein gehen muss.
Niemand von euch könnte mir unter Wasser helfen.«
Liebevoll blickte er zunächst zu Brenda, seiner Gefährtin.
Danach schaute er einem jeden in die Augen.
Als er überall Zustimmung wahrgenommen hatte, sprach er schlicht.
»Dann gehe ich morgen früh los.
Bis dahin versuche ich herauszufinden, wie ich überhaupt in dieses merkwürdige Aquarium hineinkommen kann.«
»Ich glaube, da kann ich helfen«, ließ sich nun Karlaos Stimme vernehmen.
Schon wieder um einiges munterer fasste er Atlantus an der Hand und führte ihn ziemlich weit nach links.
Dann wies er mit seinem Arm kurz über seinen Kopf.
»Schau mal, ich glaube, hier ist diese scheinbare Wand um einiges dünner.
Vielleicht ist das ja der Eingang.«
Atlantus konnte mit seinen Händen diese Stelle leicht erreichen. Er tastete sie vorsichtig ab.
»Du hast recht, ich spüre hier das Wasser viel deutlicher.
Allerdings kann ich es auch dort nicht herausrufen.
Ich hoffe sehr, dass ich morgen hier so ohne Weiteres hineinkommen kann.
Der erste Versuch muss aber bis dahin warten, denn ich möchte unbedingt bei Soholits Trauerfeier dabei sein.

Wenn ich einmal in dem Feld drin bin, dann komme ich eventuell so schnell nicht wieder heraus.
Hoffentlich gibt's da nicht einen Code, den ich erst knacken muss, bevor ich eintreten darf.
Akira?«, er wandte sich nun fragend in seinen Geist, ob sein Bruder zugegen war.
Sofort kam dessen Antwort.
Akira klang noch um einiges trauriger als Atlantus, denn ihm war die Gabe des magischen Federbüschels leider nicht zugutegekommen.
»Was gibt's denn?«, fragte er bedrückt.
»Würdest du bitte Frederick informieren, dass er sich während der Mission oder besser gleich auch schon sofort in meinen Geist begibt?
Ich brauche seine Hilfe.«
»Frederick??«, kam es ungläubig zurück.
»Bist du sicher?
Der spricht doch immer nur in Rätseln.«
»Ja, bitte Frederick.
Und beeile dich.
Ich glaube fast, das Ganze hier ist ein einziges riesiges Rätsel.
Da brauche ich einen Experten an meiner Seite.
Noch dazu ist auch Frederick ein Wasserwesen.«
Frederick war die älteste Schildkröte in den Gewässern des hoch entwickelten Planeten Aquarius und gleichzeitig auch ein weises Oberhaupt von dessen Wasserbewohnern.
Es war richtig, dass sie nervigerweise immer nur in Rätseln sprach.
Allerdings hatte sie in der Vergangenheit ausnahmslos immer recht behalten.

Atlantus hatte die weise Schildkröte nach einigen Anfangswiderständen von seiner Seite inzwischen von ganzem Herzen schätzen gelernt.
»Frederick zu finden wird einfacher sein, als du vielleicht denkst«, wandte sich Akira erneut an Atlantus.
»Er gehört nämlich zum engeren Komitee der Wesen, die unsere Doppelhochzeit vorbereiten.
Die liebe Schildkröte wollte es sich keinesfalls nehmen lassen, dort dabei zu sein.
Er sagt, er hätte sich etwas ganz Besonderes für uns ausgedacht.«
So richtig begeistert klang Akira an dieser Stelle nicht.
Atlantus lächelte.
Vor lauter neuen und teilweise dramatischen Ereignissen, die während der Mission auf ihn einstürmten, hatte er ganz vergessen, dass sein jüngerer Bruder demnächst heiraten und später auch noch Vater werden würde.
»Mach dir keine Gedanken.
Er ist vielleicht ein wenig unbequem, aber herzensgut.
Eins kann ich dir sagen, Brenda hat er niemals geärgert.
Ich bin mir sicher, dass er aus Rücksicht auf Lia oder Basilika nichts tun würde, was der Feier nicht guttut.
Du kannst dich also beruhigen.
Ich finde es im Übrigen dermaßen schade, dass ich nicht vor Ort dein Trauzeuge sein kann«, Atlantus' Stimme zitterte selbst im Geiste ein wenig.
»Wenn du meinst, ich hoffe, du hast recht.
Ich mache mich dann mal auf die Socken und hole Frederick.
Bis gleich«, entgegnete Akira.

Das unendliche Rätsel

Kaum war Akira mit Frederick zurück, begrüßte dieser Atlantus auch schon mit einem seiner geheimnisvollen Sprüche.
»Die acht ist unendlich, legst du sie quer.
Stellst du sie auf, ist sie's nimmermehr.«
Natürlich verstand der Selkie mal wieder nur Bahnhof.
Er entspannte sich aber, da er wusste, dass irgendwann die Zeit kommen würde, in welcher sich dieses Rätsel von selbst lösen würde.
»Ich freue mich auch sehr, dich wieder zu hören«, entgegnete er grinsend.
»Ich stehe hier vor einem imaginären, ringsum geschlossenen Aquarium, von welchem ich von innen das Wasser ablassen muss.
Hört sich erst mal ziemlich einfach an.
Wenn ich jedoch an die Schwierigkeiten in den vorherigen Feldern denke sowie an die schweren Verluste, die wir dort erlitten haben, meine ich, wird es ganz bestimmt nicht so leicht werden.
Deswegen habe ich dich dazu gebeten.
Ich brauche deine Hilfe.«
Frederick schwieg, was wohl seine Art der Anerkennung war.
Man konnte ja schon froh sein, dass er nicht gleich mit einem neuen Rätsel daherkam.
»Morgen in aller Frühe soll es losgehen.
Wirst du mich über den Geist begleiten?«, fragte Atlantus noch nach.

»Er nickt mit dem Kopf«, kam es ein wenig brüskiert von Akira.
»Dann bis morgen.
Jetzt wollen wir uns ganz und gar der Trauerfeier für Soholit zuwenden.«
Lucinda hatte die Leitung der Feier übernommen.
Sie war so schlicht, wie es sich Soholit sicher gewünscht hätte, und so ergreifend, wie sie einfach sein musste.
Viel zu bald graute der Morgen.
Atlantus wachte gleich mit einem mulmigen Gefühl auf.
»"Gleiches für Gleiches und gib dich stets hin, nur so ergibt es letztlich den Sinn."
Na, auch endlich wach?
Nur der frühe Vogel fängt den Wurm«, kam es von Frederick in seinem Geist.
Akira und Finnbar waren noch nicht zugegen.
Sicherlich schliefen sie noch tief und fest.
Atlantus hatte einige Mühe, damit zurechtzukommen, bereits so früh am Tag mit geheimnisvollen Weisheiten bombardiert zu werden.
Er hatte kaum etwas davon verstanden, was Frederick zu ihm gesagt hatte.
Aber das war ja nichts Besonderes.
Atlantus konnte sich ein Grinsen nicht verkneifen.
Plötzlich hörte er die Stimme seiner Mutter Tanja in seinem Kopf.
»Frederick hat mich benachrichtigt.«
So ein Idiot, dachte Atlantus empört.
Er hatte extra Akira sowie Finnbar beauftragt, Tanja nichts von seiner Einzelaktion zu berichten.
Er fand, dass es vollauf genug gewesen wäre, wenn sie lediglich am Ende der Mission das Ergebnis erfahren

hätte.
Dann wäre noch immer Zeit gewesen damit umzugehen, was auch dabei herausgekommen wäre.
Nun würde sich Tanja bloß unnötige Sorgen machen.
»Ich bin sehr stolz auf dich sowie auf euch alle«, sprach Tanja.
»Viel Glück, du kleine Robbe.
Du wirst das schaffen, davon bin ich überzeugt.
Schließlich bist du doch ein Glückskind.
Das warst du schon immer.
Denke stets daran, dass nichts ein Ende hat, außer du selbst möchtest es so.
Dann kann dir gar nichts passieren.
Ich bin zuversichtlich.
Also mach dir keine Sorgen, dass ich mir Sorgen machen werde.
Ich habe dich sehr, sehr lieb.
Fühl dich geküsst von mir.«
Atlantus bemerkte, dass er tatsächlich sehr gestärkt wurde durch diese Ansprache.
Er war nun doch dankbar, dass Frederick seine Mutter dazu geholt hatte.
Dass der aber auch immer recht haben muss, dachte er bei sich …
Schon war Tanja wieder gegangen.
Offenbar hatte sie alle Hände voll mit den Vorbereitungen für das große Hochzeitsfest zu tun.
»So, mein Lieber, wollen wir?«, kam es von der weisen Schildkröte.
»Eigentlich schon.
Ich weiß aber noch nicht so richtig, wie ich hereinkommen soll.

Schau dir das mal an.«
Atlantus ging einmal am Aquarium auf und ab, damit sich Frederick alles über dessen Geist betrachten konnte.
»Oben links ist eine Schwachstelle.
Kommst du da nicht durch?«
»Nein, das habe ich schon vorab vorsichtig getestet.
Das klappt nicht.«
»Vielleicht geht das nur, wenn man es voll entschlossen tut und nicht vorsichtig«, entgegnete Frederick.
Inzwischen waren auch schon alle anderen aufgestanden.
Atlantus wurden ein nahrhaftes Frühstück sowie ein Rucksack mit reichlich Proviant, welcher wasserdicht verpackt war, gereicht.
Karlao kam noch mit einem extra Rucksack an.
»Mach den nur auf, wenn du nicht mehr weiterweißt.
Vielleicht ist ja etwas darin, das du dann gebrauchen kannst«, sprach er schlicht.
Atlantus küsste Brenda inbrünstig zum Abschied und nickte den anderen entschlossen zu.
Sofort danach sprang er mit aller Kraft gegen den Teil des scheinbaren Glases, welches der schwächste zu sein schien.
Es funktionierte. Atlantus war drin.
Sogleich schlug ihm ein mächtiger Strudel entgegen.
Atlantus verwandelte sich in Windeseile in eine Robbe.
Mit aller Macht versuchte er in dem Strudel vorwärtszukommen.
Jedes Mal, wenn er dachte, er hätte es ein Stück vorwärts geschafft, fühlte er auch schon wieder die Scheibe des Aquariums vom Anfang in seinem Rücken.
Er kämpfte und kämpfte.
Langsam erlahmten seine Kräfte.

Er schrie nach Frederick.
Der jedoch schien ihn in dem Getöse entweder nicht zu hören oder aber Atlantus konnte wegen des Lärms die Antwort seinerseits nicht vernehmen.
Dicht an die Scheibe gepresst, verharrte er, um neue Kräfte zu sammeln.
Er versuchte sich auf alles zu besinnen, was er jemals über Strudel gelernt hatte.
Dunkel erinnerte er sich, dass man stets die dünnste Stelle suchen musste, um herauszukommen.
Wo aber sollte hier die dünnste Stelle sein?
Vorsichtig versuchte er nach rechts oder links zu entkommen. Fehlanzeige.
Wieder verharrte er an der Scheibe, um seine Kräfte zu sparen.
Er sah sich den Strudel genauer an.
Das war nicht das, was er aus normalen Gewässern kannte.
Das ganze Aquarium schien praktisch aus dieser starken Strömung zu bestehen.
Er startete noch einige Versuche.
Obwohl er all die Kraft hineinlegte, die er in sich finden konnte, kam er keinen Deut voran.
Verzweifelt hielt er inne.
Was hatte ihm seine Mutter vorhin gesagt?
Er sei ein Glückskind?
Ein solches würde sich doch einfach treiben lassen, da es genau wusste, dass das Leben es immer an die richtige Stelle bringen würde.
Einen Versuch war es wert.
An die Scheibe gepresst war er ja schon.
Wie sollte es also noch schlimmer kommen?

Atlantus schloss seine Augen und überließ sich ganz dem Strudel.
Schon wurde er von der Strömung erfasst.
Er hatte das Gefühl, in Spiralen herumgewirbelt zu werden.
Er ließ es sich einfach gefallen.
Die Scheibe spürte er jedenfalls schon länger nicht mehr in seinem Rücken.
Mit einem Mal wurde es im Wasser viel ruhiger um ihn.
Vorsichtig öffnete er seine Augen.
Der Strudel lag hinter ihm.
»Du hast es geschafft, na endlich.
Ich hatte keine Möglichkeit, dich anzusprechen.
Es war zu laut«, hörte er nun wieder Fredericks Stimme in seinem Geist.
Täuschte er sich oder hatte die alte Schildkröte tatsächlich ein wenig besorgt geklungen?
Selten war er darüber so froh gewesen wie heute, deren Stimme zu hören.
Atlantus sah sich aufmerksam um.
Am anderen Rand des Aquariums sah er eine große Muschel.
Sie sah so ähnlich aus wie die Austern seiner Heimat, lediglich um einiges größer.
In diesen war manchmal eine Perle gewesen.
Er wusste tief in sich, dass in jener hier ganz bestimmt eine solche war und dass er diese Perle brauchte, um sein Ziel zu erreichen.
Schon versuchte er, die Muschel zu öffnen.
Die Auster war jedoch fest verschlossen.
»Dir ist schon klar, dass sie sterben wird, wenn du sie gewaltsam öffnest und ihr die Perle nimmst?«, hörte er

Frederick in seinem Ohr.
»Weißt du nicht mehr? Gleiches für gleiches und gib dich stets hin …Ich hatte dir doch schon als allererstes heute Morgen die Lösung sowohl für den Strudel als auch für die Muschel verraten.
Atlantus schreckte zurück.
Natürlich, Frederick hatte recht.
Wie hatte er diese wichtige Information nur verdrängen können?
»Du musst ihr etwas Gleichwertiges anbieten, damit sie sich öffnet und dir freiwillig die kostbare Perle überlässt.«
Atlantus zermarterte sich den Kopf.
Dann brauste er auf:
»Sag mal, kennst du eigentlich schon alle Ergebnisse, die hier vonnöten sind?
Falls ja, dann mach dir bitte bewusst, dass dies hier keine freundliche „Rätselraten-Sendung" ist.
Hier geht es um unsere Erde und damit um unser aller Leben. Oder muss ich dich noch an Soholits und Selmas Tod erinnern?«
»Nun, nun, beruhige dich.
So ist das nicht.
Ich bekomme die Sprüche auch nur über Visionen mitgeteilt.
Einen weiteren Spruch habe ich leider im Moment noch nicht auf Lager.
Ich bin ein gutes Medium, das vielleicht.
Aber kein Hellseher oder gemeiner Spinner, wie du eventuell manchmal von mir denkst.
Oft weiß ich selbst nicht gleich, was die Visionen zu bedeuten haben.«

Atlantus schwieg betroffen.
So hatte er das noch nie gesehen.
Jetzt machte das alles Sinn.
Er hatte es niemals erwartet, dass
Frederick offenbar manchmal selbst nicht wusste, wozu seine Sprüche gut waren, bevor das Offensichtliche völlig auf der Hand lag.
»Entschuldige bitte. Meine Nerven …«
»Kein Ding«, antwortete Frederick gnädig.
Gleiches für Gleiches, überlegte Atlantus.
Die Auster hatte die Perle aus Staubkörnern erschaffen, welche eigentlich nichts in ihrem Inneren zu suchen hatten.
Trotzdem war daraus etwas sehr Wertvolles entstanden.
Was hatte er ihr Gleichwertiges anzubieten aus seinem Inneren?
Dann fiel es ihm ein.
Er musste ihr von seinen Erlebnissen am schönsten Ort des Universums berichten.
Damals, als seine Feinde seinen menschlichen Körper getötet hatten, war seine Seele zum „schönsten Ort im Universum“, dem sogenannten Himmel geflogen.
Dort wurde er mit all seinen weniger guten Eigenschaften wie Neid, Hass, Eifer- oder Selbstsucht konfrontiert.
Daraus bildete sich am Ende in ihm Weisheit und eine große Liebe.
Das war seine eigene innere Perle.
Diese wollte er der Auster zum Geschenk machen, denn auch er hatte sozusagen aus innerem Schmutz etwas Wundervolles erschaffen.

Der Selkie setzte sich vor die Muschel und teilte ihr seine wunderbare Geschichte über den Geist mit.
Dann wartete er.
Es dauerte gar nicht lange, bis die Muschel sich von selbst öffnete und die Perle vor seine Füße kullerte.
Die Auster verschloss sich danach wieder auf der Stelle.
Atlantus hob dankbar die gigantische Perle auf.
Dankend verbeugte er sich demütig vor der Muschel.
Er betrachtete die Perle genauer.
Atlantus stellte mit Überraschung fest, dass diese sich öffnen ließ.
Langsam klappte er das Scharnier auseinander.
In der Perle lag ein kleines Kinderspielzeug.
Es war so eine Landschaft unter Glas, auf der sich ein winziges Löchlein befand.
In dieses sollte man mit etwas Geschick sowie Geduld eine kleine Metallkugel, die sich ebenfalls im Inneren befand, hineinbugsieren.
Atlantus glaubte, seinen Augen nicht zu trauen.
Was sollte das denn sein?
Er konnte es nicht fassen.
»Na komm schon.
Tu nicht so, als ob es unter deiner Würde wäre, dieses Spiel zu spielen.
Vielleicht erfahren wir etwas Neues, wenn die Kugel im Loch verschwunden ist.
Auf jeden Fall zeigst du damit, dass du nicht hochmütig bist.
Eine gewisse Geschicklichkeit wird dir auch abverlangt.
Du hast weder etwas zu verlieren noch etwas Besseres vor.
Also los!«, spornte Frederick seinen Schützling an.

Atlantus nahm das kleine Geduldsspiel an sich.
Er hatte ganz vergessen, wie schwierig es war, diese Aufgabe zu lösen.
In seiner Kindheit hatten Akira und er so etwas öfter gespielt.
Kaum war die Kugel im Loch verschwunden, öffnete sich der Deckel des Spiels.
Ein winziger Zettel flog dem Selkie in die Hand.
Schnell begann er zu lesen, denn kaum hatte die Tinte das Wasser berührt, so verschwamm sie auch schon.
Als ehemaliger Bewohner des Planeten Aquarius jedoch, genügte auch für ihn lediglich ein kurzer Blick, um den gesamten Sinn zu erfassen, noch bevor die Schrift verschwunden war.
Atlantus gab den Inhalt für alle anderen wieder, während Akira zu Hause emsig mitschrieb.
Der Text lautete:
»Sie blüht und fruchtet im Winter zugleich,
den Kranken und Liebenden macht sie sehr reich,
als einzige in Form der Erde ganz gleich,
die Beeren an ihr sind vermögend und bleich,
die Wurzel im Licht ist sie keiner Pflanze gleich,
drei zeigt die Richtung, eins dir die Schritte im Teich,
die Lösung führt weiter in diesem Bereich«
»Uff, was soll ich dazu sagen?
Frederick, irgendeine Idee?
Das stammt doch sicher von einem deiner Kollegen«, wandte sich Atlantus an die Schildkröte.
Frederick kicherte. »Nein, nicht die Bohne.«
»Erinnert mich ziemlich an die Botschaft des Volkes der Aborigines in deren verlassener Höhle, die wir damals bekommen hatten«, ließ sich Akira hören.

Ich lese das Gedicht noch ein paar Mal vor.
Vielleicht wird uns dann irgendetwas klarer.«
Nachdem alle den Text noch mehrfach gehört hatten, meinte Akira:
»Möglicherweise handelt es sich um eine Pflanze.
Ich googele mal, ob es welche gibt, die zur gleichen Zeit Blüten sowie Früchte haben.
Also da steht: Erdbeeren, Zitronenbäume, Zaubernuss beziehungsweise die Hamamelis, Orangenbäume oder Pomeranzen.
Vielleicht ist es ja der Orangenbaum?«, fragte Akira.
»Ich glaube nicht, dass das richtig ist, und da steht auch „die Wurzel im Licht". Das passt irgendwie nicht«, antwortete Atlantus.
Selbst Alex als ihr größter Gartenexperte, hatte nichts Erhellendes hinzuzufügen.
Vergeblich hatte er sich in Gedanken alle Nutzpflanzen in seinem Garten vor Augen geführt.
Dann war er auch noch auf die Wildpflanzen übergegangen.
Leider hatte er ebenfalls keine Eingebung, die weiterhelfen konnte.
Nachdem alle möglichen Menschen und Wesen von nah und fern noch eine Weile erfolglos herumgerätselt hatten, schlug Atlantus vor:
»Hört mal, es ist so, ich habe nur begrenzten Proviant mit und ich möchte hier einerseits wieder raus und andererseits endlich weiterkommen.
Ihr habt doch auf der Perle allerhand Menschen umerzogen.
Waren dort nicht vielleicht auch ein paar Chefs verschiedener Geheimdienste dabei?

Vielleicht wäre jetzt der richtige Zeitpunkt gekommen, diese zu involvieren.«
Finnbar informierte auf der Stelle Guido, welcher sogleich die richtigen Leute mit dem rätselhaften Gedicht versorgte.
Er setzte sie extra in eine Zeitschleife, um ja bloß keine kostbaren Minuten zu verlieren.
Allerdings hatten diese Experten nach circa einer Woche noch immer keine zündende Idee gehabt.
Atlantus ließ den Kopf hängen.
Akira sandte nochmals den Wortlaut des Gedichtes nun zeitgleich mit der Bitte um Hilfe an alle heraus, die er kannte.
Auf diese Weise bekam auch Gudrun die Information.
Sie lag gerade auf dem Rücken unter einem der Apfelbäume auf der Streuobstwiese, welche zum Waldhaus gehörte.
Sie hatte Mittagspause.
Am Himmel zogen wunderschöne Wolken vorbei.
Sie beobachtete diese durch den Apfelbaum hindurch.
Der Apfelbaum hatte sozusagen eine Menge Gäste, welche kugelig an seinen Ästen herumhingen.
Gedankenverloren sinnierte sie über das merkwürdige Gedicht nach.
Welche Pflanze blühte zugleich mit ihren Früchten?
Ein gewisser Ehrgeiz hatte sie als Gartenexpertin erfasst, dieses Rätsel zu lösen.
Die Form der Erde, das war doch eine Kugel.
Abrupt setzte sie sich auf.
Sie schaute auf die zahlreichen kugeligen Gewächse in dem Apfelbaum.
Dann verglich sie eine jede Zeile des Gedichts.

Ja, sie blühte und fruchtete im Winter zugleich, Liebende konnten sich unter ihren Zweigen zur Weihnachtszeit küssen, aus ihren reichen, weißen Beeren wurden alternative Medikamente für Krebskranke hergestellt.
Ihre Wurzeln waren nicht in der Erde.
Gudrun wurde immer aufgeregter.
Zwar konnte sie sich keinen Reim auf die letzten zwei Zeilen machen, aber sie war sich sicher, dass sie die Pflanze erraten hatte.
Schüchtern suchte sie im Geist nach Atlantus.
»Ich glaube, ich habe zu mindestens den ersten Teil des Rätsels gelöst.
Mir ist die Pflanze eingefallen, um die es sich einfach drehen muss:
Meiner Meinung nach ist es die Mistel.«
Atlantus ging in Gedanken den Reim nochmals durch.
»Es stimmt, das ist die Lösung.
Klasse, Mensch, danke«, rief er im Geist in den Äther heraus.
Guido versorgte die Geheimdienstleute sofort mit der neuen Information.
Wenig später kam er auch schon mit der Lösung für den letzten Teil des Gedichtes an:
»Der dritte Buchstabe im Wort „Mistel" ist ein „S". Das könnte für südliche Richtung stehen.
Der erste Buchstabe ist ein „M". Der steht im Alphabet an der 13. Stelle.
Das bedeutet möglicherweise, dass du dreizehn Schritte oder Meter nach Süden gehen musst und dann etwas finden wirst.«
Auf der Stelle ging Atlantus in sich, um den Norden

ausfindig zu machen, drehte sich um 180 Grad, ging rückwärts bis an die Muschel und dann wieder dreizehn große Schritte nach vorn, jetzt in südlicher Richtung.
Er hoffte, dass die Schritte etwa jeweils einen Meter ausgemacht hatten.
Dann blieb er stehen und blickte sich suchend um.
Es war nichts zu sehen.
»Schau mal direkt unter deinen Füßen nach«, riet Frederick.
Tatsächlich, unter Atlantus' linkem Fuß war eine winzige Holzklappe.
Mit den Füßen nach oben tauchte Atlantus vor die Klappe.
Als er sie geöffnet hatte, kam ihm wiederum ein Zettel entgegen geschwommen.
Bevor die Schrift im Wasser zerfloss, hatte Atlantus den Sinn erfasst.
Dort stand geschrieben:
»Sag zwei wichtige Dinge zur gleichen Zeit.«
Sofort begann Atlantus damit, jeweils zwei Wörter zu rufen.
»Mistel heilt, Mistel Rätsel, Mistel Beere, Mistel Duft, Erde heilt, Erde siegt, Austern-Perle «
Nach einer Stunde gab Atlantus auf.
»Was soll ich denn jetzt machen?
Da gibt's doch unglaublich viele Möglichkeiten von zwei wichtigen Dingen.«
Mutlos ließ er sich im Wasser treiben.
Bis zum Abend hatte er vergeblich noch allerlei Wortgruppen ausprobiert, die die anderen ihm vorgeschlagen hatten.
Alles ohne Erfolg.

Atlantus ließ seinen Kopf hängen.
»Vielleicht sollten wir den Text einfach vollkommen wörtlich nehmen«, meinte irgendwann Karlao.
»Wie meinst du das?«, fragte der Selkie.
»Na ja, schau, da steht doch: Sag zwei wichtige Dinge zur gleichen Zeit. Sag das doch einfach mal.«
»Was glaubst du, was wir hier die ganze Zeit machen?«, gab der junge Mann ein wenig genervt zur Antwort.
»Nein, du verstehst mich nicht.
Sag doch nur „zwei wichtige Dinge zur gleichen Zeit".
Du siehst einfach den Wald vor Bäumen nicht.
Es ist doch kinderleicht.«
»Mama Mia, lass mich bitte in Ruhe.
Ich muss dringend nachdenken«, kam es von Atlantus.
Karlao jedoch war nicht so schnell abzuschütteln.
Er wusste zu genau, dass Wesen, die nicht von der Osiria kamen, manchmal im Hirn sehr schwerfällig waren. Sie konnten eben nichts dafür.
Hier half nur eiserne Geduld weiter.
Also versuchte er es noch einmal ganz langsam, Atlantus über den Geist verständlich zu machen, was er meinte.
»Du sprichst mir bitte jetzt mal die folgenden, ganz einfachen Worte nach, ok?
HAST DU DAS VERSTANDEN?«
Inniglich hoffte Karlao für sie alle, dass Atlantus doch noch etwas intelligenter war, als er sich gerade anstellte.
»Ja, ich habe dich verstanden«, antwortete der Selkie ziemlich unangenehm berührt.
»Also gut, sprich mir nach und verändere nichts:
„Zwei wichtige Dinge zur gleichen Zeit".«
Kaum hatte Atlantus die Wörter beendet, fand er sich in einem Strudel wieder, der dem vom Anfang seines

Abenteuers wie aufs Haar glich.
Sofort ließ er sich in diesem treiben.
Er landete wieder vor der Auster.
Dort bekam er die Perle, löste das Geschicklichkeitsspiel, dann das Rätsel mit der Mistel und war damit wieder bei der Wortgruppe angelangt.
Er sprach sie und landete wieder in dem Strudel, ließ sich treiben, fand die Perle.
»WAS IST DAS DENN?«, schrie er verzweifelt.
»Das muss das unendliche Rätsel sein, von dem in meiner Vision die Rede war.
Du weißt doch:
„Die acht ist unendlich, legst du sie quer.
Stellst du sie auf, ist sie's nimmermehr.“« antwortete Frederick.
»Ja, prima, ich stehe immer noch auf dem Schlauch.
Was soll ich denn nun genau tun?
Karlao, sag du es mir bitte.«
Der kleine Osiriat, welcher sich durch die Frage geschmeichelt fühlte, antwortete sofort so, dass auch »jemand wie Atlantus« es verstehen konnte.
»Hier geht es lediglich um deine Entscheidung.
Sobald du dich mit aller Kraft entschließt, dass das Rätsel vorbei sein soll, dann wird es auch vorbei sein.«
Atlantus verstand.
Er konzentrierte sich und legte all seine Willenskraft und Zuversicht in den folgenden inneren Befehl.
Wie durch ein Wunder tat sich nun am Rand des Aquariums eine kleine hölzerne Tür auf.
»Geht alle zur Seite«, schrie Atlantus und öffnete die Klappe.
Mit aller Kraft floss nun das Wasser aus dem Aquarium

heraus.
Keine Minute später war der Spuk zu Ende.
Das vierte Feld war gefallen.
Die äußeren Wände des Aquariums waren verschwunden.
Müde, aber glücklich, trat Atlantus heraus, umarmte zuerst Brenda und dann Karlao.
»Du bist der Beste, weißt du das?
Sag mal, ich hatte ganz vergessen dich zu fragen, was das im dritten Feld eigentlich für eine Flüssigkeit in den Kunststoffflaschen war, mit welcher wir die Stein-Menschen vernichtet haben?«
»Oh, das war Flusssäure, auch Fluorwasserstoff genannt.
Das ist eine ganz schön üble Säure, wenn man die auf die Haut bekommt.
Dass mir bloß niemand von euch diese einfach mal benutzt. Die ist sehr gefährlich.
Daher auch die Schutzanzüge, denn diesem Kunststoff kann sie nichts anhaben.
Da die Stein-Menschen so hell aussahen, war es sehr wahrscheinlich, dass sie aus Quarzgestein bestehen würden.
Jedenfalls kann Flusssäure Quarzgestein in Wasser und ein Gas verwandeln.
Ich dachte mir, dass sich dann die Stein-Menschen wohl nicht mehr regenerieren könnten.
Gut, dass ich rein zufällig welche dabeihatte, die ich bei konstanten 18 Grad Celsius flüssig halten konnte.«
Bescheiden schlug der kleine Osiriat die Augen nieder.
Alle klatschen zunächst für Karlao, dann über die Maßen auch für Atlantus und am Ende für sich selbst.
Das Wasser des Aquariums war bereits in der Erde

versickert.
Unweit machte Atlantus die arme Auster aus, die mit dem Wasser hinausgespült worden war.
Sie lag hilflos auf der Erde.
Er spürte, dass sie am Ersticken war.
Schnell nahm er sie an sich.
So rasch er konnte, rannte er mit ihr zum See vom ersten Feld und schwamm in dessen Mitte.
Langsam ließ er die Muschel ins tiefe Wasser hineingleiten.
Dabei sagte er ihr nochmals dankbar Lebewohl.
Mit Erleichterung bemerkte er, dass sie ihm das Gleiche zurückrief.
Endlich waren auch die anderen im Lager angekommen.
»Jetzt haben wir nur noch vier magische Felder und ein „Dunkles Autonom“ zu besiegen, dann sind wir fertig« rief Karlao vergnügt.
»Das fünfte Feld ist übrigens dem Element Luft gewidmet«, setzte er noch nach.

Das fünfte Feld der Luft

»Nur noch fünf Tage, dann ist die Hochzeit«, teilte Akira am Abend Atlantus mit.
»Wie geht es dir damit?«, fragte dieser zurück.
»Offen gesagt wünschte ich, das Ganze wäre schon vorbei.
Ich meine, wir müssen uns ja um kaum etwas kümmern.
Die anderen scheinen große Freude an der Vorbereitung des Fests zu haben.
Andererseits zwinkern die sich immerzu so verschwörerisch zu. Besonders Frederick.
Ich befürchte, er hat etwas Komisches vor.
Es wäre bestimmt sehr viel besser, wenn du hier wärest.«
»Du kannst es mir glauben. Nichts täte ich lieber.
Morgen früh müssen wir schon wieder in ein neues magisches Feld.
Wer weiß, was uns dort erwarten wird.
Man kann niemals sicher sein, ob wir alle zurückkehren werden. Ich habe solche Angst um Brenda.«
»Das kann ich dir sehr gut nachfühlen.
Ich würde verrückt vor Sorge, wenn Lia in Gefahr wäre.
Allerdings hat sie sich nie etwas sagen lassen.«
Atlantus stöhnte wissend.
»Es tut mir leid, dass ich dich auch noch mit so einer Kleinigkeit wegen der Hochzeit behelligt habe.
Ich sollte mich freuen, hier zu sein und überhaupt eine feiern zu dürfen.
Das tue ich ja auch, aber trotzdem …«
»Akira, ich finde es vollkommen in Ordnung, wenn du

darüber sprechen möchtest.
Ich bin doch dein Bruder und man heiratet nur einmal im Leben.«
»Habt ihr schon eine Ahnung, was für Wesen im nächsten Feld leben?
Hat der Eichelhäher schon nachgesehen?«
Der Eichelhäher war bereits auf Patrouille.
Allerdings hat er von oben aus betrachtet außer Sand gar nicht ausgemacht.
Das finde ich fast noch schlimmer, als wenn man wüsste, was auf einen zukommt.«
»Das verstehe ich.
Die ganze Zeit habe ich überlegt, was Luftwesen sein könnten.
Vielleicht Winde oder Vögel?«, sinnierte Akira.
»Ich habe keine Ahnung.
Spätestens morgen werden wir mehr wissen.
Ich werde jetzt mal die Augen zumachen, damit ich morgen fit bin.
Gute Nacht Akira, schlaf schön«, schloss Atlantus seine Rede.
»Gute Nacht, du auch.«
Am Morgen wurde Atlantus, dem das Wasser-Abenteuer noch recht arg in den Knochen steckte, als Letzter von seinen Kameraden geweckt.
Ein reichliches Frühstück erwartete ihn bereits.
Kurz bevor es losging, blickten alle zu Karlao, ob man nicht irgendwelche Schutzanzüge anziehen oder Ausrüstungsgegenstände mitnehmen sollte.
Verlegen blickte dieser zurück.
Mir ist heute außer diesem Rucksack, den ich aber gut allein tragen kann, gar nichts eingefallen.

Von meiner Seite aus wird also nichts weiter gebraucht. Rüstet euch einfach selbst aus, indem ihr eurer Intuition im Hinblick auf Luft folgt.
Ratlos sahen sich die Freunde um.
Dann griff ein jeder ein paar Waffen und was ihm sonst noch einfiel.
Danach überquerten sie Grenze des fünften Feldes.
Sie traten auf einen hellen, weißen Sand.
Es war angenehm warm sowie absolut windstill.
Am Himmel war nicht eine einzige Wolke.
»Wie groß ist dieses Feld ungefähr?«, fragte Angar den Eichelhäher.
So ungefähr ein Quadratkilometer«, antwortete dieser.
Mangels anderer Ideen beschlossen die Kämpfer, das Feld einmal zu durchqueren.
Dazu wurde das Eichhörnchen, welches nun die Größe eines Sandflohs hatte, als Vorhut vorausgesendet.
Alles blieb absolut ruhig.
Es gab keinerlei besondere Vorkommnisse.
Weder waren dort andere Wesen noch gefährliche Plätze.
Überall waren nur Sand sowie Himmel.
Nachdem die Freunde das Feld bereits zweimal längs sowie quer durchquert und sogar einmal rings an der Grenze entlanggelaufen waren, hielten sie ratlos inne.
Plötzlich wurde es dunkel.
Eine Dämmerung gab es hier offenbar nicht.
Schnell wurde ein Nachtlager bereitet.
Da es so warm war, verzichtete man auf ein Feuer.
Sowieso wäre das auch gar nicht so leicht gewesen, denn sie hatten nirgendwo etwas Brennbares entdeckt.
Im Schein einer Stirnlampe teilte Alex einige Portionen

getrocknetes Obst sowie Zwieback aus.
Dazu gab es kaltes Wasser.
Dann schliefen sie im warmen Sand.
Am nächsten Morgen wurde es schlagartig wieder hell.
Alles war wie zuvor.
Sand, angenehme Wärme, Himmel.
Sonst nichts.
»Was soll das denn werden?
Sollen wir hier einfach verhungern, oder was?«, fragte Querin, als er bereits mehrmals vergeblich versucht hatte, das Feld wieder in Richtung des vierten zu verlassen.
»Vielleicht geht es dieses Mal um Durchhaltevermögen«, antwortete Lucinda etwas vage.
Aber auch sie war zutiefst verunsichert.
»Ich denke nicht, dass wir verhungern werden«, antwortete nun Angar.
»Für wie viele Tage haben wir eigentlich Wasser dabei?«
»Für noch etwa drei Tage«, antwortete Karlao alarmiert.
»Es gibt da so eine Dreierregel«, sprach Angar nun weiter.
»Sie besagt: binnen drei Minuten erstickt man, in drei Tagen verdurstet ein Mensch und in dreißig Tagen verhungert er.
Ich denke also nicht, dass Verhungern unser Hauptthema sein wird.«
»Leider kommen wir hier nicht mehr heraus, bevor das Feld nicht gefallen ist«, sprach Karlao.
»Ich schlage vor, dass wir ab sofort weniger trinken, dann reicht das Wasser eventuell doppelt so lange.«
Querin, welcher gerade nochmals innen an der

Feldgrenze entlanggegangen war, meldete sich blass zu Wort: »Wahrscheinlich wird nicht einmal das Verdursten unser Thema werden.
Ich bin, seit wir hier sind, schon mehrfach innen am Rand des Feld entlanggelaufen.
Ich hatte den Eindruck, dass ich jedes Mal schneller wurde mit den Umrundungen.
Daher habe ich mir einfach mal ein Zeichen im Sand gemacht.
Ich hatte einen kleinen Sandhügel aufgeworfen.
Dieser war genau vier Schritte von der Außengrenze entfernt. Soeben war ich nachsehen.
Jetzt ist der Hügel nur noch einen Meter von der Grenze weg.
Wenn mich nicht alles täuscht, wird das Feld stetig kleiner.
Wenn das so weitergeht, werden wir entweder erdrückt oder wir ersticken, weil uns der Sauerstoff ausgeht.«
»Kann das wirklich sein, mein Liebster?«
Lucinda war entsetzt aufgesprungen.
Schon hielt sie den magischen Eichenstab, welcher zu leuchten begonnen hatte, gen Himmel.
Dann bat sie den Eichelhäher nach oben zu fliegen.
Dieser krachte nach wenigen Metern bereits an eine unsichtbare Grenze.
»Das war gestern noch nicht so.
Da flog ich so hoch ich wollte, wenn ich auch nicht zurück in die anderen Felder konnte«, äußerte dieser.
»Bitte, liebes Eichhörnchen und Eichelhäher wachst sofort.
Vielleicht könnt ihr mit euren Körpern den Himmel

davon abhalten, ganz auf uns herabzustürzen«, bat Lucinda.
Was ist, wenn die beiden nun auch viel mehr Sauerstoff verbrauchen?«, fragte Angar:
»Das wird nicht der Fall sein.
Auch wenn wir wachsen, bleibt unser Atem-Stoffwechsel der Gleiche.
Wir brauchen nicht mehr Luft zum Atmen«, antwortete der Eichelhäher.
»Das sind hervorragende Nachrichten, also dann los«, feuerte Lucinda die zwei an.
Schon waren sie so groß, dass sie den Himmel berührten.
Obwohl sie ächzten und ihr Bestes gaben, sprach der Vogel alsbald: »Wir können das Sinken nicht vollkommen aufhalten.
Die Kräfte sind viel zu stark.
Aber ich glaube, wir verlangsamen sie zumindest etwas.«
»Dann bleibt bitte dran.
Jede auch noch so kleinste Hilfe könnte am Ende den Ausschlag geben.
Um die Seitenwände am Schrumpfen zu hindern, können wir wahrscheinlich nichts tun, oder?«, fragend sah Lucinda ihren Gefährten Querin an.
»Ich glaube nicht, dass Erdwälle oder unsere körperlichen Kräfte etwas vermögen würden.
Durch die körperliche Anstrengung würden wir höchstens mehr Luft verbrauchen.
Der Sauerstoff ist es, der mir die meisten Sorgen bereitet.
Ich möchte nicht, dass wir ersticken werden.

Karlao, hast du nicht etwas dabei, womit wir Sauerstoff produzieren könnten oder eventuell Sauerstoffflaschen in deinem Rucksack?«
»Weder noch«, antwortete der kleine Osiriat geknickt.
»Lucinda, konntest du etwas durch deinen Stab herausfinden oder tun?«, fragte Querin seine Gefährtin.
»Nein, leider absolut nichts.
Weder konnte ich Einfluss auf die Elemente nehmen, wie es durch den Stab sonst immer möglich ist, noch habe ich Informationen erhalten, was los ist«, antwortete Lucinda traurig.
Die Freunde verbrachten die nächste Zeit damit, sich den Kopf zu zerbrechen, zu diskutieren oder das Gelände wieder und wieder abzugehen.
Erfolglos wurden sie am Abend erneut von der Dunkelheit überrascht.
Am nächsten Morgen wiederholte sich das Ganze.
Das Areal, indem sie gefangen waren, war schon ganz klein geworden.
Ihnen bleiben nur noch circa einhundert Quadratmeter übrig.
Mit Leichtigkeit konnten sie inzwischen alle Grenzen sehen, ohne sich bewegen zu müssen.
Auch die zwei Tiere waren schon wieder um die Hälfte geschrumpft.
Es war ihnen deutlich anzumerken, dass ihre Kräfte langsam, aber sicher nachließen.
Entsprechend schnell fiel nun der Himmel auf sie herab.
Es fehlten nur noch etwa zehn Meter, bis dieser den Boden erreicht hätte.
Was dann passieren würde, wagte keiner sich auch nur vorzustellen.

Nach und nach brach große Unruhe unter den Freunden aus.
Als es dunkel wurde, war Alex ganz verzweifelt.
»Ich habe meinen Geist vor Tanja abgeschirmt, mit der Ausrede, dass ich müde bin.
Ich habe große Angst, ihr Schmerz zuzufügen, falls wir von hier nicht heil zurückkehren können.
Das möchte ich ihr keinesfalls antun.
Mir fällt aber auch gar nichts ein, was ich dagegen machen könnte.
Ich habe wirklich große Angst.«
»Ich habe auch nicht die geringste Ahnung, was es für einen Ausweg geben könnte. Deshalb schlage ich vor, einfach zu beten«, sprach nun Lucinda.
»Vielleicht kann uns das Göttliche weiterhelfen.
Alles andere, so glaube ich jedenfalls, haben wir bereits versucht.«
Auch von all denen, die zu Hause geblieben sind, kam keine zündende Idee, obwohl die möglichsten und unmöglichsten Experten befragt wurden.
Ich werde all meine Hingabe und Kraft in das folgende Gebet legen und bitte euch, das Gleiche zu tun.
Dies scheint mir wirklich die letzte Möglichkeit zu sein.«
Nach dem Gebet, während welchem so manche demütige Träne geflossen war, legten sich die Kameraden schlafen.
Als sie am nächsten Morgen erwachten, hatten sie nur noch etwa fünfzig Quadratmeter mit circa fünf Metern Höhe zur Verfügung.
Außerdem war es sehr viel heißer geworden.
Lucinda hatte auch das Gefühl, dass die Luft langsam knapp zum Atmen wurde.

Dies war natürlich allen aufgefallen.
Jedoch niemand sprach es aus.
»Lasst uns reden«, rief Lucinda die Gruppe zusammen.
»Gibt es neue Erkenntnisse?
Hat jemand eventuell etwas Besonderes geträumt?
Manchmal überbringt das Universum auch auf diese Weise seine Nachrichten.«
Die männlichen Vertreter hatten durch die Bank gar nichts geträumt.
Karlao, der bekanntlich weder das eine noch das andere war oder aber beides sein konnte, meldete sich als Erster zu Wort:
»Ich habe geträumt, dass wir diejenigen fragen sollen, die ein Luft-Sternzeichen haben.
Dazu gehören die Sternzeichen: Zwillinge, Waage und Wassermann.
Haben wir zufällig jemanden mit solch einem Sternzeichen unter uns?
Ehrlich gesagt, weiß ich gar nicht, welches Sternzeichen ich selbst habe.
Wir Osiriaten kümmern uns um solche Dinge gar nicht.«
»Ich bin am zweiten Oktober geboren und bin daher eine Waage«, meldete sich Brenda als Erste.
»Ansonsten habe ich leider nichts geträumt sowie auch keine Idee.«
»Ich bin Zwilling. Mein Geburtstag ist am vierten Juni.
Ich habe etwas Komisches geträumt«, sprach Lucinda nachdenklich.
Wir haben immerzu den Sand in die Luft geworfen.
Dabei hatten wir Spaß, obwohl der Raum um uns immer kleiner wurde.

Von Sauerstoffmangel war in meinem Traum keine
Rede.
Es war ein ziemlich positives Erlebnis.
Aber nützlich erscheint es mir nicht.
Hat noch jemand ein Luft-Sternzeichen?
Oder hat noch einer von euch etwas geträumt?«
»Ich habe noch etwas geträumt«, sprach Quick Deer.
»Ich sah, dass Iniyan und Skan zusammen etwas ganz
Wichtiges taten.
Auch in meinem Traum war der Raum, in dem wir uns
aufhielten, recht klein.
Ich weiß nur noch, dass ich auch eine bestimmte
Aufgabe innehatte, weiß aber nicht mehr welche.
Ich erinnere mich bloß noch an Sand in meinen
Händen.«
Das war die gesamte Ausbeute der Nacht gewesen.
Niemand hatte noch etwas zu sagen.
Irgendwann fragte Quick Deer Karlao:
»Weißt du zufällig, an welchem Tag du geboren bist?«
»Ja, klar, das weiß ich.
Mein Geburtstag ist am achten Oktober.«
»Aber dann hast du doch auch das Sternzeichen
Waage«, rief Brenda.
»Das ist ja ganz prima.
Leider wüsste ich nicht, was uns das nützen könnte«,
antwortete Karlao resigniert.
»Wie wäre es, wenn du deine Drehübung, durch welche
du sonst immer nach astralen Fußabdrücken suchst,
durchführst.
Vielleicht könntest du um irgendeine Lösung bitten?«
Karlao sah sich bedrückt in dem immer kleiner
werdenden Feld um.

»Falls ich das machen soll, dann lieber jetzt gleich.
Später gibt's eventuell gar keinen Platz mehr dafür.«
Auf der Stelle begann er mit seinen Drehungen.
Es dauerte gefühlt ewig.
Niemand konnte sich daran erinnern, dass er sich jemals so lange gedreht hatte.
Offensichtlich war es ihm noch nicht gelungen, eine Lösung zu finden und offenbar war er nicht bereit, sich so schnell geschlagen zu geben.
Mitten in seiner Drehübung überraschte die Dunkelheit die Freunde.
Selbst Karlao konnte im Dunkeln nicht weitermachen.
Sie hörten seine traurige Stimme.
»Leider habe ich nichts zu sagen.«
Niemand antwortete.
Stattdessen schliefen sie einfach.
Als sie am nächsten Morgen erwachten, fanden sie sich in einem Raum wieder, der nur noch etwa zwanzig Quadratmeter umfasste.
Die Decke war noch etwa drei Meter hoch.
Das Ganze sah aus wie ein normales, kleines Wohnzimmer mit einer Himmeltapete an der Decke und einem Sandfußboden.
Man bekam nur noch miserabel Luft.
Gelegentlich hustete jemand.
Leise hörte man Alex weinen.
»Tut mir leid. Ich konnte Tanja nicht mehr weiter aus meinem Geist weghalten.
Sie hat unsere ausweglose Lage gesehen.
Zwar versucht sie so tun, als wäre sie tapfer.
Ich weiß aber ganz genau, dass sie bloß nicht möchte, dass Atlantus oder ich uns auch noch um ihr

Wohlbefinden Sorgen machen.
Das bricht mir schier das Herz.«
Nun liefen auch dem ein oder anderen Tränen herab.
Es schien, als wären sie dieses Mal tatsächlich besiegt worden.
Es war kein Ausweg in Sicht.
Karlao warf sich unruhig hustend auf seinem Lager hin und her. Er schlief noch.
Niemand brachte es übers Herz, ihn zu wecken.
Egal, was in seiner Traumwelt auch gerade geschah, schlimmer als die Situation im Moment konnte es wohl kaum sein.
Daher überließen sie ihn noch eine Weile der Fantasiewelt seines Schlummers.
Plötzlich setzte sich der kleine Osiriat auf.
Er blickte sich um, hustete und sprang dann auf seine Füße.
Atlantus, sprich bitte Akira an, woraus Sand besteht, oder weiß das vielleicht jemand von euch?
Schon rief Alex, in dessen Geist Tanja alles miterlebte und welche ja bekanntlich einmal Chemie studiert hatte:
»Sand ist zumeist aus Siliziumdioxid.
Das wiederum ist genau aus einem Atom Silizium und zwei Atomen Sauerstoff gemacht.«
»Besteht eventuell die Möglichkeit aus, wie hieß es noch? Ähm, aus Siliziumoxid Sauerstoff herzustellen?«, fragte Karlao.
»Aus Siliziumdioxid kann man bei Temperaturen um 1400 Grad Celsius unter Anwesenheit eines Kohlenstoffatoms reines Silizium sowie zwei Atome Kohlenmonoxid herstellen.
Kohlenmonoxid ist ein höchst giftiges Gas.

Das Einatmen desselben führt in Kürze zum Tod«, leierte Tanja ihr altes Wissen herunter.
Betrübt antwortete Karlao:
»Dann führt das wohl zu nichts.
Ich hatte geträumt, wir könnten aus Sand Sauerstoff herstellen.«
Die Freunde mussten inzwischen immer enger zusammenrücken.
Es kostete Tanja alle Beherrschung der Welt, nicht zu weinen.
Außerdem hatte sie sich auch fest vorgenommen weder Akira noch sonst jemandem Bescheid zu geben.
Sie hatte mitbekommen, dass erstens die Mitglieder der Expedition gerade keinen in ihren Geist ließen, um die schlimme Situation so lange wie möglich geheim zu halten, und zweitens die meisten zu Hause mit den Vorbereitungen zur Hochzeit vollauf okkupiert waren.
Die vier Hochzeitskandidaten waren ohnehin schon die reinsten Nervenbündel geworden.
Quick Deer hatte sich erhoben und sprach:
»Ich hatte doch geträumt, dass Iniyan, Skan sowie ich irgendetwas mit dem Sand gemacht hatten.
Hört mal, ihr zwei, in dem Sand ist doch nun mal Sauerstoff vorhanden.
In jedem Atom sind sogar zwei Sauerstoffatome.
Wir brauchen doch auch O_2, also Sauerstoff zum Atmen.
Gibt's denn nicht irgendeine andere Möglichkeit, als Chemie, um diesen herauszulösen.
Iniyan, du bist hier doch der Steinexperte.
Soviel ich weiß, ist Sand doch oftmals nichts anderes als klein gemahlenes Gestein.

Skan, du bist, wie wir wissen, für Bewegung zuständig.
Kannst du nicht helfen, dass sich die beiden Elemente auseinander bewegen?«
Iniyan und Skan traten vor.
»Wir werden es versuchen.
Schließlich sind wir hier, um zu helfen.
Du aber, Quick Deer musst auch mit von der Partei sein, immerhin bist du ein Mann der Erde, welche bekanntlich die Steine zum Skelett hat.
Bete und gib bitte all deine Kraft, um uns zu unterstützen.«
Schon begannen die drei mit der Zeremonie.
Stunden über Stunden verbrachten sie in höchster Konzentration.
Es tat sich nichts weiter, als dass der Raum nur noch kleiner und niedriger geworden war.
Nun konnten auch die Menschen mit ihren Händen schon die Decke erreichen.
»Ich schaffe es nicht allein.
Ich benötige mehr Bewegung«, rief Skan.
Hatte nicht einer von euch geträumt, ihr würdet den Sand hochwerfen?
Vielleicht setzt ihr Schutzbrillen für die Augen auf und tut das jetzt.
Außer unserem Leben haben wir nichts mehr zu verlieren.
Sofort taten alle, wie ihnen geheißen war.
Sie warfen den Sand immer wieder in die Luft.
»Es klappt fast.
Offenbar sind deine Gebete noch nicht stark genug, lieber Quick Deer«, rief Skan diesem zu.
»Ich kann allein nicht mehr erreichen.

Ihr müsst mir helfen«, antwortete der Lakota-Mann.
»Versucht, glücklich zu sein.
Zwingt euch einfach zum Lachen.
Lachen ist gesund. Es schüttet Kräfte aus und stärkt.
Ich habe schon oft an Tagen, an denen es mir wirklich überhaupt nicht zum Lachen zumute war, eine sogenannte Lach-Meditation durchgeführt.
Das ist sehr empfehlenswert.
Man sieht sich selbst im Spiegel an und beginnt künstlich zu lachen.
Wenn man das eine Weile getan hat, dann passiert es immer, dass das Lachen irgendwann echt wird.
Dieses echte Lachen ist ein regelrechter „Game-Changer", sprich, es ändert die Situation grundlegend in Richtung des Guten.
Wir haben hier und heute zwar keinen Spiegel zur Hand.
Ich denke jedoch, es genügt vollauf, wenn ihr euch gegenseitig betrachtet.
Ihr schaut mit den Schutzbrillen aus wie überdimensional große Insekten. Sieht witzig aus.
Versucht es einmal.«
Mit letzter Kraft warfen die Freunde weiterhin den Sand in die Luft, sahen einander an und begannen zu lachen.
Keine Minute später schon war das Lachen von Herzen echt.
Sie lachten und lachten und warfen dabei wie übermütige Kinder den Sand in die Höhe.
Darüber lachten sie dann nur noch mehr.
Sogar das Husten wurde plötzlich als komisch befunden.
Dann passierte das scheinbar Unmögliche.
Das Silizium des Sandes trennte sich vom Sauerstoff.

Augenblicklich wurde das Atmen etwas leichter.
Trotzdem wurde der Raum weiterhin immer enger und enger.
Außer den Vertretern des kleinen Volkes, den Tieren und Karlao konnte schon niemand mehr aufrecht stehen.
In solch einer gekrümmten Lage sinnloserweise Sand in die Lüfte zu werfen sowie eine so ulkige Brille zu tragen, war noch komischer.
Alle lachten immer weiter.
Das Atmen war nun absolut frei möglich.
Plötzlich jedoch bekam Brenda, die als ehemalige Fluglehrerin das freie Fliegen in der Luft gewohnt war, einen klaustrophobischen Angstanfall.
Sie begann daraufhin hysterisch an zu schreien.
Urplötzlich änderte sich die Energie.
Kurz erstarrten alle.
Das Atmen fiel wieder schwerer, der Raum wurde noch schneller kleiner.
Atlantus war es, der die zündende Idee hatte.
Liebevoll und spielerisch begann er seine Gefährtin zu kitzeln.
Diese begann daraufhin aus vollem Herzen, wieder zu lachen.
Auf der Stelle verschwand ihr Klaustrophobie-Anfall.
Sofort steckte Brenda mit ihrem Lachen die anderen an, welche dann lachend erneut begannen, den Sand nach oben zu werfen.
Dieses Hin und Her, man hätte es durchaus auch als Pendeln bezeichnen können, war dem magischen Feld offenbar zu viel.
Es gab auf und brach zusammen.

Der enge Raum verschwand auf der Stelle.
Jubelnd lagen sich die Freunde in den Armen.
Zu Hause war Tanja, nun vor Freude weinend, auf den Boden gesunken.
»Gott sei Dank, Gott sei Dank …«, murmelte sie immer wieder.
Langsam begaben sich die Kameraden zurück zum Lager im ehemaligen ersten Feld.
Jeder hing seinen eigenen Gedanken nach.
Nach einer Weile kam Karlao, der vorher kurz weg gewesen war, angelaufen und rief:
»Ich habe eine gute und eine schlechte Nachricht. Welche zuerst?«
Munter sah sich Karlao in der Runde um.
Jedoch ohne eine Antwort abzuwarten, entschied er selbst die Vorgehensweise.
»Also erstens, das nächste Feld ist dem Element Feuer gewidmet.
Das wäre an sich nicht so schlimm.
Aber ich spüre dort überall Magma aus der Erde austreten sowie sogar intelligente Wesen aus flüssiger Lava.
Der Eichelhäher hat auch schon versucht, kurz das Feld zu überfliegen.
Allerdings kehrte er nach wenigen Metern wieder zurück.
Selbst hoch oben in der Luft ist es viel zu heiß.
Er bestätigte aber ganz genau meine Wahrnehmung.
Auch er hat in der Tiefe deutlich Bewegungen gesehen.
Er meinte ebenfalls, riesige feuerrote Gestalten aus Lava ausgemacht zu haben.«
Alle waren wie vom Donner gerührt.

»Und was ist dann die gute Nachricht?«, fragte Atlantus, der ohnehin schon recht niedergeschlagen war, weil er nicht auf die morgigen Vermählungen seines Bruders und seiner Freunde gehen konnte.
»Beabsichtigst du uns etwa mitzuteilen, dass du „rein zufällig" wundervolle Schutzanzüge für genau solch einen Fall dabeihast?«, fragte er sarkastisch.
»Nein, das ist es nicht.
Obwohl, natürlich muss ich uns solche Anzüge noch unbedingt irgendwo auftreiben.
Da werde ich allerdings erst vorher noch mal ein Treffen mit dem Flammenhüter zu arrangieren haben.«
Lucinda hob den Kopf.
Ein wenig mehr Hoffnung war darin zu sehen.
»Tja ihr Lieben.
Offenbar ist mit dem fünften magischen Feld der Luft die Kraft des „Dunklen Autonoms" erheblich geschwächt worden.
Vielleicht, weil wir nun mehr als die Hälfte erledigt haben, ist die Waagschale in unsere Richtung gefallen.
Jedenfalls sind wir hier nicht mehr gefangen.
Wir können fort!
Lasst uns sofort aufbrechen.
Immerhin haben wir vor, morgen früh auf gleich zwei Hochzeiten zu gehen!«
Atlantus sowie die anderen tasteten sofort, zunächst noch ungläubig, das Umfeld ab, ob astrales Reisen tatsächlich wieder möglich war.
Es stimmte.
Wie immer hatte Karlao die Wahrheit gesprochen.
Atlantus schnappte sich den kleinen Osiriaten und führte mit ihm einen wilden, freudigen Tanz auf.

Alle anderen kamen nach und nach dazu.
Ganz außer Atem machten sich die Freunde nun sofort, selig vor Glück, nach Hause auf.

Fredericks großer Augenblick

Mit großer Freude wurde die mutige Schar zu Hause auf der Platana empfangen.
Tanja sowie viele andere hatten Freudentränen in den Augen, als sie ihre Liebsten endlich wieder in die Arme schließen konnten.
Akribisch war darauf geachtet worden, dass weder Lia und Basilika noch Finnbar sowie Akira von dem glücklichen Ereignis Wind bekamen.
Die Mitglieder der Expedition hatten ihren Geist ebenfalls fest vor ihnen geschlossen, um sich nicht zu verraten.
Überglücklich nahmen die Freunde dann zunächst die Annehmlichkeiten eines Zuhauses, wie baden, ein frisch bezogenes Bett oder saubere Bekleidung in Anspruch.
Am nächsten Morgen machte sich Atlantus heimlich astral zu Lias und Akiras Wohnplatz auf.
Er landete ganz genau hinter Akira, welcher sich gerade am Anziehen war, und hielt ihm fest die Augen zu.
»Mensch Finnbar, muss das heute auch noch unbedingt sein?
Hast du nichts Besseres zu tun?
Bitte störe mich nicht weiter bei meinen Vorbereitungen.«
Grinsend hielt Atlantus weiter mucksmäuschenstill Akira die Augen zu.
Dieser griff sich nun ins Gesicht, um sich von den nervigen Händen zu befreien.
Zornig drehte er sich um.
Dann fiel ihm die Kinnlade herunter.

»Atlantus!« Mit einem Aufschrei der Überraschung fiel er seinem Bruder in die Arme.
»Mensch, Alter, wo kommst du denn jetzt her?
Ich denke, ihr könnt dort nicht weg.
Mann, ich freue mich so sehr.«
Wiederum drückte er seinen Bruder fest an sich.
Tränen der Freude liefen ihm die Wangen herunter.
Atlantus erging es nicht minder so.
Kurz und bündig setzte Atlantus Akira ins Bild.
Dann bugsierte Akira den Selkie in Richtung des Zimmers, in welchem sich Lia gerade am Umkleiden war.
Tanja versperrte ihm jedoch lächelnd den Weg dorthin.
»Mein lieber Schatz, ich habe es Lia schon gesagt.
Sie freut sich unbändig für euch zwei, für sich selbst und alle anderen.
Aber leider darfst du sie vor der Hochzeit nicht sehen.
Erst, wenn wir auf der Perle sind, kurz bevor die Zeremonie beginnt, dürft ihr wieder zusammenkommen.«
Ein wenig verwirrt trat Akira den Rückzug an.
»Du kannst aber bei mir bleiben, oder? Angezogen bist du bereits, wie ich sehe.
Du siehst echt chic aus, mein lieber Mann.«
Akira grinste.
»Wie findest du denn das, was ich anhabe?«, fragte der kleine Bruder den Älteren ein wenig unsicher.
»Das sieht wirklich echt klasse aus.
Mach dir keine Sorgen. Ich werde dir heute, solange du es möchtest, nicht mehr von der Seite weichen.
Deshalb bin ich hier und genau das habe ich mir gewünscht.«

Wenig später tauchte Tanja bei ihren beiden Söhnen auf.
»Ich bin ja so froh, euch zwei zusammen, noch dazu an einem solchen Tag, in die Arme nehmen zu können.
Meinst du nicht, wir hätten deinen Vater, Adita, einweihen sowie einladen sollen?
Es gibt heutzutage schon so viele Menschen, die auf die Perle kommen, welche auch nicht zu den ursprünglichen Mitgliedern der Krieger des Lichts gehört haben.
Noch haben wir genügend Zeit dafür.
Ich könnte über eine astrale Zeitreise noch kurzfristig etwas in der Vergangenheit arrangieren.
Mit Louis und Eyva habe ich schon gesprochen.
Mit deren Licht wäre es bei deinem Papa ein Klacks, ihn so weit zu bringen, dass er die Perle auch sehen darf.
Was meinst du dazu?«
Akira war von der Idee hellauf begeistert.
Er hatte schon ein paar Mal ein schlechtes Gewissen gehabt, dass sein Vater nicht dabei sein würde, wenn er heiratete.
Gesagt, getan. Tanja verschwand auf der Stelle.
Dass sie mehrere Jahre mit Prem Adita beschäftigt waren, bemerkte hier vor Ort niemand, denn Tanja war binnen Sekunden zurück.
Auch bei Adita daheim waren nur wenige Stunden während seiner Heilungszeit auf der Perle vergangen.
»Er wird nachher bei der Hochzeit dabei sein.
Dass er sich riesig freut, brauche ich wohl nicht zu sagen.«
Tanja lächelte Akira glücklich an, als sie dessen begeistertes Gesicht erblickte.
Dann war es auch schon so weit.

Es war zehn Uhr morgens.
Um halb elf sollte die Zeremonie beginnen.
Tanja übergab Akira an Atlantus, Alex und Brenda, welche ihn auf die Perle begleiten sollten.
Sie selbst, Basilikas Mutter sowie Lucinda wollten mit Basilika und Lia zusammen anreisen.
Quick Deer und Querin gingen mit Finnbar.
Alle anderen kamen von allein zur Perle.
Nur die Menschen, die einstmals auf der Perle geheilt worden waren, benötigten Hilfe beim astralen Reisen.
Dafür wurden extra einige Wesen abgestellt, die die astrale Tandemreise anboten.
Die Leitung dieser Aktion hatte Karlao freudig übernommen.
Von überall und nirgends hörte man seine fröhliche Stimme.
Als alle auf der Perle angekommen waren, hatte er es geschafft, fast den ganzen Schmuck der Gäste völlig zu vertauschen.
Zu seiner Ehre musste man sagen, dass die neuen Schmuckstücke ausnahmslos besser zur Garderobe der Besitzer passten als die vorherigen.
Auf dem Planeten war extra ein neues Areal für die Hochzeit erschaffen worden.
Es gab eine Tribüne, auf welcher später die beiden Hochzeitspaare sowie die jeweiligen Redner stehen würden.
Die engsten Angehörigen oder Freunde sollten zu beiden Seiten der Brautpaare auf der Tribüne Platz nehmen.
Dann gab es noch zwei Räume hinter der Tribüne, in denen die nächsten Verwandten und Freunde entweder

mit Lia und Basilika oder Akira und Finnbar warteten.
Adita war völlig aus dem Häuschen, als er Akira in seine Arme schloss.
Basilikas Eltern sowie auch die von Tanja waren aus Aquarius ebenfalls zur Feier gekommen.
Unter den Gästen, die unterhalb der Tribüne auf Stühlen saßen, waren alle übrigen Mitglieder der Expedition inklusive der Tiere sowie Iniyan, Patrick, sämtliche geheilte Menschen der Erde, die kommen wollten, die Vogel-Menschen, die übrigen Osiriaten, weitere Aquarianer, Vertreter des kleinen Volkes und der Elben.
Die Einhörner standen am Rand.
Es waren unglaublich viele Gäste gekommen.
Es herrschte eine freudige, ausgelassenen Stimmung.
Lediglich die beiden Brautpaare waren sehr aufgeregt.
Frederick, einige andere Gäste und seit heute auch Karlao waren offenbar für den Ablauf der gesamten Zeremonie und Feier verantwortlich.
Rastlos liefen sie hin und her, riefen etwas oder organisierten das ein oder andere.
Besonders Karlao hatte sehr viel Spaß dabei ...
Plötzlich erklang eine sehr liebliche Musik, welche von den Harfen sowie verschiedener anderer Musikinstrumente einiger Elben kam.
Das war das Stichwort für Finnbar und Akira, gefolgt von deren Begleiter/innen die Tribüne zu betreten.
Sie stellten sich auf einer Seite auf.
Dann wurde die Tribüne von hellem, goldenem Schein, das sowohl die Einhörner als auch die Vogel-Menschen spendeten, erleuchtet.
Daraufhin traten Lia und Basilika ins Licht der Tribüne.

Sie waren wundervoll anzusehen.
Einige Kinder streuten Blumen auf ihren Weg, andere hielten die langen Schleppen ihrer Brautkleider.
Alle anderen Angehörigen folgten ihnen langsam.
Akira und Finnbar blieb der Atem weg.
Ihre beiden Angebeteten sahen einfach nur wunderschön aus.
Sie strahlten noch dazu voller Glück von innen in die Richtung ihrer Gefährten.
Nachdem auch deren Begleiterinnen sowie Begleiter ihre endgültigen Positionen auf der Tribüne eingenommen hatten, schritt Quick Deer feierlich auf das riesengroße und wunderschön mit Blumen dekorierte Podest.
Ihm oblag es, die Trauung durchzuführen.
Er war in die traditionelle Kleidung seines Volkes gewandet.
Über den Schultern trug er einen wundervollen Umhang aus einer dunkelblauen Decke, welche über und über mit gelben, leuchtenden Sternen bedeckt war.
Er hob bedächtig die Hand.
Sofort verstummte die Musik und jegliches Gemurmel der Anwesenden erstarb.
»Herzlich willkommen an alle zu dieser doppelten Hochzeit.
Ich freue mich sehr, dass wir uns heute zu diesem erfreulichen Zweck in so großer Anzahl versammeln durften.«
Dann sprach er noch eine Weile über Lia, Basilika, Finnbar und Akira.
Er hob hervor, wie sehr sich die beiden Paare schon über eine so lange Zeit mochten.

Somit hätten sie die Zeit der Probe ausgezeichnet überstanden.
Daraufhin stellte er die ganz besondere Frage:
»Möchtest du, liebe Lia, den hier anwesenden Akira zu deinem Gefährten nehmen, ihn lieben, ehren, achten und für ihn sorgen in guten und in schlechten Zeiten, in Krankheit und Gesundheit, bis dass der Tod euch scheidet?«
Vor Freude bebend antwortete Lia: »Ja, ich will.«
Danach wiederholte Quick Deer diese Prozedur auch mit Akira.
Kurz darauf führte er das Gleiche mit Basilika und Finnbar durch.
Nun reichten Atlantus an Akira sowie Querin an Finnbar die Ringe.
Diese steckten sich die Brautpaare gegenseitig an den entsprechenden Finger.
Zu guter Letzt verband Quick Deer mit einem roten Samtband jeweils die linken Hände der beiden Brautleute.
Dann sprach er:
»Hiermit erkläre ich, dass ihr den Knoten der Ehe geknüpft habt und ab sofort verheiratete Gefährten fürs Leben seid.
Möge die göttliche Liebe stets über euch wachen.«
Seine letzten Worte ging im jubelnden Klatschen der geladenen Gäste unter.
Alle hatten sich von den Sitzen erhoben und applaudierten jetzt noch mehr, als Finnbar Basilika sowie Akira Lia küsste.
Als sich die Begeisterungsstürme gelegt hatten, nahmen alle wieder auf ihren Stühlen Platz.

Die, welche auf der Tribüne gestanden hatten, belegten die Stühle, die dort an den Rändern standen.
Jetzt erklang erneut eine liebliche Elben-Melodie.
Kurz darauf führten zu der wundervollen Musik einige Elben-Paare einen anmutigen Tanz auf der Bühne auf.
Unter heftigem Beifall verließen die Künstler am Ende der Darbietung die Tribüne.
Daraufhin wurden noch einige Reden gehalten.
Auch Tanja und Adita sowie Basilikas Mutter sagten als Eltern einige Worte.
Da Lia und Finnbar keine Eltern mehr hatten, übernahmen dies für ihre Seite Lucinda und Querin.
Oft wurden auch Soholit und Selma erwähnt, die leider heute nicht mehr unter ihnen weilen konnten.
Man würde sie vielleicht dereinst am schönsten Ort des Universums, wohin alle Seelen nach dem Tod gingen, so Gott wollte eines Tages wiedersehen.
Anschließend wurde zum Festessen übergegangen.
Für diejenigen, welche feste Nahrung vorzogen, gab es die köstlichsten Gerichte.
Außerdem waren auch überall ovale Kristalle aufgestellt, die jene nährten, die auf materielle Nahrung verzichteten.
Alle unterhielten sich angeregt.
Im großen Saal war es deshalb sehr laut geworden.
Für Gäste, die sich gerne etwas ruhiger austauschen wollten, weil sie sich vielleicht lange nicht gesehen hatten, waren daher außerhalb des großen Saals viele große und kleine Tische in der angenehm temperierten Natur aufgestellt worden.
Über diesen flogen, scheinbar auf magische Weise in der Luft befestigt, zahllose Kerzen, welche aber in

Wirklichkeit lauter Glühwürmchen waren, die an der Maskerade große Freude hatten.
Letzteres war übrigens kurzfristig Karlaos Idee gewesen, der bekanntlich mit den Glühwürmchen und noch vielen anderen bestens befreundet war.
Am frühen Abend wurde dann schließlich zum Tanz gebeten.
Als die beiden Brautpaare den ersten Walzer eröffnet hatten, entspannte sich endlich auch Akiras Gesicht.
Man sah, dass er nun nur noch den Abend genoss.
Sämtliche Aufregung war aus ihm gewichen.
Etwa gegen 22.00 Uhr kam Fredericks großer Augenblick.
Die Musik hielt inne und die alte Schildkröte begab sich auf die Bühne.
Alle nahmen gespannt wieder ihre Plätze ein.
»Den hatte ich ja ganz vergessen«, flüsterte Akira verunsichert seinem Bruder zu.
Sein Gesicht hatte einen besorgten Ausdruck angenommen.
Als dann auch noch die beiden Brautpaare zu Frederick auf die Tribüne gebeten wurden, war denen gar nicht ganz wohl dabei.
Auch die alte, weise Schildkröte hielt eine Rede, welche gespickt mit Rätseln und Sprüchen war.
Er gratulierte beiden Paaren von Herzen.
Danach ließ er noch den ein oder anderen harmlosen Scherz auf deren Kosten vom Stapel.
Nach einem kurzen Innehalten wandte er sich daraufhin direkt an Basilika.
»Möchtest du vielleicht wissen, was du gebären wirst? Was meinst du, wird es ein Mädchen?«

Basilika zuckte mit den Schultern.
»Die Antwort lautet ganz eindeutig: ja.«
Alle Gäste klatschten freudig.
»Was meinst du, liebe Basilika, wirst du vielleicht einen Jungen gebären?«, fragte Frederick jetzt erneut, die etwas verwirrte Basilika.
Die junge Frau schüttelte mit dem Kopf, denn gerade hatte die Schildkröte ja großartig verkündet, dass sie ein Mädchen bekommen würden.
»Die Antwort lautet eindeutig: ja«, sprach Frederick alsdann.
Aus dem Publikum kam jetzt nur noch vereinzelter Applaus.
Nicht nur die Brautpaare sahen sich unverständig an.
Heimlich hob Akira die Augenbrauen weit in die Höhe.
Frederick wiederholte die gleiche Prozedur auch bei Lia.
Nur, dass er dort die Reihenfolge der Geschlechter geändert hatte.
Gleiches zog er am Ende noch mit Finnbar sowie Akira ab.
Ein wenig beschämt, blickten die vier jungen Leute auf ihre Schuhe.
Sie hofften sehr, dass diese Show bald enden würde.
Auch im Interesse von Frederick.
Sie wollten keinesfalls, dass sich die eigentlich so weise Schildkröte dermaßen bis auf die Knochen blamierte.
Als sich Frederick nun schon wieder vor das Mikrofon stellte und dabei ein Gesicht machte, als sei er der Weihnachtsmann persönlich, wäre Akira am liebsten vor Scham im Erdboden versunken.
»Na, meine Lieben, vielleicht denkt ihr ja, die alte Schildkröte ist doch vollkommen dement.

Die spinnt ja jetzt völlig.
Stimmts, Akira, das denkst du doch, oder?«
Eine tiefe, vor Hitze pochende Röte breitete sich soeben in Akiras Gesicht aus.
Lia, die sich an den Spruch: … in guten wie in schlechten Zeiten … erinnerte, nahm sogleich mitfühlend Akiras Hand.
»Nein, liebe Gäste, ich habe nicht den Verstand verloren, denn alles, was ich sage, stimmt meistens immer.
Was also habe ich eben gesagt? Ja, liebe Basilika und Lia du bekommst ein Mädchen und ja, liebe Basilika und Lia du bekommst einen Jungen?
Wenn man davon ausgeht, dass ich immer recht habe, was könnte das wohl bedeuten?«
Frederick genoss seine Situation offenbar außerordentlich.
»Ist doch ganz logisch, nicht wahr?
Zwillinge bekommen oft Zwillinge.
Ihr werdet jeweils Eltern von gleich zwei Kindern werden, nämlich einem Jungen und einem Mädchen.«
Man kann sich kaum vorstellen, wie der Saal tobte.
Es gab Standing Ovations für Frederick und auch für die beiden Brautpaare.
Diese waren sich gar nicht sicher, ob sie weinen oder lachen sollten.
Lia, die bereits akribisch fast die gesamte Kinderstube zusammen getragen hatte, rief aus:
»Oh mein Gott, dann muss ich ja vollkommen umplanen.«
Damit hatte die allgemeine Heiterkeit ihren Höhepunkt erreicht.

Karlaos geheime Mission

Die Doppelhochzeit war für alle ein wunderbarer Höhepunkt im Leben gewesen, den niemand mehr so schnell vergessen würde.
Noch lange wurde darüber gesprochen.
Auch die Brautpaare waren unglaublich erleichtert, dass sich alles so vortrefflich entwickelt hatte.
An der Nachricht jedoch, dass sie jeweils zwei Kinder erwarteten, hatten sie ganz schön zu kauen.
Hatte ein jeder von ihnen in der Tiefe seines Herzens schon einmal Zweifel verspürt, ob sie überhaupt in der Lage sein würden, ein guter Elternteil für das kommende Kind zu sein, hatte sich die Befürchtung im Grunde nun dupliziert.
Lia hatte sofort begonnen, ihre Babykleidung zu verdoppeln, eine größere Wiege zu besorgen und so weiter und so fort.
Sorge bereitete ihr allerdings das Tragetuch.
Sie hatte sich vorgenommen, ihr Kind so lange wie möglich an ihrem Körper zu tragen.
Also praktisch bis zu dem Zeitpunkt, wenn dieses von selbst verlangen würde herumzukrabbeln oder später zu laufen.
Wie aber sollte sie das mit zwei Kindern bewerkstelligen?
An dieser scheinbaren Kleinigkeit rieb sie sich regelrecht auf.
Tanja, welcher dies aufgefallen war, hatte auf der Erde in einem Geschäft entdeckt, dass es neuerdings auch Tragetücher für Zwillinge gab.

Sofort kaufte sie für beide Paare ein solches.
Lia war überglücklich über dieses Geschenk und entspannte sich danach sichtlich.
Offenbar hatte sie sich vorgenommen, eine ausgezeichnete Mutter zu werden.
An dieser Stelle fühlte sich Tanja berufen, Lia nochmals ins Gewissen zu reden.
»Es ist äußerst löblich, dass du den beiden Kindern ein bestmögliches Leben bieten möchtest.
Aber weißt du was, die Gnade, eine gute Mutter zu sein, die vergibt am Ende das Leben.
Es gibt Dinge, die hast du einfach nicht in der Hand.
Du kannst dir ziemlich sicher sein, dass du auch Fehler begehen wirst.
Da kannst du machen, was du willst.
Das Beste, das du tun kannst, ist, dich von der Liebe leiten zu lassen, dem Kind später zu zeigen, dass auch du Bedürfnisse sowie Grenzen hast und dir auch von anderen Menschen helfen zu lassen.
Besonders bei Zwillingen wird so viel Arbeit auf euch zukommen, da kann selbst die robusteste Frau, wenn sie und ihr Partner alles allein bewerkstelligen müssen, einmal die Nerven verlieren.
Also ich zum Beispiel mag Kinder von ganzem Herzen.
Ich werde euch, wenn ihr mögt, mit Vergnügen die Pausen verschaffen, die ihr als Paar oder auch als Individuen benötigen werdet, um euch weiterhin ausgeglichen zu fühlen.
Da auf den höher entwickelten Planeten so selten Kinder geboren werden, bin ich mir sicher, dass das auch vielen anderen so gehen wird wie mir.

Ganz bestimmt werdet ihr sehr viel Unterstützung bekommen, wenn ihr sie zulasst.
Und nun finde ich, dass du dich entspannen solltest.
Die Kinder in deinem Leib nehmen schon jetzt alles wahr, was in dir geschieht.
Du möchtest ihnen doch nicht vorleben, dass das Leben anstrengend und unglaublich ernst ist.
Versuche, viel zu lachen, schöne Dinge zu tun und Freude zu haben.
Das Allerwichtigste ist meiner Ansicht nach, selbst absolut im liebevollen Vertrauen zu ruhen.
Dieses Vertrauen ist es, das die Kinder schon jetzt erlernen sollten.
Für solche Menschen ist das Leben später einfach leichter.
Egal, welche Katastrophen auch passieren mögen.
Ein Mensch, der von Grund auf zuversichtlich ist, hat es sehr viel einfacher, damit umzugehen.«
Lia fiel Tanja dankbar in die Arme.
»Ich bin so froh über deine weisen Worte.
Danke, dass du ein wenig den Platz meiner Mutter, die ich gerade jetzt so dringend brauchen würde, einnimmst.
Mir leuchtet ein, was du sagst, dass nur das Leben letztlich bestimmen wird, ob ich eine gute Mutter sein darf.
Meine Mutter, Aoife, hatte sich das ganz bestimmt auch vorgenommen.
Sie hatte es nicht in der Hand, dass sie bereits bei Finnbars und meiner Geburt sterben musste.
Wie schwer muss dies auch für sie gewesen sein?
Es schadet aber sicher nicht, wenn ich mir vornehme,

mein Bestes zu geben?«, fragend sah Lia zu Tanja.
»Sein Bestes zu geben, sollte der Maßstab eines jeden Handelns sein, solange wir leben.
Also ja, das schadet sicher nicht.
Das ist sogar sehr lobenswert.
Aber bitte mit offenen Händen.«
Lachend nahm Tanja Lia in die Arme
Diese setzte sich langsam wieder.
Nach einer Weile begann sie erneut zu sprechen.
»Damals, als Finnbar und ich den schrecklichen Kampf mit dem Drachen geradeso überlebt hatten, stellte sich uns die Frage, ob wir unser Leben wirklich in den Dienst für Mutter Erde stellen sollten.
Damals waren wir dreizehn Jahre alt und lebten in Irland im Jahre 822.
Soholit wollte, dass wir bei ihm lernen und ihn dann später in das Jahr 2018 begleiten sollten, um die Gunst der Stunde zu nutzen, die Erde vor ihrem endgültigen Untergang zu bewahren.
Wir waren uns nicht sicher, ob wir uns darauf einlassen sollten.
Besonders ich brachte als Gründe, die dem im Wege stehen könnten, hervor, dass ich vielleicht später einmal heiraten möchte und Kinder bekommen wollte.
Innerlich schwebte mir auch vor, vielleicht auch ein wenig von der Welt zu sehen.
Allein die Liebe und ihr goldenes Licht hatten uns damals vor dem Tod durch den Drachen bewahrt.
Daher sah ich das Leben als Kriegerin möglicherweise als ein sehr kurzes und so gefährliches an, dass all das dort keinen Platz haben könnte.
Ich fühle mich heute so reich beschenkt, denn ich hätte

nie erwartet, wenn ich mich für den Weg, den Soholit sich für uns vorstellte, entscheiden würde, trotzdem all das zu bekommen, was ich mir zusätzlich noch wünschte.
Tatsächlich habe ich beides erhalten.
Ein Leben als Kriegerin für die Erde und eine Mutter und Ehefrau zu sein.
Tja und das Reisen kam überhaupt nicht zu kurz.
Ich habe schon so viel von der Welt gesehen, noch dazu sogar in verschiedenen Zeiten.
Nicht zu vergessen, das ganze Universum.« Lia lachte herzlich.
»Wer hätte sich mehr wünschen können?
Ich fühle mich vollkommen beschenkt.
Wie traurig nur, dass Soholit so vieles schon nicht mehr miterleben konnte.«
Lia schwieg.
»Ja, das ist traurig. Er würde aber wollen, dass wir die Lebenszeit, die uns noch bleibt, so gut wie möglich genießen, würde ich sagen.
Apropos Reisen.
Hast du schon für eure Flitterwochen fertig gepackt?
Übermorgen geht es doch bereits los.
Ich finde es so prima, dass wir nun Verbündete in allen Ländern der Erde besitzen.
Was für eine wunderbare Überraschung, dass euch das Staatsoberhaupt eines karibischen Staates auf eine wundervolle Insel für eure Flitterwochen eingeladen hat.
Das wird bestimmt ein traumhafter Urlaub.«
Lia sprang lachend auf, salutierte keck auf soldatische Art und sprach: »Zu Befehl, Frau Offizierin, ich habe schon seit einer Woche alles fertig gepackt.«

Tanja lachte herzlich.
»Du erinnerst mich an mich selbst.
Ich war auch immer eine Streberin.«
Mit diesen Worten nahm sie Lia nochmals liebevoll in die Arme.

»Wann werdet ihr euch wieder zu den magischen Feldern aufmachen?«, fragte eines Morgens Akira seinen Bruder Atlantus.
»Ich weiß es noch nicht so genau.
Wir möchten uns zunächst gut erholen.
Dann werden wir einfach eine Zeitreise machen und genau an dem Tag dorthin zurückkehren, an dem wir auch von dort abgereist waren.
Eines ist sicher, ich werde noch hier sein, wenn du von deinen dreiwöchigen Flitterwochen nach Hause kommst.«
Akira atmete hörbar auf.
»Das ist gut.
Du bist mir in dieser Zeit eine große Unterstützung.
Weißt du, ein Ehemann zu sein und auch noch demnächst der Vater von zwei Kindern ist mir zwar eine Freude, aber auch irgendwie gleichzeitig eine große Bürde.
Ich möchte dem allen gerecht werden, weiß aber gar nicht, ob ich das auch kann.«
Atlantus erzählte Akira von seiner ersten Reaktion, als er gehört hatte, dass dieser Vater werden würde.
Akira lachte laut auf.
»Echt, das hätte ich nie gedacht.«
Dann begann Atlantus weiterzusprechen.
»Als ich damals, nachdem Zagan mich hatte töten

lassen, an dem schönsten Ort des Universums ankam, habe ich dort vieles gelernt.
Eine wichtige Lektion für mich war gewesen zu sehen, was ich doch für ein Streber war.
Immer wollte ich während meines Erdenlebens alles perfekt können.
Konnte ich es nicht oder waren andere besser, habe ich sie beneidet und war unglaublich sauer.
Was für eine Verschwendung an Energie!
Ich habe dort gelernt, dass es zwar gut ist, sein Bestes zu geben, aber dass man die Demut besitzen sollte, immer anzunehmen, was das Schicksal einem danach real beschert.
Wenn das Leben möchte, dass du ein miserabler Vater wirst, dann kannst du wahrscheinlich machen, was du willst.
Du könntest das nicht ändern.
Die göttliche Kraft lenkt uns.
Sie ist sehr viel stärker als wir.
Wenn man dieser wahrhaft dienen möchte, dann bedeutet das, demütig anzunehmen, was jene für uns bereithält.
Was immer es auch sein mag.
Das bedeutet, dass man zu allem bereit sein muss.
Auch dazu, Dinge nicht zu können, zu versagen, Fehler zu begehen oder zu unterliegen.
Nur dann ist man ein wahrhafter Diener.
Ich für meinen Teil möchte im Dienst der göttlichen Kraft wirken.
Ich tue selbstverständlich weiterhin mein Bestes, das sollte man stets.
Dann aber lasse ich los.

Was immer danach geschehen mag, möchte ich nicht mehr hinterfragen.
Ich will keinesfalls behaupten, dass dies leicht ist.
Als wir in einem der magischen Felder dem Tode nahe waren, habe ich nur daran gedacht, dass ich nicht möchte, dass unsere Mutter traurig ist.
Außerdem sorge ich mich immerzu um Brenda.
Wer aber bin ich denn, dass ich behaupten könnte, besser zu wissen, was die nächsten Lebensaufgaben für Tanja oder Brenda sein sollen?
Du siehst also, auch hier kann man nur versuchen, zu geben, was man kann.
Perfekt wird es auch nicht gelingen, ein guter Diener des Lichts zu sein.
Aber weißt du, Perfektion gibt es im wahren Leben so gut wie nie.
Wir sind Menschen, die sind niemals perfekt.
Ich glaube, Perfektion ist nur für das Göttliche gedacht.«
Akira war wie vom Donner gerührt.
Diese Rede musste er erst einmal innerlich verarbeiten.

Karlao hatte, nachdem die Hochzeit vorbei war, wieder damit begonnen, all seine besten Freunde auf der Blumenwiese zu besuchen.
Für ihn sehr erstaunlich, war ihm dies jedoch schon sehr bald langweilig geworden.
In Gedanken beschäftigte er sich immerzu mit dem nächsten magischen Feld des Feuers.
Es sprach nichts dagegen, bereits jetzt mit den Vorbereitungen zu beginnen.
Er verschaffte sich einen erneuten Termin beim Flammenhüter auf dem Planeten Merkur des irdischen

Sonnensystems.
Dieser war dort der heißeste, weswegen der Flammenhüter sich überhaupt erst dorthin begeben konnte.
Die Sonne, auf der er normalerweise lebte, war bekanntlich sehr viel heißer.
Auf dem Merkur angekommen, bat er den mächtigen Flammenhüter, den Krieger der Sonne, um Schutz und Rat, das magische Feld des Feuers betreffend.
Dieser setzte ein ernstes Gesicht auf.
»Dieses Feld wird es in sich haben.
Wie ich erkennen konnte, hat auch das „Dunkle Autonom“ dazu gelernt.
Es hat sich dazu entschlossen, niemanden mehr in die Felder hereinzulassen.
So will es den weiteren Fall eines Feldes verhindern.
Auch ich habe noch keine Idee, wie ihr dies umgehen könntet.
Um in der großen Hitze der Lava überleben und agieren zu können, möchte ich dir diese speziellen Schutzanzüge für dich und all deine Freunde mitgeben.
Außerdem kann ich euch sagen, dass ihr mit dem Trick der absoluten Kälte, den ihr bei den Wölfen erfolgreich angewendet hattet, hier nicht weiterkommen werdet.
Ihr müsst euch etwas anderes einfallen lassen.
Fragt Iniyan, das Steinkind, um Rat.
Jetzt muss ich jedoch gehen. Ich bin am Erfrieren.
Ich wünsche euch und uns allen ganz viel Glück.
Auch ich liebe die Erde über die Maßen.«
Karlao dankte für den Rat sowie die Gaben.
Er zählte kurz die Schutzanzüge, von denen es auch welche für die Tiere gab, durch.

»Das sind ja viel zu viele«, rief er dem scheidenden Flammenhüter nach.
»Ihr werdet sie alle brauchen, glaube mir«, ertönte dessen Antwort aus der Ferne.
Kurz darauf war er nicht mehr zu sehen.
Ratlos machte sich Karlao auf die Heimreise.
Unterwegs entschloss er sich, die neuen Ausrüstungsgegenstände gleich ins Lager des ersten magischen Feldes zu bringen.
Dann musste er sich später nicht nochmals damit abschleppen.
Er wählte den Tag aus, an welchem sie sich damals endlich wieder in Richtung Heimat aufgemacht hatten, um die Anzüge abzulegen.
Neugierig ging er um das Feld des Feuers herum.
Vorsichtig tastete er die Grenzen mit den Händen sowie seinem Geist ab.
Die Sonne hatte recht gehabt.
Man konnte hier nicht mehr hineingelangen.
Das Feld hatte sich offenbar sofort nach ihrer Abreise komplett verschlossen.
Dies stellte ein ernstliches Problem dar.
Karlao beschloss, sich nach weiterer Hilfe umzusehen.
Vielleicht würde er unterwegs ebenfalls noch einen Tipp erhalten, wie die mächtigen Lava-Wesen im Inneren des sechsten magischen Feldes zu besiegen wären.
Beim Brüten über seine neue Herausforderung fiel es ihm auf, dass bereits das ganze Universum sein Zuhause geworden war.
Er hatte sich zuerst auf der Osiria daheim gefühlt, später dann auf der Erde, danach auf Aquarius und anschließend auf der Platana.

Selbst die Perle war auf Zeit sein neues Heim geworden.
Weder der Mond noch der Jupiter, die Sonne oder der Merkur waren ihm fremd.
Karlao fühlte sich plötzlich als Kind des ganzen Universums - ein Geschöpf des unendlichen Weltalls.
Etwas dehnte sich in ihm innerlich aus.
Er hing er nicht mehr vollkommen nur an einem Planeten, sondern wusste, dass die »Herrin des Lichts« stets im Universum neue belebte Planeten erschaffen würde, was ihm zudem etwas Last von seinen Schultern nahm.
Er war sich plötzlich sicher, dass die Antwort auf die Frage, wie sie das nächste magische Feld besiegen könnten, aus den Weiten des Alls kommen musste.
Lange sann er darüber nach und fragte sich, wo er überall schon gewesen war.
Nach und nach verwarf er all die Plätze, die er bereits kannte.
Wenn schon die allmächtige Sonne keine Antwort auf diese Frage hatte, dann war das von den anderen Orten auch nicht zu erwarten, dachte er sich.
Ob wohl am schönsten Ort des Universums Antworten gefunden werden konnten?
Er stellte sich haarklein vor, wie das dort werden könnte.
In seiner Vorstellung stellte sich schon bald heraus, dass es dort nur darum ging, letztlich alle Wünsche loszulassen und sich komplett im Göttlichen aufzulösen.
Das schien ihm zwar sehr erstrebenswert, jedoch fühlte er sich weder an dem Punkt bereits angelangt noch war auf so eine Art und Weise eine Hilfe für das Besiegen

eines magischen Feldes zu erwarten.
Er musste also noch weitergehen.
Irgendwohin, wo er noch nie gewesen war.
Karlao überlegte und überlegte.
Dann hatte er die Antwort endlich gefunden.
Koste es, was es wolle, er musste sich unverzüglich auf die Reise begeben.

Findet die Öffnung oder sterbt

Die vier frisch gebackenen Eheleute waren bereits zehn Tage auf Hochzeitsreise.
Sie hatten eine wunderschöne Zeit.
Der Urlaub sollte ganze drei Wochen dauern.
Es gab allein für sie auf einer einsamen Insel mit märchenhaften weißen Sandstränden, die an ein türkisblaues Meer anschlossen, ein traumhaftes, kleines Hotel.
Das Wasser war warm, der Strand war über viele Meter ins Meer hinein seicht.
Die jungen Leute wurden mit allem versorgt, was sie zum Leben benötigten.
Es war eine unbeschwerte Zeit.
So, wie sich das für Flitterwochen eben gehört.
Heimlich war aber noch eine weitere Überraschung vorbereitet worden.
Keiner der vier wusste nämlich davon, dass sie sogar vier Wochen bleiben würden.
Am Abend, bevor die dritte Woche vorüber war, reisten ihnen sämtliche engen Freunde hinterher.
Für diese gab es unweit ein extra Hotel.
Lia, Basilika, Finnbar und Akira hatten sich gerade zu einem Abschiedsspaziergang am Strand versammelt, als sie von Weitem eine größere Menschenansammlung auf sich zukommen sahen.
Etwas verunsichert gingen sie dieser entgegen.
Kaum waren sie auf Sichtweite gekommen, rannte Akira seinem Bruder voller Freude entgegen.
»Was macht ihr denn hier? Das ist ja eine

Überraschung.
Wollt ihr uns etwa abholen kommen?«
Als er erfuhr, dass die anderen mit ihnen gemeinsam noch eine weitere Woche hier Urlaub machen würden, war sein Glück perfekt.
Alle zusammen hatten sie eine wundervolle Zeit.
Sie waren den Bewohnern des Inselstaates unendlich dankbar für dieses unvergleichliche Geschenk.
Auch für diese mussten sie es schaffen, das „Dunkle Autonom“ zu besiegen, denn die Inselstaaten würden mit als die ersten von der Erdoberfläche verschwinden, wenn der Klimawandel weiter so voranschreiten würde.
Für die Freunde stellte sich daher letztendlich nur die Frage in das sechste Feld einzudringen, es zu besiegen oder mit allen zusammen zu sterben.
Atlantus und Brenda genossen die Urlaubswoche ungemein.
Brenda liebte das Fliegen über dem Meer, während ihr Liebster voll Vergnügen in den Wellen herumtobte.
Aber alles, selbst das Schönste der Welt, hört einmal auf.
Es war der letzte Abend gekommen.
Längst hatten die Brautleute erfahren, dass Karlao deshalb nicht dabei war, weil er einfach spurlos von der Bildfläche verschwunden war.
Er hatte Quick Deer zwar noch informiert, dass man nicht mehr so einfach in das nächste Feld hineingelangen könnte und dass er etwas Wichtiges zu erledigen hätte.
Aber seitdem hatten sie nichts mehr von ihm gehört.
Allerdings machten sie sich darüber keine allzu großen Sorgen, denn das war ja nicht das erste Mal.
Bislang hatte er immer ganz genau gewusst, was er tat.

Noch dazu war es niemals ihr Schaden gewesen.
Von den Ferien gestärkt, kamen die Kameraden fröhlich wieder auf der Platana an.
Von Karlao gab es immer noch keine Spur.
Langsam kam auch der Zeitpunkt des Abschieds näher.
Ganz besonders Atlantus und Akira fiel dieser unglaublich schwer.
Das hatten sie so schlimm noch niemals erlebt.
Akira hoffte inständig, dass dies kein böses Omen war.
Am nächsten Morgen brach die Expedition ohne Karlao wieder auf.
Im ersten Feld angekommen, sahen sie dort die neuen Schutzanzüge liegen.
Auf jedem war der Name für die betreffende Person aufgemalt.
Es blieben aber noch zehn weitere Anzüge übrig, die keine Aufschrift trugen. Ein anderer war auch noch mit Karlaos Namen beschriftet.
Das konnte sich niemand erklären.
Man entschloss sich, den eigenen Anzug anzuziehen und dann Karlaos und die nicht beschrifteten einfach im ersten Feld liegenzulassen.
Vielleicht würde zumindest Karlao noch nachkommen.
Sie hatten ja bereits lange zuvor erfahren, dass das sechste magische Feld des Feuers fest verschlossen war.
Dennoch sandten sie den Eichelhäher aus, ob er nicht doch noch wenigstens von oben einen Eingang entdecken würde.
Fehlanzeige.
Unverrichteter Dinge kam der Vogel mit hängenden Flügeln zurück.
»Keine Chance, alles ist absolut dicht.

Noch dazu ist es selbst außerhalb unerträglich heiß.«
Das waren keine guten Nachrichten.
Sie versuchten an diesem Tage alles, um in das Feld zu gelangen.
Alex hieb mit einer Brechstange darauf ein, Querin mit seinem Hammer.
Atlantus probiertes es mit Wasser, Brenda mit Druckluft.
Lucinda stand am Rand mit dem mächtigen Eichenstab und versuchte vergeblich einen magischen Spruch nach dem anderen.
Angar schoss mit seinem Elbenbogen ohne Ergebnis zahllose Pfeile auf eine Stelle, welche ihm besonders schwach erschien.
Quick Deer kniete davor.
Er war tief ins Gebet versunken.
Iniyan bombardierte die Wand mit Steinen.
Vereinzelt sprang er selbst mit aller Wucht dagegen.
Die Salamander bewarfen die Grenze mit Feuer, selbst hergestellter Lava oder versuchten sich hindurchzuwünschen oder zu beißen.
Das Eichhörnchen war riesengroß geworden.
Es probierte, mit seinen messerscharfen, riesigen Nagezähnen ein Loch in die Wand zu nagen.
Der Eichelhäher hatte unweit des Lagers Karlaos Rucksack entdeckt, in welchem all die Geschenke lagen, die sie zur Unterstützung geschenkt bekommen hatten.
Eines nach dem anderen probierte er aus.
Jedoch weder der Federbüschel half noch, dass er von dem kraftspendenden Zweig der heimischen Quelle gekostet hatte.
Seine Kräfte reichten trotzdem nicht aus.

Er war auch ein paar Mal mit einer Ying Yang-Blume, welche um seinen Hals hing, gegen die Wand geprallt. Alles ohne das gewünschte Ergebnis.
Davon, die Flasche Tates nochmals zu öffnen, riet ihm Skan, das Salamander-Weibchen, eindeutig ab.
Alles, was sie an Möglichem und Unmöglichem versuchten, war vergeblich gewesen.
Das magische Feld war und blieb verschlossen.
Ratlos hielten sie nach zwei Tagen inne und ließen verzagt die Köpfe hängen.
»So kommen wir nicht weiter. Wir brauchen Hilfe.
Ich schlage vor, dass wir nach Hause reisen.
Quick Deer, könntest du für uns eine Schwitzhütte durchführen?
Vielleicht bekommen wir auf diese Art eine neue Idee?«, fragte Lucinda.
Quick Deer war einverstanden.
Am nächsten Morgen waren alle bereit.
Auch die vier ehemaligen Brautleute hatten sich der Zeremonie angeschlossen.
Alex machte draußen das Feuer.
Der sogenannte Feuermann war dafür zuständig, das Feuer, in welchem die Steine rot glühend gemacht wurden, zu beaufsichtigen und die heißen Steine später nach und nach in die Hütte zu bringen.
Sie führten eine intensive Heilungs-Schwitzhütte durch.
Im Inneren der Hütte, welches ein mit Decken abgedecktes Gestell aus Weiden war, saßen die Teilnehmer um eine Mulde in der Mitte der Schwitzhütte herum.
Dort hinein legte Alex die glühenden Steine.
Pix Hunter Quick Deer gab Wasser und Kräuter darauf.

Danach betete oder sang er.
Nach der Schwitzhütte war ein jeder gestärkt, gereinigt und voll neuen Mutes.
Allerdings eine Idee, wie sie in das nächste magische Feld kommen sollten, hatte nicht einer von ihnen bekommen.
Nur Quick Deer hatte das dringende Gefühl, auf eine Visionssuche gehen zu müssen.
Dazu machte er sich, nur mit Wasser, einem Schlafsack, einer Isomatte und einer einfachen Plane gegen Regen bepackt, für vier Tage und Nächte allein in den Wald auf.
Er betete und betete und lauschte und lauschte.
Es kam einfach keine Antwort auf seine Frage.
Pix bekam lediglich den Hinweis, sich auf eine schamanische Reise zu begeben.
Mangels besserer Vorschläge organisierte Akira, der bereits einschlägige Erfahrung damit hatte, dieses Ritual.
Beim letzten Mal hatte noch Soholit die Trommel geschlagen.
Bei dieser Reise war nur Quick Deer verfügbar, der als einziger dazu in der Lage war.
Das hieß aber, dass er selbst nicht auf die Reise gehen konnte.
Sie hatten sich für die schamanische Reise einen Platz in der Nähe der Schwitzhütte gesucht.
Diesen hatten sie räumlich sowie zeitlich begrenzt, dort mit Salbei und Beifuß geräuchert, alle Wesen um Hilfe gebeten, sowie allumfassend gedankt.
Dann formulierten sie ihr Anliegen.
In der Mitte lagen einige Runen-Abbilder, die dem schamanischen Reisen dienlich sein könnten.

Nun begann Quick Deer zu trommeln.
Im Takt bewegten sich die anderen dazu.
Etwa 45 Minuten später änderte der weise Mann den Rhythmus der Schläge deutlich.
Die Teilnehmer waren durch den eintönigen Takt der Trommel bereits in eine Art Trance verfallen.
Die Schläge wurden jetzt härter sowie kürzer, der Rhythmus der Trommel um einiges schneller.
Das war das Zeichen für die Teilnehmer, bestimmte komplizierte Reisehaltungen anzunehmen.
Die meisten wollten wegen der Lava, die im sechsten magischen Feld vorherrschte, in die Unterwelt reisen.
Sie lagen auf dem Bauch.
Lia hatte sich für die Oberwelt entschieden.
Sie lag auf dem Rücken.
Akira, der sich alles offenhalten wollte, kniete in einer ziemlich unbequemen Position.
Dann hieß es warten auf das, was immer passieren wollte.
Wieder einmal hatten sie beschlossen, im Geiste vom kugeligen, wunderschönen Eichenbaum, dem sogenannten Weltenbaum, der unweit des Waldhauses auf der Erde stand, loszugehen.
Lia fand sich oben auf dem Weltenbaum wieder und betrachtete von dort aus den Himmel.
Kleine Wölkchen zogen vorbei.
Sie machte sich einen Spaß daraus, sich vorzustellen, was diese Wölkchen so alles darstellen könnten.
Jetzt waren dort eindeutig zwei Kinder zu sehen.
Ein Mädchen und ein Junge.
Lias Herz begann, wie wild zu schlagen.
Sie wusste es, das waren ihre zukünftigen Kinder.

Diese kamen nun zu ihr herunter.
Gemeinsam saßen sie plötzlich unter der alten Eiche.
Die Kinder spielten zusammen ein kleines Spiel aus Zweigen und Moos.
Sie waren ungefähr vier Jahre alt.
Verliebt betrachtet Lia ihre sowie Akiras Sprösslinge.
Wie hübsch sie doch waren.
Einen Augenblick später stand Soholit neben ihr.
Er hatte eine durchscheinende Form.
Freundlich nickte er Lia zu.
»Was für wunderschöne Kinder!
Herzlichen Glückwunsch für euch, meine Liebe.
Nimm sie doch einmal auf deinen Schoß.
Du brauchst sie nur zu rufen.«
Noch bevor Lia mitteilen konnte, dass sie die Namen der beiden gar nicht wusste, waren diese schon in ihrem Bewusstsein aufgetaucht.
»Aoife, Dastos, kommt mal zu Mami auf den Schoß.«
Freudig leisteten die Kinder dieser Aufforderung Folge.
Lia genoss diesen Augenblick unwahrscheinlich.
Als sie sich umblickte, war Soholit verschwunden.
Auch die Trommel war verstummt.
Die schamanische Reise hatte das Ende erreicht.
Selig räkelte sich Lia und war wild darauf, Akira sowie den anderen von der Vision zu erzählen.
Dass sie ja eigentlich danach suchen sollten, wie man in das sechste magische Feld hereinkommt, war ihr während der Reise völlig entfallen.
Genauso war es Basilika ergangen.
Sie hatte von Soholit erfahren, dass deren Kinder die Namen Ranar sowie Selma tragen würden.
Beide Frauen wussten instinktiv, dass dies alles seine

Richtigkeit hatte.
Die Antwort auf die wichtige Frage, wie sie in das Feld gelangen könnten, würde mit Sicherheit einem der anderen übermittelt worden sein.
Das war gewiss.
Atlantus war sofort in der Unterwelt gelandet.
Alles war dort voller Lava, doch das störte ihn nicht im Geringsten.
Es erschien sogar, als sei er selbst aus diesem Material gemacht.
Im Gegensatz zu Lia und Basilika hatte er die Frage nicht vergessen, die den Anstoß zu dieser schamanischen Reise gegeben hatte.
Als er die Wesen des Feuers, die sich dort befanden, danach fragte, signalisierten sie, dass sie sehr am Leben hingen.
Wenn sie ihm das Geheimnis verraten würden, wäre das vielleicht ihr sicherer Tod.
Atlantus verstand das, suchte jedoch dennoch nach einem Kompromiss.
Er schlug vor, dass sich die Wesen einfach zum Mittelpunkt der Erde zurückziehen könnten.
Dort könnten sie überleben.
Sie bräuchten doch nur das sechste magische Feld aufzugeben.
Doch das ging leider nicht.
Atlantus wusste mit einem Mal, dass die Wesen komplett vom „Dunklen Autonom“ gesteuert wurden.
Es waren seine Geschöpfe, nur dafür erschaffen, mitzuhelfen, die Erde zu vernichten.
Sie hatten nicht die Erlaubnis, aufzugeben.
Für sie gab es nur zwei Möglichkeiten, das sechste

magische Feld zu halten oder zu sterben.
Mit schwerem Herzen verließ Atlantus diesen Ort.
Kurz darauf befand er sich an der Erdoberfläche in seiner normalen Gestalt.
Dort saßen auch schon Akira, der offenbar direkt an diesen Platz gelangt war, sowie Soholit.
Wortlos setzte sich Atlantus wie selbstverständlich zu ihnen.
Er lauschte aufmerksam dem Gespräch.
»Was können wir denn nun konkret tun, um in das Feld zu gelangen?«, fragte Akira.
»Ihr müsst nachdenken. Fangt bei den kleinsten Teilchen an. Schaut, wie diese aufgebaut sind.
Versucht in die leeren Räume zwischen diesen einzutreten.
Habt ihr erst einmal die kleinste Lücke erzeugt, dann wird euch das schon reichen.«
»Kannst du uns nicht noch mehr dazu sagen?«, rief Akira, der immer noch nicht genau verstanden hatte, was der Hinweis bedeuten sollte.
Doch Soholit war nirgends mehr zu sehen.
Akira bemerkte stattdessen seinen Bruder.
Er nickte ihm zu.
Gemeinsam schlenderten die zwei ohne genaues Ziel noch ein Weilchen auf einer Wiese herum.
Danach hörten sie, dass die Trommel verstummt war.
Mit dem letzten Schlag des Instruments verschwand auch das Gras, auf dem sie eben noch im Geist gestanden hatten.
Die beiden jungen Männer öffneten die Augen und orientierten sich neu in Raum und Zeit.
Auch alle anderen hatten die Reise bereits beendet.

Als erste erzählte Lucinda von ihren Erlebnissen.
Auch ihr war der verstorbene Soholit erschienen.
Er hatte sie im Umgang mit dem magischen Eichenstab unterwiesen.
Dann hätte er sie mit dem Hinweis verlassen, dass Querin mehr wissen würde.
Alle Augenpaare schwenkten nun zu diesem.
Querin räusperte sich kurz, dann begann er zu erzählen.
»Mir ist eine Art Amöbe erschienen.
Eigentlich war es nicht mal ein Einzeller.
Das Teilchen war noch viel kleiner.
Es sprach davon, dass sie sich von Aufmerksamkeit nähren würden.
Wenn sie diese nicht hätten, würden sie zu Licht zerfließen.
Wenn sich die Gelegenheit böte und es irgendwo Aufmerksamkeit gäbe, dann würden sie sich sogar absichtlich dorthin begeben, um auch etwas davon abzubekommen.
Das war alles.
Ich wüsste nicht zu sagen, was uns das nützen könnte.«
Jetzt meldet sich Akira zu Wort.
Er brachte Querins Aussage mit seinen Erlebnissen in Verbindung.
Dann eröffnete er einen vagen Plan, was das konkret für ihr Vorhaben bedeuten könnte.
Die anderen erzählten ebenfalls ihre zum Teil surrealistischen Erlebnisse.
Momentan wussten sie jedoch noch nicht, was dies genau bedeuten könnte.
Doch alles wurde genauestens aufgeschrieben.
Als Basilika und Lia von ihrem Treffen mit Soholit

berichteten, endeten ihre Ausführungen mit einem lauten freudigen Klatschen der anderen.
Die Namen waren vortrefflich gewählt.
Den Namen Aoife hatte auch Finnbars sowie Lias verstorbene Mutter getragen.
Dastos und Ranar waren zwei Helden der ersten Kinder von Platana, die schon lange ihre Körper verlassen hatten.
Selma war erst kürzlich von ihnen gegangen.
Alle empfanden es als eine wunderschöne Idee, ein Mädchen auch nach ihr zu benennen.

Der Tanz mit dem Feuer

Wieder versammelten sich die Freunde im ersten Lager des magischen Feldes.
Dort legten sie ihre beschrifteten Schutzanzüge an, nahmen die Ausrüstung und begaben sich vor das sechste Feld.
Karlao war immer noch nicht wieder aufgetaucht.
Daher hatte sich Brenda kurzerhand seinen Rucksack mit den wertvollen Geschenken auf den Rücken aufgesetzt.
In den Schutzanzügen des Flammenhüters war so viel Raum, dass auch noch unter anderem die Rucksäcke darunter passten.
Über ein ausgetüfteltes System war es sogar möglich, innerhalb des Anzugs an seine Ausrüstungsgegenstände heranzukommen.
Für Trinkwasser gab es einen Tank, der sich gut ausbalanciert über ein größeres Areal der Innenseite der Schutzanzüge verteilte.
So war es möglich, Trinkwasser für circa vier Tage bei sich zu haben.
Vor dem Aufbruch hatten sich alle Mitglieder der Gruppe satt gegessen und getrunken.
Sie waren bereit.
Man war allgemein überein gekommen, dass Finnbar und Akira die Expedition zumindest bis an den Rand des sechsten Feldes begleiten sollten.
Sie würden jedoch nicht, sollte das Öffnen des Feldes jemals gelingen, zusammen mit den anderen dort eintreten.

Akira wurde vor Ort ohnehin gebraucht, denn außer ihm hatte keiner die Botschaft Soholits so richtig verstanden.

»Iniyan, wo genau denkst du, war noch mal die schwächste Stelle des Feldes?«, fragte Akira.

Nachdem Iniyan es ihm gezeigt hatte, bat er alle Teilnehmer, sich genau davor aufzustellen.

»Ich habe auch keine Ahnung, ob das, was ich vorhabe, funktionieren wird.

Aber wir haben nichts zu verlieren.

Wir bewegen uns in den Gesetzen der Quantenphysik, verbunden mit der Möglichkeit von Wundern aus der sogenannten Nullebene.

Das ist etwas vollkommen anderes als die typischen physikalischen Gesetze.

Ich hoffe allerdings, dass Soholit recht hatte mit seinen Vorschlägen.

Ich bitte euch, genau hierherzuschauen.«

Akira malte ein Kreuz auf die Wand.

Drumherum brachte er noch Blumen und Sterne an.

»Ich hoffe, dass der Ort für euch nun schöner aussieht, damit ihr auch in Freude darauf blicken könnt.

Das Ganze könnte nämlich eine Weile dauern.

Dass Atome zum großen Teil aus Nichts bestehen, haben wahrscheinlich alle schon des Öfteren gehört«, fuhr Akira fort.

»Die Teilchen in den Atomen machen nur einen winzigen Teil des Raums aus.

Dazwischen befindet sich leerer Raum.

Soholit meinte, dass wir versuchen sollen, so einen leeren Raum zu vergrößern und dann über diese Lücke ins Feld einzutreten.

Querin hatte ja von seinem Teilchen gehört, dass diese sich nach Aufmerksamkeit sehnen.
Der Plan ist, die Teilchen an das Kreuz zu locken.
Deshalb möchte ich, dass ihr das Kreuz mit großem Interesse betrachtet.
Ich hoffe darauf, dass diese verstärkte Aufmerksamkeit dazu führt, dass möglichst viele Teilchen dorthin kommen.
Da dies zu eng für die vollständigen Atome werden könnte, spekuliere ich darauf, dass die Teilchen, die viel kleiner sind, ihre angestammten Atome verlassen, nur um auch einen Teil eurer Aufmerksamkeit abzubekommen.
Dadurch sollte in der Nähe des Kreuzes, also daneben, ein Bereich mit ganz viel leerem Raum entstehen.
Da dies der schwächste Punkt sein wird, würde ich gerne genau dort hindurchgehen.
Zuerst könnten wir das auf mechanische Weise versuchen zu erreichen.
Alex, Querin und Iniyan, vielleicht würdet ihr das in Angriff nehmen?
Falls das nicht funktioniert, könnten wir es später noch auf chemische Weise probieren.
Ich weiß auch noch nicht so genau, wie das gelingen kann.
Jedenfalls würde nach einer Weile direkt am Kreuz die am meisten verdichtete Stelle sein und daneben die offenste.
Lasst uns, es einfach mal testen.«
Sofort blickten alle wie gebannt auf Akiras Kreuz.
Etwa nach einer Stunde forderte Akira Alex zu einem ersten Versuch auf.

Dessen Brechstange brachte leider keinerlei Erfolg.
Sie probierten es noch einige Male.
Am Abend waren die meisten ziemlich genervt davon, ständig auf das Kreuz zu schauen.
Quick Deer meinte, es sei dringend Zeit für eine Pause.
Außerdem stellte er in Aussicht, etwas Wichtiges für den nächsten Morgen vorbereiten zu wollen.
Während die Kameraden am Frühstücken waren, erschien Quick Deer wieder zurück auf der Bildfläche.
Im Schlepptau hatte er etwa eintausend weitere Menschen, die allesamt zu den Eingeweihten gehörten.
Akira stockte der Atem.
Er begriff sofort, was der Plan des ehemaligen Lehrers seiner Mutter war.
Aufgeregt trieb er alle zur Eile an.
Kurz darauf standen unzählige Menschen vor der Grenze des sechsten magischen Feldes.
Diejenigen, welche direkt zur Expedition gehörten, standen ganz vorn.
Die anderen dahinter.
Für jene, die weiter hinten standen, waren mehrere verschieden hohe Podeste angebracht worden, damit sie von ihrem Standpunkt aus das Kreuz ebenfalls gut sehen konnten.
Akira gab das Zeichen dazu, dass es losgehen sollte.
Bereits nach etwa zwanzig Minuten konnte man schon mit bloßem Auge erkennen, dass es am Kreuz etwas dunkler geworden war.
Ein Stück davon entfernt, wurde es jedoch immer heller.
Nach ungefähr vierzig Minuten stellte Akira fest, dass die Aufmerksamkeit der Anwesenden wieder etwas nachließ.

Sie hatten den Höhepunkt offenbar schon überschritten. Schnelles Handeln war erforderlich.
Akira, Iniyan und Querin waren sofort zur Stelle.
Mit geeinter Kraft schlugen sie mit aller Macht auf den hellen Fleck ein.
Das war der Punkt, von dem man annahm, dass dort gerade keine oder nur recht wenige Teilchen, also Materie, anwesend waren, denn man vermutete sie alle in der Nähe des Kreuzes.
Tatsächlich konnten sie die Wand an jener Stelle beschädigen.
Nachdem binnen weniger Minuten ein Loch entstanden war, durch das sich die Teilnehmer zwängen konnten, verschwand einer nach dem anderen in dem sechsten magischen Feld.
Akira rief die Zuschauer auf, weiterhin mit aller Kraft auf das Kreuz zu schauen, denn diese waren nun von den Ereignissen an der Öffnung des Feldes wie magisch angezogen.
Schon begann sich diese zu schließen, weil sich das Phänomen mangels genügend Aufmerksamkeit wieder am Umkehren war.
Brenda war daher in dem Loch eingeklemmt und brüllte wie am Spieß vor Angst.
Akira schrie aus Leibeskräften erneut: »Schaut nur auf das Kreuz. Alles hängt davon ab.«
Alex stand bereit, sofort das Loch wieder vorsichtig zu vergrößern, um Brenda den Weg freizumachen.
Dann verschwand auch er in der Öffnung.
Gott sei Dank hatte Akiras Hinweis geholfen, sodass jetzt auch am Ende ebenfalls noch Atlantus mit einem letzten liebevollen Blick auf seinen Bruder durch das

Loch verschwunden war.
»Es ist gut«, rief Akira den Anwesenden zu.
»Es ist getan. Wir können nach Hause gehen.
Jetzt hilft nur noch beten.«
Unter diesen Worten verließen die Gekommenen das Areal um das »Dunkle Autonom«.
Das Loch hatte sich längst wieder von selbst verschlossen.

Den Teilnehmern der Expedition verschlug es sofort den Atem, nachdem sie das Feld des Feuers betreten hatten.
Ohne die wunderbaren Schutzanzüge wären sie wahrscheinlich auf der Stelle verglüht.
Trotzdem war es noch immer unglaublich heiß an diesem Ort.
Wenig später zeigten die Anzüge, was wirklich in ihnen steckte.
Plötzlich begann in deren Innerem eine Art Klimatisierung zu wirken.
Von einem auf den anderen Moment waren die Freunde von der großen Hitze befreit.
Im Anzug war es jetzt angenehm temperiert, selbst die Luftfeuchtigkeit hatte den Wert eines normalen Sommertags angenommen.
Völlig frei, so als wären sie unter normalen Umständen draußen in der Natur unterwegs, konnten sich nun wieder alle bewegen.
Nicht nur Atlantus schickte ein Dankesgebet in Richtung Karlaos und der hilfreichen Sonne.
Jetzt hatten sie eine reale Chance an diesem Ort.
Im nächsten Moment schon griffen die Wesen aus Lava

an.
Diese waren mindestens doppelt so groß wie die Krieger.
Trotz alledem waren sich die Gegner ebenbürtig.
Es entspann sich ein Kampf, ähnlich einem eleganten Tanz, zwischen den Feuer-Wesen und den Kameraden.
Auf jeden Angriff folgte eine Parade, egal welche Seite diesen auch gestartet hatte.
Mit Anmut bewegten sich die Kämpfer im Rhythmus der Schläge hin und her.
Der Kampf war völlig ausgeglichen.
Keine Seite konnte einen Vorteil erringen.
Als letztes versuchte Atlantus noch im Stillen, all das verborgene Wasser des Feldes zu sammeln und es dann geballt auf die Feinde zu werfen.
Auch das wurde von jenen gekonnt pariert.
Die Flüssigkeit verdampfte lediglich.
Sie hatte den Feuer-Wesen keinen Schaden zugefügt.
Nach einigen Stunden zogen sich die Gestalten aus Lava einfach zurück.
Dies nutzten auch die Freunde, um sich zu besprechen.
»Ich bin sehr dankbar für die Ausrüstung.
Aber dennoch, so werden wir keinen Schritt vorwärtskommen.
Im Gegenteil, wenn die Feuer-Wesen nicht mehr angreifen, was ich im Übrigen genauso erwarte, dann brauchen diese nur zu warten, bis uns das Wasser ausgeht.
Wir benötigen dringend eine Eingebung, was zu tun sein könnte.
Ich nehme an, dass wir uns dazu in Ruhe Zeit nehmen können.«

Ein Blick in die Richtung, in welche die Feuer-Wesen verschwunden waren, schien Quick Deers Aussage zu bestätigen.
Alles war ruhig.
Lucinda nutzte auf der Stelle ihren Stab, welcher auf wundersame Weise ebenfalls nicht von der großen Hitze verschlungen worden war.
Nach einer Weile sprach sie:
»Ich erhielt immer wieder die gleiche Antwort.
Offenbar werden wir durch logisches Nachdenken hier nicht weiterkommen.
Wir müssen unseren Verstand völlig leeren und warten, ob von selbst aus dem Universum ein Hinweis in uns herein flattert.«
»Du meinst also, dass wir absichtslos meditieren sollen, denn deine Empfehlung war ja eindeutig die Beschreibung einer guten Meditation?«
Quick Deer lächelte die junge Frau freundlich an.
Diese lächelte zurück.
»Ja, genau das meine ich.
Wir haben genügend Zeit dafür und ohnehin im Moment nichts Besseres zu tun.«
Die Freunde setzten sich im Schneidersitz, mit dem Rücken an die Feldgrenze angelehnt, auf den Boden.
Selbst dafür waren die Anzüge elastisch genug.
Was dies wohl für ein wundervolles Material war, fragte sich Atlantus zum wiederholten Mal.
Die erste Wache übernahmen Alex sowie Querin.
Die, die auf dem Boden saßen, begannen nun damit, ihre Gedanken nicht mehr zu beachten.
Diese zogen dann nur noch in ihren Köpfen vorbei, so wie Wolken am Himmel.

Mit der Zeit wurden jene Gedanken langsamer, dann vereinzelter und später blieben sie über längere Strecken ganz aus.
Ruhig atmeten die Freunde in diese seligen Lücken tief ein.
Das waren die Momente, an denen sie leer genug waren, um wirklich Neues zu empfangen.
Atlantus hatte von Akira einmal gehört, dass wahre Wissenschaftler immer nur auf diese Weise den letzten Schlüssel zu einem Problem, welches sie gerade am Lösen waren, bekommen hatten.
Danach brauchten sie nur noch mit ihrem Verstand die Ergebnisse in die richtige Reihenfolge zu setzen und anzuwenden.
Akira hatte auch erzählt, dass der berühmte Einstein daher regelmäßig meditiert haben sollte.
Beim Meditieren erhielt die Seele ganz nebenbei auch noch ihre Nahrung.
Nur ein Mensch, der eine Möglichkeit gefunden hatte, sich auf solche Art zur Ruhe zu bringen, war wahrhaft genährt.
Alle anderen gingen leer aus, was bedeutete, dass sie nach und nach sehr unzufrieden wurden.
Sie versuchten zwar mit allerlei Dingen im Äußeren, dieses Loch zu stopfen.
Doch das gelang niemals.
Egal, wie viel Geld, Ruhm, Macht oder Besitz sie auch anhäuften, sie würden dort kein wahres Glück finden.
Dieses war nur durch die Stille zu erlangen.
Natürlich musste man sich dafür nicht extra hinsetzen und meditieren.
Es reichte auch völlig aus, gedankenlos Löcher in die

Luft zu schauen oder in der Natur still innezuhalten.
Aber wer so etwas in seinem Leben nicht hatte, der war und blieb ein unterernährter, unzufriedener Mensch.
Auch wahre Kreativität fehlte solchen Wesen zumeist.
Somit würde die Meditation auf jeden Fall eine Stärkung für die Kameraden sein, selbst wenn sie keinen weiteren Hinweis für ihrer aller Rettung erhalten würden.
Zu Hause hatten sich auch Finnbar und Akira zum Meditieren niedergesetzt.
Akira, welcher sich schon zuvor damit beschäftigt hatte, wie sie das Eintrittsloch ins Feld erschaffen könnten, war irgendwie in solch eine Richtung am offensten.
Plötzlich hatte er einen Einfall.
Still wartete er, bis die anderen ebenfalls so weit wären und er sie ansprechen könnte.
Währenddessen beschäftigte er sich damit, den Einfall noch weiter auszubauen.
Nach einiger Zeit klopfte Lucinda mit ihrem Stab ein paar Mal auf den Boden, um zu signalisieren, dass die Meditation dem Ende zuging.
Als Akira sich gewiss war, dass sie wieder im Alltagsbewusstsein verweilten, begann er zu sprechen.
»Ich habe mich gefragt, was dem Feuer sowie dessen Wesen schaden könnte.
Das wären Wasser sowie Kälte.
Das mit dem Wasser hat Atlantus schon vergeblich ausprobiert, das mit der Kälte steht uns zurzeit innerhalb des Feldes nicht zur Verfügung.
Während der Medi kam mir jedoch die Idee, dass wenn wir es schaffen würden, von innen ein Loch in die Außenwand des Feldes zu bekommen, wir auf diese Weise die Lava absichtlich nach außen leiten könnten.

Dort würde jene erstarren, was natürlich auch für die Feuer-Menschen, die ja aus Lava bestehen, gelten würde.«
Akiras Idee wurde mit großem Interesse aufgenommen.
Allerdings war der schwierigste Teil der Geschichte nicht gelöst.
Es war nämlich überhaupt nicht klar, wie man denn in Gottes Namen ein Loch in die Feldwand bekommen sollte.
Man überlegte hin und her.
Akira schlug vor, sich wiederum außen mit vielen Menschen zu versammeln und von dort aus ein weiteres Loch zu erschaffen.
Dies wurde aber als zu gefährlich verworfen.
Wenn wirklich schlagartig die Lava aus dieser Öffnung austreten würde, wäre das für die Menge an Menschen ein viel zu großes Risiko.
Etwas kleinlaut sprach Lucinda davon, dass sie auch schon darüber nachgedacht hatte, mithilfe des Stabs eine ähnliche Explosion durch ihren Körper auszulösen, wie Soholit es bei dem Elben-Riesen getan hatte.
Allerdings war auch hier das Risiko erstens zu groß, die eigenen Leute zu töten, und zweitens konnte sie es einfach nicht tun.
Sie war einerseits nicht bereit heute zu sterben und andererseits nicht in der Lage, ihren Gefährten Querin so sehr zu verletzen.
Liebevoll sah dieser ihr in die Augen.
Der erste Tag neigte sich dem Ende.
Während immer zwei Freunde abwechselnd Wache hielten, ruhten sich die Verbliebenen aus.
Ein neuer Tag war angebrochen.

Von den Feuer-Wesen war noch immer nichts zu sehen.
Es war wohl so, wie Quick Deer es vermutet hatte.
Diese seinerseits zu suchen und anzugreifen, wäre wegen der ausgeglichenen Kräftelage ebenfalls unsinnig gewesen.
So blieb im Augenblick tatsächlich nur die Möglichkeit, zu versuchen ein Loch in die Feldwand zu bekommen.
Etwas halbherzig versuchte es Alex mit seinem Brecheisen.
Er verstand gerade gar nichts mehr, denn eigentlich hätte sein Brecheisen wegen der hohen Temperaturen im Feld schon längst geschmolzen sein müssen.
Das war es aber nicht.
Da Alex diese Dinge mit seinem Verstand nicht begreifen konnte, entschied er sich, sie einfach von sich zu schieben.
Auch einige andere probierten noch das aus, was auch vorher von außen nicht geholfen hatte, ein Loch in die Wand zu bekommen.
Lediglich Iniyan hatte eine neue Idee.
Er wagte es, seinen Schutzanzug auszuziehen.
Entsetzt sahen ihn alle Freunde an.
Im nächsten Moment schon wurde Iniyan ebenfalls zu einem Lava-Menschen.
Danach schaffte er es, die Lava seines Körpers zum Verwirbeln zu bringen.
Er ordnete die Wirbel so an, dass sie oben ganz schmal und nach unten hin breiter wurden.
Dann nahm er Anlauf und schnellte einem Pfeil gleich in Richtung der Feldwand.
Nun verstanden die anderen, was Iniyan vorhatte.
Das Stein-Kind hatte sich selbst in einen riesigen, heißen

Bohrer verwandelt.
Er schlug die Feuer-Menschen mit ihren eigenen Waffen.
Schon war ein viel größeres Loch als bei ihrem Eintritt ins Feld in der Feldwand entstanden.
Die Lava begann augenblicklich herauszufließen.
Mit einem Kopfnicken verständigten sich die Kameraden.
Dann begannen sie den Angriff auf die Feuer-Menschen, um diese durch das Loch hinauszutreiben.
Bald hatten sie es tatsächlich geschafft, diese in die Nähe der Öffnung zu bekommen.
Durch das Loch war das Gleichgewicht im Feld gestört und die Temperatur ein wenig gesunken.
Dadurch waren die Wesen des Feuers geschwächt genug, sodass die Freunde sie jetzt einen nach dem anderen durch die Öffnung treiben konnten.
Doch künstliche Intelligenz wäre nicht künstliche Intelligenz, wenn sie hier nicht alsbald eine Lösung angeboten hätte.
Bei dem nächsten Wesen, welches das Loch passierte, wurde die Geschwindigkeit der Bewegung herabgesetzt, worauf das Wesen unmittelbar mit dem Erkalten und Versteinern begann, während es noch in der Öffnung steckte.
Binnen kürzester Zeit war dadurch das Loch verschlossen.
Iniyan, welcher selbst außerhalb des Feldes wieder zu Stein erstarrt war, hatte sich noch nicht erneut wieder zusammengesetzt, bevor das Loch verschlossen wurde.
Er blieb somit außerhalb des Feldes zurück.
Auf seine Hilfe konnten sie nicht nochmals hoffen.
Angstvoll sahen sich die Freunde an.

Noch immer waren die Hälfte der Feuer-Wesen und genügend Lava im Feld.
Der Gegner war daher noch genauso gefährlich wie zuvor.
Dieser zog sich wieder zurück, um einfach das Verdursten der Freunde abzuwarten.
Hoffnungslosigkeit machte sich breit.
Was sollten sie nur tun?
Sollten all ihre Bemühungen umsonst gewesen sein?
Es sah fast so aus.
Das »Dunkle Autonom« schien am Ende doch die Pläne des »Herrn der Finsternis« zu dessen Zufriedenheit ausführen zu können.
So verging tatenlos Tag für Tag.
Obwohl die Kameraden das Wasser stark rationiert hatten, war dieses vor zwei Tagen doch ausgegangen.
Die Freunde wurden mit jeder Stunde schwächer.
Unweit sahen sie die Feuer-Wesen, welche sich anscheinend neugierig genähert hatten.
Geduldig warteten diese auf den Tod ihrer Gegner.
Akira und Finnbar, die es zu Hause einfach nicht mehr ausgehalten hatten, standen weinend außerhalb des sechsten Feldes.
Iniyan, der nun wieder unter den Lebenden weilte, konnte ebenfalls nichts tun.
Außerhalb des Feuerfeldes war er nicht mehr in der Lage, sich in solch einen mächtigen Lava-Bohrer zu verwandeln.
Dann war es so weit.
Das Sterben unter den Kameraden hatte begonnen.

Karlao und der schwarze Stern

Zielsicher flog Karlao tief ins Universum hinein.
Vor langer Zeit, als er sich bekanntlich als letzter Osiriat sehr einsam gefühlt hatte, war er schon einmal so weit geflogen.
Leider hatte er damals nicht das gefunden, was er sich erhofft hatte.
Auf der Suche nach weiteren belebten Planeten war er jedoch auf etwas gestoßen, das er noch nie zuvor gesehen hatte.
Da es aber zu jener Zeit nicht das war, was er sich wünschte, hatte er die erstaunliche Entdeckung innerlich ad acta gelegt.
Soeben war sie ihm wieder eingefallen.
Das zumindest war etwas, das er bis jetzt noch niemals erforscht hatte.
Vielleicht würde er ja dort eine kraftvolle Hilfe finden, um das schier Unmögliche auf der Erde zu vollbringen.
Soweit er wusste, hatte dieses Phänomen noch keiner je zuvor ausreichend erklären können.
Schon sah er ihn von Weitem, den gefrorenen Stern.
Er zeigte sich Karlao wie ein schwarzes Loch, welches mit einem goldenen Schein umgeben war.
Als er damals zurückgekehrt war, hatte er sich sofort aus reiner Neugier oder weil es gerade nichts Interessanteres zu tun gab, in der Bibliothek der Zeit von Aquarius über die gefrorenen Sterne eingehend informiert.
Offenbar stürzte ein Stern, wenn dessen Zeit zum Sterben gekommen war, manchmal in sich zusammen.

Wenn dieser dann vollständig kollabiert war, blieb einfach noch so ein schwarzes Loch übrig, welches Karlao aktuell vor sich sah.
Dieses schwarze Loch sollte angeblich alles in sich aufsaugen, was ihm zu nahe kam.
Je nach Größe konnten diese schwarzen Löcher sogar ganze Galaxien in sich verschwinden lassen.
Der dunkle Stern, welcher gerade vor Karlao lag, war nicht ganz so groß.
Es hatte einen Durchmesser von etwa sechs Kilometern.
Mit gebührendem Respekt umkreiste Karlao das schwarze Ding.
Es war klar, dass, wenn er diesem zu nahe käme, er wohl auf nimmer Wiedersehen darin verschwinden würde.
Kurz fragte sich Karlao, neugierig, wie er eben war, was das wohl für eine Erfahrung wäre, rief sich jedoch sofort zur Ordnung.
Das würde ja letztlich niemandem nutzen.
Schließlich war er nicht zum Spaß hier.
Es ging um nicht weniger, als durch die Vernichtung des »Dunklen Autonoms« die Erde vor ihrem endgültigen Untergang zu bewahren.
Nur daran musste er denken.
Wie ihm allerdings das schwarze Loch dabei behilflich sein könnte, war ihm ein Rätsel mit sieben Siegeln.
Er tastete sich jeweils einige Zentimeter näher an den dunklen Stern heran.
Verspürte er von dort keine Anziehungskraft, wiederholte er diese Prozedur.
Er hatte sich vorgenommen, bei den ersten Anzeichen

einer Gravitation sofort zurück nach außen zu fliehen.
Näher und näher kam der kleine Osiriat der schwarzen Gefahr.
Ihm standen bereits Schweißperlen vor Angst sowie Konzentration auf der Stirn.
Er musste sich zum nächsten Schritt regelrecht zwingen.
Nochmals näherte er sich ein kleines Stück.
Dann spürte er die Anziehung.
Auf der Stelle versuchte Karlao, sich wieder zurückzuziehen.
Das jedoch gelang nicht mehr.
Er befand sich offenbar bereits an einem Punkt, von dem es nur noch eine Richtung gab – nämlich nach innen.
Die einzige Alternative, die sich ihm bot, war, in der Umlaufbahn zu bleiben, in der er sich gerade befand.
Ihm war jedoch klar, da er kein Stern oder Planet war, dass dies nur eine kleine Weile gut gehen konnte.
Spätestens nachdem er verdurstet wäre, würde er in das schwarze Loch hineingezogen werden.
Nachdenklich umrundete er in seiner eigenen Bahn den dunklen Stern wieder und wieder.
Er war ziemlich nah an dem Loch dran, dachte er.
Vorsichtig holte deshalb er aus seinem Rucksack ein Fernrohr heraus.
Deutlich konnte er nun die nähere Umgebung des gefrorenen Sterns ausmachen.
Witzigerweise war unmittelbar neben dem größeren schwarzen Loch noch ein winzig kleines.
Dessen Durchmesser war circa acht Meter.
Dieses wurde offenbar nicht in das große Loch hineingezogen.
Karlao stellte das Fernglas schärfer auf das Kleine.

Er traute seinen Augen nicht.
Das konnte ja wohl nicht sein.
Er schrieb seine Wahrnehmung einzig seinem neuen Dasein als Trabant des dunklen Sterns zu.
Wahrscheinlich war er schon ein wenig verwirrt.
Es konnte sicherlich nicht sein, dass das kleinere Loch das Größere so attackierte, wie Karlao es soeben gesehen hatte.
Hätte ein schwarzes Loch Beine haben können, hätte Karlao geschworen, das Kleinere hätte das Größere soeben getreten.
Neugierig beobachtete Karlao das Treiben unter ihm.
Er hatte sich nicht getäuscht.
Es passierte immer wieder das, was er gerade als Nonsens abgetan hatte.
Jetzt schien es, als ob das Größere eine Art Machtwort gesprochen hatte, denn es hatte sich kurz komprimiert und ausgedehnt.
Daraufhin gab das Kleinere Ruhe.
Dem kleinen Osiriaten kam es so vor, als wenn das Winzloch dem anderen nun bockig den Rücken zugedreht hätte.
Na ja. Das konnte, nach wie vor, einfach nicht sein.
Nachdem Karlao es müde geworden war, mit seinem Fernrohr auf die zwei schwarzen Löcher zu schauen, bei denen sich im Übrigen gar nichts mehr tat, begann er sich ganz schrecklich zu langweilen.
Offen, wie er war, hätte er jetzt gerne neue Freundschaften geschlossen.
In Ermangelung weiterer Wesen war ihm dazu sogar ein schwarzes Loch recht.
Er versuchte abzutasten, ob es da unten einen Geist

gab, in den er hätte zwecks Kommunikation eindringen können.
Beim großen schwarzen Loch erlitt er sofort Schiffbruch.
Dieses versuchte umgehend, seinen Geist in sich hineinzusaugen.
Mit einem blauen Auge kam der kleine Osiriat gerade noch einmal unbemerkt davon.
Im All herumzutreiben ohne Verstand wäre sicher kein Vergnügen gewesen.
Nach etwa einer Stunde langweilte er sich jedoch so sehr, dass ihn nichts davon abhalten konnte, nochmals das Gleiche bei dem kleinen Loch zu versuchen.
Hier wurde er erstaunlicherweise nicht angezogen.
Stattdessen traf er auf Gedanken.
Voller Staunen hörte Karlao diesen heimlich zu.
»Dieser blöde Idiot. Was glaubt der denn?
Meint er wirklich, ein jeder will so werden wie er?
Da beißt er bei mir aber auf Granit.
Soll er sich doch einen anderen Sohn suchen, der einmal seine Nachfolge antreten wird.
Ich habe überhaupt keine Lust, hier statisch herumzuhängen und Dinge zu vernichten.
Nicht mit mir!
Ich will hier weg, unbedingt.
Ich würde mir die Dinge gerne genauer ansehen, anstatt sie in mir verschwinden zu lassen.
Bei dem Stern, den er neulich gefressen hat, habe ich ganz deutlich gesehen, dass dort noch Leben vorhanden war.
Wie kann man nur?
So ein erbärmlicher, feiger Mörder.

Eher löse ich mich auf, als dass ich auch einmal so wie er werde.«
Karlao glaubte, er höre nicht richtig.
Konnten die Löcher etwa lebendig sein?
Waren das da unten etwa Vater und Sohn?
Falls ja, war der Sohn wohl in einer Trotzphase.
Karlao schätzte dessen Alter, wenn man es mit einem Menschen vergleichen würde, auf maximal zwölf bis dreizehn Jahre.
In der Pubertät, wahrscheinlich.
Einen kurzen Moment lang verspürte er so etwas Ähnliches wie Mitgefühl für den offenbar ziemlich gebeutelten Vater.
Da dieser bestimmt nicht hilfreich für Karlaos Mission sein würde, beschäftigte er sich jedoch lieber weiterhin mit dem Kleinen.
Ob er wohl diesen über den Geist ansprechen konnte?
Was hatte er schon zu verlieren?
Sowieso hatte er nur noch wenig Zeit.
Also setzte er alles auf eine Karte.
»Hallo, du da unten.
Ich kann gut verstehen, dass du noch etwas mehr sehen möchtest als diese Stelle, an der du gerade bist.
Schau mal.«
Kurz ließ der kleine Osiriat ein Bild der schönen Blumenwiese, auf die er so gerne gegangen war, mit all der Pracht seiner Bewohner in dem Geist des kleinen schwarzen Loches entstehen.
Dieses schien sichtlich beeindruckt zu sein.
Es tastete vorsichtig, vor allem deshalb, damit sein Vater nichts bemerkte, seine Umgebung ab.
Schon hatte er Karlao ausgemacht.

»Wer bist du denn und wieso fliegst du da oben herum?
Weißt du nicht, wie gefährlich das ist?
Das war aber ein schönes Bild.
Von wo kommt das?«
Geduldig erklärte Karlao dem Kleinen alles, was dieser wissen wollte.
Dessen Wissensdurst war schier unersättlich.
Schließlich bat er um weitere Bilder.
Mit Absicht wählte Karlao Szenen von der Erde, als diese noch fast unberührt war.
Bisweilen zeigte er auch seine Freude.
Mit Feuer und Flamme war der Kleine dabei, alles Wissenswerte über die Erde zu lernen.
Plötzlich verstummte er und schirmte seinen Geist gründlich vor Karlao ab.
Es sah so aus, als hätte das größere Loch erneut Kontakt zu seinem Sprössling aufgenommen.
Wieder stupste dieses das Kleine an.
Daraufhin kontrahierte der Kleine und wurde dann ein kleines Stück größer.
Anscheinend schien der Vater nun damit zufrieden und ließ den Sohn in Ruhe.
Sofort öffnete dieser wieder den Geist zu Karlao.
»Für den Moment sollten wir eine Atempause haben.
Mein Vater verlangt von mir andauernd, zu wachsen.
Ich soll nämlich einmal genauso werden wie er.
Dagegen wehre ich mich bereits seit Urzeiten.
Ich glaube, ich habe ihn gerade ganz schön überrascht mit meinem Wachsen.
Wie ich meinen Vater kenne, wird er aber in absehbarer Zeit erneut auf mich zukommen.
Er wird sicher mehr und mehr von mir verlangen.

Weißt du, ich habe Angst, dass sich vielleicht ab einer bestimmten Größe auch mein Charakter ändern könnte.
Ich will auf keinen Fall so werden wie er.«
Des Kleinen Stimme klang sehr entrüstet.
»Hast du eigentlich einen Namen?«, fragte Karlao neugierig.
»Ja, man nennt mich Sigurd.«
»Das ist aber ein schöner Name.
Er bedeutet etwas zwischen Sieg und Frieden.
Das hört sich wie eine Verpflichtung an«, antwortete Karlao.
Nach einer Weile fragte Sigurd: »Wieso bist du eigentlich hergekommen und noch dazu so dicht an uns heran?«
Karlao fasste sich ein Herz.
Er erzählte dem Kleinen die gesamte Geschichte der Erde, welche er stets mit Bildern aus seinem Geist untermalte.
Er ersparte dem Jungen auch nicht, einen Blick in die Zukunft zu werfen.
Zuerst brachte er ihn einhundert Jahre weiter in die Zukunft.
Dort waren nur noch riesige Hochhäuser, die zerstörte Natur, die schlechte Nahrung sowie die blassen Gesichter derer, die noch auf der Erde lebten, deutlich zu sehen.
Gleich darauf spielte Karlao Sigurd ein Bild zu, welches er selbst einstmals aus dem Brunnen der Zeit erhalten hatte.
An dieser Stelle war dann der endgültige Untergang der Erde zu erkennen.

»Ich nehme an, danach wird die Erde entweder von so jemandem wie deinem Vater verschlungen werden oder aber die „Herrin des Lichts“ erschafft etwas völlig Neues aus ihr«, endete Karlao seinen geistigen Vortrag.
»Das ist ja ein Unding, dass so etwas passieren kann.
Und du sagst, ihr wollt das verhindern?
Da wäre ich so gerne dabei.«
Die Stimme des kleinen schwarzen Loches klang sehnsuchtsvoll.
»Ich habe mir schon, solange ich denken kann, gewünscht, einmal etwas zu erschaffen, statt nur immer alles zu vernichten.
Jetzt muss ich das ja noch nicht persönlich tun.
Aber ich werde definitiv darauf vorbereitet.
Mein Vater sagt immer, jetzt sei nur die Zeit, um zu wachsen.
Erst danach dürfe ich etwas verschlingen.
Dabei tut er stets so, als würde ich mir das für mich tatsächlich wünschen.
Er sagte auch, wenn ich schon sofort etwas vertilgen würde, sei das zwar möglich und die Dinge wären auch unwiederbringlich weg.
Allerdings sei er sicher, dass dies meiner Zukunft als erfolgreichem schwarzem Loch auf alle Fälle im Wege stände.
Was er damit meinen könnte, ist mir schleierhaft.
Er will es mir auch nicht sagen.
Ich weiß nur, dass es für mich sehr gefährlich sein soll.
Hör mal, wie soll es denn nun weitergehen?
Ewig kannst du da nicht mehr herumkreisen, oder?«
»Wenn ich könnte, würde ich sofort wieder nach Hause fliegen«, antwortete Karlao.

»Ich habe so ein dringendes Gefühl, dass ich dort gebraucht werden könnte.
Vielleicht sind meine Freunde in Gefahr.
Du weißt doch, sie sind mit dem sechsten magischen Feld zugange.
Das Ding ist nur, ich hänge hier fest.
Ich kann nicht weg.
Das einzige, das mir zu tun übrigbleibt, ist das Umkreisen von euch zwei oder aber mich in deines Vaters Schlund fallen zu lassen.
Du siehst also, ich brauche auch Hilfe, so wie du.«
»So wie ich? Was meinst du denn damit?«
»Ich dachte, du willst nicht so werden, wie dein Vater.
Wenn du hierbleibst, sehe ich dafür keine Alternative.
Du musst hier weg, genauso wie auch ich.
Denkst du nicht, wir könnten uns einander dabei helfen?
Falls wir es schaffen, aus der Reichweite deines Vaters zu gelangen, würde ich dich zur Erde mitnehmen.
Vielleicht können wir auch dort uns gegenseitig von Nutzen sein.
Was meinst du?«, schloss Karlao seine Rede.
»Liebend gerne käme ich mit dir.
Ich weiß bloß nicht, ob ich mich überhaupt bewegen kann.«
»Auf jeden Fall kannst du dich zusammenziehen.
Das habe ich gesehen.
Wenn du dich nun auf einer Seite mehr sowie auf der anderen etwas weniger zusammenziehst, müsstest du doch von der Stelle kommen.
Bei uns gibt es Lebewesen, die sich auf ähnliche Weise fortbewegen können.
Die Frage ist nur, ob dein Vater dich festhält oder

nicht.«
»Ich wäre sofort bereit, mit dir zu kommen.
Bloß, wie bekommen wir dich aus deiner Umlaufbahn?«
»Vielleicht könntest du mir einen Stoß verpassen.
Ich glaube, ich brauche nur ein klein wenig mehr Energie, dann käme ich wieder heraus.
Danach fliehen wir zu zweit. Wollen wir?«
Der Kleine war Feuer und Flamme.
Bevor sein Vater auf die Idee kommen konnte, weiteres Wachstum von ihm zu verlangen, entschied er sich sofort auszubrechen.
Es war ja nicht klar, ob er nach dem nächsten Wachstumsschub noch immer er selbst bleiben würde.
Heimlich probierte er zuerst die Art der Kontraktion, welche ihm Karlao soeben vorgeschlagen hatte.
Dann sammelte er all seine Kräfte, die er in sich finden konnte.
Bereits die erste echte Kontraktion brachte ihn ein gutes Stück weiter.
Noch schien dem Vater nichts aufgefallen zu sein.
Mit vier weiteren, starken Kontraktionen war Sigurd ganz dicht an Karlao herangekommen.
Mit dem fünften Zusammenziehen gab er diesem einen starken Stoß.
Tatsächlich gelangte dieser sofort aus der Umlaufbahn.
»Folge mir, so rasch du kannst«, rief Karlao seinem neuen Freund im Geiste zu.
Auch er selbst flog so schnell er konnte in Richtung der Erde zurück.
Plötzlich bemerkte er, wie schwer ihm das Fliegen mit einem Mal fiel.
Ein Blick nach hinten bestätigte seine größten

Befürchtungen.
Sigurds Vater hatte die Flucht seines Sprösslings inzwischen bemerkt.
Er hatte seine Macht ausgedehnt und war dadurch in der Lage gewesen, sowohl Karlao als auch den kleinen, dunklen Stern zurückzuhalten.
Karlao sah, dass auch Sigurd nicht mehr vorwärtskam.
Im Gegenteil, langsam aber sicher bewegten sich die zwei wieder rückwärts in Richtung des großen schwarzen Loches.
»Wenn wir jetzt nicht gleich einen zündenden Einfall haben, sind wir verloren«, schrie ihm Sigurd verzweifelt zu.
»Mein Vater wird auch mich verschlingen.
So viel ist sicher.
Ich bin in seinen Augen viel zu unzuverlässig.
Er braucht von sich nur ein weiteres Stück abzubrechen und schon hat er ein neues Kind.
So war auch ich damals aus ihm entstanden.«
Karlao zermarterte sich in Panik das Gehirn.
Was konnte jetzt noch helfen?
Wer war so mächtig, einem schwarzen Loch die Stirn zu bieten.
Schon war alles rings um ihn in tiefste Schwärze gehüllt.
Mit der Macht der Verzweiflung rief er nach Orlana.
Diese hatte ihnen damals auf der Platana gezeigt, wie sie im Notfall zu erreichen wäre.
Plötzlich erstrahlte die Galaxis rund um die beiden Flüchtenden unglaublich hell.
Die Helligkeit war so stark, dass der Vater vollauf damit beschäftigt war, zunächst jene in sich aufzunehmen.
Diese kurze Atempause genügte für die neuen Freunde,

einen so großen Abstand zwischen sich und Sigurds Vater zu bringen, dass der sie nicht mehr erreichen konnte.
»Das muss aber unbedingt unser Geheimnis bleiben«, klang Orlanas Stimme in Karlaos Geist.
Karlao wischte sich über die nasse Stirn.
Sein Herz raste noch immer.
Kaum hatte er sich ein wenig beruhigt, hörte er die ausgelassene Stimme Sigurds.
»Wir haben es geschafft, wir haben es geschafft.
Mann, das war aber knapp.«
Übermütige Purzelbäume schlagend, flog Sigurd neben Karlao her.
Er war so glücklich.
Als er jedoch Karlaos ernstes Gesicht bemerkte, fragte er: »Was ist denn los? Ist etwas passiert?«
»Schau mal, da vorn kannst du schon die Erde sehen.
Es ist nicht mehr weit«, antwortete Karlao.
»Ich habe gerade über den Geist Kontakt mit einem meiner Kameraden aufgenommen.
Sie wurden offenbar von den Feuerwesen endgültig besiegt.
Sie sterben.«
»Das ist allerdings schlimm«, antwortete Sigurd und beeilte sich, Karlao hinterherzukommen.

Die Macht der Gedanken

Schon waren Sigurd sowie Karlao am äußeren Rand des sechsten magischen Feldes angelangt.
Davor standen Finnbar, Akira, Tanja, Lia, Quiskan, Basilika, Iniyan und noch einige andere, die eine enge Menschentraube gebildet hatten.
Sie weinten bitterlich.
Karlao wandte sich an Sigurd und fragte diesen etwas über den Geist.
»Es wäre mir eine Ehre«, antwortete der kleine, dunkle Stern schlicht.
»Los, begebt euch mit mir zum Lager des ersten Feldes.
Wir müssen uns sofort die Schutzanzüge anziehen.
Es könnte hier gleich ziemlich heiß werden«, rief Karlao den weinenden Freunden zu.
Hoffnungsvoll blickten die Trauernden auf.
Sofort taten sie zusammen mit Karlao das Gewünschte.
Es zeigte sich, dass der Flammenhüter tatsächlich recht behalten hatte.
Die Anzüge reichten gerade so für alle Anwesenden aus.
Daraufhin kehrten sie umgehend alle gemeinsam dahin zurück, von wo sie eben gekommen waren.
Karlao versuchte jetzt Kontakt zu den Kameraden aufzunehmen, welche sich im Inneren des Feldes befanden.
Das war leider nicht mehr möglich.
Sie waren offenbar entweder ohnmächtig oder schon von ihnen gegangen.
Lediglich bei Atlantus bemerkte Karlao noch deutlich einen langsamen Herzschlag.

Bei den anderen hörte er rein gar nichts mehr.
Wenn ein Mensch verdurstete, so wurde dessen Blut immer dicker, da es diesem an Wasser mangelte.
Ab einem bestimmten Punkt war der rote Lebenssaft dann so zähflüssig geworden, dass es dem Herzen nicht mehr möglich war, es im Körper herumzupumpen und diesen dadurch weiterhin mit Sauerstoff sowie Nährstoffen zu versorgen.
Das war der Augenblick, an welchem ein Mensch dann in der Regel sterben musste.
Offenbar hatten die Freunde dieses Stadium schon erreicht.
Dennoch war es noch immer für die anderen auf der Erde wichtig, dass Sigurd gegen das Feld des Feuers in den Kampf zog.
Den Kameraden um Karlao bot sich jetzt ein unglaubliches Bild.
Das dunkle Etwas, welches mit Karlao gekommen war, befand sich unmittelbar an der Grenze zum sechsten magischen Feld.
An der Stelle, an welcher es das Feld berührte, schien dieses nach außen gezogen zu sein.
Dies verstärkte sich immer mehr.
»Wenn ich nicht wüsste, dass das nicht sein kann, würde ich sagen, das dunkle Ding saugt das Feld auf?«, fragte Akira in Karlaos Richtung.
»Das hast du ganz richtig beobachtet.
Das dunkle Loch, das ich mitgebracht habe, versucht das Feld des Feuers in sich verschwinden zu lassen.
Was ich inniglich hoffe, ist, dass er später auch differenzieren kann.
Ansonsten verschwinden auch unsere Freunde in ihm.

Sei es, wie es sei.
Sigurd wird sein Bestes geben und wir haben keine andere Wahl«, antwortete Karlao
Plötzlich wurde es heiß.
Gut, dass sie die Schutzanzüge anhatten.
Offenbar konnte der dunkle Stern es mangels Erfahrung nicht verhindern, dass stellenweise seitlich Lava austreten konnte.
Doch auch in diesem Fall kam die Klimatisierung in den Anzügen augenblicklich in Gang, sodass alle bewegungs- sowie auch für den Notfall kampffähig blieben.
Der dunkle Stern wurde immer größer, je mehr er von dem Feld in sich aufsaugte.
Schon war eine Lücke entstanden, durch welche die Freunde in das Feld schauen konnten.
Dort sahen sie ihre Kameraden reglos auf dem Boden liegen.
Unweit von diesen war das dunkle Loch gerade dabei, die Feuer-Menschen in sich aufzunehmen.
Deren verzweifelte Gegenwehr schien nicht die geringsten Chancen zu haben.
»Schnell«, schrie Karlao.
Wir müssen unsere Freunde bergen, bevor Sigurd mit den Lava-Wesen fertig ist.
So können wir sie sicher davor bewahren, ebenfalls aufgesaugt zu werden.
Schon strömten die Freunde mutig in das Feld, nahmen sich jeweils einen der anderen und transportierten sie via Tandemreise nach außerhalb von dem gefährlichen Ort.
Keine Minute später hatten sie alle geborgen.
»Wir müssen uns als Erstes mit Querin und seinem

Hammer beschäftigen.
Wenn wir Querin heilen könnten, ist das der Schlüssel zur Heilung auch all der anderen.
Nur er kann mit dem heilenden Hammer umgehen«, rief Karlao.
Gesagt, getan.
Akira und Finnbar hockten sich neben Querin, um diesem vorsichtig Wasser einzuflößen.
Lia sowie Basilika waren dabei behilflich.
Nun trat Quiskan vor.
»Ich bin zwar der Ältere.
Aber immerhin war das ursprünglich mal mein Hammer«, meldete sich jetzt Quiskan, der ja bekanntlich Querins Vater war, zu Wort.
»Ich weiß sehr wohl noch, wie dieser zu benutzen ist.«
Schon hatte er sich den Hammer zu eigen gemacht und heilte einen nach dem anderen.
Sie hatten so großes Glück gehabt.
Niemand hatte bereits einen solch großen Sauerstoffmangel erlitten, dass es zu spät gewesen wäre, sie oder ihn wieder zurück ins Leben zu holen.
Binnen kürzester Zeit lagen sich alle vor Freude weinend in den Armen.
Akira hing an Atlantus wie ein Ertrinkender.
Genauso erging es seiner Mutter, Tanja.
Dann sahen sie weiterhin dem einzigartigen Schauspiel zu, das sich ihnen noch immer bot.
Langsam, aber sicher verschwand das gesamte sechste Feld in dem dunklen Stern.
Je größer dieser wurde, desto schneller ging das Aufsaugen vonstatten.
Schon war es so weit.

Das sechste Feld war gefallen.
Doch der Stern konnte offenbar nicht aufhören, Dinge in sich einzusaugen.
Er hatte sich bereits dem siebten magischen Feld zugewandt.
Karlao schrie den anderen zu:
»Das ist das Feld des leeren Raums.
Wie soll er gegen dieses gewinnen können?
Dort ist doch nichts, das er in sich aufnehmen könnte.«
Er war in großer Sorge, denn er war einerseits sehr um seinen neuen Freund besorgt und andererseits wusste er nicht, was passieren würde, sollte dieser besiegt werden und dabei umkommen.
Was würde geschehen, wenn dann das sechste Feld nach dessen Ableben wieder aus ihm herauskommen könnte?
Wider Erwarten saugte Sigurd dennoch das siebte Feld stetig in sich auf.
Offenbar war dieses mit Licht gefüllt gewesen.
Licht gehörte bekanntlich auch zur Nahrung eines dunklen Loches.
So nahm Sigurd den Kameraden kurzerhand die Arbeit mit dem siebten Feld ebenfalls noch ab.
Schon war auch dieses gefallen.
Nun wandte sich der mutige dunkle Stern dem achten magischen Feld zu.
»Dieses Feld besteht aus negativen menschlichen Gedanken.
Natürlich sind das ziemlich viele«, informierte Karlao seine Kameraden.
»Auch schlechte Emotionen sowie Erinnerungen sind der Stoff, aus dem dieser Ort gemacht ist«, setzte er

noch nach.
Sigurd schreckte zurück.
Er versuchte an verschiedenen Stellen, das Feld ebenfalls anzugreifen und in sich verschwinden zu lassen.
Doch er vermochte es nicht.
Zwar griffen ihn die Gedanken von ihrer Seite aus nicht direkt an, aber sie ließen auch nicht zu, dass er ihnen etwas anhaben konnte.
Sigurd zog sich besiegt zurück.
Durch diese Niederlage war der Rausch in ihm gebrochen worden.
Er konnte endlich aufhören, dem Trieb zu folgen, alles in seiner Umgebung in sich aufzunehmen.
Daher war es ungefährlich, sich wieder seinen Verbündeten zu nähern.
Zunächst wandte er sich an Karlao:
»Das achte Feld ist selbst für unsereins zu stark.
Negative Gedanken können wir nicht in uns aufsaugen.
Diese sind zu mächtig.
Einzig viele positive Gedanken sowie lichtvolle Emotionen könnten hier etwas ausrichten. Das kann ich nicht bewirken.
Es tut mir leid.«
»Das muss dir nicht leidtun.
Schau nur, was du vollbracht hast.
All unsere Freunde sind gerettet und sogar zwei Felder wurden vernichtet.
Wir sind dir zu großem Dank verpflichtet.
Komm, ich stelle dich meinen Freunden vor.«
Karlao berichtete den staunenden anderen von seinen neuerlichen Abenteuern.
Er erzählte auch Sigurds Geschichte.

Danach stellte er jeden der Anwesenden Sigurd vor.
Am Ende rief er laut:
»Wir haben gesiegt!«
Die Freunde fielen in Karlaos Freudenschrei ein.
Jeder winkte mit seiner Waffe über dem Kopf oder tanzte einfach nur so vor Freude herum.
Angar schwang ausgelassen seinen Bogen hin und her.
Er stand direkt mit dem Rücken zum ehemaligen sechsten magischen Feld.
Freudig begann er, sich endlich seinen Schutzanzug auszuziehen.
Er war diesem zwar zu großem Dank verpflichtet, freute sich jedoch unbändig darauf, auch mal wieder ohne einen solchen unterwegs sein zu können.
Gerade wollten es ihm alle anderen gleichtun, als das Unvorhergesehene geschah.
Ein Lava-Wesen, das sich offenbar gut versteckt hatte und dadurch dem dunklen Stern und sogar dem Erkalten entkommen war, stürzte sich rachsüchtig auf den mutigen Elben.
Keine Sekunde später war von diesem nichts mehr übrig als heiße Luft.
Erstarrt vor Angst hatten die anderen das grausige Schauspiel verfolgt.
Noch waren sie in ihre wertvollen Schutzanzüge gekleidet.
Dadurch konnte ihnen das Lava-Wesen im direkten Kampf nichts anhaben.
Aber was konnte dieses noch tun?
Geistesgegenwärtig sowie blitzschnell war Sigurd zur Stelle.
Er saugte das verbliebene Feuer-Wesen sofort in sich

auf.
Akribisch untersuchte er den Platz nun nach weiteren, eventuell übersehenen Feinden.
Er fand jedoch keine mehr.
Da es sich nur um einen im Verhältnis schwachen Feind gehandelt hatte, geriet der dunkle Stern auch nicht mehr in den Vernichtungs-Rausch von vorhin.
Doch die gute Stimmung war durch dieses schreckliche Ereignis endgültig gebrochen.
Schon wieder hatten sie einen ihrer treuen Kameraden verloren.
Still trauerten sie um diesen.
»Karlao, vielleicht wollt ihr euch besser in Sicherheit bringen?
Ich habe keinen Schimmer, was aus mir jetzt werden wird.
Mein Vater hat mir immer wieder gepredigt, dass etwas Schlimmes mit mir geschehen wird, wenn ich zu früh damit beginne, Dinge in mich hereinzusaugen.
Sicher scheint nur, dass ich danach kein schwarzes Loch mehr sein werde.
Ob ich aber dann für euch gefährlich bin, kann ich nicht sagen.
Ich bemerke schon so ein komisches Ziehen.
Irgendetwas geschieht mit mir.
Bitte lauft weg!«
Über den Geist verständigten sich die Freunde nach außerhalb der Felder zu reisen und von dort aus sicherer Entfernung zu beobachten, was weiter passieren würde.
Kaum waren sie dort angelangt, begann auch bereits Sigurds Verwandlung.

Nach und nach verschwand das Dunkel, aus dem er vorher gemacht gewesen war.
Auch wurde seine Gestalt immer kleiner.
Am Ende lag auf dem Boden ein großer, muskulöser Krieger mit einer bronzefarbenen Haut.
Ungläubig tastete dieser seinen neuen Körper ab.
Ein freudiges Lächeln breitete sich alsbald in seinem Gesicht aus.
»Ihr könnt jetzt zurückkommen.
Ich bin ein Mensch geworden.
Karlao, ich danke dir von ganzem Herzen.
Du hast mich wirklich gerettet.
Ach ja, und ich bin gar nicht gefährlich.
Jedenfalls nicht für euch.« Er lächelte selig.
Der riesige Krieger strahlte regelrecht freudig aus jeder seiner Poren.
Als die anderen sich zu ihm gesellten, hielt er seine Arme offen.
Er umarmte jeden Einzelnen seiner neuen Freunde.
Mit jeder Umarmung, die er vornahm, flossen neue Zuversicht sowie Trost in den von ihm Berührten.
Offenbar hatte sich Sigurds Fähigkeit von früher in ihr Gegenteil gewandelt.
Er konnte nun positive Gefühle in andere hineinfließen lassen.
Er war vom Nehmenden zum Gebenden geworden.

Dies war das größte Geschenk, das das Leben ihm je hätte machen können.

Eine gigantische Front des Lichts

Man kam überein, sich nach dem Fallen des sechsten und siebten magischen Feldes wieder eine Pause zum Regenerieren zu gönnen.
Dazu reisten sie alle zusammen auf die Platana.
Dort hatten die Verbliebenen bereits alles für die Heimkehrenden vorbereitet.
Nachdem diese sich gepflegt und ausgeruht hatten, wurde als Erstes eine bewegende Trauerfeier für den mutigen Elben-Krieger Angar abgehalten.
Die Freunde waren sich sicher, dass dieser nun wieder im Jenseits mit seiner langjährigen Lebensgefährtin Selma vereint war.
Karlao schlug Sigurd vor, welcher sich immer gewünscht hatte, auch andere Dinge als nur die unendliche Schwärze kennenzulernen, ihm den ganzen Planeten zu zeigen.
Sigurd freute sich unbändig darauf.
Der junge Mann war, während er die Felder verschlungen hatte, mächtig gewachsen.
Das hatte zur Folge gehabt, dass er jetzt, als menschliches Wesen, auch über ein höheres Alter als ein pubertierender Junge verfügte.
Er war inzwischen schätzungsweise achtzehn Jahre alt.
Gerade erzählte er den anderen ein wenig über sein früheres Dasein als dunkler Stern.
Man konnte deutlich heraushören, wie sehr er es verabscheute, Dinge in sich verschwinden zu lassen.
Außerdem sparte er nicht mit heftiger Kritik an seinem Vater.

Man hätte fast schon sagen können, dass er an diesem aber auch gar kein gutes Haar ließ.
Nachdem Sigurd seine Rede geendet hatte, ergriff Quick Deer das Wort:
»Ich freue mich sehr, dass du das Bestreben ausgebildet hattest, kein schwarzes Loch zu werden.
Es ist das höchste Glück für jedes Wesen, wenn es genau das tun darf, das es sich am meisten wünscht.
Ich freue mich für dich, dass sich dies bei dir erfüllt hat.
Wie schön, dass du ab jetzt ein Gebender sein darfst.
Allerdings sollten wir nicht vergessen, dass es eben genau jene nehmende Eigenschaft des dunklen Lochs war, die uns allen das Leben gerettet hat.
Auch wenn du sie verabscheust, so war sie dennoch wichtig.
Wenn du nicht in der Lage gewesen wärest, das sechste magische Feld einfach so zu verschlingen, hätte es weder für die dort eingeschlossenen Kameraden noch für die ganze Erde eine Rettung gegeben.
Daher bin ich persönlich auch sehr dankbar, dass du zumindest am Anfang deines Lebens ein schwarzes Loch gewesen bist.
Im Übrigen ist es immer gut, sich mit seinen Eltern innerlich zu versöhnen.
Wenn man etwa seinen Vater nicht annehmen kann, dann nimmt man automatisch auch einen Teil seiner selbst nicht an.
Dadurch kann man nicht mehr vollkommen über sein ganzes Energiepotential verfügen.
Das schwächt nämlich.
Ich verstehe natürlich, dass du und auch viele andere Väter besitzen, die eine Menge getan haben, das

bestimmt nicht löblich war.
Manche der Väter mögen auch wirkliche Halunken gewesen sein.
Dennoch wäre eine innerliche Versöhnung, also ich meine nicht, dass dies unbedingt persönlich geschehen sollte, für dich nur positiv.
Ich bin mir sicher, dass man bei jedem Wesen, das existiert, irgendetwas finden kann, das dieses gut gemacht hat oder hervorragend kann.
Diese Dinge nimm dir von deinem Vater.
Denk doch mal nur an dessen positive Eigenschaften.
Ich bin davon überzeugt, dass du einige finden wirst.
Alle anderen lass einfach bei ihm.
Die gehen dich nichts mehr an.
Du bist jetzt erwachsen.
Das genügt schon. Dann könntest du mit jenen guten Eigenschaften gestärkter durchs Leben gehen und sogar vielleicht später einmal dafür dankbar sein.
Ich würde dir gerne noch eine kleine Geschichte erzählen, die ich selbst erlebt habe.
Diese erinnert mich irgendwie an das Thema mit den schwarzen Löchern.
Sie handelt vom Geben und Nehmen.
Vor langer Zeit habe ich einmal einen Schüler des Dalai Lama kennengelernt.
Dieser Lama praktizierte täglich bestimmte Lu Jong-Übungen.
Lu Jong ist eine circa fünftausend Jahre alte Bewegungsabfolge, ähnlich dem später entstandenen Yoga.
Die Namen der einzelnen Übungen sind häufig Dingen aus der Natur gewidmet.

Das gleiche Phänomen findet man im Übrigen zum Beispiel auch beim Tai-Chi.
Jedenfalls werden die Bewegungsabläufe am Ende, nach circa einer Stunde, stets mit dem mehrfachen Wiederholen von: „Om, Ah, Hung“ abgeschlossen.
Diese Lautfolge steht für Folgendes: Mit Om saugt der Buddha die Energie in sich hinein, mit Ah verteilt er sie in jeder Zelle seines Körpers und mit Hung gibt er alles wieder her.
Dies geschieht, wenn es richtig gemacht wird, ohne Vorliebe zu dem einen oder anderen.
Alle drei sind gleichwertig.
Du siehst, wir haben hier das perfekte Geben und Nehmen.
Genauso wirkt auch das Göttliche innerhalb seiner Schöpfung.
Alles befindet sich in einem Kreislauf des Werdens und Vergehens.
Die Kreisläufe der Planeten, die unter der Herrschaft des „Herrn der Finsternis“ stehen, mögen zeitlich viel kürzer sein.
Jedoch trifft der Kreislauf auch auf die hoch entwickelten Planeten zu.
Alles, das einen Anfang hatte, muss nämlich zwangsläufig zu irgendeiner Zeit auch wieder ein Ende haben.
Nur die Unendlichkeit ist unendlich, verstehst du?
Beim Om, Ah, Hung ist kein Laut besser als der andere.
Jeder hat seine Berechtigung.
So ist es auch im Leben.
Die „Herrin des Lichts“ ist nicht als besser zu bezeichnen als der „Herr der Finsternis“, denn sie bedingen einander.

Keiner könnte ohne den anderen wirken.
Ohne die schwarzen Löcher im Universum würde wahrscheinlich nichts Neues entstehen.
Ihre Aufgabe ist so etwas wie Aufräumen oder Reinigen.
Auch diese dunklen Sterne sind ein Teil der Schöpfung.
Ich achte, dass du nicht ein solcher sein möchtest, aber bitte verurteile nicht diejenigen, die es mögen, ein schwarzes Loch zu sein.
Vor allem dann nicht, wenn derjenige auch noch dein Vater ist.
Wir dürfen ihm zwar nicht zu nahe kommen.
Aber von Weitem ist auch er wunderschön.
Lass das einfach mal in dich hineinsinken und antworte mir jetzt bitte nichts.
Ich bezweckte mit dieser Rede nur Gutes für dich.
Solltest du nun wütend sein oder ganz und gar der Meinung, dass dies alles für deinen speziellen Fall überhaupt keine Gültigkeit hat, so sei dir gewiss, dass dies nicht stimmt.
Je wütender dich eine Sache macht, desto mehr hat sie letztlich mit dir zu tun.
Nur Dinge, die dich nicht betreffen, kannst du mit innerer Gleichmütigkeit wahrnehmen.
Aber jetzt wollen wir das Thema wechseln.
Wie ich hörte, hast du mit Karlao vor, eine Rundreise durch die Platana zu unternehmen?
Das wird sicher ein wundervolles Erlebnis für dich.
Die Platana ist ein paradiesischer Ort.
Ich kenne fast keinen schöneren.
Sie ist übrigens mit Absicht noch nicht zu einem höher entwickelten Planeten deklariert worden, obwohl sie sicher schon dafür bereit wäre.

Auf höher entwickelten Planeten darf man sich nämlich nicht mehr direkt in die Geschicke anderer Planeten einmischen.
Genau dies möchten die Krieger des Lichts jedoch auf der Erde tun.
Wobei wir schon wieder beim Thema sind.
Der achte magische Ring scheint die härteste Nuss zu sein, die wir zu knacken haben, außer vielleicht dem „Dunklen Autonom“ selbst.
Wenn du, lieber Sigurd, als schwarzes Loch schon davor kapitulieren musstest, dann frage ich mich, wie viele Chancen wir da haben könnten.«
»Ich sagte doch, ehrwürdiger Quick Deer«, (an dieser Stelle errötete der Lakota-Mann, ein klein wenig irritiert über diese förmliche Anrede), »dass dafür eine große Menge positiver Gedanken sowie Taten notwendig sind.
Diese hatte ich damals als schwarzes Loch einfach nicht zu bieten.
Heute werde ich zumindest einen kleinen Beitrag dazu leisten können.
Das Ganze ist jedoch eine Aufgabe für eine riesige Menge von Individuen, nicht nur für einen Menschen.«
Quick Deer schwieg eine ganze Weile.
Dann wandte er sich an Tanja:
»Erinnerst du dich noch an eine unserer ersten Traumreisen?
Damals warst du so unheimlich scharf darauf, neue Tools zum Heilen zu erhalten.«
Er lächelte verschmitzt, während Tanja mal wieder schier bis auf die Knochen errötete.
»Auf unserem Rückweg sahen wir viele Wesen, die der Heilung bedurften.

Du konntest ihnen sogar behilflich sein.
Weißt du noch, wie du während einer Vision zuerst zum Bär, dann zum Adler, danach zur Schlange und am Ende zu einem Frosch geworden warst?
Ein jedes Tier hatte dir seine besten Eigenschaften gegeben.
Vom Bär kamen die Kraft sowie das Kräuterwissen, vom Adler die scharfen inneren sowie äußeren Augen, von der Schlange die Weisheit.
Der Frosch lehrte dich, wie wichtig die Fähigkeit zur Veränderung ist.
Er zeigte dir, dass er sich durch seine durchlaufenen Metamorphosen sowohl im Wasser als auch an Land wie zu Hause fühlte.
Das wichtigste war jedoch, dass du am Ende gesehen hast, dass auch die Erde geheilt werden muss und möchte.
Ohne deren Heilung wären alle anderen Einzelheilungen im Prinzip sinnlos.
Dies war aber eine viel zu große Aufgabe für dich.
Sollten wir es jemals schaffen, dass das achte magische Feld fällt, dann hoffe ich, dass du sehen wirst, wie viele Helfer es auf der Erde außer dir noch gibt.
Damals sagte ich dir: „Du musst die Welt nicht alleine retten.
Nimm diese Last von deinen Schultern, liebe Tanja oder sollte ich lieber Atlas zu dir sagen?“«
Quick Deer stand grinsend auf, um die Tafel zu verlassen.
Auch Sigurd machte sich mit Karlao jetzt auf den Weg.
Er wollte unbedingt zuerst das Gebiet der Vogel-Menschen sowie der Einhörner besuchen.

Diese Lichtwesen hatten es ihm besonders angetan.
Waren sie doch sozusagen genau das Gegenteil von dem, das er sonst gekannt hatte.
Alle anderen verabredeten sich für den nächsten Tag, um das achte magische Feld nochmals genauer unter die Lupe zu nehmen.
Dass man dort morgen nicht eindringen würde, war gewiss.
Jedoch schadete es nichts, eventuell vor Ort neue Erfahrungen zu sammeln.
Vielleicht, ja vielleicht würden sie auch eine weitere Hilfe bekommen.
So etwas konnte bekanntlich immer einmal passieren …

»Nehmt ihr das ebenfalls wahr?«, fragte Lucinda in die Runde derer, die am Rande des achten magischen Feldes standen.
»Mir kommt es fast so vor, als sei dieses, seitdem wir das letzte Mal hier waren, gewachsen.
Außerdem fühle ich mich in seiner Nähe überhaupt nicht wohl.
Von dort kommt einem ja eine riesige Woge an schlechter Laune entgegen.
Die ist eindeutig ansteckend, finde ich.«
»Das ist mir auch aufgefallen«, antwortete Tanja ihrer lieben Freundin Lucinda.
Nachdem niemand noch etwas anderes zu sagen hatte, ergriff die Schar schleunigst die Flucht.
»Ich glaube, die Schlacht gegen das achte magische Feld wird weit entfernt von diesem ausgefochten werden.
Ich sehe eine riesige Sisyphosarbeit auf uns zukommen.
Wir müssen positive Gedanken sowie Taten sammeln.

Aber das Wichtigste wird sein, dass wir dringend dafür sorgen sollten, dass diese noch sehr, sehr viel mehr werden.
Ich schätze, erst wenn die Waagschale in Richtung des Positiven fällt, wird es uns möglich sein, den letzten Schutzwall des „Dunklen Autonoms“ niederzuringen«, sprach Quick Deer.
Voller Respekt vor den kommenden Aufgaben schwiegen die Freunde über längere Zeit bedrückt.
Sie hatten sich gerade im Waldhaus zu einer Versammlung der Krieger des Lichts versammelt, um das weitere Vorgehen zu besprechen.
»So weit eine Reise auch sein mag.
Sie beginnt immer mit dem ersten Schritt.
Und jener Schritt wird auch der einzige sein, den wir stets hinzufügen können.
Daher wäre mein Vorschlag, konkrete Ideen zu sammeln.
Wenn jede oder jeder von uns nur täglich eine positive Person dazugewinnen kann, wäre das bereits eine Verdopplung der Kräfte auf unserer Seite pro Tag.
Bedenkt einmal, wie viele Eingeweihte es bereits durch die wunderbare Arbeit auf der Perle bei uns gibt.
Das sind gigantische Zahlen, von denen wir hier sprechen«, endete Tanja ihren Beitrag.
Schlagartig veränderte sich die Stimmung im Raum.
Aufgeregt sprachen die Kameraden durcheinander, um ihre Ideen vorzustellen.
Am Ende gab es eine ganze Reihe exzellenter Pläne, wie man aus einem überwiegend negativ ausgerichteten Menschen einen positiven machen konnte.
Sofort machten sich alle an die Arbeit.

Diejenigen, die von der Erde aus über den Geist der Versammlung beigewohnt hatten, informierten über die Bildschirme alle anderen, die es betraf.
In diesem Moment waren sie sehr froh, dass es die Möglichkeit der Videotelefonie gab.
Auf diese Weise konnte selbst mit den Vertretern der abgelegensten Länder der Kontakt regelmäßig gepflegt werden, wenn deren Vertreter es nicht beherrschten, über den Geist zu kommunizieren.
Nach bereits einer Woche war eine gigantische Front des Lichts entstanden.
Voller Hoffnung machten sich die Teilnehmer der Expedition wiederum zum achten magischen Feld auf.
Wie enttäuscht waren sie, als dieses wiederum gewachsen war.
»Das gibt's doch einfach nicht«, echauffierte sich Lucinda mächtig.
»Das kann doch wohl nicht mit rechten Dingen zugehen.«
»Wahrscheinlich schläft die Dunkelheit nicht.
Auch sie wird ihre Kräfte verstärkt haben.
Du weißt ja, die Sache mit dem Gleichgewicht und so.
Ich hoffe nur, es wird nicht Schlimmes geschehen«, antwortete ihr Tanja.
Voller dunkler Vorahnungen kehrten die Freunde unverrichteter Dinge nach Hause zurück.

Entführung mit schweren Folgen

Trotz alledem machten die Freunde mit ihrer wichtigen Arbeit unbeirrt weiter.
Schließlich war eine Woche noch keine so große Zeitspanne gewesen.
»Einen Schritt nach dem anderen«, murmelte Brenda leise vor sich hin, während sie gerade ein Gespräch mit einem mürrischen Fischhändler führte.
Dieser hatte seit vielen Jahren einen Stand auf einem Fischmarkt.
Dort war er von früh bis spät am Klagen.
Er beschwerte sich stets über das Wetter, die Politik, die Preise, die Qualität der Fische, den Geiz der Käufer und so weiter und so fort.
Kein Wunder, dass das achte magische Feld so schnell wächst, dachte Brenda sich im Stillen.
Nach außen bemühte sie sich, den griesgrämigen Zeitgenossen mit liebevoller Energie zu überschütten, in der Hoffnung, dass diese ihr Werk tun würde.
Brenda hatte jedoch keine Chance.
Dieser Mann wollte unbewusst unbedingt so bleiben, wie er war.
Brenda glaubte, dass dieser bestimmt sehr unglücklich wäre, wenn alles so laufen würde, wie er es sich vorstellte.
Das Klagen und Schimpfen waren offenbar seine einzige Freude im Leben geworden.
Resigniert rief Brenda nach einigen Verbündeten, die für die Heilungsarbeit auf der Perle zuständig waren.
Hier half offenbar nur noch die jahrelange, intensive

Heilarbeit auf diesem Planeten.
»Einen Schritt nach dem anderen«, begann Brenda von Neuem, mit sich selbst zu sprechen und wandte sich einer anderen Person in der näheren Umgebung zu.
So wie Brenda waren dieser Tage unzählige Helfer auf der Erde unterwegs.
Dort, wo diese nicht weiterkamen, übernahm das Team der Perle.
Von diesem Ort waren noch immer ausnahmslos nur positive Wesen zurückgekehrt.
»Immer Schritt für Schritt«, feuerte sich Brenda gerade nochmals an, während sie versuchte, sich nicht über die freche Bemerkung der Frau, mit welcher sie vorher gesprochen hatte, zu ärgern.
Plötzlich erhielt sie eine dringende Warnung:
»Bitte jeder sofort zum Waldhaus kommen.
Egal, ob auf der Erde oder auf der Platana.
Es ist etwas Schlimmes passiert.«
Keine Minute später waren alle Gerufenen astral zum jeweiligen Waldhaus angereist.

Noah hatte dieser Tage alle Hände voll zu tun.
Beim Fallen des achten magischen Feldes konnte er endlich einmal persönlich mitwirken.
Das erfüllte ihn mit Stolz und Freude.
Um seine hohe politische Position endlich für Gutes auszunutzen, hatte er seine Anwesenheit auf allen möglichen sowie unmöglichen Veranstaltungen zugesagt.
Jede dieser Veranstaltungen hatte stets mit einer mächtigen Meditation zu beginnen.
Das war die Bedingung für sein Erscheinen.
Diese Meditation war immer deshalb so mächtig, weil

unter den Besuchern jeweils die Hälfte der Anwesenden aus Eingeweihten bestand.
Diese bauten mit ihrer positiven Energie eine solche starke Kraft auf, dass es für andere Menschen sehr viel leichter war, einen ersten Einblick ins Licht zu gewinnen.
Das wurde von jenen zumeist als wunderschöne Erfahrung wahrgenommen.
Diejenigen, die das erfahren hatten, waren so außer sich vor Freude, dass sie ihre Erlebnisse sofort anderen Anwesenden unbedingt mitteilen wollten.
Dann kamen stets eine Menge Fragen in jener Richtung.
Daher war alsbald das eigentliche Thema der Veranstaltung vergessen.
Auf solchen Versammlungen wurde immer genau erklärt, über welche Macht positive Gedanken verfügen sowie welchen immensen Schaden ihre negativen Verwandten anrichten konnten.
Dadurch hatten sie bereits eine Menge in Sachen »gigantische Front aus Licht« bewegen können.
Heute hatte Noah um 14.00 Uhr einer Veranstaltung zur Unterstützung der Massentierhaltung zugesagt.
Viele seiner Berater oder Kabinettskollegen, die ebenfalls schon zu den Eingeweihten gehörten, hatten ihm von diesem Termin ganz dringend abgeraten.
Alles hatte seine Grenzen.
Menschen, die sich für und nicht gegen Massentierhaltung stark machten, wären bestimmt allesamt nur Kandidaten für die Heilungsarbeit auf der Perle.
Wer würde sich schon für die Massentierhaltung, noch dazu in der Öffentlichkeit, aussprechen?
Sie still und heimlich zu ignorieren und einfach die

kostengünstigeren Produkte dieser Tierhaltungsform zu kaufen sowie zu konsumieren, war eine Sache.
Diese aber öffentlich zu propagieren, doch noch mal eine ganz andere.
Noahs Stellvertreter schlug vor, einfach sofort einen Trupp der »Perlenheiler« zu jener Veranstaltung zu senden.
Noah jedoch wollte nichts davon hören.
Er war so sehr im Erfolgsrausch und von positiver Energie erfüllt, dass er davon überzeugt war, ihm würde alles gelingen.
Falls nötig, könne er im Laufe des Nachmittags immer noch die Vertreter von der Perle dazurufen.
Kaum hatte Noah das Rednerpult betreten und seinen Blick über das Publikum schweifen lassen, bekam er auf einmal ein ganz mulmiges Gefühl.
Erstaunlicherweise war nicht einer seiner Unterstützerinnen und Unterstützer anwesend.
»Zutritt nur für Eingeladene«, las er auf einem großen Plakat, worauf auch noch ein frisch geschlachtetes Schwein abgebildet war.
Wo war er hier nur hingeraten?
Tapfer versuchte er, dennoch seine Rede zu beginnen.
Kurz darauf war um ihn herum schlagartig alles dunkel geworden.
Er konnte sich lediglich noch daran erinnern, dass er offenbar einen harten Schlag auf den Hinterkopf bekommen hatte.
Danach musste er wohl sofort die Besinnung verloren haben.
Noah stöhnte, als er in einer dämmrigen, stinkenden Kammer, gefesselt und auf dem Boden liegend, wieder

zu sich kam.
Sein Hinterkopf tat höllisch weh.
Er hatte sehr großen Durst und ihm war furchtbar schlecht.
Gott sei Dank war er so geistesgegenwärtig, einen Hilferuf an einen seiner Freunde über den Geist zu senden.
Leider konnte er keine Informationen dazu liefern, wo genau er sich befand oder wer für diese schändliche Tat verantwortlich war.
Als Noah nach Hilfe rufen wollte, fiel ihm auf, dass in seinem Mund auch noch ein Knebel steckte.
So ließen ihn seine Peiniger 24 Stunden ganz allein liegen.

»Ich habe miserable Nachrichten«, begann Lucinda denen, die im Waldhaus eingetroffen waren, zu erzählen.
»Noah ist offenbar entführt worden.
Er hat von einem unbekannten Ort aus um Hilfe gebeten.
Er scheint verletzt zu sein, denn immer wieder antwortet er nicht.
Wir nehmen an, dass Ohnmachtsanfälle die Wachzustände ablösen.«
»Wissen wir, wer genau das getan hat und warum?«, fragte Akira.
»Es hat sich vor zehn Minuten im Internet ein Mann gemeldet«, antwortete Lucinda bedächtig.
»Er behauptet, im Auftrag Tians gehandelt zu haben.
Weiterhin spricht er davon, dass Noahs Land einen

bestimmten Teil seines Territoriums, auf welchem es Uranvorkommen gibt, an Tians Land abtreten solle.
Täten sie dies nicht, würde Noah binnen vier Tagen tot sein.
Täten sie es dann immer noch nicht, würde Tians Land ihnen den Krieg erklären und sofort atomare Waffen einsetzen.
Angeblich wären das solche, die nicht bis ins eigene Land strahlten.
Für eine eventuelle Absicht der Gegenwehr behauptet der Entführer, eine geheime Abwehrwaffe zu besitzen.
Sie seien in der Lage, jede Atomwaffe, die ihr Land erreichte, auf der Stelle und zu einhundert Prozent sicher, unschädlich zu machen.
Selbstverständlich hat Tian sofort eine Stellungnahme abgegeben, dass sie nichts mit der Entführung zu tun hätten und diese aufrichtig bedauerten.
Er versuchte unter anderem auch die Behauptung zu entkräften, dass sie Abwehrmöglichkeiten für Atomwaffen hätten.
Auch Noahs Stellvertreter meldete sich schon in Rundfunk und Fernsehen.
Er bekräftige nochmals die außerordentlich freundlichen Beziehungen zwischen deren beider Länder.
Ich fürchte nur, es glaubt ihnen niemand.
Der Giftstachel des Entführers sitzt tief.
Noah war außerordentlich beliebt bei seinem Volk geworden.
Die Masse schäumt vor Wut.
Sie wünschen sich ihren Landesführer zurück.
Natürlich sind sie nicht gewillt, dafür territoriale Abstriche zu machen.

Einige schreien schon danach, einfach als Erste zu den Waffen zu greifen.
Das wirft unsere Arbeit leider meilenweit zurück.
Noch dazu ist die Situation brandgefährlich.
Ich bin sicher, das achte magische Feld ist in diesen wenigen Stunden auf das Doppelte angewachsen«, endete Lucinda betrübt.
»Ich glaube, gegen einen Massenwahnsinn sind wir im Moment noch völlig wehrlos.
Ich bin fest davon überzeugt, dass der Schlüssel darin liegt, Noah so schnell wie möglich zu befreien.
Bedauerlicherweise gibt es keinerlei Anhaltspunkte, wo er sich genau befindet.
Wir brauchen deshalb ganz dringend Karlao.
Dieser könnte nach Noahs astralem Fußabdruck suchen.
Ist Karlao schon wieder von seiner Sightseeing-Tour mit Sigurd zurück?«, fragte Quick Deer in die Runde.
Karlao war jedoch nicht zur Versammlung erschienen.
Weder auf der Platana noch auf der Erde.
Die Helfer, die gerade auf der Perle weilten, teilten mit, er sei gestern mit Sigurd in unbekannter Richtung aufgebrochen.
»Die beiden könnten praktisch überall sein.
Für Karlao ist das gesamte Universum schon so etwas wie seine eigene Westentasche.
Bedenklich ist allerdings, dass er nicht über den Geist erreichbar ist.
Da muss er schon ziemlich weit weg sein«, ließ Guido sie von der Perle aus wissen.
»Ich bitte euch, dringend nach Karlao und Sigurd zu fahnden«, sprach Quick Deer.
»Fragt überall, wo sie zuletzt gesehen wurden, nach

Anhaltspunkten, was ihr nächstes Ziel gewesen sein könnte.
Ich glaube, Karlao könnte die Lösung für unser Problem sein.
Bitte begebt euch auch an den Ort, an dem Noah entführt wurde.
Dort auf herkömmliche Weise nach seinen Spuren zu suchen, kann sicherlich auch kein Fehler sein.
Setzt bitte alle verfügbaren Geheimdienstleute, die auf unserer Seite sind, auf die Suche Noahs an.«

Unterwegs auf dunklen Pfaden

Nachdem Karlao und Sigurd die Besichtigung der Perle beendet hatten, war Karlao nichts mehr übrig geblieben, was er Sigurd noch hätte zeigen können.
Alles, was wundervoll auf den Planeten Erde, Platana, Aquarius sowie der Perle war, hatte Sigurd bereits eingehend besichtigt.
Beiden hatte diese Tour jedoch so sehr gefallen, dass sie es nicht wahrhaben wollten, dass diese nun zu Ende wäre.
Zudem war Sigurd überhaupt nicht klar, was jetzt in seinem neu gewonnenen Körper so ganz konkret aus ihm werden sollte.
»Du kannst auf meiner Blumenwiese wohnen«, warf Karlao vage in den Raum, als er von Sigurds Anliegen hörte.
Ohne Karlaos Angebot nicht schätzen zu wollen, befriedigte den Jungen dies aber keinesfalls.
Sigurd wollte daher unbedingt, dass die Reise noch unendlich weitergehen würde.
»Wir könnten doch gemeinsam meinen Vater besuchen gehen«, ließ er nachdenklich fallen.
»Ich könnte mich für mein ungebührliches Verhalten bei ihm entschuldigen und dich dann vorstellen.
Was hältst du davon?«
Karlao, der noch lebhaft in Erinnerung hatte, wie knapp sie seinerzeit dem großen schwarzen Loch entkommen waren, hatte nicht die geringste Lust auf eine Wiederholung.
»Weißt du, Quick Deer hat doch gesagt, dass es häufig

genügt, sich nur von Seele zu Seele zu entschuldigen beziehungsweise zur Versöhnung mit seinen Eltern zu kommen.
In deinem Fall halte ich es absolut nicht für gut, wenn wir uns deinem Vater nochmals nähern.
Vergiss nicht, das könnte lebensgefährlich für uns sein.«
Karlao sah, wie Sigurd traurig die Schultern hängen ließ.
»Hör mal, ich hätte da noch einen kleinen Planeten im Angebot, den du noch nicht kennst.
Der ist jetzt nicht soooo wundervoll, wie die anderen, die ich dir gezeigt habe, aber immerhin ist er sehr weit weg.
Das heißt, wir könnten unsere Reise noch ein wenig ausdehnen.
Hättest du Lust?«
»Ja, klar«, antwortete Sigurd.
»Was ist das denn für ein Planet?«, fragte er neugierig.
»Ich schätze, das war Orlanas erster Übungsplanet.
Er sieht aus wie eine Mini-Osiria.
Aber wir können uns da nicht so lange aufhalten, denn der Ort ist, wie zuvor erwähnt, sehr weit weg.
Dort kann uns niemand mehr über den Geist erreichen.
Nicht auszudenken, wenn ich zu Hause dringend gebraucht würde und wäre nicht zu finden.«
Erfreut über die eigene Wichtigkeit schwoll Karlao ein wenig vor Stolz an.
Sigurd beeilte sich schnell damit zu signalisieren, dass sie sicher zügig wieder zu Hause sein würden.
Innerlich jedoch hoffte er, Karlao noch ein wenig ablenken zu können, um das Vergnügen der Tour doch noch weiter auszudehnen.

Auf der Erde war inzwischen eine wahrhaft-brenzlige Situation entstanden.
Weder Tian noch Noahs Stellvertreter hatten ihre jeweiligen Völker noch richtig im Griff.
Sogar Teile der Armee stellten sich auf die Seite derer, welche die Menschen zu einem Krieg aufwiegelten.
Von Noah gab es noch immer keine Spur.
Dieser befand sich offenbar nach wie vor in der unbekannten Kammer.
Er war jetzt nicht mehr gefesselt.
Gelegentlich bekam er Nahrung.
Da es kein Fenster gab, konnte er keinerlei Informationen zu seinem derzeitigen Aufenthaltsort beisteuern.
Langsam wurde er nervös.
Zwei Tage von den Vieren, die Noah dort maximal haben sollte, waren schon vergangen.
Für den Fall, dass am vierten Tag die Forderung der Entführer noch nicht erfüllt worden wäre, hing die Drohung im Raum, dass Noah dann getötet werden sollte.
Die Suche der Geheimdienste und auch die aus allen anderen Richtungen liefen auf Hochtouren.
Leider war man trotz alledem noch keinen einzigen Schritt vorwärtsgekommen.
Es war eigentlich unmöglich, aber es gab überhaupt keine, nicht mal die allergeringste Spur.
Auch Karlao sowie Sigurd waren noch immer unerreichbar.
Nur ein Gutes hatte Noahs Entführung gehabt.
Durch sie hatten alle anderen Staatsoberhäupter die Alarmstufe rot ausgerufen und waren sehr viel

vorsichtiger geworden.
Dadurch war es bereits möglich gewesen, Tians Entführung, die ebenfalls geplant war, im letzten Moment zu verhindern.
Am dritten Tag meldete sich Lia.
»Karlao hat mir mal versucht beizubringen, wie man jemandes astralen Fußabdruck finden kann.
Ich schätze, es kann sicher nicht schaden, wenn ich es zumindest einmal versuche.
Allerdings, versprechen kann ich gar nichts.«
Lia hatte Noah auf ihrer Hochzeit bereits persönlich kennengelernt.
Daher wusste sie genau, um wen es ging.
Trotzdem brachte man Lia zu Noahs Frau, welche inzwischen auch schon ihre Zeit auf der Perle verbracht hatte.
Diese zeigte Lia noch ein paar Fotos ihres Mannes sowie dessen Schlafstätte.
Anschließend übergab sie Lia ein Halstuch, welches Noah noch vor ein paar Tagen getragen hatte.
Lia steckte dieses in ihre Jackentasche.
Danach brachte man sie an den Versammlungsort, an welchem Noah entführt worden war.
Lia bat darum, dass in dessen Mitte ein großer Platz freigeräumt würde, damit sie sich ordentlich drehen könne.
Ein wenig Angst hatte sie schon, dass sie danach hinfallen würde.
Immerhin war sie nicht Karlao.
Außerdem musste sie auch an die wachsenden Kinder in ihrem Bauch denken.
Daher bat sie noch am Rande des Raums, ringsum

überall Matratzen zu verteilen.
Alle waren froh, überhaupt etwas Sinnvolles tun zu können.
Deshalb erledigten sie Lias Wünsche mit Vergnügen.
Dann begann Lia, sich zu drehen.
Im Prinzip erhaschte sie bereits nach wenigen Minuten die Spur.
Vorsichtig ließ sie sich auf eine der Matratzen fallen.
Dann wartete sie, bis der Schwindel verschwand.
Nun war sie bereit zu sprechen.
»Noah ist mit Sicherheit nach Georgien gebracht worden.
Die Kammer kann nicht so weit von dem Ort entfernt sein, wo sich das »Dunkle Autonom« befindet.
Allerdings sah es dort anders aus.
Es gab eine Art von Haus, ein echt finsteres.
Leider sehe ich es nicht ganz genau.
Bedauerlicherweise bin ich halt nicht unser Karlao ...
Vielleicht steht das Haus in dem Ort, der der Woronjahöhle am nächsten liegt.
Ich glaube, dieser Ort wird Zandrypsch genannt.
Er liegt unweit der Küste des Schwarzen Meeres.«
Sofort machten sich verschiedenste Einheiten im Verborgen in diese Richtung auf.
Selbstverständlich wurden sie auf astrale Weise dorthin befördert.
Auch Lia sollte mitkommen.
Man hoffte, dass sie, wenn sie näher an den Ort herangekommen war, vielleicht ganz genau wüsste, wo Noah zu finden war.
So klein war der Ort nämlich auch wieder nicht, dass sie jedes Haus hätten durchsuchen können.

Vor allem wären durch diese Aktion die Entführer mit Sicherheit gewarnt worden.
Sie mussten urplötzlich und zielsicher angreifen.
Das war ihre einzige Möglichkeit.
Nur durch diesen Überraschungsmoment hätte Noah eventuell eine reale Chance, das Ganze heil zu überstehen.
Akira, Finnbar sowie Basilika hatten sich der Aktion ebenfalls angeschlossen.
Akira war das Ganze ein wenig zu gefährlich für Lia.
Allerdings hatte auch er keine bessere Idee anzubieten.
Er sah ein, dass Lias Anwesenheit direkt vor Ort tatsächlich dringend erforderlich war.
Unauffällig ließen sie sich in einer kleinen Pension nieder.
Auf der Stelle suchte Lia nochmals nach Noahs astralem Fußabdruck.
Der schwebte jetzt vage über dem gesamten Ort.
Offenbar war Noah nun nicht mehr in jenem finsteren Haus.
Diese Information war leider alles andere als hilfreich.
Wo nur Karlao geblieben war?
Sie hätten seinen Rat hier dringend gebraucht.

Karlao hatte Sigurds Plan schnell durchschaut.
Gutmütig spielte er mit dem jungen Mann auf dem Miniplaneten einige Spiele.
Irgendwann jedoch hört alles einmal auf.
»Du, Sigurd, wir müssen jetzt zurück.
Ich habe so ein komisches Gefühl, dass ich gebraucht werde.«
Schließlich war Sigurd einverstanden.

Kaum waren sie eine Weile unterwegs gewesen, hörte Karlao die Rufe im All.
»Hör zu, ich fliege sogleich nach Georgien.
Du kannst gerne auf der Platana auf der schönen Blumenwiese auf mich warten?«, fragte Karlao.
Sigurd graute es davor, allein auf einer Wiese zu sein.
Daher entschloss er sich, Karlao zu begleiten.
Endlich landeten sie in der besagten Pension:
Sofort drehte sich auch Karlao im Kreis.
Er brauchte dazu länger als Lia.
Außerdem stand er danach wie eine Eins und konnte sofort Bericht erstatten.
Der Ort hier steht auf einem Tunnelsystem.
Der Raum, in dem Noah momentan arretiert ist, befindet sich unter der Erde.
Gott sei Dank sind es nur ganz normale Menschen, die Noah gefangen halten.
Sie sind zwar enorm bösartig, schlimmer wäre es jedoch, wenn es sich wieder um Wesen, die von künstlicher Intelligenz gesteuert werden, handeln würde.
Gerade sind nur fünf von ihnen dort unten, um Noah zu bewachen.
Ich schlage vor, dass wir zu zehnt dort blitzschnell auftauchen.
Ich würde mich direkt zu Noah begeben und ihn dann astral ins Waldhaus auf der Erde bringen.
Einverstanden?
Das Ganze war ein optimaler Plan.
Lia und Basilika wollten lieber noch vor dem Angriff zurück in Waldhaus.
Erleichtert warteten Finnbar sowie Akira noch auf

deren Okay, dass sie dort gut angekommen waren.
Dann kam es zum Kampf.
Die fünf Entführer waren so dermaßen verdattert über das plötzliche Auftauchen der Krieger des Lichts, dass diese im Großen und Ganzen ein leichtes Spiel mit den ersten drei der Entführer hatten.
Auch Karlao konnte sich sogleich unversehrt mit Noah auf den Weg machen. Allerdings die letzten zwei der finsteren Gestalten wehrten sich wie der Teufel.
Sie verletzten fast jeden von ihnen mit ihren gefährlichen Waffen.
Sie hatten jeweils eine stachelige Eisenkugel, welche sie wie verrückt an einer Eisenkette um sich herumschwirren ließen.
Erst nachdem Quick Deer einen riesigen Kronleuchter auf deren Köpfe fallen gelassen hatte, war der Spuk vorüber.
Die Gefangenen wurden sofort zur Perle gebracht.
Die beiden würden sicher ein ganz schön harter Brocken für Guido und sein Team werden.
Im Waldhaus heilte Querin die Wunden aller, auch die von Noah.
Gemeinsam mit seiner Frau wurde dieser dann in sein Land gebracht.
Kurz darauf erblickte die ganze Welt sein Statement im Fernsehen.
Es seien keine Landsmänner Tians gewesen, sondern Kriminelle vom eigenen Volk.
Jene würden nun ihrer gerechten Strafe zugeführt werden.
Diese Aussage nahm allen Kriegstreibern sofort den Wind aus den Segeln.

Ein weiterer mieser Versuch

Unbeirrt setzten die Krieger des Lichts sowie deren Helfer und Helfershelferinnen ihre anstrengende Arbeit fort, die Menschen dazu zu bewegen, von der Liebe gelenkt positiv zu denken und zu handeln.
Die Ursache für alles Negative war meistens Angst, Gier oder Zorn.
Hier versuchten die Freunde auf die verschiedenste Weise anzusetzen.
Am besten war es natürlich, die Gedanken überhaupt so wenig wie möglich zu beachten, denn auf diese Weise war stets Raum genug in jenem Wesen, die universelle Liebe bewusst zu empfangen.
Wenn die Menschen jedoch nicht gerade auf der Perle eine Intensivzeit durchliefen, war es teilweise schier unmöglich, das einfach so zu erreichen.
Viele waren von Kind an nichts anderes gewöhnt als unaufhörlich negative Gedanken in ihrem Hirn herumzuwälzen.
Nichts ist schwerer aufzugeben als eine langjährige Gewohnheit.
Dabei half in der Regel nur ein Spontan-Erlebnis.
Hier kam Sigurd ins Spiel.
Im Gegensatz zu den anderen Lichtwesen, also den Vogel-Menschen sowie den Einhörnern, konnte sich dieser bekanntlich frei auf der Erde bewegen.
Überglücklich, endlich eine verantwortungsvolle Aufgabe gefunden zu haben, stellte er seine Begabung gerne in den Dienst der Rettung der Erde.
Den ganzen Tag nun umarmte er die Menschen.

Jede seiner Umarmungen spendete seinem Gegenüber unglaublich viel Licht und Liebe.
Das hatte zur Folge, dass diese Menschen sich jetzt sehr danach sehnten, immer so zu leben, und dadurch endlich bereit waren, von ihren schlechten Gewohnheiten abzulassen.
Sigurd fühlte sich dabei stets genauso gesegnet wie die Umarmten.
Tag für Tag sowie Woche für Woche fuhren die Freunde mit ihrer lichtvollen Arbeit fort.
Täglich kamen neue Helfer für ihre Mission hinzu, denn manche der Geheilten fühlten ihrerseits eine Berufung in sich, durch ihre Mithilfe etwas von dem wunderbaren Geschenk des Lichts weitergeben zu dürfen.
Trotzdem blieb diese Tätigkeit noch immer stellenweise sehr zäh und nervenaufreibend.
Brenda, welche an einem inneren Tiefpunkt angelangt war, saß gerade bei Tanja zum Tee, um sich Rat sowie Aufmunterung zu holen.
»Weißt du, ich stehe morgens schon mit einem Widerstand in mir auf.
Ich habe gar keine Freude mehr an der Arbeit.
Das bringt ja am Ende doch alles nichts.
Du solltest mal sehen, wie schlimm manche Zeitgenossen dran sind.
Ich habe fast das Gefühl, als würde ich von denen mit all ihren Zweifeln und schlechten Gedanken regelrecht angesteckt.«
»Das erscheint mir gar nicht so abwegig, was du da sagst«, antwortete Tanja.
»Eigentlich sind ja die kosmischen Gesetze so gestaltet, dass höher schwingende Energie die niedriger

schwingende anhebt.
Manchmal aber, wenn man sich mit zu viel negativer Energie umgibt, wird man dort auch selbst mit hineingezogen.
Selbstverständlich kann dann deine Arbeit nicht mehr gelingen.
Wie könntest du in einem solchen Zustand auch andere dazu bewegen, an das Positive im Universum zu glauben.
So etwas ist nur möglich, wenn man selbst von der positiven lichtvollen Energie so viel in sich trägt, dass jene sozusagen überläuft.
Nur dieser Überschuss kann hilfreich für die Heilung anderer Leute sein.
Mangel erzeugt immer nur wieder Mangel.
Auf alle Fälle bekommst du nun so lange Urlaub, bis es dir besser geht.
Danach hätte ich einen schönen Vorschlag für dich.
Ich hatte nämlich die Idee, überall auf der Erde verteilt sogenannte „Positiv-Tankstellen" einzurichten.
Das sollen ästhetisch eingerichtete Räume werden.
Ausgestattet unter anderem mit angenehmer Beleuchtung sowie Temperatur, großen Heiledelsteinen als Dekoration sowie herrlichen, natürlichen Düften.
Dort könnte dann beruhigende Musik laufen, die immer wieder von positiven Affirmationen, zum Beispiel auch solche von Louise Hay, untermalt würde.
Diese hat einige wundervolle CDs herausgebracht.
Dort könnten sich die Menschen immer wieder auftanken nach den Herausforderungen ihres Alltags«
Brenda war sofort Feuer und Flamme.
Jene Art der Tätigkeit wollte sie liebend gerne übernehmen.

Tanja lachte über den Tatendrang ihrer Schwiegertochter und sprach:
»Aber erst einmal ruhst du dich aus.«
Ein wenig später war Tanja mit Lucinda verabredet.
Täglich begaben sie sich zum achten magischen Feld, um dessen Entwicklung zu beobachten.
Sie hatten sich an mehreren Stellen nummerierte Striche auf den Boden gemalt, um besser überprüfen zu können, wie schnell das Feld wachsen würde.
Seit einigen Tagen schon hatte sich dessen Wachstum verlangsamt.
»Ich würde sagen, es steht still.
Vielleicht haben wir Glück.
Es könnte sein, dass endlich der Wendepunkt erreicht wurde.« Lucindas Stimme klang hoffnungsvoll.
Diese Tendenz bestätigte sich auch an den darauffolgenden Tagen.
Eines Tages war es sicher, das achte Feld hatte sogar begonnen zu schrumpfen.
Diese gute Nachricht nahmen die Freunde zum Anlass für ein berauschendes Fest.
Die ganze Freude, welche auf diesem entstand, trug dazu bei, dass das achte magische Feld sogar noch schneller schrumpfte.
Mit großem Elan und positivem Wind im Rücken, machten sich alle daran, ihre Mission zielsicher weiterzuführen.
Mehr und mehr Helfer kamen mit jedem Tag dazu.
Alles lief wie am Schnürchen.
Jedermann fiel daher aus allen Wolken, als die Dunkelheit sie eines Tages mit Macht daran erinnerte, dass auch sie nicht schlief.

Es war Tian, welcher zu einer dringenden weltweiten Videokonferenz gerufen hatte.
»Es gibt schreckliche Nachrichten.
Wir haben bei uns in einem Krankenhaus eine neuartige, tödliche und extrem ansteckende Krankheit entdeckt.
Selbstverständlich haben wir sofort eine großflächige Quarantäne ausgerufen, haben die Tragweite der Gefahr jedoch vorerst noch streng geheim gehalten.
Wir können allerdings nicht sicher sein, ob nicht doch schon etwas von dem neuen Virus nach außen gedrungen ist.
So wie unsere Wissenschaftler feststellten, ist die Krankheit verwandt mit den schwarzen Pocken.
Dennoch ist das Virus ein komplett anderes.
Es kann deshalb nicht mit Medikamenten oder Impfstoffen der bekannten schwarzen Pocken bekämpft werden.
Zwischen Ausbruch der Krankheit und Tod liegen nur etwa sechs Tage.
In dem besagten Krankenhaus sind bereits alle gestorben, seien es Patienten oder Mitarbeiter gewesen.
Man hat mir auch erst heute früh darüber Bericht erstattet.
Das ist sehr schlimm.
Erstens sind wir alle in Gefahr und zweitens, wenn das publik wird …
Dann können wir unsere Licht-Arbeit vergessen.
Was glaubt ihr, wie viel negative Energie, hervorgerufen durch allgemeine Angst, nun entstehen wird.
Nicht zu schweigen von all dem Leid, das die zu erwartenden Lockdowns mit sich bringen werden.

Ich bin vollkommen verzweifelt«, schloss Tian seine Horrornachricht.
Lange Zeit fand niemand Worte.
Alle waren geschockt sowie entsetzt.
Irgendwann sprach Quick Deer:
»Mir hat mal jemand Weiseres als ich gesagt, dass jedes Ereignis immer auch positive Aspekte aufweist.
Ich bemühe mich mal, in unserer Situation auch etwas Positives zu erkennen.
Lasst mal sehen.
Ach ja, bei dieser Pandemie arbeiten alle Länder transparent sowie freundschaftlich zusammen.
Wir wissen bereits um die Schädlichkeit der Lockdowns für die Seelen der Menschen, insbesondere derer von Kindern.
Wir wurden von Anfang an ehrlich informiert.
Uns ist es bekannt, wie wichtig positives Denken ist.
All unsere Helfer sind stark im Vertrauen dazu, dass das Universum auf jeden Fall gütig ist, komme, was da wolle.
Jeder weiß, dass der physische Tod nur der Beginn einer weiteren Reise ist.
Außerdem wissen wir, dass das Bewusstsein, aus dem alles besteht, niemals sterben kann. Es wandelt sich lediglich stetig von einer Form in die andere.
Wir haben also alle bereits von diesem „Göttlichen Happy End" gehört.
Wir kennen schon einige Hintergründe einer Pandemie, denn wir haben aus den vorangegangenen, beispielsweise aus der Coronapandemie, gelernt.
Es kann also sein, dass manche sogar später Gewinn mit dem Leid anderer machen möchten.
Dazu könnten Pharmaunternehmen, Maskenhersteller

oder andere dieser Art gehören.
Daher ist es dringend erforderlich, dass wir alle Menschen, welche auch nur im entferntesten Gewinn aus der kommenden Pandemie ziehen könnten sowie alle, aus deren näherem Umfeld sofort auf die Perle bringen.
Die Arbeit solcher Menschen wird, für den Fall, dass die Pandemie ausbricht, ohne Zweifel unsagbar wichtig sein. Sie sollte aber unbedingt nur aus Liebe und vor allem zum Wohle aller getan werden.
Eine unglaublich positive Sache ist, dass Guido sowie Karlao uns dazu verholfen haben, dass wir die Perle überhaupt nutzen können.
Dies ist von unschätzbarem Wert.
Nicht zuletzt verfügen wir über reiche Kenntnisse beim astralen Reisen, auch in der Zeit, im Manipulieren der Elemente und der Magie.
Außerdem haben wir den heilenden Hammer.
Wir stehen also momentan ganz bestimmt nicht völlig wehrlos da.«
Kaum hatte Quick Deer geendet, ging eine Art Aufatmen durch die Reihen der Versammlungsmitglieder.
Schon trugen auch andere noch weitere positive Aspekte zusammen.
»Tian, könntest du bitte mit dem Veröffentlichen der schlimmen Nachricht nur noch ein wenig länger warten? Im Grunde sind wir ja nun alle informiert«, fragte Quick Deer.
»Wir können zum Schutz der Bevölkerung im Geheimen schon gleich die nötigen Vorkehrungen treffen.

Aber vielleicht könnten wir diese zunächst einfach als Übung beziehungsweise vorbeugende Maßnahmen laufen lassen.
Damit verhindern wir vorerst eine Massenpanik.
Ich habe nämlich eine Idee.
Allerdings benötige ich ein wenig Zeit dafür.
Wenn sich die Situation schon zu sehr in der Materie verfestigt hat, dann können wir möglicherweise nichts mehr dagegen tun.
Die Sache verfestigt sich aber erst dann, wenn ganze Massen an Menschen daran glauben.
Die gute Nachricht ist, dass wir dies durch die umsichtigen Maßnahmen Tians noch etwas herauszögern könnten.
Ich möchte das jetzt nicht in dem großen Rahmen besprechen.
Bitte gebt mir genau zwölf Stunden.
Dann treffen wir uns wieder hier.
Wäre das für euch alle so in Ordnung?«
Nach kurzer Bedenkzeit willigte ein jeder in Quick Deers Vorschlag ein.
Sollten im eigenen Land bereits Vorfälle der neuartigen Krankheit auftreten, so würden sie einfach genauso verfahren, wie Tian es vorgemacht hatte.
Damit war die Versammlung beendet.
Quick Deer bat sofort die Mitglieder des engeren Kreises zum Waldhaus auf der Platana.
Er sprach: »Ich bin mir sicher, dass das „Dunkle Autonom“ hierbei seine Finger mit im Spiel hat.
Im Grunde ist das von seiner Seite aus ein echt genialer Schachzug.
Etwas Besseres konnte es sich gar nicht einfallen lassen.

Was diese Pandemie für Ängste mit all ihren Folgen auf der Erde auslösen wird, das ist gar nicht auszudenken.
Mit jenen negativen Gedanken verstärkt, wird das achte magische Feld wahrscheinlich niemals fallen können.
Bestimmt hat das „Dunkle Autonom“ auch schon dafür gesorgt, dass zumindest noch einige Menschen überleben werden.
Wahrscheinlich gibt es bereits ein geheimes Medikament, einen Impfstoff oder sonst einen Trick der Natur, die Krankheit zu überwinden.
Das „Dunkle Autonom“ braucht die Menschheit noch, denn würde diese nun sofort komplett aussterben, könnte sich die Erde sicherlich nach und nach wieder regenerieren.
Vielleicht würde diese dann später sogar auch neue, sogenannte intelligente Wesen hervorbringen.
Da das Ziel der Finsternis jedoch die komplette und vor allem zeitnahe Vernichtung der Erde ist, wird die Dunkelheit das so nicht zulassen.
Hier könnten wir ansetzen.
Vielleicht finden wir doch noch ein Heilmittel für die scheinbar ausweglose Situation?«
»Wäre es denn nicht auch eventuell möglich, in der Zeit zu den Anfängen dieser gemeinen Tat zu reisen und diese bereits dort im Keim zu ersticken?
Dann hätten wir heute das Problem gar nicht mehr am Hals«, fragte Lia nachdenklich.
»Also ich halte das für eine außerordentlich brillante Idee«, meldete sich Lucinda zu Wort.
»Vielleicht kann uns Karlao mit seinen Fähigkeiten zeigen, in welchem Land wir danach suchen sollen.
Das Einzige, das mir Sorgen bereitet, ist, dass wir nicht

im Mindesten wissen, wann die Diener der Dunkelheit mit ihren gemeinen Forschungen begonnen haben. Daher kennen wir auch nicht den genauen Zeitpunkt, an den wir reisen sollen«, endete Lucinda.

»Da hätte ich eventuell einen Einfall«, meldete sich Quick Deer nochmals zu Wort.

»Es könnte doch sein, dass in dem Augenblick, als wir den ersten großen Schub geheilter Menschen von der Perle auf die Erde entlassen haben, im Zuge der starken Gegenkräfte der Dunkelheit auch diese miese Sache vorausschauend in Angriff genommen wurde.

Ich würde sagen, einen Versuch wäre es allemal wert, dort zuerst zu suchen.

Seid ihr einverstanden, dass ich mit Karlao und einigen anderen in diese Zeit zurückreise?«

Nachdem die Sache abgesegnet war, schlossen sich folgende Personen der neuen Mission an:

Quick Deer, Karlao natürlich, Lucinda sowie Querin, der mit seinem heilenden Hammer unbedingt vonnöten war, Sigurd mit seiner inneren Heilkraft sowie Atlantus.

Brenda wollte lieber zu Hause bleiben.

Auch Akira und Finnbar drängte es innerlich sehr, die Mission zu begleiten.

Nach einigen Diskussionen erhielten sie dafür dann auch die Zustimmung aller Anwesenden.

Ausgerüstet mit allem Nötigen, machte sich die Schar auf der Stelle auf den Weg.

Alle anderen taten, was noch zu tun übrig war.

Entweder führten sie ihre Heilarbeit tapfer weiter aus oder aber sie setzten sich hin, um in der Stille neue Kraft zu finden.

Sie hatten nämlich festgestellt, dass das positivste, das

man tun konnte, einfach nur war, dem Verstand überhaupt keine Aufmerksamkeit zu schenken.
Wenn man in so einem gedankenfreien Raum verweilte, weit weg von den Gedanken über das, was war, was ist und was sein könnte, also innerhalb der stillen Glückseligkeit in diesem Moment, in welchem vertrauensvoll alles miteinander verbunden ist, bekam man automatisch von ganz allein eine Welle von glückseliger Energie in sich hineingespült.
Dies war nur eine kleine Bewegung der eigenen Aufmerksamkeit vom kleinen zum großen »Ich«, jedoch mit einer phänomenalen Wirkung für einen selbst und auch für alle anderen Wesen der Erde.
Das machte diese leichter und immer wieder ein Stück heiler.
Es war in etwa vergleichbar damit, als würde man im Maschinenraum des Lebensschiffs etwas umprogrammieren.
Der positive Wechsel des Kurses würde sich dann nach und nach später im Außen zeigen.
Das war die beste Nahrung der Seele, die es gab.
Eine solche ernährte Seele konnte nur noch ein Ort für positive Energie sein.
Tanja, die gerade, solange sie daran Freude gehabt hatte, in Stille dagesessen hatte, streckte sich genüsslich und öffnete ihre Augen.
Sie fühlte sich erfrischt, fast wie neu geboren.
Wenn man in der Stille war und somit ohne Gedanken, konnte es auch keine persönliche Geschichte mehr geben.
Das war mitunter eine totale Erholung.
Ohne eine persönliche Geschichte existierten natürlich

ebenfalls keine Probleme mehr.
In der absoluten Stille war nicht mal eine Erde, die gerettet werden sollte, vorhanden, von einer neuen Pandemie ganz zu schweigen.
Ob das wohl dies war, was manche unter Erleuchtung verstanden?
Tanja schob die Frage schnell beiseite.
Was sollte es schon bringen, wenn sie in ihrem Verstand nach Antworten auf diese Frage suchte?
Sie erklärte sich das Ganze so:
Falls es Erleuchtung gab, dann war das nichts, was mit ihr persönlich zu tun hatte.
Es war eher so, dass man sich in diese bewusst einklinken konnte.
Sie war also immer und ständig, für absolut jeden erreichbar, ganz egal wie viel Schuld jemand auch auf sich geladen haben mochte.
An und für sich war sie auch da, wenn man sich ihrer niemals bewusst wurde.
Eigentlich bestanden alle sozusagen sogar daraus.
Ruhte man in der Stille, so stellte sich die Frage nach Erleuchtung jedoch gar nicht erst.
Nur das Ego kannte solche Fragen.
Tanja rief sich zur Ordnung.
Sie war doch tatsächlich wieder in den Verstand abgedriftet.
Alte Gewohnheiten sind stark, dachte sie lächelnd bei sich.
Sie wischte das Thema nochmals vom Tisch.
Eines war ihr jedoch klar.
Wollte man dem Licht dienen, so war das stets aufs Neue innerlich zu entscheiden.

Sollte es dann gelingen, dann war das eine vom Leben gewährte Gnade.
Diese Gnade bekam man, wie zum Beispiel auch Kraft, Schönheit, Talent oder Klugheit, ebenfalls nur höchstens so lange geliehen, wie das physische Leben auf der Erde andauerte.
Danach gab man diese wieder zurück.
Demut war das Schlüsselwort.
Nun ist es aber genug mit dem Nachdenken, dachte Tanja, und machte sich endlich zu einer der Positiv-Tankstellen, in der sie sich heute nützlich machen wollte, auf.

Inzwischen waren Quick Deer sowie seine Helfer am gewünschten Zeitpunkt im Jahr 2023 angelangt.
Schon begann Karlao, sich in gewohnter Weise zu drehen.
Noah hatte ihnen ein Kleidungsstück eines an der neuen Krankheit verstorbenen Patienten zukommen lassen.
Dadurch hatte Karlao einen Anhaltspunkt, nach welchem Keim er zu suchen hatte.
Die Kameraden hatten keine Angst, sich anzustecken, denn sie verfügten ja über den heilenden Hammer Querins.
Leider fand Karlao trotz aller Anstrengung gar nichts.
Man entschloss sich nun, das Gleiche immer einen Tag weiter in der Zukunft nochmals zu versuchen.
Am vierten Tag endlich erhaschte Karlao eine Spur.
Sie führte zu einem Hochsicherheits-Gefängnis für politische Gefangene.
Die Freunde waren überrascht, dass es so etwas überhaupt noch gab.

Offenbar waren Gefängnisse noch gar nicht in den Fokus der Heilarbeiter der Perle geraten.
In der Nähe angelangt, nahm Karlao eine unbekannte Strahlung wahr.
Er wandte sich an seine Kameraden:
»Sieht so aus, dass das Gelände komplett abgeriegelt ist.
Wer immer mit der Strahlung in Verbindung kommt, löst einen Alarm aus.
Das gilt auch für uns.
Selbst beim astralen Reisen.
Momentan weiß ich nicht, wie wir näher herankommen könnten.
Darin befindet sich ganz bestimmt, gut versteckt, eine Art Labor.«
Quick Deer tastete sich im Geist näher an die unbekannte Schutzglocke des Gebäudes heran.
Karlao hatte absolut recht.
Mit solch einer Sicherheitsvorkehrung hatte auch er es bisher noch nie zu tun gehabt.
Diese musste das Werk einer ungeheuren Intelligenz gewesen sein.
Sofort kam ihm das »Dunkle Autonom« als Urheber in den Sinn.
Es war richtig, hier konnte man auch nicht astral hereinkommen.
Es sei denn …
Quick Deer überlegte.
»Was wäre, wenn wir uns hier einschmuggeln, bevor die Sicherheitsvorkehrungen getroffen wurden?«
»Du meinst zur Grundsteinlegung oder so?«, fragte Karlao scherzhaft.
»Dann müssten wir aber sehr lange darin warten«,

antwortete Lucinda nachdenklich.
»Nein, das müsste so nicht sein.
Wir reisen in eine Zeit, in der noch gebaut wird.
Dann verstecken wir uns unsichtbar im Keller.
Danach begeben wir uns an diesem Ort wieder in die Zukunft.
Am besten nicht gleich genau dahin, wohin wir wollen.
Nur für den Fall, dass wir vorher noch etwas Wichtiges erlernen müssen«, sinnierte Akira laut.
Exakt so wurde es entschieden.
Zu Beginn des Jahres 2022 hielten sie inne.
Sie befanden sich in einem weiträumigen, sterilen Keller.
Von irgendwoher hörten sie lautes Stöhnen.
Mitunter waren auch menschliche Schreie darunter.
Dann wieder drangen fürchterlich gequälte Laute von unbekannten Tieren an ihre Ohren.
»Wo sind wir hier bloß hingeraten?«, fragte Akira, dem ein eisiger Schauder über den Rücken gelaufen war, die anderen über den Geist.
Karlao antwortete auf dem gleichen Weg:
»Ich versuche, Näheres herauszufinden.«
Wenige Minuten später erstattete er, blass wie eine gekalkte Wand, den anderen Bericht.
»Das ist ein verfluchter Ort.
Wer hier als Häftling landet, der kommt mit Sicherheit nie wieder heraus.
Es sind alles politische Gefangene.
Und zwar solche, die niemals ausgetauscht werden, weil sie für die Öffentlichkeit nicht so wichtig waren.
Nach und nach geraten sie hier vollkommen in Vergessenheit.
Danach benutzt man sie für fürchterliche Experimente.

An diesem widerwärtigen Ort werden Menschen mit Tieren gekreuzt.
Offenbar bemüht man sich eine neue, gehorsame, aber unglaublich starke Armee zu entwickeln.
Dieser Ort ist eine Endstation.
Von hier kommt man bestenfalls nur in einem Sarg wieder heraus.
So etwas habe ich noch nie gesehen oder hätte es mir je vorstellen können.
Auch die, die hier arbeiten, dürfen niemals wieder woanders hingehen.
Das Ganze ist viel zu geheim.
Offensichtlich wissen nicht mal die eigenen Staatsoberhäupter etwas davon.
Die, die das hier planen, wurden von der Heilarbeit der Perle mit Sicherheit noch nicht erfasst.
Wir haben es mit einem überaus gewieften und mit allen Wassern gewaschenen Feind zu tun.
Da waren die Männer von Zagan bloß kleine Waisenknaben dagegen.«
»Das ist wirklich sehr schlimm, was du da sagst.
Leider können wir uns im Moment nicht damit beschäftigen, diese bemitleidenswerten Kreaturen sofort aus ihrem Gefängnis zu befreien.
Auch, wenn alles in mir nur danach schreit.
Das könnt ihr mir glauben«, antwortete Quick Deer lautlos.
»Wir müssen uns zunächst unbedingt auf die ursprüngliche Mission beschränken.
Aber wir werden wiederkommen, um zu helfen.
Das verspreche ich hiermit hoch und heilig.
Die Aufgabe besteht zunächst jedoch vordringlich darin,

den Ort ausfindig zu machen, an dem später der tödliche Keim gezüchtet werden wird.
Danach müssen wir dort ungesehen hinein und die ganze Sache verhindern.
Gibt es Vorschläge, wie wir vorgehen könnten?«, fragte Quick Deer in die Runde.
Wiederum meldete sich Akira zu Wort.
»Vielleicht haben wir es auch dieses Mal mit einer Kraft zu tun, die von künstlicher Intelligenz gesteuert oder wenigstens von jener unterstützt wird.
Am Anfang vom Jahr 2022 war diese noch nicht ganz so weit fortgeschritten wie zu dem Zeitpunkt, als wir den Kampf gegen die magischen Felder begannen.
Vielleicht kann ich das System mit meinem Wissen von morgen heute noch irgendwie austricksen?«
Dies war zwar ein guter Ansatz, brachte aber keinesfalls schon konkrete Schritte mit sich.
»Was schlägst du genau vor?« wandte sich Lucinda an Akira.
»Ich muss in die IT-Zentrale«, antwortete dieser.
»Karlao, kannst du mir dabei helfen?«
Karlao nickte.
Zusammen verschwanden die zwei auf der Stelle.
Wenig später waren sie wieder zurück.
Nun war auch Akira kreidebleich.
»Ich habe eines der niedrigeren Passwörter geknackt.
In den Dateien, die mir daraufhin zugänglich waren, sind unglaubliche Experimente, gepaart mit erschreckenden Bildern, dokumentiert.
Ich habe uns außerdem einen kompletten Lageplan des Gebäudekomplexes ausdrucken können.
Karlao, wo genau hast du in der Zukunft das

entsprechende Labor entdeckt?«
»Hier.«, Karlao wies auf einen Raum, in dem heutzutage noch lediglich alte, ausrangierte Dinge abgestellt waren.
»Offenbar wird das Labor erst noch entstehen.
Wahrscheinlich wissen sie derzeit noch nichts von dem teuflischen Plan zu der neuen Pandemie.
Das ist optimal für uns, würde ich sagen.
Wir könnten dort doch einfach unsichtbar warten, bis sich etwas tut?«, fragte Quick Deer.
Alle waren einverstanden.
Wenig später hatte Karlao die Freunde in die besagte Abstellkammer gebracht.
Vorsichtig reisten sie dort Schritt für Schritt in die Zukunft.
Immer wieder verschwand auch Akira in die Zentrale der Computersteuerung, um nach neuen Erkenntnissen zu fahnden.
Endlich sah er die ersten Hinweise auf das kommende gemeine Projekt.
Es handelte sich um geheime E-Mails.
Es war jedoch nicht zu erkennen, wer deren Absender gewesen war.
Jedenfalls kam via Mail die Aufforderung, ein neues Labor mit den und den Eigenschaften zu erschaffen.
Gleich am nächsten Tag wurden verschiedene Menschen in der Abstellkammer tätig.
Mucksmäuschenstill sowie unsichtbar wurde dies von den Freunden beobachtet.
Endlich war es so weit.
Nun war dort auch ein Team angekommen, das dort arbeiten sollte.
Sofort begannen diese wieder, zum Horror der

Kameraden, mit gnadenlosen Experimenten an Mensch und Tier.
Zunächst infizierte man jene mit dem bekannten Virus der schwarzen Pocken.
Dieses war auf der Erde zwar ausgerottet, wurde jedoch in bestimmten Laboren unter höchstem Verschluss noch aufbewahrt.
Wie die Leute von hier an das Virus gekommen waren, fragte sich ein jeder der Anwesenden vergeblich.
Jedenfalls ließ man die infizierten Kreaturen ausnahmslos sterben.
Als zum ersten Mal jemand überlebte, züchteten sie aus dessen Antikörpern und anderen Bestandteilen das neuartige Virus, welches der Welt so gefährlich werden sollte.
Zur gleichen Zeit wurde auch noch ein Gegengift entwickelt.
Bevor ein bedauernswertes Wesen mit dem neuen Keim infiziert werden konnte, bekamen die Laborarbeiter selbst das Gegengift injiziert.
Als diese sich zur Nachtruhe begeben hatten, stahl Akira sofort einen großen Teil davon.
Damit dies nicht auffiel, füllte er das Gefäß einfach wieder mit der Nährlösung des Virus auf.
Er hoffte, dass die Viren sich bis zum Morgen wieder so vermehrt hätten, dass sein Diebstahl nicht entdeckt werden würde.
Ja, richtig, das Gegengift war ebenfalls ein Virus.
Es war ein solches, das darauf spezialisiert war, den neuartigen Krankheitserreger sofort zu vernichten, sollte er in einen Körper eintreten.
Akira hatte sich auch geistesgegenwärtig eine Probe der

Nährlösung einverleibt.
Kurz bevor sich der junge Mann gemeinsam mit Atlantus in die Vergangenheit aufmachen konnte, um vor dem Errichten der undurchdringlichen Schutzglocke mit der kostbaren Fracht in die Zukunft zu fliehen, hatte Lucinda einen guten Einfall.
Man betäubte den Gefangenen, welcher das zukünftige Opfer werden sollte und injizierte ihm das Gegengift. Sollten die Peiniger doch ein wenig rätseln, warum jener nicht binnen sechs Tagen an der neuen Krankheit verstarb. Vielleicht konnten sie diesem so das Leben retten.
Dann waren die zwei Brüder auch schon unterwegs. Kaum hatten sie die zwei wertvollen Gläser an den entsprechenden Stellen der heutigen Zeit abgegeben, waren sie auch schon wieder da.
Die anderen amteten erleichtert auf.
Leider hatte der Versuch, das bedauernswerte menschliche Versuchskaninchen zu retten, nicht den gewünschten Erfolg.
Erstens töteten die Chemiker oder wer immer diese Menschen im Labor auch waren, das erste Opfer gnadenlos, um seine Zellen genauestens zu untersuchen.
Zweitens wurden sie misstrauisch.
Dies hätte nicht passieren dürfen.
Sie untersuchten nun akribisch alles.
Dabei fiel auf, dass die Nährlösung weniger geworden war sowie die Anzahl der Viren nicht stimmte.
Plötzlich wurde es hektisch auf der Etage.
Alles wurde abgesucht.
Die Kameraden flohen schnell in die Zeit, als das Labor noch eine Abstellkammer gewesen war.

»Wir dürfen uns kein zweites Mal von unserer Hauptmission ablenken lassen.
All unsere Pläne zur Rettung der Menschen in diesem Gefängnis müssen fortan bis später warten.
Könnt ihr das mittragen?«, wollte Quick Deer wissen.
Jeder war einverstanden.
Vorsichtig reisten sie in das schreckliche Labor zurück.
Sie hatten dazu den nächsten Tag in der Zukunft gewählt.
Aufs äußerste überrascht waren sie, dass es nun in dem Labor ganz andere Mitarbeiter gab.
Später erfuhr Akira aus einer mitgelesenen E-Mail, dass die gesamte alte Crew getötet und dann im hauseigenen Krematorium verbrannt worden war.
Es sah so aus, dass man den Täter offenbar unter diesen Menschen vermutet hatte.
Wer immer das alles plante, diesem bedeuteten Menschenleben oder menschliches sowie tierisches Leid wahrscheinlich nicht das Geringste.
So schrecklich dies auch war, die Freunde selbst waren gerade noch mal mit einem blauen Auge davongekommen.
Sie waren jetzt gewarnt.
Es schien so, als hätte man an diesem Ort niemals eine zweite Chance.
Bevor das Virus in die Außenwelt gelangen konnte, mussten sie nun unbedingt zuschlagen.
Die Frage war nur, wie?
Akira hatte seine Spionagefähigkeiten bereits um einiges ausgebaut.
Auch er musste ungeheuer vorsichtig vorgehen.
Beim kleinsten Verdacht würde sicher alles mit neuen,

schwierigeren Passwörtern versehen werden.
Jedenfalls hatte sich Akira ein sehr kompliziertes Programm ausgedacht, das automatisch die nächsthöheren Passwörter herausfinden konnte.
Auf diese Weise war er schon in etwas höhere Sphären gelangt.
Sprich, er konnte erkennen, wer zur nächsten Führungsebene gehörte.
Das waren allerdings noch längst nicht die, die tatsächlich an der Spitze dieser bösartigen Pläne standen.
Mitunter schaute eine von diesen Personen auch in dem Labor vorbei.
Offenbar hatte jener einen sehr stressigen Alltag.
Jedenfalls nickte er einmal in einer unbeobachteten Ecke des Labors ein.
»Das ist unsere Chance«, zischte Lucinda den anderen zu.
Lasst uns den entführen und auf die Perle bringen.
Sicher wird er uns nach seiner Heilung Einzelheiten sowie weitere Namen nennen können.
Er wird dann nicht hierher zurückkehren.
Das wiederum bedeutet, dass wir handeln müssen, bevor sein Verschwinden bemerkt wird.«
Das war ein außerordentlich riskanter Plan.
Jedoch war es der einzige, den sie hatten.
Also führten sie diesen blitzschnell aus.
Niemandem im Labor fiel etwas auf.
Kurz darauf, astralen Zeitreisen sei es gedankt, verfügten die Kameraden bereits über die gewünschten Informationen.
Offenbar stand der Abschluss der Forschungen kurz vor

dem Abschluss.
Morgen schon sollte die erste Probe in Tians Land in dem besagten Krankenhaus ausgesetzt werden.
Zeitgleich wurden Proben für alle Länder der Erde bereitgestellt.
Das Glück war den Freunden hold.
Die entführte Person wurde wie durch ein Wunder noch von keinem vermisst.
Tatsächlich war es so, wie Quick Deer anfangs vermutet hatte.
Es gingen an jedes Land auch die Gegengifte heraus.
Alle die, die zu den Gefolgsleuten der finsteren Seite gehörten, sollten diese bekommen.
Dazu kamen auch noch einige der anderen, die später den übrig gebliebenen Herren als Sklaven dienen sollten.
Was für ein heimtückischer Plan!
Durch den Entführten erhielten sie auch noch Zugang in die beiden Führungsebenen über diesem.
Die wirklichen Strippenzieher hatte er jedoch auch noch nicht gekannt.
Dieser höchsten Führungsebene würden sie sich erst später widmen können.
Nun war es in erster Linie wichtig zu verhindern, dass das Virus das Labor überhaupt verlassen konnte.
Dummerweise war der gesamte Gebäudekomplex voll von Sicherheitskräften.
Diese Aktion würde deshalb alles andere als einfach werden.
Das Ausliefern der tödlichen Proben war für heute um 16.00 Uhr geplant.
Noch hatte keiner der Freunde einen Schimmer, was jetzt zu tun sein könnte.

Dank des Geheilten hatten sie zumindest eine genaue Vorstellung, wo und wie viele der Sicherheitskräfte im Gebäudekomplex vorhanden waren.
Dies war zwar sicher ein Vorteil.
In Anbetracht der hohen Anzahl der Soldaten vor Ort war das allerdings auch recht deprimierend sowie einschüchternd für die Kameraden.
»Wir dürfen jetzt nicht den Mut verlieren.
Alles hängt von uns ab.
Selma, Soholit sowie Angar dürfen nicht umsonst gestorben sein«, versuchte Quick Deer die anderen aufzumuntern.
Dass er durch seine Rede lediglich noch den Druck auf die Übrigen erhöht hatte, war ihm nicht bewusst.
Sie hatten sich inzwischen eine Zeitschleife erschaffen, mit deren Hilfe sie an dem Zeitpunkt kurz vor 16.00 Uhr verweilten.
Fieberhaft warteten sie darauf, dass sich ihnen eine Lösung aus dieser so ausweglosen Situation offenbaren würde.
Zigmal hatten sie sich nun schon angesehen, wie die Übergabe der Proben in die Welt vonstattengehen würde.
Derzeit waren diese noch fest verschlossen in einem Hochsicherheits-Tresor, der sich im Labor befand.
Die fünf Mitarbeiter würden später kurz nacheinander das Laboratorium mit einer großen Kühlkiste in Richtung Flur verlassen.
Wenn es überhaupt einen Zeitpunkt gab, in welchem der Tresor einmal etwas länger geöffnet sein würde, dann war das der Moment, an dem der dritte Mitarbeiter seine Kiste in Empfang nehmen würde.

Das war der einzige Augenblick, an dem sie eingreifen könnten.
Es war nämlich auch so, dass der erste Mitarbeiter im Flur auf den zweiten gewartet hatte.
Danach wurden diese beiden von einer gefühlt halben Armee durch das Haus zum Ausgang begleitet.
Die anderen drei würden ihnen demnächst folgen.
Es musste unbedingt verhindert werden, dass die Proben das Haus verlassen konnten.
Daher entschloss man sich, zu genau dem Zeitpunkt einzugreifen.
Finnbar, Atlantus und Akira erklärten sich bereit, die zwei auf dem Flur nebst Eskorte zu übernehmen.
Die anderen wollten sich um die drei im Labor kümmern.
Akira hatte einige Tage vorher übrigens dafür gesorgt, dass die Diener des Bösen so schnell keine neuen Viren mehr erschaffen konnten.
Er hatte in deren IT-System ein selbstzerstörendes Programm installiert, welches schon unumkehrbar sein Werk begonnen hatte.
Somit würde am Ende dadurch sämtliches Wissen über das neue Virus verloren gegangen sein.
Kaum war der Tresor zum dritten Mal geöffnet worden, begannen die Kameraden ihre mutige Mission.
Es ging auch darum, so lange wie möglich zu verhindern, dass ein Großalarm ausgelöst werden konnte.
Durch ihre Ermittlungen wussten sie, dass Notrufknöpfe fast überall angebracht waren.
Selbst am linken Handgelenk eines jeden Mitarbeiters war ein solcher befestigt.
Ein Druck zu früh darauf und sie waren alle verloren.

Sie mussten also blitzschnell agieren.
Sobald der Tresor geöffnet war, würden die drei Mitarbeiter sofort stillgelegt werden müssen, damit sie niemanden zu Hilfe rufen konnten.
Es war ein Glück, dass außer den drei Angestellten gerade niemand Weiteres mehr im Labor verweilte.
Danach sollten sich zwei Mitglieder der Krieger des Lichts die gefährlichen Probenkisten schnappen und sofort zum Waldhaus auf der Erde im Jahr 2023 zurückkehren.
Die restlichen würden die drei betäubten Mitarbeiter an das Heiler-Team der Perle übergeben.
Dass die drei Kameraden, die für den Flur zuständig waren, es nicht würden verhindern können, dass irgendwann ein Alarm ausgelöst würde, war jedem klar.
Sie sollten sich nur darauf konzentrieren, so schnell wie möglich die beiden Probenkisten zu stehlen und dann ebenfalls nach Hause kommen.
Das war leichter gesagt als getan.
Nachdem die drei jungen Männer auf dem Flur die Lage nochmals genauer studiert hatten, war allen sofort klar, was das bedeutete.
Dass ihnen dies nicht früher aufgefallen war!
Ohne ein Opfer ihrerseits würde es nicht gehen.
Einer musste die gesamte Aufmerksamkeit auf sich ziehen, damit die anderen beiden die zwei Probenkisten an sich bringen konnten.
Es gab einfach keine andere Lösung.
Schon wollte Akira derjenige sein, der dies auf sich nehmen würde.
Um sich selbst machte er sich dabei keine Sorgen.
Er war bereit, jederzeit sein Leben für Mutter Erde zu

opfern.
Doch plötzlich fiel ihm seine zukünftige Familie ein.
Finnbar schien gerade mit ähnlichen Überlegungen beschäftigt zu sein.
Dieses kurze Zögern nutze Atlantus und schaffte vollendete Tatsachen.
Mit einem Kamikaze-Schrei warf er sich auf die hinteren Wachen.
Akira war es, als würde die Zeit angehalten.
Er sah seinen über alles geliebten Bruder wie in Zeitlupe auf die Soldaten springen.
Zentimeter um Zentimeter bewegte sich Atlantus unendlich langsam seinem Tode entgegen.
Akira war versteinert und zu keiner Bewegung mehr fähig.
Ein harter Stoß von Finnbars Seite riss ihn unsanft aus seiner Trance heraus.
Zumindest durfte das Opfer seines Bruders nicht umsonst gewesen sein.
Wie damals die Männer von Zagan, hatten sich sämtliche Bewaffnete jetzt auf den bedauernswerten Selkie gestürzt.
Binnen kürzester Zeit war dessen Leben zu Ende.
Die kurze Zeitspanne der Unaufmerksamkeit hatte Akira sowie Finnbar jedoch ausgereicht, um den beiden verdatterten Labormitarbeitern die hochgefährliche Fracht aus den Händen zu reißen.
Sie waren bereits damit nach Waldhaus unterwegs.
Im Waldhaus angekommen, sah Akira in Brendas Gesicht.
Diese erkannte sofort die schreckliche Wahrheit.
Weinend brach sie zusammen.

Akira fiel Lia und seiner Mutter in die Arme.
Niemand freute sich über die gelungene Aktion des Diebstahls der tödlichen Viren.
Lediglich unendliche Trauer sowie Schmerz waren die vorherrschenden Gefühle.
Plötzlich rief Karlao.
»Gebt nicht auf. Lasst uns alle zusammen zurückreisen in den Moment, an dem gerade auf dem Flur die Kisten entfernt wurden.
Wir werden die Wachen aufhalten und nochmals ablenken.
Querin ist dafür verantwortlich, sich Atlantus zu greifen.
Wenn das gelungen ist, reisen wir anderen sofort ebenfalls astral zurück.
Vielleicht ist es dann noch nicht zu spät für den heilenden Hammer.
Neue Hoffnung trat in die Gesichter der Anwesenden.
Diese wurde sofort von tiefer Entschlossenheit verdrängt.
Niemand wollte zurückbleiben.
Selbst Basilika und Lia schlossen sich an.
Als die große Schar sich mit Gebrüll sowie absoluter Furchtlosigkeit auf die Wachen stürzten, ließen diese sofort von Atlantus ab.
Querin floh mit diesem auf der Stelle.
Die anderen wollten folgen, doch einige waren von den Sicherheitskräften bereits gestellt worden.
Wie ein Berserker schaffte es Akira, seine Frau zu befreien und mit dieser astral zurückzureisen.
Er selbst kehrte umgehend nochmals an den Schauplatz des Geschehens zurück.
Außer Karlao sowie Lucinda waren bereits alle weg.

Akira warf nun eine Handvoll speziellen Kohlenstaub, den er extra für solche Fälle bei sich trug, in deren Richtung.
Die kurze Verwirrtheit, die die totale Schwärze hervorrief, reichte zur Befreiung der beiden aus.
Sofort wollte auch Akira ihnen folgen.
Er wurde jedoch links und rechts von je einer Wache festgehalten.
Es war ihm absolut nicht möglich, sich aus deren festem, den Tod verheißenden Griff zu befreien.
Er wusste, sobald der Staub sich gelegt hätte, würde ihm das gleiche Schicksal wie seinem Bruder drohen.
Mit der Macht der Verzweiflung entschloss sich Akira, einfach die beiden Wachen astral mit nach Waldhaus zu nehmen.
Dort gab es eine kurze Schrecksekunde.
Doch schon bald waren die zwei Soldaten überwältigt und in Richtung der Perle unterwegs.
Akira dachte jedoch nur noch an seinen Bruder.
Ob Atlantus wohl genesen konnte?
Das war gegenwärtig die wichtigste Frage, welche sich ihm praktisch in jeder seiner Zellen stellte.
Im Waldhaus knieten alle um Atlantus herum.
Offenbar hatte Querin mit seinem Hammer schon alles getan, was er konnte.
Atlantus lag noch immer unbeweglich dort.
Nun warf sich Brenda über ihn.
»Atlantus, komm zurück. Du wirst hier noch gebraucht. Liebster, wir erwarten doch auch ein Kind!«
Plötzlich ging eine heftige Bewegung durch des Selkies Körper, als wäre ein Elektroschlag in ihn gefahren.
Kurz darauf öffnete er seine Augen.

»Ist das wirklich wahr?«, waren seine ersten Worte.
Brenda, die kein Wort hervorbrachte, nickte ihm tränenüberströmt zu.
Dann vergrub sie ihr Antlitz, dieses Mal mit Tränen der Freude bedeckt, auf der Brust ihres Gefährten.

Guidos Stunde der Wahrheit

Die Aktion war unglaublich knapp gewesen.
Nur langsam sickerte es in all ihre Körperzellen ein.
Sie hatten es geschafft.
Die schreckliche Pandemie war abgewendet worden und alle waren noch am Leben.
Welch ein Segen!
Sofort wurde eine Videokonferenz abgehalten.
Spezialkräfte wurden damit betraut, das gefährliche Virus auf immer zu vernichten.
Das Gegengift wollte man zur Sicherheit noch eine Weile aufbewahren.
Es konnte ja sein, dass auch außerhalb des betroffenen Krankenhauses doch noch weitere Fälle auftreten würden.
Durch großes Glück war das jedoch nicht der Fall.
Der Personenkreis um die boshaften Kräfte wurde durch die Heilarbeit auf der Perle nach und nach zu positiven Helfern umerzogen.
Man war nun auch darauf gekommen, welche zwei Männer die höchsten Drahtzieher beim Planen der Pandemie gewesen waren.
Niemand, aber auch niemand, hätte es für möglich gehalten, dass dies ausgerechnet die zwei beliebten und allseits aus Funk und Fernsehen bekannten Männer gewesen sein sollten.
Aber das waren dennoch die Tatsachen.
Auf der Perle hatte man indessen alle Hände damit voll zu tun, auch jene beiden zu heilen ...

Quick Deer reiste mit denen, die ihm helfen wollten, nochmals in der Zeit zurück an den Punkt, an dem er damals seinen inneren Schwur geleistet hatte.
Sie schafften es tatsächlich, die armen menschlichen sowie tierischen Gefangenen aus dem Sicherheitsgefängnis zu befreien.
Auf der Perle wurden sie von ihren erlittenen Traumata geheilt.
Im Jahr 2023 ließen die entsprechenden Staatsoberhäupter all solche Orte auf der ganzen Welt auf der Stelle schließen.
Politische Gefangene sollte es ohnehin keine mehr geben.
Wiederum war es dadurch auf der Erde etwas besser geworden.
Energisch ging jeder kurz darauf wieder seiner ursprünglichen Arbeit weiter nach.
Tanja und Lucinda begaben sich noch immer täglich zum achten magischen Feld auf der Erde.
Dieses war nach der Vernichtung des gefährlichen Virus nochmals um ein großes Stück geschrumpft.
Inzwischen tat sich jedoch schon über längere Zeit in dieser Richtung gar nichts mehr.
Die beiden Frauen konnten sich das nicht erklären.
Immerhin kamen auf der Erde jeden Tag mehr Menschen dazu, die geheilt waren.
Warum nur zeigte sich das nicht mehr am Feld?
Ratlos weihten sie eines Tages Quick Deer in dieses Problem ein.
Nachdem er sich alles vor Ort nochmals angesehen hatte, fasste dieser einen Entschluss.
»Mir geht es so wie euch.

Ich kann mir das Phänomen absolut nicht erklären.
Deshalb werde ich während einer schamanischen Reise die weisen Nornen in der Anderswelt aufsuchen.
Wenn wir Glück haben, bekomme ich dort eine Antwort auf unsere Frage.«
Quick Deer bekam von den Freunden die nötige Hilfe für die schamanische Reise.
Akira versuchte sogar, für ihn die Trommel zu schlagen.
Da er den Rhythmus schön öfter gehört hatte, gelang das auch so einigermaßen.
Auf jeden Fall war es besser als gar nichts.
Wie gebannt hingen alle an Quick Deers Lippen, als dieser nach der Reise die Augen geöffnet hatte.
»Folgendes haben die Nornen mir gesagt:
„Ein Opfer des Lichts muss es sein,
nur das wird helfen ganz allein.
Am Himmel die anderen leuchten sollen,
dann kann das Dunkle bald nichts mehr wollen.“
Ich schätze mal, Atlantus wird sich sehr über diese so wundervoll konkrete Antwort freuen«, ließ Quick Deer nach seinem kurzen Vortrag noch trocken fallen.
»Sagt der Spruch eventuell jemandem von euch etwas?
Mir jedenfalls sagt er leider gar nichts«, legte der weise Mann noch nach.
Atlantus schlug vor, über den Geist Frederick danach zu befragen.
Doch enttäuschenderweise wusste auch dieser nichts Erhellendes zu der Angelegenheit beizutragen.
Resigniert saßen alle in Tanjas Wohnküche herum.
Keiner hatte eine zündende Idee.
Nur einer, in der hintersten Ecke, wusste ganz genau, was gemeint war.

Schon lange hatte er damit gerechnet, dass es eines Tages so weit kommen könnte.
Leise erhob sich Guido, um die anderen zu verlassen.
Denn dies hier war ein einsamer Weg.
Bereits in seinem Essay, den er vor langer Zeit geschrieben hatte, war das Thema berührt worden.
Immer wieder hatte er die Gefahr, dass das dereinst wahr werden könnte, von sich geschoben.
Er hatte gehofft, sich alles nur einzubilden.
Dennoch, tief in sich hatte er es immer gewusst.
Daher war er bereit.
Doch so immens schrecklich und schmerzhaft war es für ihn, was zu tun ihm nun auferlegt war.
Konnte er es übers Herz bringen?
Würde es am Ende gelingen?
Guido setzte sich auf einen Baumstumpf und fing bitterlich zu weinen an.
Er weinte um das Licht, er weinte um die Kreatur, die er verletzen und um seine Freunde, die er dadurch verlieren würde.
Einzig dem feinfühligen Karlao war das stille Verschwinden Guidos aufgefallen.
Das gefiel ihm ganz und gar nicht.
Unsichtbar war er seinem Freund gefolgt.
Ratlos, hinter einem Baum versteckt, wartete er.
Instinktiv wusste der kleine Osiriat, dass jetzt noch nicht der Augenblick gekommen war, um sich zu zeigen.
Guido kämpfte in seinem Inneren noch immer einen schier ausweglosen Kampf.
Vielleicht bildete er sich ja alles auch nur ein?
Eventuell war er bloß größenwahnsinnig und von seiner eigenen scheinbaren Wichtigkeit geblendet?

Aber nein, der Spruch musste eindeutig ihm gegolten haben.
Er musste es tun, koste es, was es wolle.
Entschlossen erhob er sich.
Er versuchte alle Härte in sich zu finden, die es in ihm gab.
Dann hob er seinen Fuß und trat mit aller Macht absichtlich auf ein großes Insekt.
Dieses wurde dadurch zu Tode verletzt.
Plötzlich wurde das Licht um Guido, welches vorher hell geleuchtet hatte, schwächer.
Er sprach: »Ein Insekt zu zertreten, bedeutet gar nichts.
Ich würde es sofort wieder tun.
Dunkelheit, ich stelle mich in deine Dienste.«
Auf einmal war das Leuchten um Guidos Körper ganz und gar verschwunden.
»Jetzt werde ich die Platana auf immer verlassen und mich zur Erde begeben.
Das ist ja nun erlaubt.
Auf Wiedersehen, liebes Licht und meine Freunde«, hauchte er leise.
Bevor er sich allein auf die astrale Reise in Richtung Erde machen konnte, hatte sich Karlao bei ihm untergehakt und war ihm gefolgt.
Guido war über die Maßen überrascht, diesen plötzlich neben sich zu sehen.
»Also, ich bleibe auch weiterhin dein Freund.
So schnell wirst du mich nicht los«, sprach Karlao zu dem Vogel-Jungen.
»Du hast also dein Licht durch eine böse Tat zerstört?
Das war ein großes Opfer.
Dass du dein Licht hingegeben hast, muss aber doch

nicht gleich bedeuten, dass du zu einem Geschöpf der Dunkelheit werden musst.
Deinen guten Willen werden alle anerkennen, nicht nur ich.
Wenn du erlaubst, werde ich mich mit dir zum Waldhaus auf der Erde begeben und die anderen unterwegs über alles unterrichten?«
Wortlos nickte Guido ihm zu.
Kaum waren sie angekommen, waren auch schon alle anderen da.
Sie bildeten dort wortlos eine Traube aus Menschen um Guido und spendeten ihm auf diese Weise Trost.
Sigurd nahm den Jungen lange in seine Arme.
»Ich würde gern sehen, ob durch Guidos selbstlose Tat etwas mit dem achten magischen Feld passiert ist«, rief Lucinda.
Schon war sie dorthin unterwegs.
Aufgeregt kam sie zurück.
»Das Feld hat sich ein riesiges Stück zurückgezogen.
Lasst uns all unsere Kräfte bündeln.
Vielleicht schaffen wir das Feld dann ganz.«
Über eine Videokonferenz wurden alle Mitglieder der Krieger des Lichts der ganzen Erde zusammengerufen.
Sie begannen eine weltweite Meditation des Lichts.
Die meisten der Kameraden, welche eben noch im Waldhaus gewesen waren, versammelten sich vor dem achten magischen Feld, um die Licht-Meditation dort durchzuführen.
Auf diese Weise hatten sie die Vorgänge am Feld am besten im Blick.
Auch Guido hatte sich ihnen angeschlossen.
Er war so froh, doch noch auf der richtigen Seite des

Lebens stehen und sich dort nützlich machen zu dürfen.
Schritt für Schritt verkleinerte sich das Feld.
Doch plötzlich blieb es wiederum statisch.
Guido wusste von einem Moment auf den anderen, was der zweite Teil des Spruchs der Nornen zu bedeuten hatte.
Demütig setzte er die Lichtwesen auf der Platana über den Geist darüber in Kenntnis.
Daraufhin verteilten sich die Vogel-Menschen jeweils auf einem Einhorn sitzend am Himmel rings um die Erde.
Sie kamen so dicht an diese heran, wie es ihnen die kosmischen Gesetze erlaubten.
Schon war ihr Strahlen wie lauter neue Sternbilder am Himmel zu sehen.
Die Menschen blickten voller Hoffnung zum Firmament.
Viele, die bisher noch nicht von der Bewegung ergriffen worden waren, wurden in ihrem Herzen nun ebenfalls tief berührt.
Das magische Feld wurde kleiner und kleiner.
Fast kippte die Waagschale in Richtung des Lichts.
Aber leider auch nur fast.
So hell die Lichtwesen auch leuchteten, so sehr die Menschen auch beteten.
Es tat sich am Feld ab einem gewissen Zeitpunkt nicht mehr das Geringste.

Hatten sie jetzt dennoch verloren?

War es schlicht nicht möglich, jenes Feld, das das stärkste von allen gewesen war, endgültig zu besiegen?
Waren die negativen Gedanken und Emotionen der Menschen denn wirklich so stark?
Es sah fast so aus.

Doch was dann geschah, war etwas ganz, ganz kleines.
Gudrun trat aus einem Gewächshaus.
In ihrer Hand hielt sie einen winzigen Blumentopf.
Aus dessen Erde hatte eine kleine Eiche gerade mutig den Kopf in die Welt gestreckt.
Voller Freude und erfüllt von innerem Leuchten, hielt Gudrun das neu geborene Bäumchen gen Himmel.
In diesem Moment fiel das achte magische Feld auf immer.

Im Schlund des Schattenreichs

Voller Freude kniete Tanja auf dem Boden, wo eben noch das Feld gewesen war, und küsste die Erde unter sich.
Sie konnte es kaum fassen.
Das achte magische Feld war gefallen.
Wer hätte gedacht, dass etwas so Kleines wie eine neugeborene Eiche, den Unterschied bei etwas so Mächtigem machen würde.
Wieder einmal fiel ihr der Spruch, den sie einstmals von ihrem weisen Druiden-Lehrer, Soholit, gehört hatte, ein:
»Eichen müssen her!«
»Schon wieder ein Grund, warum Eichen so wichtig für die Erde sind«, sprach Tanja zu sich im Stillen.
Als sie sich erhoben hatte, standen die anderen bereits am Fuße des Berges.
Dieser war ab sofort für jedermann zugänglich.
Oben war der Eingang zur Woronjahöhle zu sehen.
Tief sowie steil erstreckte sich der Tunnel gleich einem Höllenschlund herunter in die Erde.
Dort unten musste es sein.
Das »Dunkle Autonom«.
»Ich schlage vor, dass fortan immer zwei von uns am Berg Wache halten.
Nur für den Fall, sollte sich aus dem dunklen Schoß neues Böses ergießen wollen.
Noch ist dieser fruchtbar.
Lasst uns zu Hause neue Ideen sammeln, unser weiteres Vorgehen besprechen und die nötige Ausrüstung zusammenstellen.

Danach ziehen wir in diesen letzten Kampf«, sprach Quick Deer zu seinen Kameraden.
Karlao blieb noch ein Weilchen vor Ort.
Dann folgte er, tief in Gedanken versunken, bedächtig den anderen.
Nur die erste Wache blieb am Berg zurück.
»Wir brauchen unbedingt eine einwandfreie Kletterausrüstung, wenn wir ganz nach unten wollen«, äußerte Akira am nächsten Morgen auf der Versammlung seine Meinung.
»Meinst du wirklich, dass wir bis ganz heruntermüssen?
Vielleicht ist das „Dunkle Autonom" auch weiter oben schon befestigt.
Ich frage mich, wie es überhaupt aussehen wird.
Vielleicht ist es nichts weiter als ein großer Computer?«, fragte Tanja ihren Sohn.
Karlao kam diesem mit seiner Antwort zuvor.
»Ich habe bereits Erkundigungen eingezogen.
Akira hat recht.
Das „Dunkle Autonom" befindet sich unten am Ende des langen Schlundes.
Ich jedenfalls konnte nicht erkennen, dass es einem Computer ähnelt.
Es ist sehr viel größer als ein solcher.
Eher eine Art Rechenzentrum.
Allerdings ist es auch sehr viel mehr als eine Maschine oder mehrere davon.
In ihm ruht eine mächtige künstliche Intelligenz, welche vom „Herrn der Finsternis" persönlich sozusagen programmiert beziehungsweise in es hinein gepflanzt wurde.
Ich nehme nicht an, dass wir uns im Schlund abseilen

können, dort den Stecker ziehen und schon ist der Gegner besiegt.
Im Übrigen konnte ich das „Dunkle Autonom“ nur erspüren.
Gesehen habe ich es nicht.«
»Dann ist mein Vorschlag trotzdem nicht so schlecht, dass wir zunächst nach unten klettern.
Je nachdem, was uns erwarten wird, sehen wir dann weiter.
Hast du eventuell irgendwelche neuen Schutzanzüge oder speziellen Ausrüstungsgegenstände für uns?«, setzte Akira in Karlaos Richtung noch nach.
»Nein, die habe ich nicht.
Ich könnte mir jedoch vorstellen, dass es bestimmt nicht unser Schaden sein wird, wenn wir uns wieder die wertvollen Anzüge des Flammenhüters anziehen.
Vorsicht ist die Mutter der Porzellankiste, würde ich sagen.«
Beide Vorschläge wurden angenommen.
Da Atlantus sowie Akira schon einmal eine Kletterausbildung absolviert hatten, sollten sie die kommende Aktion anführen.
Akribisch genau besorgte Akira die erforderliche Ausrüstung, denn der kleinste Fehler konnte zu einem Absturz mit schlimmen Folgen führen.
Da es während der vergangenen Expedition so hohe Verluste gegeben hatte, mussten die Mitglieder der kommenden Aktion neu aufgestellt werden.
Weil es außerdem jetzt zusätzlich sogar drei schwangere Frauen gab, die sich momentan nicht dazu berufen fühlten, beim Klettern in den Schlund der Woronjahöhle dabei zu sein, brauchte es dringend neue

Mitglieder für die kommende Mission.
Niemand hatte nunmehr etwas dagegen, dass auch Akira und Finnbar als junge Krieger sich der Gruppe anschlossen. Atlantus kam ebenfalls mit.
Trotzdem waren sie noch zu wenige.
Hilfe kam nun vom Elbenvolk.
Sie entsandten anstelle der gefallenen beiden Krieger Selma und Angar ab sofort Jeora und Mandavar zur Unterstützung.
Diese beiden waren früher Lias sowie Finnbars Kampfpartner gewesen, als diese noch vor Jahrhunderten am Anfang ihrer Ausbildung gestanden hatten.
Da auch noch Sigurd neu dabei war, hatten sie jetzt sogar zwei Personen mehr als am Anfang ihres Abenteuers.
Die Tiere sowie Iniyan, das Steinkind, waren ebenfalls wieder ein Teil der Mission.
Morgen früh sollte es losgehen.
Kaum waren sie am Schlund angekommen, stellten sie fest, dass sie doch tatsächlich zwei wichtige Rucksäcke, in denen sich unentbehrliche Ausrüstungsgegenstände befanden, vergessen hatten.
Akira schüttelte ungläubig seinen Kopf.
Das war normalerweise nicht seine Art.
Er hatte keine Erklärung dafür.
Jedenfalls wurden die Rucksäcke im Handumdrehen geholt.
Nun begannen Akira sowie Atlantus Kletternägel in dem felsigen Untergrund zu befestigen.
Es war zum Mäusemelken.
Ständig brach irgendetwas entzwei.

Sogar der Hammer verlor seinen Kopf.
Nach einer Stunde waren sie noch keinen Schritt weitergekommen.
»Das gibt's doch nicht. Ich habe doch extra ganz genau auf hohe Qualität geachtet.
Ich weiß doch, wie wichtig es ist, sich auf sein Material verlassen zu können«, beschwerte sich Akira laut.
»Wisst ihr, woran mich das Ganze hier erinnert?
An damals, als wir am Blautopf zur letztendlichen Befreiung der Tore kommen wollten.
Da lief doch auch alles komplett schief.
Wir hatten sogar andauernd verschlafen.
Eventuell ist das hier auch nur ein Versuch, uns davon abzuhalten, zum „Dunklen Autonom" zu gelangen.
Ich nehme also an, dass dies nichts damit zu tun hat, wie gut alles vorbereitet war«, sprach Lucinda.
»Stimmt, du hast recht«, antwortete Akira nun wieder etwas aufgeräumter.
»Also dann machen wir weiter.
Irgendwann werden wir es schon schaffen, nach unten zu kommen.«
Mühsam kamen die Kameraden voran.
Zu einem späteren Zeitpunkt bot der Eichelhäher an, schon mal allein nach unten zu fliegen und dort die Lage zu sichten.
Gekleidet in seine Schutzausrüstung, machte er sich auf den langen Weg.
Stunden später kehrte er ein wenig bedrückt zurück.
»Ich hatte noch nie so viele Hindernisse vor mir, wie in diesem Tunnel.
Mit striktem Durchhaltevermögen kam ich aber trotzdem unten an.

Da ist jedoch nichts außer nackter Felswand.
Eventuell sollten wir noch einige Steinpickel mit herunternehmen. Außerdem ist es im Schlund finsterer als finster.«
Akira organisierte dies auf der Stelle.
Dann machten sie weiter.
Unermüdlich schlugen sie Befestigungen ins Gestein.
Endlich war der Moment gekommen, in dem sich Atlantus sowie sein Bruder abseilen konnten.
Finnbar, Jeora und Mandavar waren dafür verantwortlich, dass die Seile oben an ihrer Absicherung auch hielten.
Der Eichelhäher flog mit, um notfalls Hilfe holen zu können.
Es war keineswegs sicher, dass so tief in der Erde das Verständigen von Geist zu Geist noch funktionieren würde.
Von diesem Phänomen hatte ihnen einstmals Orlana erzählt.
Sie hatte diese bittere Erfahrung seinerzeit selbst gemacht.
Das Eichhörnchen saß in Akiras Tasche, die beiden Salamander waren bei Atlantus untergebracht.
Kaum hatten sie sich auch nur wenige Meter abgeseilt, wurde es so stockdunkel, dass sie rein gar nichts mehr erkennen konnten.
Akira knipste seine Stirnlampe an.
Diese arbeitete auch, spendete jedoch kein Licht.
Es schien, als würde jegliches Licht sofort absorbiert.
Ob das wohl an der Macht der Dunkelheit dort unten im Schlund lag?
Ratlos kletterten sie zu den anderen zurück.

»Wie wäre es, wenn ich euch begleiten würde?«, fragte Lucinda.
»Mein magischer Eichenstab leuchtet auf Befehl überall.
Leider kann ich ihn euch nicht mitgeben.
Das funktioniert nur bei mir.
Vielleicht haben wir Glück und dessen Licht kann nicht von der Dunkelheit geschluckt werden?«
»Einen Versuch wäre es auf alle Fälle wert«, antwortete Akira.
Jetzt war er froh, dass er vorsorglich sehr viel mehr Felsnägel eingeschlagen hatte als nötig.
Er kramte im Rucksack nach einer Kletterausrüstung für Lucinda.
Wie gut, dass er extra für die beiden Vertreter des kleinen Volkes sowie für Karlao drei Klettergurte für jüngere Kinder besorgt hatte.
Schon hing Lucinda in dem ihren an den Seilen.
Zu dritt ging es wieder in die Tiefe.
Sofort als es dunkel wurde, murmelte Lucinda dem Stab etwas zu und siehe da, es wurde und blieb auch hell.
Erleichtert ließen sich die Freunde weiter in die Tiefe herab.
Es war eine ganz andere Hausnummer, wenn man dabei nicht so blind wie ein Maulwurf war.
An einer Stelle wurde der Gang so eng, dass Atlantus sich kaum hindurchzwängen konnte.
Erst mit der Hilfe der anderen gelang es ihm schließlich doch.
Etwas mulmig sahen sie nach oben.
Von dort war schon längst kein Licht mehr zu sehen.
»Das kommt mir irgendwie sehr viel tiefer vor, als es in Wikipedia zu lesen war«, murrte Akira.

Mit dieser Wahrnehmung hatte der junge Mann vollkommen recht.
Dennoch, der Eichelhäher war ja auch unten angekommen.
Es musste also möglich sein.
Nach etwa zwei Stunden hatten sie es endlich geschafft.
Sie fühlten festen Boden unter ihren Füßen.
Sie blieben jedoch sicherheitshalber weiterhin angeschnallt.
Immerhin war das Seil für sie die einzige Verbindung zu den anderen, die im Tageslicht auf sie warteten.
Lucinda leuchtete den Untergrund ab.
Wie der Eichelhäher gesagt hatte, war hier keine Spur von etwas anderem als nacktem Felsen zu sehen.
Ratlos sahen die Kameraden einander an.
»Komm, Akira, lass es uns einmal mit den Spitzhacken probieren«, sprach Atlantus.
Das Eichhörnchen sowie die Salamander hatten ihre Taschen verlassen.
Sie waren ihrerseits dabei, sich umzusehen.
Das Eichhörnchen half sogar beim Graben.
Leider konnte es in der kleinen Größe natürlich nicht so viel ausrichten, denn es war ihm hier unten ja nicht möglich, sich zu vergrößern.
An dieser Stelle war es viel zu eng.
Nachdem die Brüder etwa zwei Stunden schweißgebadet gearbeitet hatten, war so gut wie nichts vollbracht worden.
Das Gestein war eisenhart.
Sie hatten nur etwa einen halben Meter tief, und das auch nur an einer kleinen Stelle, graben können.
In dem Gestein war noch immer kein Zeichen dafür zu

finden, dass sich hier irgendwo eine Art Rechenzentrum befinden könnte.
»Wenn wir vielleicht einen Presslufthammer hätten?«
Akira war selbst kaum überzeugt von seiner Idee.
»Karlao muss herunterkommen. Vielleicht kann er herausfinden, wie wir weiter vorgehen sollen.
Eine andere Lösung sehe ich erst einmal nicht«, schlug Lucinda vor.
Atlantus war ebenfalls ihrer Meinung.
Der Eichelhäher wurde kurzerhand nach oben geschickt, um dies zu organisieren.
Seine Wiederkehr kam den Verblieben wie eine Ewigkeit vor.
Bis Karlao sie erreicht hatte, dauerte es noch viel länger.
»Was für eine überaus interessante Erfahrung, so in der kompletten Dunkelheit unterwegs zu sein«, plapperte er freudig erregt vor sich hin.
»Dann lasst mal sehen.«
Er trennte sich als einziger von seinem Klettergurt.
Schließlich konnte er sich wohl kaum in diesem drehen.
Sowieso war es hier unten viel zu eng.
Dennoch brachte es der wendige Osiriat fertig.
Nachdem er stillstand, veränderte sich seine Stimmung wieder komplett.
»Nehmt alles mit, wir müssen nach oben.
Ich erzähle euch dort, was ich herausfinden konnte.«
Schweigend kletterten die Kameraden den langen Weg zurück.
Oben halfen ihnen die Freunde aus dem Schlund.
Akira hatte sich noch nie so gefreut, das Tageslicht wiederzusehen.

Nachdem sich die Angekommenen einigermaßen akklimatisiert hatten, hingen aller Augen erwartungsvoll an Karlao.
Dieser räusperte sich müde.
»Bitte gebt mir einige Minuten Zeit.
Bevor ich euch etwas Falsches sage, möchte ich vorher noch etwas kontrollieren.«
Schon war dieser vor ihren Augen verblasst.
Nachdem er nicht sofort wieder erschienen war, entschlossen sich die anderen, die Zeit auszunutzen, um zu essen und zu trinken.
Kaum hatten sie ihre Mahlzeit beendet, erschien Karlao genau dort, wo er vorher verschwunden war.
Apathisch nahm er sich ein belegtes Brötchen und nippte an der Tasse Tee, die Querin ihm gerade gereicht hatte.
Endlich begann er stockend zu sprechen.
»Ich habe soeben etwas sehr, sehr Trauriges gesehen.
Ich war im Jahre 2124 ...«
Er berichtete von den schrecklichen Lebensbedingungen, die während dieser Zeit auf der Erde vorherrschten.
Es gab nahezu keine Bäume mehr.
Der ganze Planet sah wie eine große verdorrte Steppe aus.
Die Temperaturen waren sehr hoch.
Menschen lebten eingepfercht in riesigen Hochhaussiedlungen.
Ihre Nahrung war grauenvoll.
Sie alle waren krank davon.
Die strengen Gesetze, die dort herrschten, wurden durch Heerscharen von Polizisten gewährleistet.

Diese hatten grasgrüne Uniformen an und jeder hatte einen Roboterhund bei sich.
Sie wurden allesamt von einer Art Zentrale befehligt.
»Wisst ihr, ich wollte genau erfahren, wer dort wohl in der Zentrale das Sagen hatte.
Ihr glaubt nicht, worauf ich gestoßen bin.
Meine Intuition führte mich genau an diesen Ort, an dem wir jetzt stehen.
Hier gab es lediglich noch verbrannte Erde.
Der Berg war sehr viel kleiner geworden, der Schlund war nur noch ganz kurz.
Genau darauf stand jetzt eine riesige, dunkle Burg.
Von dort kamen all die Befehle.
Ich bin mir nahezu sicher - darin befindet sich das „Dunkle Autonom" im Jahr 2124.
Mit sehr hoher Wahrscheinlichkeit steht zu dieser Zeit der Untergang der Welt unmittelbar bevor.
Es kann sich nur noch um Tage handeln.
Ich glaube, das wird durch einen globalen Lavaaustritt aus allen auf der Erde verfügbaren Vulkanen passieren.
Es wird genauso werden, wie wir es einstmals im Brunnen der Zeit gesehen haben.
Ich schätze, das „Dunkle Autonom" fühlt sich im Jahr 2124 so sicher, dass es sein unauffindbares Versteck im Schlund verlassen hat.
Das Ungetüm hat es nicht mehr nötig, sich dort zu verbergen.
Es besteht aber kein Zweifel, dass es heutzutage unmöglich ist, das „Dunkle Autonom" im Schlund zu finden.
Und selbst wenn, so können wir es auch nicht mit den Mitteln, die uns jetzt zur Verfügung stehen, bekämpfen,

solange es noch in der Höhle verborgen ist.
Wir müssen also ins Jahr 2124 reisen.
Das ist unsere einzige Chance.
Nur dort können wir es vielleicht vernichten.«
Nach langem, bedrückten Schweigen warf Alex ein:
»Ich gehe mit dir konform, dass wir momentan das „Dunkle Autonom" möglicherweise lediglich im Jahr 2124 besiegen könnten.
Ich wüsste jedoch nicht, was uns das in unserer Zeit, im Jahr 2023, nützen könnte.
So wie ich dich verstanden habe, wird im Jahr 2124 die Welt untergehen, egal, ob das „Dunkle Autonom" noch dabei sein wird oder nicht.
Da dessen Vernichtung nur in die Zukunft wirkt, was also hätten wir für unsere Zeit gewonnen?
Das sieht für mich völlig sinnlos aus.«
»Jepp, da hast du recht. Genau das beschäftigt auch mich immens«, antwortete Karlao.
Nachdenklich fügte er hinzu:
»Ich hoffe, dass wir nach der Vernichtung des „Dunklen Autonoms" in dessen Inneren eventuell eine Art Schlüssel zu seinem Untergang finden werden.
Ich bin mir aber natürlich nicht zu einhundert Prozent sicher, dass dies wirklich so sein wird.
Wenn wir mit diesem „Schlüssel" jedoch in unsere Zeit zurückreisen, könnten wir vielleicht auch hier eine Möglichkeit finden, den Gegner bereits im Jahr 2023 zu zerstören.
Damit wäre dann auch automatisch der Weltuntergang im Jahr 2124 abgewendet.«
»Das könnte doch eventuell eine Art Passwort oder ein Zerstörungsprogramm sein.

Vielleicht aber auch ein Hinweis, wie es verwundbar wäre«, sinnierte Akira hoffnungsvoll.
»Ja, das mag sein.
Allerdings haben wir noch das Problem, dass wir das „Dunkle Autonom“ in unserer Zeit erst einmal erreichen müssen.
Vielleicht gibt es aber auch dafür eine Antwort in der Zukunft.
Jedenfalls weiß ich es nicht genau.
Was jedoch könnten wir ansonsten tun?
Mir jedenfalls ist absolut nichts anderes eingefallen«, sprach der kleine Osiriat sehr ernst.
Nachdem niemand einen besseren Vorschlag hatte, wurde beschlossen, zunächst unsichtbar ins Jahr 2124 zu reisen, um dort die Lage zu checken.
In der Zukunft angekommen, war jedermann völlig entsetzt.
An dem Ort, wo das Waldhaus einmal gestanden hatte, war nur noch Wüste.
Auch das portugiesische Bruchtal war spurlos verschwunden.
Atlantus traten die Tränen in die Augen.
Überhaupt gab es gar keine einzeln stehenden Gebäude mehr.
Nur noch diese schrecklichen Hochhaussiedlungen.
Die Luft roch schlecht und es war unerträglich heiß.
Das einzige, das im Überfluss vorhanden war, waren die grünen Polizisten.
Es gab keinen Ort, an dem diese nicht Präsenz zeigten.
Die Kameraden schätzen die Anzahl der grün Uniformierten auf mehrere zehntausend.
Vorsichtig schlichen sie sich in die Nähe der dunklen

Burg, von der Karlao bereits berichtet hatte.
Auch hier waren jede Menge grüne Polizisten stationiert.
Nachdem die Freunde alles genauestens inspiziert hatten, zogen sie sich leise zurück.
»Wir müssten in der Nähe der Burg für einen Tumult sorgen.
Bestimmt ordert das „Dunkle Autonom“ dann den größten Teil der Polizisten dorthin.
Anschließend bräuchten wir diese mit ihren Hunden nur noch zu bekämpfen«, sprach Akira, als sie wieder zu Hause angekommen waren.
»Auf jeden Fall sind wir dazu momentan viel zu wenige«, stellte Atlantus fest.
»Ich bin davon überzeugt, dass ein jeder unseres gesamten Volkes mit in den Kampf ziehen würde, sollte dies wirklich nötig sein«, sprach Jeora.
»Wir sind in etwa 20 000 Elben.«
»Wir vom kleinen Volk sind auch dabei.
Allerdings haben wir nur noch ungefähr 1000 Kämpfer«, meldete sich Querin zu Wort.
»Ich werde unter unseren neuen menschlichen Verbündeten herumfragen, wer mit uns kommen möchte.
Ich denke, dass wir locker dafür mindestens 20 000 Menschen auf der ganzen Erde finden werden«, äußerte Akira.
»Dann los, stellen wir unsere Armee zusammen.
Ich werde mich darum kümmern, dass alle eine angemessene Verpflegung bekommen werden.«
Schon war Alex unterwegs zum Waldhaus, um dies zu organisieren.

Mandavar und Jeora machten sich auf die Platana auf, um ihr Volk zu den Waffen zu rufen.
Querin reiste aus dem gleichen Grund zu den Seinigen.
Die anderen starteten eine Videokonferenz.
Gleich am Anfang wurde festgelegt, dass nur solche Menschen mitkämpfen durften, die bereits zu den Geheilten zählten.
Man wollte unbedingt, dass der Krieg nur aus Liebe zur Erde geführt wurde.
Hass oder Zorn sollten nicht die Beweggründe sein.
Dies würde nämlich am Ende zu nichts Gutem führen können.
Überwältigt stellten die Freunde fest, dass sich nahezu 50 000 Freiwillige unter den Menschen gemeldet hatten.
Das waren so viele, dass sie es sich sogar leisten konnten, eine Nachhut für alle Fälle zurückzulassen.
Am nächsten Tag in aller Frühe zogen sie, gut ausgerüstet, in die Schlacht.
Wiederum hatte sich Karlao darum gekümmert, dass der astrale Massentransport durch die Zeit ins Jahr 2124 reibungslos funktionierte.
Es war, wie sie vorausgesehen hatten.
Kaum war ein Angriff auf die dunkle Burg gestartet worden, wurden sämtliche Polizisten dorthin gerufen.
Circa 60 000 Kämpfer auf beiden Seiten standen sich jetzt gegenüber.
Es war eine epische Schlacht, hingezogen über eine riesige Fläche.
Zwar war es vergleichsweise einfach für die Kämpfer, die menschlichen Feinde zu vernichten.
Sie taten dies mit blutendem Herzen, stets ein Gebet für den sterbenden Mitmenschen im Inneren auf den

Lippen.
Das Problem aber waren die Roboterhunde.
Diese waren offenbar so gut wie unsterblich.
Jedes Mal, wenn sie einen von ihnen zerstört hatten, entstanden aus dessen Resten zwei neue.
Es war zum Verzweifeln.
Jeder der Hunde reichte einem Menschen etwa bis zur Hüfte.
Sie waren noch dazu mit den verschiedensten gemeinen Kampfmöglichkeiten, vom Beißen bis hin zum Einsatz von giftigen Gasen, ausgestattet.
Schon bald hatte sich das Blatt zu Gunsten des »Dunklen Autonoms« gewendet.
Die Hunde waren inzwischen deutlich in der Überzahl und mit jedem Moment wurden es mehr.
Viele der Kämpfer des Lichts waren schon gefallen.
Quick Deer hatte gerade die Worte: »Rückzug« auf den Lippen, als das Inferno begann.
Die Erde fing an zu beben.
Überall roch es nach Rauch und Schwefel.
Von Weitem sah man riesige Lavaströme aus dem Boden schießen.
Dann gab es eine gigantische Explosion.
Der verbliebene Schlund der Woronjahöhle hatte sich ebenfalls in einen Vulkan verwandelt.
Im selben Moment war auch schon vom »Dunklen Autonom« sowie der gesamten Burg rein gar nichts mehr übrig.
»Rückzug« dröhnte es in aller Ohren.
Akira, welcher ganz in der Nähe der finsteren Burg gekämpft hatte, betrachtete das Schauspiel mit Ehrfurcht.

Der Anzug des Flammenhüters schützte ihn vor der immensen Hitze und dem tödlichen Qualm.
Oben auf dem Lavastrom tanzte ganz in seiner Nähe ein kleines rotes Kästchen, das dort eigentlich nichts zu suchen hatte.
Was war das?
Wenn selbst das „Dunkle Autonom“ die Explosion nicht überlebt hatte, wieso war dann dieses Kästchen unversehrt?
Obwohl von allen Seiten seine Mitkämpfer in Richtung Heimat am Verschwinden waren, nahm sich Akira noch kurz Zeit.
Er erschuf eine Windböe, die ihn an die oberste Spitze der Lava brachte.
Immer wieder rutschte ihm jedoch das geheimnisvolle rote Behältnis durch die Finger.
Mit viel Mühe sowie Geschick gelang es ihm zu guter Letzt doch noch, das Kästchen zu ergreifen.
Es war aus einem ihm völlig unbekannten Material.
Offenbar war dieses gegen Hitze oder Druck völlig resistent.
Keinen Augenblick zu spät machte sich auch Akira auf den Heimweg.
Er allerdings begab sich nicht, wie all die anderen, ins oder in die Nähe des Waldhauses.
Der junge Mann reiste dorthin, wo einstmals das achte magische Feld gewesen war.
Er begab sich dort in eine Zeitschleife, um in Ruhe das merkwürdige Kästchen inspizieren zu können.
Vorsichtig öffnete er das einfache Schloss.
Wider Erwarten kam nichts Gefährliches heraus.
In dem roten Behältnis lagen ganz friedlich lediglich eine

große SSD-Festplatte sowie eine Fernbedienung.
Was war das denn?
Akira erinnerte sich, dass in einem der Rucksäcke vor Ort noch sein alter Laptop war.
Mutig verband er diesen mit der Festplatte.
Akira war vollkommen verblüfft.
Er konnte nicht glauben, was er hier sah.
Es war doch wohl kaum möglich, dass auf diesem Speicher der »Herr der Finsternis« für sich selbst eine Anleitung für den Bau eines neuen »Dunklen Autonoms« zurückgelassen hatte, oder etwa doch?
Außerdem waren auf der Speicherplatte noch sämtliche Lernergebnisse, die das »Dunkle Autonom« seit der Abreise des »Herren der Finsternis« erlangt hatte, abgespeichert.
Konnte es sein, dass das Erschaffen eines solchen kraftvollen Instrumentes wie des »Dunklen Autonoms« selbst für den mächtigen »Herrn der Finsternis« so viel Arbeit gewesen war, dass er sich jene mithilfe der gespeicherten Informationen auf der SSD-Platte in Zukunft ersparen wollte?
Möglich war es.
Auf jeden Fall sprachen die Tatsachen eindeutig dafür.
Akira war stark beeindruckt von dem anspruchsvollen Programm.
Am Schluss des Inhaltes der Festplatte gab es sogar eine Anleitung, wie man das »Dunkle Autonom« vernichten konnte.
Hier war auch angemerkt, dass die Möglichkeit der Zerstörung des »Dunklen Autonoms« noch bis kurz vor dem Untergang der Erde bestehen würde. Damit würde den ehernen Gesetzen des Universums Rechnung

getragen, welche besagten, dass die Bewohner des Planeten stets eine Möglichkeit hätten, sich in ihrer Lebensweise noch umzuentscheiden.
Mit der Fernbedienung ließ sich im Übrigen von außerhalb des Schlundes der Zugang zum »Dunklen Autonom« kinderleicht öffnen.
Danach mussten nur noch einige komplizierte Handgriffe getan werden.
Akira frohlockte.
Das Lächeln gefror ihm jedoch auf den Lippen, als er weiter gelesen hatte.
Hier hieß es eindeutig, dass nur ein Wesen mit reinsten Absichten, welches das Opfer seines eigenen Lebens erbrachte, das letzte Glied in der Kette sein konnte.
Bedingung sollte sein, dass dieses Opfer nur anerkannt wurde, wenn es aus reiner Liebe vollbracht wurde.
Hass, Fanatismus oder Zorn würden an der Stelle nicht zum Ziel führen.
Akira erbleichte.
Durfte er das Lia und seinen noch ungeborenen Kindern antun?
Es musste wohl sein. Er sah keinen anderen Ausweg.
Schon begann er damit, das Nötige vorzubereiten.
Plötzlich hörte er verwirrt eine vertraute Stimme in seinem Ohr …
Nur wenig später fuhr Akira unbeirrt fort.
Schon programmierte er die Frage ein, die später zum Absturz des mächtigen Programms führen würde.
Das konnte aber nur geschehen, wenn er seinen eigenen Körper als Leiter der Energie zur Verfügung stellen würde.
Das »Dunkle Autonom« war nicht irgendeine Maschine,

sie war schlichtweg das Mächtigste, etwas, das ihresgleichen suchte.
Mit ihrem Untergang würde gewiss eine gigantische Explosion einhergehen.
Die Frage, die zum Untergang des »Dunklen Autonoms« führen konnte und die der »Herr der Finsternis« auf der SSD-Festplatte dafür gespeichert hatte, lautete erstaunlicherweise:
»Beschreibe, was du fühlst, wenn die Liebe dich ergreift.«
Diese Frage überschritt offenbar den Horizont ein jeder Maschine, die weder fühlen konnte, noch wusste, was Liebe war.
Sie würde sich dadurch letztendlich selbst zerstören.
Akira war bereit.
Er gab die letzten Zeichen der nötigen Frage im Suchfeld ein, schloss seine Augen zum Gebet und konzentrierte sich auf die Liebe.
Das war für ihn stets nur ein kleiner Switch von kleinen »Ich« zum großen »Wir« gewesen.
Wenn er dort mit allem verschmolz, war er sofort in der großen Liebe verankert.
Es war getan. Schon drückte er die Return-Taste.
Dann endete seine Wahrnehmung abrupt.
Das »Dunkle Autonom« jedoch war für immer besiegt.

Im Waldhaus hatte bereits eine Videokonferenz begonnen.
Voller Entsetzen hatte Quick Deer dort von ihrer Niederlage im Jahr 2124 berichtet.
Tief betrauert wurden die Gefallenen.
Betroffene Ratlosigkeit machte sich breit.

Plötzlich fiel jemandem auf, dass Akira fehlte.
Sie waren sich sicher, ihn kurz zuvor noch lebendig gesehen zu haben.
Wo jedoch war er hin?
Karlao nahm sofort die Suche nach Akiras astralem Fußabdruck auf.
Die Spur führte sie zur Woronjahöhle.
Voller Staunen standen die Kameraden davor.
Das »Dunkle Autonom« war gefallen, auch in ihrer Zeit.
So viel war sicher.
Das waren im Grunde phänomenale Nachrichten.
Aber wie war das geschehen?
Und wo war Akira geblieben?
Es war ziemlich klar, dass beide Fragen ganz offensichtlich zusammenhingen.
Noch hatte man Akiras Angehörige, mit Ausnahme von Atlantus, nicht informiert.
Das sollte erst passieren, wenn man sicher wusste, was hier vorgefallen war.
Mehrere der Krieger und Kriegerinnen begaben sich in den Schlund der Höhle.
Auch dieser war inzwischen um einiges kürzer geworden.
Am Ende angekommen, sahen sie die Spuren einer riesigen Explosion.
Das Einzige, das noch unversehrt am Boden lag, war ein kleines, rotes Kästchen, welches nichts enthielt.
Als Karlao dieses aufhob, erkannte er sofort, dass Akira dieses noch vor Kurzem in den Händen gehalten haben musste.
Außerdem fiel ihm eindeutig auf, dass das Kästchen auch im Jahre 2124 gewesen sowie einstmals vom mächtigen

»Herren der Finsternis« berührt worden war.
Eins ergab das andere.
Akira musste am Ende in jenem Kästchen den Schlüssel dazu gefunden haben, das »Dunkle Autonom« im Jahr 2023 zu vernichten.
Dabei hatte er offensichtlich sein eigenes Leben hingeben müssen.
Eine andere Lösung gab es nicht.
Sie suchten trotzdem noch die gesamte Umgebung nach dem mutigen Krieger ab, jedoch ohne Erfolg.
Traurig begaben sich die Freunde zum Waldhaus auf der Platana.
Tanja versuchte tapfer zu sein.
Schon um Lias und der kommenden Kinder wegen.
Innerlich jedoch litt sie regelrecht Höllenqualen.
Atlantus, dem es ähnlich erging, umarmte sie alle zusammen.
Bereits am nächsten Morgen wurde die ergreifende Trauerfeier für Akira abgehalten.
Man wollte eine Trauerzeit von vierzehn Tagen abwarten, bevor ein Freudenfest zur Rettung der Erde geplant war.
Quick Deer war es, der die Abschiedsrede für den mutigen jungen Mann hielt.
Am Ende gingen sie alle ins Haus zurück.
Tanja dachte, sie würde vor Schmerz zerspringen.
Lia war kreidebleich.
Sie klammerte sich krampfhaft an der Tischkante fest.
Ihre Fingerknöchel traten dabei weiß hervor.
Plötzlich meldete sich Karlao aufgeregt zu Wort.
»Leute, hört mir bitte zu.
Ich bekomme gerade eine Art Film in meinen Geist

gespielt.
Ich erzähle euch synchron, was ich sehe:
Akira tippt etwas in eine Art riesigen Computer ein.
Dann empfängt er eine Stimme über den Geist.
Diese spricht: „Akira, nimm dir fünf Minuten aus der Vergangenheit und suche uns auf.
Unweit findest du einen Holunderbusch.“
Jetzt sehe ich Akira bei Frau Holle.
Es scheint dort unglaublich bitterkalt zu sein.
In der Ecke steht ein alter Mann.
Ich könnte schwören, das ist das Väterchen Frost.
Er scheint enorm zu schwitzen.
Sie erklären Akira etwas.
Dieser zieht nun den Anzug des Flammenhüters aus.
Dann legen sie um ihn eine unsichtbare Hülle.
Diese liegt ganz dicht an seinem Körper an.
Jetzt ist er wieder an dem großen Computer.
Er drückt eine Taste.
Es gibt eine riesige Explosion.
Nichts ist mehr da.
Wartet, es geht doch noch weiter.
Gerade sehe ich Akira auf einer Bahre liegen.
Er scheint vollkommen starr.
Wenn ich es nicht besser wüsste, würde ich sagen, er ist eingefroren.
Jetzt höre ich noch Folgendes: Querin und ich sollen unbedingt mit dem heilenden Hammer kommen.
Es täte ihnen leid, dass wir so viel Kummer gehabt hätten.
Sie würden aber nicht wissen, wie sie Akira zurückholen sollten, da sie so etwas auch zum ersten Mal getan hätten.

Frau Holle und das Väterchen Frost brauchen offenbar unsere Hilfe.
Wir müssen sofort los.
Komm, Querin.«
Im Raum war es totenstill.
Niemand wagte, das Undenkbare zu denken.
Eine weitere enttäuschte Hoffnung hätte sicher keiner mehr verkraftet.

Ein neuer Anfang

Etwa zehn Sekunden später kamen Querin und Karlao zurück.
Im Schlepptau hatten sie den lebendigen Akira.
Tränenüberströmt fiel dieser seinen Liebsten um den Hals.
Die Wesen der Kälte hatten seinen Körper tatsächlich gerettet.
Sigurd nahm sofort jeden einzelnen ebenfalls in seine Arme.
Dadurch wurde der heftige Schock über den scheinbaren Verlust Akiras alsbald geheilt.
Sehr sanft beschäftigte er sich auch mit den Ungeborenen, damit diese keine Traumatisierung zurückbehalten würden.

Am Ende war das Glück perfekt.
Sofort wurden alle auf der Erde benachrichtigt.

Es war so weit, eine neue Zeit hatte begonnen.

Die Arbeit auf der Perle wurde noch eine ganze Weile fortgesetzt.
Man konnte dort nun aus dem Vollen schöpfen, denn es gab keine finsteren Gegenkräfte mehr, auf die man hätte Rücksicht nehmen müssen.
Viele Wunden durch ehemalige Kriege wurden auch dadurch geheilt, dass die Völker gegenseitig ihre Waisenkinder adoptierten und diese dann im Geist beider Länder erzogen.

Auf der ganzen Welt wurde jetzt die Wahl aller Wahlen durchgeführt.
Waren die Menschen bereit, sich nur noch von der Liebe leiten zu lassen?
Wollten sie sich vor jeder Handlung stets die Frage stellen, ob diese jetzt tatsächlich zum Wohle aller war?
Hatten sie die Reife erlangt, ein solches weises Leben voller Mitgefühl zu führen?
Ja oder nein?
Am Ende waren alle einverstanden, dass die Erde zu einem höher entwickelten Planeten mit all dem, was dazugehörte, werden sollte.
Tatsächlich fand man einige Tage später an einem wunderschönen Strand eine große Anzahl an ovalen Kristallen.
Das war die Antwort der »Einen - der Dienerin der Liebe« gewesen.
Nun stand auch der Planet Erde unter ihrer gnädigen Herrschaft.
Die Liebe hatte gesiegt.
Sie allein war die stärkste Kraft.
Die Krieger des Lichts hatten ihre Mission tatsächlich erfüllt.
Die allgemeine Freude kannte keine Grenzen und die Heilung der Erde begann.

Nur ein Traum?

Lia fühlte sich so schwer wie ein Stein.
Nur mit allergrößter Mühe schaffte sie es nach dem Erwachen, ihre Augen zu öffnen.
In ihrer Kammer standen Querin und auch Akira.
Warum nur sah er sie so besorgt an?
»Liebste Lia, mach dir bitte keine Sorgen.
Ich verstehe gar nicht, was du damit meinst, du möchtest nicht mehr in diesem schrecklichen Hochhaus wohnen.
Sieh dich doch mal um, wir sind doch im portugiesischen Bruchtal.
So wie immer.
Du hast bestimmt bloß schlecht geträumt.
So etwas kann passieren, wenn man, so wie du gerade, hohes Fieber hat.
Gleich wirst du von Querin mit seinem Hammer geheilt und dann ziehen wir alle zusammen auf die Platana, so wie du es dir schon länger gewünscht hast.
Dort ist alles schon für unser neues Leben vorbereitet.
Dann wird alles wieder gut, du wirst schon sehen.«

Mit einem Ruck setzte sich die junge Frau auf.
Vollkommen entsetzt sah sie sich um.
Die Zeit schien urplötzlich stillzustehen.
War das hier ein übler Scherz oder war alles von zuvor tatsächlich nur ein langer, aufregender Traum mit einem wunderschönen Ende gewesen?
Panik überkam sie. Ihr Herz klopfte wie verrückt.
Sie hatte sich doch gerade so glücklich über den Sieg der Krieger des Lichts gefühlt. Und nun sollte alles nur

ihrer Fantasie entsprungen sein?
Lia versuchte sich zu beruhigen sowie klar zu denken.
Was hatte ihr Tanja wieder und wieder über das »Göttliche Happy End« erzählt? Sie wären alle in Sicherheit, egal, was auch immer im Äußeren geschehen würde. Durch das unsterbliche Bewusstsein in uns käme es stets zu neuen belebten Planeten und Lebensformen. Alles würde sich lediglich wandeln.
Die junge Frau atmete etwas erleichterter auf.
Mit diesem Wissen im Hintergrund begutachtete sie die Situation erneut. Was also wäre, wenn sie wirklich nur geträumt hätte?
Lias kindliche Seite wollte so unbedingt an dem wundervollen Happy End der Erde festhalten.
Liebevoll und voller Verständnis betrachtete die junge Frau diesen Anteil ihrer selbst.
Die Erwachsene in ihr wusste jedoch, dass sie sich auf Dauer nichts vormachen wollte.
Waren die besagten Ereignisse beispielsweise im Jahr 2023 nun tatsächlich geschehen oder waren sie es nicht?
Sie war bereit, der vollen Wahrheit ins Auge zu sehen.
Wenn es lediglich ein Traum gewesen wäre, würde sie dann aufgeben und sich nicht mehr um die Heilung der Erde bemühen?
Nein, das würde sie nicht.
Zwar nähme sie das Angebot, auf der Platana zu leben, dankbar an, aber auch von dort aus ließe sich noch allerhand im Hinblick auf die Rettung der Erde organisieren.
In ihrem vermeintlichen Traum waren so zahlreiche hervorragende Ideen vorgekommen.
Sicher konnten sie einige davon, falls nötig, aufgreifen.

Außerdem gab es ebenfalls schon jetzt viele gute Ansätze in den verschiedensten Bereichen auf der Erde, welche Anlass zu einem gewissen Maß an Optimismus boten.
Das Licht der Hoffnung würde jedenfalls das Letzte sein, das erlöschen würde.
Und selbst das kleinste Licht konnte die Dunkelheit noch erhellen oder auch wieder weitere Feuer entfachen.

Gefasst blickte Lia ihrem Gefährten in die Augen und stellte laut und deutlich die wichtige Frage:

AKIRA, HÖR MIR BITTE KURZ ZU:
SIND FOLGENDE EREIGNISSE WIRKLICH PASSIERT …?

Ende

Personenverzeichnis:

Auf der Erde und der Platana:

Tanja Jadd, die früher auf Aquarius **Cerafine** hieß, ihre Söhne **Atlantus**, der ein Selkie ist sowie **Akira**, **Alex**, Tanjas Gefährte, **Brenda**, Atlantus' Gefährtin, **Lia**, Akiras Gefährtin, deren Zwillingsbruder **Finnbar**, dessen Gefährtin **Basilika** ein mutiger **Specht**, ein **Eichelhäher** sowie ein **Eichhörnchen**, **Iniyan, das Stein-Kind**, **Wi** und **Skan**, die Salmander,
Soholit, Anführer der Druiden,
Selma, **Angar**, **Jeova** und **Mandavar,** Vertreter der Elben, **Karlao**, ein Osiriat
Vismateté, ein Baum-Mann und Tanjas Baum-Gefährte, dessen Partnerin **Annika,** deren gemeinsamer Setzling, **Fiona** und der Pflegesetzling, **Weißdornfreund**
Die wilde Hilde, ein Wanderbaum,
Gudrun, eine junge Menschenfrau
Prem Adita, Akiras Vater, **Der Geist der Quelle von Waldhaus**, speist alle dort mit Wasser
Tate, der Nordwind**, Quiskan**, ehemaliger Ältester des kleinen Volkes, sein Sohn: **Querin**, dessen Gefährtin: **Lucinda**, **die weise Orlana**, ehemalige Älteste des kleinen Volkes und Mutter Quiskans, sie ist nun die neue **»Herrin des Lichts«**
Louis, der Vogelmensch, seine Schwester **Magdalena,**
Guido, ein weiterer Vogel-Mensch
Eyva, das Einhorn
Pix Hunter Quick Deer: ein weiser Mann der Lakota,
»Herr der Finsternis«
»Die Eine, die Dienerin der Liebe«
Die Männer von Zagan, besiegte Diener des Bösen

»Krieger des Lichts«, eine Vereinigung von Wesen, die sich für die Erde einsetzen und welche sich nur von der Liebe leiten lassen

Auf Aquarius und im Universum

Frederick, eine, alte, sehr weise Schildkröte, **Patrick,** ein Urahn der Aborigines,
Das schwarze Loch, **Sigurd** sowie dessen Vater,
Die Eltern von Basilika und Tanja

Planeten:

1. Die unterentwickelten:
Erde, Platana, Osiria, die Perle

2. Die höherentwickelten:
Aquarius

Orte:

Waldhaus in Deutschland und auf der Platana,
Bruchtal in Portugal, beides Plätze, an denen die »Krieger des Lichts« wirken

Der ovale Kristall: ernährt alle Wesen auf Aquarius durch Licht

Quellenverzeichnis:

- Fantasie
- eigener Erfahrungsschatz
- Wikipedia oder Werke, die im Buch namentlich erwähnt werden

Liebe Leser

Vielen Dank, dass Ihr dieses Buch und vielleicht sogar die gesamte Trilogie von »Eichen müssen her!« gelesen habt.
Sollte es dazu Fragen oder Hinweise geben, so könnt Ihr Euch gerne an die Autorin unter:

kontakt@amanda-gruenschild.de wenden.

Wenn Euch das Buch beziehungsweise die Buchreihe gut gefallen hat, so würden wir uns wirklich sehr über eine positive Bewertung freuen.

Hier folgt eine kleine Auswahl an Portalen, auf welchen dies unter anderem möglich wäre:

- Lovelybooks.de
- Amazon.de
- Weltbild.de
- Thalia.de
- Buecher.de
- Hugendubel.de

Man kann ein und dieselbe Bewertung auch auf verschiedenen Portalen einstellen.

Positive Bewertungen helfen sehr dabei, dass die Bücher und somit ebenfalls deren tiefere Botschaften, auch anderen Lesern nahegebracht werden können.

Im Vorfeld schon einmal recht herzlichen Dank für Deine Mühe, den Büchern eine schöne Bewertung gegeben zu haben.

Eichen müssen her! Das Dreigestirn

(Teil I der Trilogie)

ISBN: 978-3-9823606-1-4 und 978-3-9823606-0-7

Eichen müssen her! Das Dreigestirn

Worum geht es?

Kurz gesagt, um alles. Die Erde ist der endgültigen Zerstörung nahe und so tun sich Wesen aus verschiedenen Zeiten und Welten zusammen, um das drohende Schicksal im letzten Moment noch abzuwenden. Zu den Hauptakteuren zählen heldenhafte Vertreter des kleinen Volkes, anmutige Elben, ein furchtloser Selkie, weise Druiden, uralte Baum-Menschen, der humorvolle Karlao aus Osiria, ein weiser Mann der Lakota sowie tapfere Menschen von der Erde.
Mythos und Realität vermischen sich in einer zauberhaften, spannenden Geschichte voller Hingabe und tiefer Weisheit.

»Ein fesselndes und richtungsweisendes Buch, das man nicht mehr aus der Hand legen möchte.«
F. Becker
»Der Jules Verne unserer Zeit...«
M.L. Krönung

ISBN: 978-3-9823606-1-4 (gebundenes Buch)

978-3-9823606-0-7 (Taschenbuch)

Teil 1: Eichen müssen her!

Das Dreigestirn
Hörbuch A

Abschnitt A (Kapitel 1-31 von 60) circa 578 Minuten als MP3- Download oder -MP3-CD erhältlich.

ISBN: 978-3-9823606-4-5
Verlag: Untschi Verlag

Weitere Hörbücher folgen.

Eichen müssen her!
Die Kinder von Platana
_(Teil 2 der Trilogie)

ISBN 978-3-9823606-7-6 und ISBN: 978-3-9823606-5-2

Eichen müssen her!
Die Kinder von Platana

Teil 2 der Trilogie

Muss es denn wirklich immer wieder so tragisch enden?
Im Universum werden zuerst von lichtvollen Kräften wunderschöne, belebte Planeten erschaffen und diese dann durch die Gier von einigen wenigen schon viel zu früh zerstört.
Auch unserer Erde scheint das gleiche, schreckliche Schicksal alsbald zu drohen. Doch die „Kinder von Platana" und ihre mutigen Verbündeten wollen sie mit aller Kraft davor bewahren. Ob das gelingen kann?
Endlich sind die Helden aus »Eichen müssen her! Das Dreigestirn« zurück und nehmen mit großer Verstärkung ihre Mission wieder auf.

„Der Roman »Eichen müssen her! Die Kinder von Platana« ist erneut ein erstklassiger, unterhaltsamer Fantasy-Roman mit wahrer Tiefe – ein echter Bestseller."

ISBN 978-3-9823606-7-6 gebundene Ausgabe

ISBN: 978-3-9823606-5-2 Taschenbuch